ALEX
SCARROW

YO, EL DESTRIPADOR

OCEANO

LA PUERTA NEGRA

ALEX
SCARROW

YO, EL DESTRIPADOR

OCEANO

LA PUERTA NEGRA

Editor de la colección: Martín Solares
Diseño de la colección: Estudio Sagahón / Leonel Sagahón y
   Jazbeck Gámez
Imagen y adaptación de portada: Beatriz Díaz Corona J.

YO, EL DESTRIPADOR

Título original: The Candle Man

Tradujo: Alejandro Espinoza Galindo

© 2012, Alex Scarrow

D.R. © 2013, por la presente edición
Editorial Océano de México, S.A. de C.V.
Blvd. Manuel Ávila Camacho 76, piso 10
Col. Lomas de Chapultepec
Miguel Hidalgo, C.P. 11000, México, D.F.
Tel. (55) 9178 5100 • info@oceano.com.mx

Primera edición: 2013

ISBN: 978-607-735-032-3
Depósito legal. B-21212-LVI

Hecho en México / Impreso en España
Made in Mexico / Printed in Spain

9003684010913

PRÓLOGO
1912. En el Titanic

La nave ya se inclinaba sutilmente y él alcanzó a detectarlo; fue suficiente para que los carritos de servicio, con sus ruedecillas bien aceitadas, se trasladaran por sí solos hasta el fondo de la Sala de Lectura.

Miró por encima de su copa de brandy y tras las ventanas del salón vio a dos hombres elegantemente vestidos, que cruzaban a toda velocidad el corredor de la cubierta; se veían asombrados y soltaban risas nerviosas mientras la punta del iceberg se desvanecía lentamente. Como si se tratara de otra diversión interesante, diseñada para ellos, o la visita inesperada a un puerto que no fue mencionado en las escalas del viaje.

Esos tontos no se han dado cuenta de que los motores se han detenido.

"El señor Larkin, ¿cierto?"

Giró en su sillón. Era Reginald, uno de los camareros que le simpatizaban, un hombre bajito y alegre, de cara rolliza. Empujaba una silla de ruedas ocupada por una joven muy pálida.

"¿Le molestaría que la señorita Hammond se sentara junto a usted por unos momentos, señor? Hay mucho movimiento en la cubierta...", sonrió con franqueza, "una preocupación innecesaria en mi opinión. Supongo que la dama estará mejor aquí por ahora".

El señor Larkin asintió con la cabeza. "Sí... claro, Reginald".

El camarero estacionó la silla frente a él y se volteó para retirarse.

"Reginald, espero que no la olvides aquí".

"¿Señor?"

"Cuando comiencen a llenar los botes salvavidas, confío en que no te olvidarás de ella, ¿verdad?"

"¿*Botes salvavidas*, señor Larkin?" Las cejas del camarero se alzaron mientras esbozaba una sonrisa vagamente condescendiente. "Oh, le aseguro que no será necesario sacar los botes salvavidas".

Miró a la joven sentada frente a él, era poco más que una niña. La mención de los botes salvavidas hizo que su piel palideciera aún más. Extendió sus manos en señal de disculpa. "Claro, claro... quizás esté exagerando".

Los ojos de Reginald se encontraron con los suyos y en ese momento fugaz confirmó lo que ya sospechaba. Que el barco se hundiría, aunque fuera muy lentamente. Incluso con gracia. Pero se hundiría.

"Así es, señor Larkin... no hay motivo para alarmarse. Ustedes estarán bien aquí, ¿no es así, señorita Hammond?"

Ella miró con incertidumbre al señor Larkin.

"No se preocupe", dijo él, "la cuidaré muy bien".

"Así es, señor". El camarero se volteó para dejarlos, quizá más apresuradamente de lo que hubiera querido.

Estaban solos ahora. Solos los dos en la Sala de Lectura. Los candelabros de cristal tintineaban suavemente; la creciente mezcolanza de voces que venía desde el corredor de la cubierta y los pisos inferiores se opacaba hasta convertirse en un ruido remoto detrás de las ventanas herméticamente cerradas.

Levantó la vista de su copa de *brandy* y la miró. No sólo estaba pálida. Claramente se veía que padecía una enfermedad muy avanzada. Quizá se estaba muriendo. Algo que ambos tenían en común. Su mirada se trasladó desde el pálido y delicado óvalo de su rostro hasta la complexión dolorosamente delgada de su cuerpo. Se veía tan frágil como un pollito recién nacido.

"¿Nadie la acompaña en este viaje?"

Los ojos de la joven se dirigieron a la ventana, luego hacia él, luego al exterior, en dirección de los asombrados caballeros en esmoquin. "Mi tutora. Salió a averiguar qué está pasando", respondió con una voz apenas audible, y detectó que los ojos del señor Larkin la estudiaban. "Si acaso se lo pregunta... tengo una enfermedad que debilita mis músculos. El doctor cree que no duraré más allá del verano". Suspiró. "Hubiera sido bonito vivir un verano más".

El viejo se inclinó hacia delante. "Entonces me temo que los dos nos perderemos el verano".

"¿Usted también está enfermo?"

Asintió. "Tengo cáncer. Tendría suerte si logro disfrutar unos cuantos meses más".

Ella sonrió, con cierta tristeza. "Entonces tiene razón. No más veranos. Para ninguno de los dos".

"Supongo que no me perderé gran cosa. Otro verano de cielos grises y días húmedos".

Ella rio suavemente.

Escucharon el parloteo de los hombres afuera, que ya se frotaban las manos y se movían de un lado a otro para entrar en calor. El corredor se nubló con el vapor del aliento y el humo de los puros.

"¿Por qué mencionó los botes salvavidas?", preguntó la joven. "¿Cree que estamos en problemas?"

El viejo dio un largo trago a su copa de brandy.

"¿Señor Larkin? *Larkin...* ¿verdad?"

Él asintió distraídamente.

"¿Cree que nos hundiremos, señor?"

Estuvo tentado a responder cualquier cosa para tranquilizarla. Un calmante verbal. Pero sospechó que a pesar de esa fragilidad de gorrioncillo, ella era más fuerte de lo que aparentaba. Como si ya hubiese aceptado su mortalidad, como si reconociera que en el libro de su vida había un final marcado con mucha claridad. Él podía mentir con tal de calmarla, pero no sería justo.

"Sí", le respondió, y apuntó con la cabeza hacia los carritos de servicio reunidos como si fueran un grupito conspiratorio contra la pared. "¿Lo ve? Ya nos estamos inclinando hacia la proa."

"Pero dicen que es *insumergible*".

Él se rio de esta última declaración. "¿No te parece que eso suena demasiado presuntuoso, en las actuales circunstancias?"

Ella se encogió de hombros.

"Supongo que un agujero lo suficientemente grande hundiría *cualquier* barco".

Ella pensó un poco en eso. "El camarero sí que se encontraba asustado. De eso estoy segura. Pude percibirlo en su voz".

Él asintió con la cabeza. "Ahora será su labor –la de Reginald y los otros camareros– simular que todo está bien, el mayor tiempo posible, mientras alistan lo necesario".

"¿Los botes salvavidas?"

"Sólo hay suficientes para unos cuantos afortunados".

Ella frunció el ceño. Sus oscuras y densas cejas se reunieron sobre sus ojos penetrantes, inteligentes. "¿Supongo que los ha contado también?"

Él sonrió, preguntándose por momentos qué tipo de cosas podría llegar a hacer esta joven tan lista, si le fuera permitida otra docena de capítulos en el libro de su vida.

"Así es. Yo diría que hay botes suficientes como para un tercio de las personas a bordo".

Ella asintió. "¡Pero cómo es posible!"

Él miró hacia afuera, donde se encontraban los hombres. "Habrá botes para los pasajeros de primera clase, claro. Y para la tripulación. Pero esas personas desafortunadas en la cubierta C y más abajo no contarán con ellos".

"¿Pero sí les darán salvavidas, cierto?"

Se encogió de hombros. "Supongo que sí, pero el mar está helado. Imagino que no podrían durar más de una hora flotando en el agua." Apretó los labios. "Por eso prefiero quedarme aquí... Ya que no me queda mucho tiempo, alguien podría ocupar mi lugar." Se rio suavemente. "Así podré imaginar que mi sacrificio será en beneficio de un espíritu joven con grandes planes que cambiará el rumbo del mundo positivamente." Terminó de un trago su copa. "Y este brandy hará que el sacrificio sea más fácil."

Se levantó de su silla, se dirigió a la barra de licores y extrajo otra botella de Rémy Martin del gabinete de cristal. Cerró la puerta lentamente y se volvió a abrirla.

Se reunió de nuevo con la señorita Hammond y puso otra copa sobre la mesa.

Ella la miró concienzudamente. "Usted cree que me *abandonaron* aquí, ¿no es así?"

No dijo nada mientras volvía a llenar su copa.

"Usted piensa que el camarero seguía la orden de dejarme aquí, ¿no es así? Una lisiada en silla de ruedas..."

"Lo que yo pienso es que el pobre de Reginald tiene demasiadas cosas en su cabeza, principalmente, la esperanza de alcanzar un lugar en uno de esos botes salvavidas." Olió el brandy en su copa. "Al dejarte aquí conmigo ya tiene una preocupación menos."

Ella miró la copa vacía. "Adelante pues, sírvame... Lo voy a acompañar."

El señor Larkin vertió media copa, más de lo que uno normalmente serviría de brandy, y se lo pasó. "Mientras más bebamos, querida... menos nos vamos a preocupar."

Ella asintió y dio un buen trago. Hizo una mueca mientras se pasaba el licor. "¡Aaaagh! Nunca antes había tomado brandy."

Él se rio. "Pues vaya que lo hiciste."

Recobró la compostura y chasqueó los labios en señal de apreciación. "Creo que me gusta más que el jerez de mi tía".

Bebieron de sus copas en silencio, mientras escuchaban los crecientes alaridos de emoción que venían de la cubierta de paseo, luego de que una luz de bengala fuera lanzada y estallase en las alturas del cielo nocturno, con un suave *Pum*.

"¿Y usted? ¿Viaja con alguien?" le preguntó ella, un momento después.

Él sacudió la cabeza. "Estoy solo". Luego estudió el rostro de la joven y se anticipó al intuir que venía una segunda pregunta, escrita en el arco de su ceja levantada. "Quería visitar Estados Unidos".

"¿Para disfrutar los paisajes? Yo también".

"En realidad, para encontrar a alguien".

Ella pareció intrigada. "¿Encontrar a alguien? ¿Un familiar?"

Él asintió.

"¿Para decir adiós?"

"Así es".

Todavía estaba reacio a dar más información.

La piel de la joven cobró algo de color; débiles brotes de rosa surgieron a ambos lados de su pálido cuello. "Alguien me dijo una vez que en cada lecho de muerte hay una historia por contar". Se encogió de hombros. "Si usted está en lo correcto, supongo que no podremos recostarnos en nuestros respectivos lechos de muerte".

"Quizás éste sea el mejor modo de irnos, ¿no cree?"

El rostro de la joven titiló por unos momentos, un miedo que lentamente se transformó y relajó hasta esbozar una expresión sanguínea de aceptación. Quizás el brandy estaba funcionando; quizás entendió que hundirse esta noche en el barco la salvaría de las semanas, de los meses, quizá, de confinamiento en una cama y de los dolores que estaban por venir.

"Yo no tengo aún una buena historia que contar en mi lecho de muerte. Tengo diecinueve años. He hecho poco en la vida, más allá de asistir a una escuela tras otra". Echó su cabeza hacia atrás y vació el resto de la copa. "¿Y qué me dice de usted? Sospecho que ha vivido lo suficiente como para tener uno o dos relatos dignos de su lecho de muerte".

Él sonrió. "Quizá".

Ella acercó su copa para que el señor Larkin la volviera a llenar. "Cuénteme su historia, entonces", le dijo, con una sonrisa coqueta y arrastrando levemente las palabras. "No se la contaré a nadie", le dijo, con una risilla.

Volvió a servirle a la joven y llenó su propia copa hasta el tope. La botella de brandy quedó casi un tercio vacía. Entonces se instaló en el sillón. "¿Mi historia?" Sus ojos encontraron un lugar dentro de sí mismo, el lugar en que se hallaban recuerdos muy viejos, pero que merecerían ser desempolvados por última vez. "¿El relato que contaría en mi lecho de muerte?"

Ella asintió.

Él caviló por unos instantes, luego asintió. "¿Por qué no?" Le dio un nuevo sorbo a su brandy. "Podría decir que comenzó... vamos a ver... cinco años antes de que tú nacieras".

La señorita Hammond frunció el ceño. "¿En 1888?"

"Sí". Se acarició distraídamente la mejilla. "Y todo ocurrió del verano al otoño". Sus fríos ojos grises tintinearon vidriosos al encontrarse con los de ella. "En Londres... En Whitechapel para ser más precisos".

"¿Whitechapel?" Ella titubeó unos momentos, mientras ubicaba ese nombre en un contexto que recordaba con vaguedad. "¿Acaso no... no fue ahí donde ocurrieron esos horribles y espantosos asesinatos?"

Él asintió con la cabeza. "Ese mismo año".

Ella lo miró con los ojos muy abiertos y abrió levemente su pequeña boca. "¿Es acerca de *esos* asesinatos? ¿La historia que piensa contarme? ¿Es algo sobre... sobre *Jack, el Destripador*? Nunca lo encontraron, ¿cierto? ¡Simplemente desapareció!"

Él dio un sorbo a su copa y saboreó por unos momentos el ardor del alcohol en sus labios. Una consideración pasajera sobre si era prudente, después de todos estos años, contarle a una perfecta desconocida lo que sabía sobre aquellas semanas y meses, sobre aquellas cosas... esos hechos de los cuales se arrepentía...

"Discúlpeme", le dijo. "Yo... creo que he hablado demasiado. Lo siento".

El señor Larkin notó que había empezado a sonreír. Quizás el brandy funcionaba. "Está bien", continuó. "Está bien, querida".

La joven se ruborizó. "Fue una insensatez sugerirle eso... que me cuente una historia tan personal". Ella se inclinó hacia delante en su silla de ruedas, colocó una mano sobre la suya. Un gesto animado por la bebida. "Lo siento mucho. ¿Acaso perdió usted a alguien?"

"En realidad no". Mantuvo la sonrisa en sus labios, pero ésta cambió de forma lentamente. Dio lugar a una expresión que mezclaba el arrepentimiento y la satisfacción, dos actores antagónicos en un escenario muy pequeño.

14

"Hablemos del Destripador", dijo él. "Digamos que yo... *lo conocí*".

PRIMERA PARTE

Capítulo 1

11 de septiembre, 1888, Londres

Mary corría apresurada por el callejón, una carrera enloquecida, atravesando un callejón angosto, de camino empedrado y desigual, en medio de unas paredes de ladrillo húmedas y oscuras. Ella podía escuchar al sujeto que la llamaba por su nombre, una voz rabiosa de acento extranjero que prometía limpiarle las entrañas como si fuera un bacalao fresco recién atrapado, una vez que la alcanzara.

Ella levantó sus largas faldas al pasar por un desagüe atascado y lleno de heces, y por encima del lomo protuberante de algún borracho, que fácilmente también pudo haber sido un cadáver.

La voz estridente del sujeto rebotaba en los muros, perdida entre los laberintos de las calles aledañas, iluminadas con lámparas de gas.

"¡Perra! ¡Te cortaré la nariz... perra!"

Ella volteó hacia atrás por el callejón al que corrió, para ver una sombra oscura, dibujada por la luz de una lámpara que ascendía lentamente por el muro opuesto. Se alzaba amenazadora, tambaleante, hasta que finalmente vio el esbozo del hombre, dando tumbos conforme se adentraba, sin echarle un segundo vistazo al oscuro callejón. Ella escuchó cómo esa voz áspera se desvanecía conforme se aproximaba, cada nueva amenaza prometida de mutilación se volvía más delgada, cada paso apurado cada vez más distante.

Finalmente, segura de que no tendría que correr más, se desplomó contra una pared y sintió casi inmediatamente la humedad pegajosa a través de la tela delgada de su chal.

Mary se agachó hasta ponerse en cuclillas, agotada de repente la adrenalina que la había ayudado a escapar... *por esta vez*. Y en la oscuridad el espacio que compartía con un riachuelo de mierda y aguas residuales, y con el ligero golpeteo de las patitas de ratas que se escuchaban cercanas... Dejó que las lágrimas cayeran por sus mejillas.

Por unos peniques. Esto... ¿sólo por tres peniques?

No podía imaginar ni por un momento lo que sus padres pensarían de la patética desdichada en la que se había convertido. Una mujer educada en conventos, una chica que hacía un tiempo escribía a su casa todas las semanas, una chica robusta que disfrutaba de Austen, de Dickens e incluso de la Sra. Beeton, y que le encantaba tocar algunas de las baladas de salón más sencillas de Gilbert y Sullivan en el piano de la escuela. Una joven dama que había logrado convencerse de tomar ese trabajo, con aquella familia tan rica y prestigiosa... ¿y ahora? En tan sólo tres años había caído, de ser la joven brillante de los valles de Gales con sueños y metas en la vida, a convertirse en esta oscura criatura apoltronada en medio de la mierda. En esta *cosa* que ofrecía levantar sus faldas a cualquier hombre para una rápida cogida a no más de tres peniques.

Muchas veces no podía animarse a hacerlo. A veces, con algún tipo que estuviera demasiado ebrio como para hacerlo, podía salirse con la suya y con su modesto pago, haciendo no menos que tolerar unos cuantos picoteos errados. A veces, apretando sus muslos fuertemente contra un miembro, podía engañar a un borracho, haciéndolo creer que penetró, para luego limpiar el semen de sus medias. Pero ocasionalmente, como ahora, su cliente estaba menos tomado de lo que pensaba, y bastante consciente de algunos de los trucos que las mujerzuelas en la sección más barata del mercado sabían hacer para esquivar su parte del contrato.

Éste rápidamente se dio cuenta, en la oscuridad, de que ella le estaba presentando no más que la parte superior de sus muslos desnudos, y enfurecido le sacó un cuchillo. Mary corrió, tomando la moneda que le pagó por servicios que ella aún no había prestado.

Mary, Mary... quite contrary, ¿cómo va tu cancioncilla?

Ella sólo respondió con un leve gemido.

Sabía que una de esas noches no sería capaz de escapar. Una de esas noches iba a terminar como aquel lomo protuberante allá en el callejón; otro bulto de ropas harapientas aventadas en la cuneta de un drenaje. Ignorada. Sin ser extrañada por nadie. Olvidada. *Todo esto por unos peniques.* El precio de una cucharada de láudano. Un poco de alquimia. Una pequeña dosis de alegría.

Se limpió un hilo de moco que salía de su nariz y las lágrimas de sus mejillas manchadas. Necesitaba otro par de clientes antes de terminar el último negocio de la noche. Dos más y podría comprar un poco de comida así como drogarse.

Mary se puso de pie y comenzó a recogerse cuidadosamente, dirigiéndose hacia el final del callejón, donde los brotes ambarinos de las lámparas de gas prometían un poco más de actividad.

Estaba a punto de ingresar a la calle, que aún se trataba de un camino aledaño y angosto, pero por lo menos lo suficientemente amplio como para tener su propio señalamiento, incrustado de mugre —la calle Argyll— cuando escuchó un leve gemido.

La luz flotaba debajo de dos lámparas de gas y se desvanecía a través del empedrado humedecido por la llovizna en la oscuridad. En la periferia de la débil luz que venía de una de éstas creyó atisbar la forma encorvada de alguien. Era un hombre, a juzgar por el timbre de su aguda voz, sentado en sus ancas, meciéndose hacia enfrente y hacia atrás con la cabeza en sus manos.

Los relojes habían anunciado la medianoche hacía apenas una hora, y las casas públicas estaban ya casi vacías. Los trabajadores del muelle y los mercaderes regresaban a sus hogares, a sus esposas ansiosas, los marineros daneses y noruegos de vuelta a sus embarcaciones ancladas. Los únicos clientes potenciales que ella podría encontrar eran los *connoisseurs*; hombres que sabían exactamente lo que querían de una puta y estaban lo suficientemente sobrios como para asegurarse de recibir por lo que pagaron. El tipo de cliente que ella detestaba.

Ella observó esa forma oscura que ligeramente se mecía de un lado a otro, que gemía suavemente, que se quejaba casi como un niño. Ella concluyó que estaba borracho. Dio un paso hacia la calle Argyll, encaminándose hacia él. Tenía que pasar a su lado de todos modos, pero un vistazo más de cerca no estaría mal. Sus zapatos repiquetearon ligeramente en las lozas grasientas conforme se aproximaba.

Más de cerca, pudo darse cuenta de que no se trataba de un trabajador del muelle o de un mercader. El hombre vestía botas finas que destellaban el lustrado, un traje oscuro con chaleco de buena costura y una capa puesta encima de sus hombros. La débil luz mostraba la orilla blanca de los puños de su camisa, salpicada con manchas oscuras, casi negras.

Mary había visto sangre a la luz de una lámpara de gas. Era tan negra como la tinta.

Se detuvo frente a él. "¿Está bien?"

El hombre dejó de mecerse.

"¿Señor? ¿Está usted bien?"

Lentamente levantó su cabeza, y ella no pudo evitar un grito ahogado cuando vio la sangre seca en sus manos, que recorría hasta el lado derecho de su cara y opacaba su cabello hasta convertirlo en un amasijo grueso y gelatinoso.

Sus ojos parecieron enfocarse en ella por unos momentos, luego giraron como con voluntad propia. "...Yo no... yo..." El resto de sus palabras no fueron más que un balbuceo confuso.

Mary dio un paso a través de la calle angosta, hacia él, con la confianza de que él parecía estar en muy malas condiciones como para resultar una amenaza.

"¿Qué ocurrió?", le preguntó suavemente. "¿Fue asaltado?"

Se agachó frente a él, como una maestra de colegio que quiere consolar a un niño perdido. "¿Le han robado? ¿Es eso?"

Los ojos del hombre giraron en torno a los de ella. Sin enfocarlos realmente. A juzgar por el lado de su cara que no estaba cubierto de sangre seca, ella pudo percibir que se trataba de un hombre de treinta y tantos años. Las patillas cortadas a la moda y un bigote bien cuidado.

Un caballero.

Los párpados del hombre temblaban, y sus ojos giraron hacia arriba hasta que ella pudo ver sólo el blanco de los ojos; luego, lentamente, como un roble maduro que es talado, se desplomó hacia su lado izquierdo.

"Oiga... ¡oiga, señor!", trató de animarlo. "¿Señor?"

Mary se inclinó por encima de la cabeza del señor, podía escuchar su respiro susurrante entre mocos. Aún respiraba. Aún estaba vivo. Se había desmayado, era todo. Se inclinó más y con el crepúsculo parpadeante de la lámpara de gas pudo ver una herida profunda en su cabello apelmazado.

Una porra, un garrote o incluso un hacha sin filo pudieron haber hecho eso. Ella sospechó que estaba en lo correcto, unos jóvenes rufianes lo acorralaron y asaltaron. Sin proponérselo, ella se dio cuenta de cómo sus manos comenzaron a pensar por sí solas. Ya estaban esculcando los bolsillos. Se odiaba a sí misma por hacerlo. Odiaba que ése fuera ya su primer instinto; averiguar lo que los asaltantes pudieron dejar que pudiera sacársele a este desafortunado sujeto, algo que pudiera empeñarse.

"Cuánto lo siento, señor", ella susurró mientras esculcaba los pliegues de su capa y saco. "Verá usted, yo necesito el dinero. Lo necesito".

La voz del hombre gruñó un amasijo de palabras perdidas.

La mano de la chica descubrió un poco de humedad al lado del dorso. Extrajo la mano y vio que estaba cubierta de sangre, oscura y pegajosa.

También lo acuchillaron.

Ella supuso que el pobre caballero se desangraría en medio de la calle Argyll antes del amanecer, y que un mercader que saliera temprano a su trabajo lo descubriría. Continuó con su presurosa búsqueda en las ropas del hombre y, justo cuando estaba a punto de darse por vencida, sus manos se toparon con la orilla de una correa de cuero. Siguió a tientas hasta la cintura, donde la correa se convirtió en la suave piel de la solapa de un bolso.

Su mano indagó cuidadosamente en su interior e inmediatamente sintió una variedad de objetos; el frío metal de unas llaves en su llavero, la suave piel de lo que se sentía como una cartera abultada, bien rellena.

"¡Dios santo!" ella musitó.

Mary estaba a punto de esculcar más al fondo, para sacar sus hallazgos uno por uno, para examinarlos, cuando escuchó el claqueteo distante de unos cascos sobre el empedrado. Decidió que se había jugado la suerte lo suficiente por una noche, así que extrajo el bolso de piel de los hombros del sujeto, pasándoselo rápidamente por encima de la cabeza.

Se puso de pie y con una última mirada a ese cuerpo tirado en el suelo, corrió de prisa por la calle Argyll, con el pequeño bolso en su hombro, como si *siempre* hubiera traído ese bolso de hombre con ella.

Sus pasos apresurados la llevaron a la calle Great Marlborough; mucho mejor iluminada, y en ambos lados erigidas las altas casas y sus ventanas con cortinas de encaje que aún, aquí y allí, brillaban con el tenue ámbar del aceite de medianoche.

Pasaron una serie de carruajes, llevaban a los caballeros a sus casas después de visitar sus clubes de bebidas. A unos cien metros dentro de la calle, donde el suave devaneo de una neblina matinal cubría los adoquines y los pequeñas montículos de estiércol de caballo, una docena de muchachos ruidosos se paseaban ebrios a mitad de la calzada, arrojándose improperios los unos a los otros y riendo como monos parlantes.

Mary titubeó. Un espasmo de remordimiento la detuvo donde se encontraba parada. Una vez más echó un vistazo hacia la calle Argyll, hacia el bulto frágil del cuerpo del hombre y sabía que, de dejarlo ahí, seguramente moriría.

"¡Demonios!", susurró.

ESTABA DESPIERTO DESDE HACIA TIEMPO, ANTES DE DARSE cuenta de ello. Miró hacia arriba, hacia el techo de yeso, de un ligero color vainilla despintado y cubierto de grietas finas como de porcelana, de pintura seca y desconchada.

Movió su cabeza un poco sobre la almoh a que crujía ruidosamente debajo de él, pudo ver una hiler. /entanas altas, cubiertas con cortinas de red que dejaban pasar una brisa moderada y donde brillaba la suave luz gris de un próximo amanecer. Su cabeza pulsaba con el movimiento, levantó una mano para aliviar el dolor, encontrándose con una gruesa venda que cubría su frente.

Sus ojos revolotearon entre las otras cosas que podía ver sin mover la cabeza; vio una hilera de camas frente a él, la mayoría, supuso, ocupadas por ese coro de silbidos y ronquidos que hacían eco en el techo.

Una sala de hospital.

Eso es lo que era. Era exactamente lo que parecía. Se preguntó en qué hospital se encontraba y se preparó para recitar la lista de hospitales cercanos a donde vivía... cuando se dio cuenta de que en realidad no podía recordar dónde quedaba ese lugar. Esto no le agradó. No podía recordar su domicilio, y tampoco, por lo mismo, podía recordar la ciudad en la que vivía.

Un pequeño golpe de pánico lo hizo moverse en su cama.

Ni siquiera en qué *país* se encontraba su hogar.

Ignorando esos golpes de dolor, levantó su cabeza de la almohada y vio alrededor de la sala. Vio un señalamiento pintado

en una tabla atornillada a la puerta de la entrada: *¡Recuerden!*
¡Manos limpias significan camas limpias!

Entonces... estaba en algún lugar donde se hablaba inglés.

¿Pero dónde... dónde estoy exactamente?

Comenzó a sentirse un poco mareado. Su cabeza cayó de nuevo en la almohada y una lágrima salió debajo de ese párpado cerrado, bajó por su mejilla y el pelaje de sus patillas... mientras su mente nebulosa procesaba otra noción, profundamente inquietante.

Ni siquiera recuerdo mi nombre.

"No me reconoce, ¿verdad?"

Se conmocionó con el sonido de esa voz y abrió sus ojos para ver a un doctor parado enseguida de la cama. Un joven de barba color arena y espejuelos.

Sacudió su cabeza. "No... me temo que no. ¿Nos conocemos?"

"Hablamos por unos momentos más temprano esta mañana. Lo vi al comienzo de mis rondas". El doctor acercó una silla de madera y se sentó. "Mi nombre es el doctor Hart".

"Lo siento... pero en realidad no le puedo decir mi nombre..."

El doctor Hart sonrió. "Lo sé... eso fue lo que pude verificar cuando hablamos. Aparentemente, usted no tiene memoria de su nombre, o de dónde viene. Pero por su acento, tengo la ligera sospecha de que ha pasado un tiempo en Estados Unidos. ¿Esto le suena correcto?"

"Yo... realmente no sé. Ni siquiera sé dónde está mi casa".

"Bueno, no nos debemos preocupar mucho por eso en estos momentos. Estas cosas, seguramente, volverán en su debido tiempo. Muchas veces sucede con este tipo de casos". El doctor Hart extrajo una cigarrera de metal. "¿Gusta un cigarrillo?"

Soltó una débil risa. "Yo... este... no estoy seguro de si soy fumador o no".

"Bueno, pues sólo hay una manera de saberlo, ¿no es así?" Le pasó un cigarrillo y luego sacó un encendedor. Se sentaron en silencio durante un tiempo, mientras el doctor Hart vio cómo su paciente fumaba el cigarrillo.

"Entonces, ¿esto le trae algunos recuerdos?"

El tipo hizo una mueca al sentir el sabor del tabaco en su lengua. "No creo que le tenga un gusto en particular".

Hart sonrió. "Bien, pues. Ahora sabemos que usted *no es* fumador. Podríamos decir que hay un poco de avance, ¿no cree?"

"Doctor, ¿podría decirme... cómo terminé aquí?"

Se encogió de hombros. "Fue traído hace un par de días por el conductor de un cabriolé. Creo que el caballero en cuestión lo encontró a usted en un callejón. Sufrió varias heridas bastante graves. Varios cortes superficiales en su vientre, pero la peor herida fue el golpe en la cabeza. El cráneo se fracturó y hubo un poco de hemorragia que tuvo que drenarse. Yo estaba completamente convencido de que usted moriría, en realidad". Sonrió. "Pero parece que usted está hecho de algo fuerte. Sospecho que fue asaltado. Es lo más probable que haya sucedido. Asaltado y dejado por muerto por su asaltante".

"¿Qué hospital es éste?" Vio alrededor de la sala silenciosa. "Ni siquiera sé en qué ciudad me encuentro".

Hart lo estudió silenciosamente. "¿En qué ciudad *piensa* usted que se encuentra?"

Cerró sus ojos y obligó a su mente aturdida a producir un nombre. A producir *lo que fuera.* "¿Inglaterra?"

El doctor Hart lo miró con preocupación. "Bueno, ¿usted entiende que Inglaterra es un país, no una ciudad?"

Sí... maldita sea, sí sabía eso. "No sé por qué lo dije..." Sacudió la cabeza, confundido y frustrado consigo mismo.

"No sea tan duro con usted mismo. En estos momentos, su mente sufre daño y trata de remendarse. Las cosas serán realmente confusas durante un tiempo. Para responder a mi pregunta, usted está en Londres y éste es el hospital Saint Bartholomew".

Se reacomodó nuevamente en la almohada, sintiendo mareos y náusea por el humo del cigarrillo que acababa de chupar. "Y yo... ¿tenía alguna posesión conmigo? ¿Algo que pudiera ayudarme...?"

"Temo decirle que sólo la ropa que traía puesta. Quienquiera que le haya robado tomó todo lo que usted traía".

Se sintió mal. "¿Tiene alguna idea cuánto durará esto?"

"¿Antes que regrese su memoria?" El doctor Hart se encogió de hombros. "No es una situación clara. A veces todo regresa a la mente en unas cuantas horas. A veces la memoria no regresa completa. Su cerebro ha sufrido algo de daño. Es una cosa asombrosa, el cerebro, ¿entiende? Puede curarse solo, sin la torpe intromisión de alguien como yo. Hay poco que podamos hacer por el momento. Usted se encuentra ahora en una condición estable, las heridas de cuchillo están limpias y sanan muy bien, sin alguna lesión interna hasta donde yo puedo ver. En cuanto a la fractura en su cráneo... el hueso se soldará con el tiempo. Sólo necesitamos protegerlo un poco con estas vendas".

"¿Permaneceré aquí? ¿En esta sala?"

"Hasta que yo esté convencido de que sus heridas se recuperan satisfactoriamente".

"¿Y a dónde iré después de eso?"

El doctor Hart dio unas ligeras palmaditas en el brazo. "Pues ahí está el asunto, amigo. Mientras esté aquí, remendándose, estoy seguro de que tendremos a *alguien* bastante preocupado y llamando a varios hospitales preguntando por usted. Alguien vendrá por usted, se lo aseguro".

"¿*Alguien*?"

Ni siquiera había considerado la noción de que pudiera haber una esposa, una madre, un hermano, un padre, allá afuera, en busca de él. Por un momento la idea levantó sus ánimos. De que pudiera llegar en cualquier momento alguien a esta sala, el rostro con lágrimas y una sonrisa de alivio en cuanto lo viera. Alguien que lo saludara con un abrazo, o que lo cubriera de besos húmedos y tiernos. Alguien que fuera a usar su nombre. Se dio cuenta de lo desconcertante que era esto, qué tan desconectado se sentía al no tener un nombre; ser nada más allá de un "yo" *incorpóreo*.

Alguien... *alguien* que por lo menos pudiera decirle su nombre, alguien que le respondiera el millón y una preguntas que tenía sobre quién demonios era.

"Realmente debería descansar", dijo el doctor Hart. "Ha pasado por un menudo embrollo". Se levantó de la silla y aplastó la colilla de su cigarrillo. "Y debo decirle que debería sentirse muy afortunado de estar vivo, amigo. Quizás el Todopoderoso aún no está listo para usted", dijo, dándole unas palmaditas nuevamente en el brazo.

"Lo veré después, al final de mi turno. Espero que me recuerde... y que recuerde esta conversación".

"Sí... sí. Lo intentaré, doctor. Lo intentaré con todas mis fuerzas".

"Así se dice".

CAPÍTULO 3

DOS MESES ANTES

13 DE JULIO, 1888, WHITECHAPEL, LONDRES

"Y ENTONCES, ¿QUIÉN ES LA ZORRA, BILL?"

Bill Tolly se sacó la paleta de la boca. "Chitón con tus preguntas. Ya sabes cómo es... mientras menos sabes, menos puedes parlotear después sobre el asunto, ¿verdad?"

Condujo al par de mujeres por la calle. A media mañana el mercado estaba ajetreado, lleno y atascado de vendedores que gritaban los precios, detrás de mesas repletas de vegetales mugrientos y de pescados que todavía se movían y zangoloteaban, a las esposas de los trabajadores que cargaban con sus canastos de mimbre, esforzándose porque sus chelines les rindieran lo más posible.

"Yo pensé que haríamos esto *en la noche*", susurró Annie. "¡No al mediodía!"

Bill sacudió su cabeza. "No te molestes en pensar, querida. Te puedes hacer daño por eso". Annie soltó una risita por lo bajo ante el insulto. Nervios. Ella y su amiga Polly estaban muy nerviosas.

Bill revisó el trozo de papel en sus manos. "Damas, es por aquí", dijo impacientemente, conduciéndolas afuera del mercado, rumbo a una calle menos ajetreada —la calle Cathcart— aunque no menos silenciosa. Uno de los lados se alineaba con una hilera de arcadas debajo del puente del ferrocarril, cada arcada ocupada por una variedad de distintos negocios particulares. Todos ellos, tal parecía, compitiendo con los otros por hacer el mayor ruido posible; un fabricante de gabinetes descomponiendo y reciclando muebles viejos, un talabartero martillando tachuelas en el cuero áspero, un carnicero serruchando los cadáveres de cerdos.

Del otro lado del camino se encontraba una hilera de casas apretujadas, cada una con su jardín frontal y su pequeño cerco. Las dos mujeres titubearon por unos momentos, se vieron la una a la otra con cierta ansiedad.

"Bill, todo esto es muy elegante", dijo Annie. Volteó a verlo, en tono acusatorio. "Dijiste que sólo se trataba de una chica de la calle".

Él volteó a ver a las dos, todavía un poco reacias, antes de proceder a dar el siguiente paso. Hizo una mueca. Uno de los comerciantes al otro lado de la calle veía casualmente desde su sitio de trabajo.

No queremos ser vistos... no queremos ser recordados. Por nadie.

"No vine aquí a hacerme el tonto", gruñó. "Hagamos lo que vinimos a hacer".

Alcanzó el brazo de Annie y la jaló con él, haciendo muestra de una sonrisa amigable y una risa burlona, para beneplácito de ese trabajador ligeramente curioso que los veía al otro lado del angosto camino. Esperando que ese abrupto intercambio momentáneo se convirtiera en una pelea a gritos, el trabajador pronto perdió el interés y volvió a sus tareas.

"Sí *es* solamente una chica de la calle", Bill le susurró a su oído. "Y aparte extranjera".

"Y entonces ¿por qué vive en uno de esos malditos palacetes como los que están ahí?"

La voz de Annie se perdió debajo de una sinfonía percusiva de martillos, mazos y serruchos. No importaba, de todos modos, ya estaban ahí. Justo afuera del número veintiséis.

Miró hacia la puerta, de color azul oscuro, la pintura pelándose en algunas partes. Era una de las propiedades más sucias de esta privada. Una propiedad en renta, abandonada por algún casero ausente, al parecer por un buen tiempo. Aun así, comparada con las pocilgas a las que estaban acostumbradas estas dos mujerzuelas escabrosas, probablemente les pareció toda una mansión.

Volteó hacia ellas, frente la puerta desvencijada, que conducía a unos dos metros de jardín cubierto de mala hierba. "¿Las dos tienen bien claro qué es lo que harán?"

Ambas asintieron sombríamente.

"¿Se pueden deshacer de ello sin problema?

Annie asintió. "Ya lo hemos hecho antes".

Respiró profundamente y fue así como se dio cuenta de que estaba hecho un nudo de nervios. Sí, claro, el buen Bill había asesinado a sangre fría con anterioridad. Tres veces, a decir verdad. Aunque estaba feliz de que sus asociados creyeran que habían sido muchas más veces, siendo tan importante la reputación en esta línea particular de negocios. Y seguramente, sin duda había otros que podía haber asesinado o mutilado a sus treinta y seis años. Bill había estado en demasiadas peleas de borrachos como para acordarse, y se sorprendería si no fuera el responsable de una que otra esposa o madre afligida, cuyos hijos o esposos estúpidos lo irritaron por una simple pinta y a cambio recibieron la orilla afilada de su vaso. Pero eran sólo tres las personas que había asesinado a sangre fría, específicamente por un pago.

Tres trabajos. Tres golpes. Y los tres habían sido hombres.

Esta vez se trataba de una mujer y el débil bastardo de la misma. Una mujer. Aun cuando se tratase de una simple zorra extranjera, seguiría siendo incómodo para él. Para ser honestos, no estaba seguro de cómo se iba a sentir hasta que cometiera el acto.

Annie y Polly sostuvieron que ya habían hecho este tipo de trabajos muchas veces antes. "Es como atrapar un conejo", dijo Annie la noche anterior. "Los coges de las patas y aporreas la cabeza en la mesa. Todo en menos de lo que canta un gallo, querido".

La noche anterior, este par había sido bastante realista sobre todo el asunto. Quizás un poco *demasiado* casuales, un poco engreídas. Quizás eso fue por la botella del jenever sabor malta que habían estado compartiendo mientras platicaban. De cualquier modo, habían hecho la tarea para varias de las más notables criadoras de bebés en la zona.

"Ni pudieras creer qué tantos *indeseados* terminan arrojados a las cloacas, Bill. Yo y la Polly sabemos lo que hacemos, querido. Puedes confiar en nosotras".

Eso fue entonces. La noche anterior, cuando al parecer ellas imaginaron que él las llevaría a un mugriento albergue ubicado por sus rumbos. Alguna mujerzuela cualquiera, apenas más que una simple niña y su bastardo recién nacido, aún con la piel morada y cubierto de fluidos secos, anidando en una canasta de lavandería llena de ropa sucia.

Esta casa, bonita, con su porche, pareció asustarlas profundamente.

"Anden, pues... el trabajito no se va a hacer solo", les gruñó.

Empujó la puerta, ingresó al jardín de la entrada y jaló la cadena de la puerta frontal. El ruido al otro lado de la angosta calle era demasiado como para que él pudiera oír si sonó alguna campana en el interior, y estaba a punto de volverlo a intentar con un firme toque a la puerta cuando ésta se abrió.

"¿*Oui*?"

Pudo ver una cara delgada, enmarcada por unos mechones de cabello oscuro que se habían desprendido de un moño apretado. Unos ojos grandes, adormilados, intentaban despertar mientras un par de cejas oscuras se arqueaban para dibujar una interrogante sobre qué estaba haciendo él ahí. Se recogió un mechón de cabello por detrás de la oreja. "¿Sí?"

Bill sonrió, cuidando mantenerse cordial y agradable; el saludo agotado pero cortés de un comerciante haciendo sus rondas. Ella se veía como si apenas hubiera despertado de un sueño arrebatado, sus mejillas un poco sonrojadas, los párpados pesados, uno de ellos manchado por los restos de una lagaña.

Aun así, una verdadera belleza. Una verdadera belleza. El desliz de algún ricachón.

"El casero nos mandó, señorita. Para revisar la tubería del retrete".

Ella dudó por unos momentos, ya que luchaba por entender ese fuerte acento *cockney*. Su mirada pronto recayó en las dos mujeres detrás de él. Un hombre tocando a la puerta, solo, quizá la pudo haber hecho sentir más sospechosa, como para seguir haciendo preguntas sobre este llamado no solicitado.

"*Sí es* el número veintiséis, ¿no es así, querida?"

Ella asintió. "*Oui*, sí... veintiséis. Sí".

"Bien, pues, tengo que echarle un ojo a su plomería", dijo, agitando un trozo de papel en su mano. "El casero, ¿ve?"

Ella dudó unos momentos más, miró nuevamente a Annie y a Polly paradas en el jardín de la entrada. Ambas le mostraron una sonrisa amable. "*D'accord*. Está bien. Pueden... pasar por favor".

Retrocedió para dejar a Bill pasar al recibidor, apenas iluminado, intercambiando gestos de cortesía mientras se limpiaban los pies en el tapete. Y mientras ella cerraba cuidadosamente la puerta de la entrada, no pudo percatarse de que su vida y la de su bebé estaban medidas, en el mejor de los casos, por los pocos segundos que les restaban.

Bill se dio cuenta de que Annie y Polly lo veían. Casi podía leer la acusación en sus ojos.

Dijiste que era una cualquiera. ¡Que era tan sólo una zorra cualquiera!

"¿Dice usted que... usted venir a...?" La cara delgada de la joven se arrugaba al lidiar con su inglés. "¿A qué es esto a lo que viene?"

La sonrisa de Bill se mantuvo rígida en su cara.

No es ninguna golfa barata. La mujer no tenía la pinta maltrecha de una prostituta, la piel pálida cubierta de llagas y manchones de resequedad, empolvadas y maquilladas para que se vieran tolerables, el brote florido de las venas saltadas; los ojos enrojecidos por tanta bebida y preocupaciones. Así es como él la había imaginado también. Eso, o que se trataba de una mucama coqueta que tentó demasiadas veces a su empleador.

Pero esta mujer extranjera casi parecía una dama *propiamente dicha.* Unas de ésas que podrías ver tomando el aire en Hyde Park un domingo por la mañana, con sus sombreritos y polisones abultando sus vestidos por atrás.

"¿Q-qué esperas, B-Bill?", espetó Annie. "¡Hazlo!"

"¡Está bien, está bien!" refunfuñó.

El entrecejo de la mujer pasó del desconcierto a un primer chispazo de preocupación.

La mano de Bill se apretó alrededor del largo mango de madera en el bolso de su chaqueta.

"¡Maldita sea, hazlo, Bill!"

"¡Está bien, está bien!", chasqueó con coraje. Su mano salió del bolso, así como la punta de la navaja de doce pulgadas, incrustada en la delgada cintura de la muchacha antes de que pudiera darse cuenta de lo que ya había hecho. La mujer miró la bayoneta, sus ojos adormilados bien despiertos ahora. Comenzó a gritar. La mano de Bill le tapó la boca.

"¡Cállate! ¡Cállate! ¡Cállate!"

Dio un tirón a la larga navaja serrada para sacarla de sus entrañas, empujó a la joven contra la pared del recibidor con tanta fuerza que la cabeza se golpeó contra el yeso. Luego, puso la navaja de la bayoneta de lado y la encajó en la garganta desnuda de la mujer. Empujó la navaja en su cuello con tanta fuerza que la punta atravesó las vértebras y se incrustó en el yeso detrás de ella.

Su grito ahogado se convirtió de pronto en un gorgoteo, la sangre pulsando entre los dedos de Bill mientras las suelas de los zapatos de ella se sacudían y golpeaban en el rodapié.

"Shhhh", él susurró. "Eso es, buena chica. Tranquila, tranquila".

Polly reprimió su propio grito enmudecido y Annie maldijo en un suspiro.

"¿Qué diablos están viendo ustedes dos?", espetó Bill. "¡Pónganse a hacer lo suyo!"

Las dos mujeres, como estatuas congeladas por el *shock*, finalmente se movieron. Pasaron presurosas enseguida, mientras él mantenía su mano en la boca de la muchacha que aún se retorcía, peleaba y pataleaba contra la pared, la sangre derramándose en el frente de su blusa y encharcándose en la duela.

Polly se persignó al cruzar.

Bill observó cómo los ojos —tan bonitos ojos— lentamente perdían su enfoque y comenzaban a girar incontrolablemente mientras entraba en *shock*. Los ojos se tornaron blancos hasta que sus pupilas dilatadas parecieron fijar su mirada en algo que estaba en el techo.

La noche anterior, después de que él había discutido sobre el trabajo con las chicas, trató de imaginarse qué se sentiría *echarse* a una mujer. Claro, él había cacheteado a unas cuantas en el pasado, mujerzuelas que trataban de timarlo, putas que debieron saber con quién estaban tratando. Pero nunca había *acuchillado* a una mujer.

Esto no fue tan difícil como lo había imaginado. No una vez que había comenzado. Sólo unas cuantas convulsiones más por parte de ella y todo terminaría.

Sin embargo, era inusual, a decir menos; un caballero poniéndole precio a la cabeza de una cualquiera. Aunque eso sí... ella era más que una simple mujerzuela. Tenía algo de clase, algo de elegancia. Se preguntó si ella era algo más que una criada. ¿Quizás una institutriz? Él conocía a dos que tres de los bichos más elegantes de Londres —los tipos realmente elegantes— que pagaban por mujeres educadas provenientes de lugares como Francia, para que les enseñaran a sus hijos un poco de cultura.

Finalmente, ella cedió, el peso muerto de su cuerpo quedó suspendido por la navaja de la bayoneta aún encajada en el yeso de la pared. Bill observó el pequeño triángulo de piel pálida en la parte hueca de su garganta; la única piel debajo de su hermosa quijada ovalada no cubierta por el oscuro afluente de la sangre. Se preguntó cómo sería cogerse a una mujer de clase, aunque estuviera muerta. Sonrió. Un beneficio añadido al dinero generoso que ese caballero le pagaría por hacer esto. Pudo sentir el bulto en sus pantalones, presionando contra el delgado cuerpo de la chica. Antes de darse cuenta, ya estaba toqueteándose los botones, esperando entrar en ella antes que la calidez de su cuerpo comenzara a decaer.

Annie y Polly encontraron la cuna del bebé en una pequeña recámara al subir las escaleras. Un cuarto escasamente amueblado con piso de duela. Pero la mujer en el primer piso pareció haberse esmerado para que tuviera una calidez hogareña. Unos cuantos osos y distintos animales de granja hechos de peluche reposaban juntos, uno al lado del otro, debajo de la ventana.

"¡Oh, Dios nos libre!", gimió Polly. "¡Míralo!"

Annie lo veía. No estaba tan recién nacido como Bill había prometido. Y vio a sus ojos como lo haría un bebé de algunos meses de nacido. Sostuvo su determinación con un mantra, el que repetía silenciosamente una y otra vez, cada que tenía que hacer un trabajo como éste.

Aún no es propiamente humano. Así es como Annie lo racionalizaba. No como su hija, que murió de meningitis unos años antes. Dos años, con esa sonrisa fresca que derretía su corazón y una boca siempre llena de medias palabras parloteadas. Una verdadera personita. No como esta criatura carnosa, como caracol.

No son humanos hasta que sepan hablar.

"¡Dios, Annie! ¡No está recién nacido!"

"Es sólo un *indeseado*, Polly, eso es todo".

"Pero no p... no... podemos..."

"Ni siquiera es un bebito *de verdad* hasta que alguien diga que lo quiere, ¿no?"

"Es un pequeño varón". Polly comenzó a verlo en silencio, las piernas y los brazos dando patanitas mientras dormía profundamente boca arriba. Ella no estaba acostumbrada a esto. Los mocosos de los que ella y Annie se habían desecho no eran muy distintos a un cerdito; pliegues temblorosos de piel descolorida que prometían chupar como parásitos a una joven hasta dejarla seca; de los que prometían convertir la vida de una chica trabajadora en una ruina y una vergüenza.

Cada uno de esos bastardos de los que se habían deshecho fue un indeseado; cada uno de ellos era como un monstruo en la esquina de un cuarto, la madre encogida de miedo en el otro extremo. Pero éste —y vio la hilera de juguetes afelpados—, este bebé era *amado*. "No está bien", musitó Polly.

Annie se volvió a ella. "¡La madre ya está muerta, estúpida! ¿Qué vas a hacer? ¿Vas a cuidarlo tú?"

Polly sacudió su cabeza en silencio.

"Bill nos está pagando bien por éste." Echó un vistazo al bebé en la cuna, moviéndose ligeramente mientras dormía. "Es sólo una maldita *rata de cuna*", dijo Annie. Se acercó a la cuna. "¿Y qué hacemos con las malditas ratas, eh, chica?"

Polly sacudió su cabeza mientras Annie hacía a un lado la cobija y tomó los pies descalzos del bebé. Se volteó hacia otro lado mientras su amiga lo levantaba de la cuna agarrándolo de los pies, de pronto el bebé despierto y retorciéndose. "¡Les aporreamos la cabeza, eso es lo que hacemos!"

Se escuchaba el lloriqueo y el lamento que giraba en el aire y terminó con un suave golpe seco en la duela. Polly apretó sus manos en la boca y gimió tras haber escuchado el sonido del impacto. Escuchó un segundo golpe, más suave, contra el piso.

Afuera, el ruido y estrépito de los negocios, que se filtraban por la sucia ventana, llenaron el silencio en el cuarto. Polly escuchó el crujido de las ropas de Annie, escuchó cómo ella soltó un suspiro de aire contenido. Más que un suspiro. Finalmente. "Ya está".

Polly abrió sus ojos e inmediatamente los alejó del pálido cuerpecillo en el suelo. "*Tú* lo pondrás en la bolsa", dijo Annie, secamente, "ya que fui yo la que hizo todo".

Polly sólo podía asentir con la cabeza, mientras abría el bolso de lona que trajo y se arrodilló enseguida del pequeño cadáver. Tocó un piececillo descalzo, aún estaba cálido, los dedos como guijarros seguían flexionándose y enroscándose, *postmortem*.

¿Cuántas veces habían hecho esto ella y Annie? Demasiadas veces como para contarlas. *Baby farming*, así es como los periódicos definían el trabajo que ellas hacían, ¿no es así? Todos tus problemas y preocupaciones se iban tan sólo con un pago. Garantizaban a la triste y asustada joven que a su bebé se le encontraría un hogar, padres amorosos dispuestos a adoptar, y todo eso. Eso es lo que les decían. Lo que escuchaban que ella y Annie les decían. Era de los dientes para afuera. Polly sospechaba que por lo menos la mitad de las jóvenes que salvaban de la vergüenza y de una vida de penurias sospechaban que sus garantías no eran más que una promesa vacía.

Los periódicos solían presentar a mujeres como ella y Annie como si fueran brujas malvadas, monstruos que sin duda cocinaban y se comían a los bebés recién nacidos que se llevaban en secreto hacia los callejones del lado este. Pero como Annie dijo, muy acertadamente, que si bien lo que hacían era por dinero, también se trataba de un servicio a la comunidad. Era algo bueno. Las calles estaban asestadas de niños huérfanos o abandonados. Muchos morían de hambre. Una manera lenta y horrible de que una vida se acabe. Lo que ellas ofrecían, a su parecer, era un servicio no muy distinto al de todos esos abortistas que sabía que operaban desde unos cuartuchos mugrientos que todavía se dignaban en llamar *consultorios*. La única diferencia era de tiempo; una semana, un día, una hora incluso... era lo único que las separaban a ella y a Annie de ese tipo de gente.

Dentro o apenas afuera de la matriz, ésa es la única diferencia. Son indeseados de cualquier forma.

Levantó su piececillo, no más grande que su dedo índice, y acunó ese pequeño cuerpo sin vida en su otra mano. Su cabeza, deforme, colgaba del cuello deshecho, mientras ella lo colocaba en la bolsa.

Pero ésta, esta pequeña vida había estado un tiempo aquí, quizás incluso varios meses, lo suficiente como para tener un nombre. Vio la sonaja de hojalata tirada en el cuarto; algunas cuantas posesiones que eran de él.

No "él". "Eso". Se regañó a sí misma. *Eso. Eso.*

"Anda, pues", espetó Annie. "Ya terminamos aquí". Tomó el brazo de Polly y la puso de pie. Salieron del cuarto, la bolsa del mercado meciéndose de sus mangos mientras bajaban estrepitosamente por las escaleras y hacia el recibidor.

"¿Bill? ¿Estás ahí?"

No se veía por ninguna parte.

"Aquí estoy", su voz se escuchaba, opaca, por detrás de una puerta cercana al recibidor. Annie se dirigió hacia la puerta y comenzó a empujarla.

"¡Hey! ¡No entres! ¡Estoy ocupado!"

"¿Qué haces?"

"Terminando. ¿Ya hicieron *lo suyo*?"

"Sí".

"Entonces ya se pueden ir. Las veré esta noche para darles su parte".

Annie asintió con la cabeza. "Muy bien. Y no te vayas a dilatar, ¡lo digo en serio, Bill!"

Ya no hubo respuesta detrás de la puerta cerrada, sólo el desplazamiento, los golpeteos y deslices del movimiento. "¿Bill? Dije que no..."

"¡Ya te escuché! ¡Ahora, lárguense! ¡Las veré después!"

Annie volteó hacia Polly y dirigió su mirada a la puerta de entrada. "Vámonos".

Bill escuchó la puerta cerrarse y las vio a través de las cortinas, salían por la puerta del jardín frontal y de vuelta caminando por la calle Cathcart con la bolsa meciéndose casualmente en medio de ellas, como si no contuviera nada más que unas cuantas libras de papas. Volvió a su trabajo pendiente.

La cabeza ya estaba completamente desprendida y cubierta como un regalo mal envuelto en una lona. El cuerpo estaba desnudo, las ropas arrancadas y manchadas de sangre tiradas en una pila en el suelo. Tendría que guardarlas en una bolsa para después quemarlas. El cuerpo sin cabeza tendrá que enrollarlo en la alfombra sangrienta del piso y esta misma noche, después que oscurezca, deberá arrojarlo al Támesis. ¿Y la cabeza? Pues, era amigo de un fabricante de ladrillos que le prestaba de vez en cuando un horno, a cambio de unas monedas, sin averiguaciones.

Bill asintió con la cabeza. Doscientas libras muy fácilmente ganadas, es lo que fue.

Muy fácil en verdad.

Estaba bastante complacido consigo mismo, con toda la planeación de antemano, haber decidido hacer el trabajo a la mitad del día, cuando todo el ruido en la calle de enfrente bien podría encubrir un grito solitario. Contrario a la noche, cuando la voz se arrastraría.

Bien hecho, Bill.

Doscientas libras. A un artesano habilidoso le tomaría medio año ganar esa cantidad de dinero. Y él lo ganó en unos cuantos minutos. Las chicas pedían diez libras cada una, pero sabía que habían hecho ese tipo de trabajos por mucho menos. Esta noche les daría la mitad y si se quejaban, probablemente unos quince entre las dos, con la advertencia de que si pedían más les daría unas cachetadas.

Se acuclilló al lado de la forma desnuda del cuerpo sin cabeza y estudió su pálida piel sin marcas.

Aunque era una verdadera belleza.

Ciertamente no una cualquiera. Delgada pero sin ninguno de los rasgos de la mala nutrición, ninguno de los moretones, rasguños o raspones habituales de la profesión de las putas. Quizá fue una criada; ¿una mucama que logró llamar la atención de su empleador? ¿Alguna criada de la trascocina, de una de esas casas grandes en Holland Park?

Bill sabía que no debía hacerse preguntas. Un profesional no se hace preguntas. El caballero que se encontró con él le dio todo lo que necesitaba saber, un domicilio, una descripción de la mujer y, con un lenguaje sutil y cuidado, lo que quería que le hicieran a ella y al niño. Pero no se necesitaba ser un genio para entender que un *ricachón* del lado oeste se había involucrado en una situación muy incómoda. Esta chica desafortunada, aparentemente, fue puesta en ese lugar mientras tanto. Ella sin duda supuso que su destino estaba asegurado, y el problema resuelto; que su caballero amante proveería por ella de manera indefinida. Una pensión mensual y un techo donde alojarse. Sin tener que trabajar otra vez. Sin embargo, el caballero en cuestión optó por una solución más barata para esta chica extranjera sin nombre, al parecer sin familia en el país. Simplemente desaparecerla. Otra *nadie* perdida en el creciente, sombrío y oscuro enjambre de la humanidad. Londres perdía a *nadies* todo el tiempo. Las sacaban del Támesis casi a diario.

El caballero ni siquiera se preocupó por preguntar lo que Bill cobraría por sus servicios. Si lo hubiera hecho, Bill hubiera insistido, sin chistar, en cobrar cincuenta libras y ni un centavo menos. Aunque, a decir verdad, si se hubiera bajado el precio a treinta seguiría renuente de despreciar ese dinero fácil.

¡Pero fueron *doscientas libras* las que el caballero ofreció! Hasta un pelmazo con educación y un puesto decente de oficina tendría que esforzarse por ganar eso en seis meses.

Metió lo último que quedaba de la ropa ensangrentada, hecha bola en la alfombra, en la bolsa. Podía verse que no eran ropas caras, pero ciertamente no eran tampoco esas florituras y encajes gastados, manchados y de segunda que la mayoría de las mujeres de la calle usaban a diario.

Podía imaginarse una presurosa salida de compras en Oxford Street, la chica con casa nueva y un billete reluciente doblado en su cartera para ser gastado en un vestuario nuevo. Quizás emocionada por la experiencia de traer consigo una denominación tan alta. Cinco libras. ¡Un cinco! Y que le dijera *señora* la dependienta de una tienda, una chica de su misma edad que ayer ni siquiera se hubiera dignado a verla si hubiese entrado con su uniforme de mucama.

Mientras ponía el resto de las cosas en la bolsa, algo pesado se deslizó de los pliegues de material y golpeó secamente en la alfombra. Se agachó para recogerlo, volteándolo por todos lados con sus manos cubiertas de sangre. Abrió con su pulgar el cierre que abría al objeto y vio, en su interior, una imagen que le tomó unos momentos reconocer.

¡Una imagen que le permitiría pedir diez veces más el pago que iba a recibir del caballero!

Una fotografía. De esta mujer con un hombre. Un hombre muy importante, con un rostro que reconocía vagamente. Bill sintió el primer hormigueo de preocupación en su cabeza. El caballero que le pidió este trabajo lo hacía en nombre de *este* hombre en la fotografía, ¿acaso un hombre importante?

Hay algo más que un tipo cachondo queriendo limpiar su desorden.

Para su mente sagaz esto significaba una de dos cosas; oportunidad... o peligro.

O quizás un poco de ambas.

Capítulo 4

12 de septiembre, 1888,
Whitechapel, Londres

Los dedos de Mary esculcaban los pliegues oscuros del bolso de piel del sujeto. Era una mezcla entre bolso de marinero y mochila escolar; un bolso raro como para que lo estuviera cargando un caballero como él. Parecía un bolso viejo. Tenía la piel gastada.

Afuera, en el corredor más allá de la puerta de su pieza arrendada, escuchó los tumbos de pies pesados y las risillas débiles de una mujer. Los inquilinos del piso de arriba que regresaban de una noche de copas. Miró las cortinas de red que colgaban frente a su pequeña ventana mugrienta. Los primeros rayos grises del amanecer se filtraban en su pieza. Se estiró y apagó la mecha de su lámpara para ahorrar aceite. En la gris penumbra del amanecer, tomó la mochila y la llevó al banquillo que estaba enseguida de la ventana.

Afuera, en la calle, a través del panel quebradizo de su ventana, escuchó el repiqueteo de unas botas; hombres que se dirigían a trabajar.

La calle aledaña le recordaba a su hogar. Llangndeyrn; las hileras de casas en terrazas y los caminos adoquinados. Las columnas de humo de los desayunadores, elevándose de mil chimeneas en un horizonte escarpado. Mary sonrió melancólicamente, pensó en todo lo que había ascendido y caído sólo en cuatro años.

Dieciocho cuando dejó el convento de Saint Mary, con ideas en su cabeza demasiado grandes para un modesto pueblo galés del valle. No, ella quería *Londres*. Sus padres, ya acostumbrados a la testarudez y terquedad de su hija, sólo podían rogar entre sollozos que fuera muy cuidadosa y que escribiera a menudo, mientras vaciaban los últimos frascos con monedas en su bolso de viaje.

Dieciocho tenía cuando viajó sola a Londres. Recordaba ese día con tanta claridad; su sonrisa emocionada, su bolsa fuertemente agarrada con sus manos, asomándose por la ventana mientras el tren se detenía en los suburbios del oeste de Londres. Vio las altas agujas de las chimeneas de las fábricas, grúas en el horizonte y trabajadores como hormigas trepándose en las vigas y andamios de nuevos y altos edificios. Sintió la atracción magnética del corazón latiente de la capital. La atracción de la ciudad más poderosa del Imperio Británico. El mero centro del mundo civilizado.

Vaya lugar para vivir. Vaya lugar para alguien como ella; joven, llena de energía, con grandes ideas. ¡Ah! Y tenía planes, ¿no es así? Planes ingenuos en retrospectiva. Pero en aquel entonces, para esa sonriente chica de dieciocho años, eran planes verdaderamente plausibles. Ofrecería sus servicios como maestra de piano. Tocaría las puertas de las casas más pudientes en Londres y se presentaría con seguridad y orgullo. Y poco después que se estableciera como maestra se encontraría impartiendo sus lecciones a algún adorable joven soltero, con una borboteante manzana de Adán y una lengua seca que se rendiría a sus pies enamorado de su sonrisa tímida y sus dulces y juguetones coqueteos.

Pronto vendría el matrimonio, claro está, y su joven esposo la apoyaría en montar su propia escuela de música, la cual, naturalmente, ella dirigiría. Su hogar sería un espacio para entretener a músicos, compositores, poetas, escritores, pintores y hasta actores. Los diarios más sofisticados estarían repletos de historias sobre sus veladas fantásticas, con la glamorosa anfitriona en medio de todo, Mary Kelly —o cualesquiera que fuera el apellido que usara en ese momento.

Ella suspiró.

Han pasado cinco años y esas ideas grandiosas de su ingenua juventud eran tan ridículas que se reía cada vez que las recordaba. Una risa amarga, normalmente acompañada de una que otra lágrima. Había llegado hasta cierto punto, sin embargo, ¿no es así? Hasta cierto punto. Luego, fue estúpida, descuidada, y lo echó todo a perder.

Y ahora estaba aquí, en esta pieza de un cuarto. En un cuarto que apestaba a madera mojada y bolas de naftalina, y el sabor fuerte, como a vinagre quemado, de la orina rancia del inquilino que, o era muy descuidado con su bacinica o demasiado flojo como para usarla y se orinaba en la esquina.

Volvió a ver la mochila en su regazo. Su mano volvió a hurgar debajo de la solapa. Una ladrona. Carterista ocasional, lo que era ahora. Y una mujerzuela; ni siquiera una mujerzuela honesta. Trató de convencerse de que lo único que la colocaba un modesto paso adelante de todas las otras 'chicas' con las que convivía ahora, era que parte de su ser anterior seguía viva en algún lugar en su interior. Aún creía que había manera de salir de esta existencia mortífera.

Pero entonces, ¿robar este bolso de un hombre *agonizante*? ¿Era posible caer más bajo aún? Se preguntaba si había muerto o si ese taxista que se aproximaba lo encontró, ¿quizá tuvo la *decencia* de llevarlo al hospital? Saint Bartholomew estaba a un tiro de piedra, ¿no es así?

Sus mejillas ardían de vergüenza. Ella pudo haber pedido auxilio, al taxista, pudo haber ido a buscar algún policía patrullando. Pero no. Tomó la bolsa de este tipo y corrió.

¿En qué te has convertido, Mary?

Fue entonces que las yemas de sus dedos se encontraron con la textura plumosa de un fajo bien amarrado de papel. Buscó a tientas, escuchó el crujido de papel dentro de la bolsa. Cuidadosamente lo sacó de la mochila y puso el fajo frente a su cara. Frunció el ceño, no muy segura de lo que buscaba, al principio. Abrió un poco la cortina para que entrara un poco más de la escasa luz grisácea en su pieza.

"Ay, Dios…", susurró ásperamente. "Ay, Dios…"

CAPÍTULO 5
13 DE SEPTIEMBRE, 1888,
HOSPITAL SAINT BARTHOLOMEW, LONDRES

MARY KELLY SE APROXIMÓ POR LAS VERJAS DE ENTRADA A Saint Barts. El camino, de un solo sentido y en forma de arco, ya se encontraba ajetreado por el tráfico; cabriolés y coches privados que traían visitantes al hospital, o transportando a pacientes lo suficientemente bien como para regresar a casa; vendedores de comida jalando sus carretas para ofrecer sus viandas en el vestíbulo del hospital.

Esta mañana había sido una agonizante lucha para Mary. Dinero. Había *tanto dinero* en esa bolsa, que ni siquiera había considerado contarlo. Pero lo suficiente, seguramente, como para que ya no necesitara hacer ni un solo trabajo en su vida. Nunca más.

No obstante, estaba preocupada. No tanto por la ética de la situación. Al demonio con eso, el dinero era suyo. Pero le preocupaban cuestiones más prácticas. Una preocupación persistente que pinchaba su burbujeante euforia. Era mucho dinero el que llevaba ese caballero. Se preguntaba si era transportado de un lugar a otro. Era el dinero de *alguien*. ¿Acaso alguien que tenía mucho más? ¿Alguien poderoso y rico? ¿Alguien que estaría buscándolo? Dios libre al pobre desdichado que lo tenga cuando esa persona descubra quién es y toque a su puerta.

Mary tenía la certeza de estar a salvo. Siempre y cuando fuera discreta y astuta al respecto, todo estaría bien. Estaba *casi* segura de eso. Sin embargo, sería más feliz si tuviera la certeza de que a ese caballero en la calle Argyll lo llevaran muerto. Él la había visto. Él la miró a los ojos. Su mente descansaría si supiera con seguridad que se desangró.

Si ese taxista lo encontró o alguien más tarde esa mañana de ayer, entonces el cuerpo lo habrían traído a este hospital, el más cercano. Era cuestión de preguntar con cautela. Y si descubriera que no sobrevivió a sus heridas entonces el asunto quedaba cerrado. ¡El dinero sería *de ella*!

No debo hacer tonterías con esto.

Necesitaría ser *muy* discreta. Pagar su renta e irse. Quizás inventar una suerte de historia para contársela a las otras chicas. Les diría que sus padres le enviaron el dinero suficiente para comprarse un boleto de vuelta a Gales. Tendría que dejar Whitechapel lo más pronto posible, encontrarse en otra parte, para vivir al otro lado de Londres. Sin embargo, ¿por qué Londres? Quizá podría ser otro país. ¿Algún rincón alejado del imperio? ¿Estados Unidos? ¿África? ¿India?

Mary reprimió una sonrisilla de emoción. Podía convertirse en alguien más. Tendría que inventarse una nueva historia de vida, un nuevo nombre. Mary podría hacer eso. Podría jugar a ser otra persona. Hacer todo lo necesario, con un poco de práctica.

Miró hacia arriba, donde se encontraba un estornino sobrevolando el techo del hospital. Volando, libre.

Ésa soy yo. Volando libre.

Pero sólo falta una cosa. Esta última cosa. Para estar segura. Para estar a salvo.

Se abrió paso por las enormes puertas de roble y cristal, hacia el vestíbulo del hospital, el eco y resonancia que rebotaba en el techo con las voces y ajetreo de actividad a su alrededor. Deslizándose entre los porteros del hospital y los vendedores ambulantes, atravesó las bancas de madera atiborradas de pacientes, sentados, sosteniendo trapos ensangrentados en sus frentes, caderas, brazos, muslos. Las típicas víctimas de tiempo esparcido en las casas públicas. Buscó a su caballero entre éstos, pero no vio a nadie que remotamente se pareciera a él.

"¿Le ayudo, querida?", preguntó la monja a cargo de la recepción. Mary se veía nerviosa e impaciente.

"Yo... yo quisiera saber si, pues, quisiera saber sobre un caballero que pudieron haber traído la noche pasada. Pobrecillo. Creo que alguien lo acuchilló y le golpeó la cabeza".

La monja también se veía cansada; al final de un turno nocturno muy largo. "¿El que estaba cerca de Soho? ¿Por la calle Argyll? ¿Un tipo de fina estampa?

"¡Sí!", dijo Mary. "Sí, ése es. Era muy tarde, ya de madrugada..."

"Así es", la mujer revisó un libro de altas. "Llegó poco después de las dos".

Mary tranquilizó sus nervios. Podía sentir su voz agitada y ansiosa. "Me pregunto, ¿cómo está?"

La mujer volteó a verla y pudo notar la ansiedad en su cara pálida. "¿Tienen algún *parentesco*?" Mary sintió que la mujer la evaluaba. Unos momentos fugaces, en los que la enfermera revisaba el nuevo y reluciente sombrero que Mary había comprado esa mañana, así como el chal que cubría el tejido en harapos de su saco. "¿Son familiares?" Había algo de cinismo en su voz.

Mary titubeó un momento demasiado prolongado como para que pudiera decir "sí". Se dio cuenta de que estaba temblando.

"¿*Amiga*, entonces?" preguntó la mujer más suavemente. "¿Una amiga *cercana*?"

Ella asintió con la cabeza, e incluso logró soltar una lágrima que cayó de su pálida mejilla.

La monja suspiró, con cierta empatía. "No debo hacer esto, querida... no si no eres un familiar cercano, pero..."

"Dios mío, ¿acaso él está...?"

"¿Muerto?" La monja sonrió, estrechó una mano por el mostrador y gentilmente apretó una mano de Mary. "No. Pero el pobre tipo se siente muy mal consigo mismo esta mañana. Está bastante vivo, querida".

Las mejillas de Mary se humedecieron con más lágrimas. Sonrió. Pero dentro de ella sintió un pánico que comenzaba a brotar y a ponerla en evidencia. Se preguntaba a dónde más podría llevarla esta conversación.

"Ven conmigo, querida", dijo la enfermera, compasivamente. "Podrás verlo brevemente, pero no por mucho tiempo. Necesita descansar". Se dirigió a una colega para pedirle que atendiera la recepción y con un brazo firme sobre los hombros de Mary la guió para sacarla del gentío en el vestíbulo, a través de un par de puertas batientes.

"No... no quiero importunar. Yo..."

"Ya terminé mi jornada del día", dijo la monja. "El guardarropa del *staff* se encuentra en el camino de todos modos. No es ningún problema". La monja vio unos momentos a Mary, vio sus ojos vidriosos y su palidez. "Va a estar bien, eso fue lo que dijo el doctor".

Caminaron por el pasillo silencioso, tomando finalmente una puerta a la izquierda, que conducía a la sala de los hombres. Nuevamente, un par de puertas pesadas, de madera oscura y con el vidrio esmerilado. Empujó una de ellas unos cuantos centímetros y dirigió su mirada hacia las hileras de camas de hospital en el interior.

"El tercero a la derecha. Ése es tu caballero".

Mary podía ver a un hombre vendado de la cabeza, como si trajera un turbante indio cómicamente grande. Estaba profundamente dormido.

"¿Lo ve?", dijo la enfermera. "Puede estar tranquila. Está curándose, sí que lo está".

"¿Podría yo...?"

"¿Entrar? No. No se permiten visitantes hasta que el doctor lo indique", dijo la enfermera. "Aún se encuentra delicado de salud y me temo que no está en condiciones para ver a nadie".

"Oh, muy bien", Mary asintió con la cabeza. Le costó trabajo soltar un suspiro de alivio.

"A propósito de", la enfermera saludó con la cabeza al doctor mientras éste se aproximaba a las puertas.

"Hermana", dijo el doctor, fijándose en Mary. "Estoy seguro de que usted sabe que no se permiten visitas en la sala todavía, ¿verdad? No hasta que haya hecho mi ronda".

"Lo siento, señor. La dama aquí conmigo estaba terriblemente preocupada por el caballero que llegó por la madrugada. Sólo le mostraba que el paciente se encontraba perfectamente bien, doctor".

Hizo una mueca. "Ah... ya veo". Se rascó una mejilla. "Yo no diría que está *perfectamente* bien. La contusión en la cabeza fue muy severa". Notó una reacción en el rostro de Mary. "Severa... lo que quiero decir es que vivirá, pero en estos momentos experimenta un poco de desorientación. Algo de confusión".

"¿Confusión?"

"Pérdida de memoria". El doctor se encogió de hombros. "Esto puede pasar con un golpe fuerte en la cabeza. *Amnesia*, lo llamamos. Se pierde la memoria de cosas cotidianas. La mayoría de las veces, es una condición temporal que se corrige en su debido tiempo". El doctor dibujó una practicada sonrisa tranquilizadora, para beneplácito de Mary. "Incluso en los casos más severos de pérdida total de la memoria, cuando un paciente ni siquiera recuerda su propio nombre... estas cosas, estos recuerdos vuelven por completo en un futuro".

Mary vio al doctor. "¿Él... él está *así* de grave?"

El doctor se encogió de hombros. "Es muy temprano para decirlo. Tiene algo de inflamación, una lesión dentro de su cráneo, mismo que cubrimos para asegurarnos de que la hinchazón no dañe más su cerebro. ¿Puedo sugerirle que le permita descansar uno o dos días? Hasta entonces, podré saber con mayor claridad cuál es su condición".

"Sí", Mary asintió. "Sí, claro. Lo que usted considere lo mejor".

El doctor asintió educadamente. "Ahora, si me perdonan, enfermera, necesito comenzar". Se detuvo unos momentos en la entrada, la puerta a medio abrir. "Oh, por cierto, ¿cuál es el nombre de este caballero?"

Mary lo vio por unos momentos, congelada por el pánico. No había anticipado esto; inventarse un nombre.

"¿Su nombre? Es para nuestros registros".

La boca de Mary se abrió. "Es... es John".

"¿John...?", el doctor arqueó una ceja, esperando el resto.

Su mente se quedó en blanco. Una mudez de pánico. Se enjugó los labios resecos mientras emprendía la tarea de inventarse un nombre de la nada. Recordó la imagen del sujeto encorvado en la calle, bañado de la luz ambarina y tintineante de un farol y, más allá de éste, del lado de una pared de ladrillo, el letrero de una calle.

"Argyll", dijo finalmente. "John Argyll".

CAPÍTULO 6
15 DE JULIO, 1888,
WHITECHAPEL, LONDRES

"NADA FUE COMO LO HABÍAS DICHO, BILL". ANNIE LO ESTABA desafiando con su mirada al otro lado de la mesa. "Dijiste que era una golfa barata. Pero era de clase... eso podía notarse. No era una Señorita Nadie que venía de a Quién-Carajo-Le-Importa. Alguien estará buscándola, y... "

Polly asintió. "¿Y el crío? Te lo dijimos, sólo lo hacemos con los *nacidos fresquecitos*".

Bill las calló con un movimiento de manos. "Ya no importa un carajo, chicas. Ya lo hicimos, ¿no es así?"

"El bebé estaba lo suficientemente grande como para... no sé, *bautizarlo*", chistó Polly, su voz subiendo por encima del susurro con el que conversaban. "¡El bebé pudo haber sido registrado en alguna parte!"

Bill tomó una de sus manos y apretó los nudillos hasta que comenzaron a hincharse de dolor. "Baja la maldita voz, Polly", susurró.

"¡Me estás lastimando!", chilló.

"Claro que te estoy lastimando, querida, porque te la pasas farfullando tan alto que todos terminaremos colgados en alguna parte. De manera que a hablar quedito, o a callarse el hocico".

Ella asintió con la cabeza, muda.

"Ahora... díganme lo que hicieron con el bebé".

Annie habló, dando unos golpecitos a la pipa sobre la mesa y quitando las cenizas con su mano, tirándolas al suelo. "Como lo hacemos todas las veces. Ya está partido en puros pedacitos. En distintos lugares".

"Bien".

"¿Y qué nos dices de la mujer, Bill?"

Se encogió de hombros. "Ése es mi asunto. Ya no existe".

Se sentaron en silencio por un tiempo, mientras observaban a los clientes de la posada desde su mesa en la esquina. Observaban cómo se desplegaba el habitual patrón de la noche; hombres trabajadores demorando el momento en que tienen que regresar a casa, con un último tarro de bebida refrescante. Una hilera de zorras encaramadas en la barra, fumando de sus pipas de cerámica como trompetistas reales expulsando una fanfarria de humo.

"Como les dije, nos pagaron un buen billete por esto", dijo Bill. "Un caballero puso su pito en el lugar equivocado y nosotros arreglamos las consecuencias. No hay nada más qué decir".

"Estábamos platicando", dijo Annie. "Antes que llegaras". Le echó una miradilla a Polly, y ella a su vez asintió como si ofreciera su apoyo moral. "Yo creo que... pues como no fuiste claro con nosotras, por lo de esa calle tan ricachona donde ella estaba viviendo, y con eso de que el bebé no era un recién nacido... que deberíamos recibir el doble de lo que habíamos acordado. Es lo justo, Bill".

Bill se le quedó viendo en silencio.

"Si hubieras sido derecho con nosotras desde el principio, hubiéramos pedido más. Ése no era sólo una simple rata de cuna".

Bill podía escuchar cómo la voz de Annie temblaba de miedo.

Esta perra tonta me tiene miedo.

Claro que tenía miedo. Vio cómo casi le cortaba la cabeza a la mujer. Vio cómo lo hizo, con calma y profesionalismo, como si no hubiera sido un problema. Como si estuviera cortándose una rebanada de pan.

Casualmente dibujó un círculo con la cerveza derramada sobre la mesa de madera, tomándose su tiempo para responder. El asunto es que, dada la cantidad que el caballero ya estaba pagando, fácilmente podía pagarles el doble de lo que habían pedido. Mejor aún, ese medallón que encontró —ese precioso relicario que había caído de las ropas de la mujer— la cosa es que ese medallón hacía que este trabajo se convirtiera en *otra cosa.* Un contrato distinto, totalmente.

Su otra mano se introdujo casualmente en la bolsa de su saco, jugó con la cálida y suave superficie del relicario; abría y cerraba el cerrojo.

Una situación muy distinta.

Sonrió. ¿Por qué no dejar que estas dos compartieran un poco de esta buena noticia? No es que les fuera a decir lo que traía en su bolsillo, o lo que significaba, pero no estaría de más que ellas supieran que había posibilidades de obtener un poco más de crema de este budín si seguían el juego y se portaban bien.

Vería al caballero el día de mañana. Una cita acordada en un lugar oscuro donde se pudieran discutir los pormenores y se realizara el pago. Bill jamás había hecho negocios con un hombre que hablara como éste; como si fuera un Duque o Lord. No sólo refinado, sino un *refinado antiguo...* del tipo que venía generaciones atrás, de los que tenían un escudo de armas, de los que provenían de tiempos lejanos.

Se dio cuenta de que si iba a jugar con el caballero, tendría que hacerlo astutamente. Si iba a decirle lo que había encontrado en la mujer y que este pequeño descubrimiento iba a alterar significativamente el acuerdo original, debería ser muy carajamente cuidadoso al respecto.

Un caballero como ése no anda caminando por los muelles solo, ¿o sí?

Un caballero como ése, lo más probable, tendría a un par de lacayos detrás suyo, lejos de la vista, pero lo suficientemente cerca como para saltar a la menor provocación; el encendido de un fósforo, o alguien deliberadamente sonándose la nariz.

Y sería algo realmente ingenuo sacar ese objeto de su bolsa como prueba de haber encontrado lo que encontró. Sería mucho mejor acudir a la cita *sin él.* Podría describirlo detalladamente, lo mejor que pudiera, y asegurarle al hombre que está siendo cuidado en alguna otra parte, antes de pasar la conversación al tema de qué tanto el caballero en cuestión tendría que pagar por obtenerlo de vuelta.

Bill sonrió. Podía ser muy, pero muy astuto cuando se lo proponía. Tan astuto como un zorro.

"¿Y bien?" dijo Annie. "No has dicho nada sobre lo que te acabo de decir".

Bill se hizo hacia delante. "Polly, ¿por qué no vas y consigues para ustedes un par de tazas de café, y una buena pinta para mí? Necesito hablar con Annie en privado".

Los ojos de Polly se encendieron de coraje, aun así se puso de pie. "Supongo que, pues, sí".

Se levantó de la cabinita de madera donde estaban sentados y se desplazó entre las capas de humo de pipas rumbo a la barra.

"Annie... ¿hace cuánto nos conocemos?"

Annie tomó un fósforo, lo encendió y lo colocó en el nido de tabaco que reposaba en su pipa. "Años, Bill. Años".

"¿Y tú respondes por Polly?"

"No se ha echado al plato a tantas ratillas de cuna como yo. Pero lo puede hacer. Ella es... "

"Lo que te pregunto es si puedes *confiar* en ella".

Inclinó la cabeza. "Es mi camarada. Confío más en ella de lo que confío en ti, cabrón", respondió con una risa seca y jadeante. Pero lo decía en serio.

"Está bien, pues". Sus dedos jugaban con el medallón, volteándolo una y otra vez. "Veré al hombre con la paga mañana por la noche".

"Eso ya lo sé".

"Voy a pedirle *mucha* más marmaja de la que habíamos acordado antes".

Las cejas de Annie se arquearon. "Oh, ¿crees que va a soltar el dinero, Bill? ¿Sólo porque decidiste pedirle más?"

Bill sonrió. "Este hombre soltará prenda, querida, porque encontré algo muy especial en la chica".

"¿Especial?" Extrajo la pipa de sus labios. "¿Qué cosa?"

"Algo bonito y brilloso... un recuerdo". Bill estaba tentado a sacarlo de su bolsillo, mostrarle la pieza, aunque fuera poco. Pero la posada estaba llena de carteristas, pillos y ladronzuelos cuyos ojos de urraca estarían más que dispuestos a detectar el débil destello del oro pulido, en la oscuridad iluminada de sus recovecos, apenas iluminados con la luz de lámparas de gas.

"Es una de esas cosas que le llaman relicario. Tiene un retrato en su interior. El retrato de un tipo con la mujer muerta. A mí me huele que ése es el caballero que no pudo mantener su pito en sus pantalones".

Los ojos de Annie se abrieron. "¿En serio?"

"Así es. Y estoy bien seguro de que no le tomaría a una persona mucha búsqueda para descubrir el nombre que viene con esa cara". Iba a añadir que en realidad ya había reconocido la cara; pero aún no estaba seguro de dónde la había visto. Por el momento.

Lo miró con los ojos sesgados, escépticos. "Bien, ¿lo ves?... Hubiera pensado que mantendrías eso sólo para ti. No es común en ti que compartas a menos que alguien tenga sus dedos envueltos en tus rizos".

"Tú lo vas a cuidar, Annie. Cuídalo mientras voy y platico con nuestro amigo mañana por la noche".

"Oh... ", ella sonrió. "Entonces, ¿*sí* confías en mí, Bill?"

"Confío en que no te portarás como una tonta perra y me quieras traicionar. ¿Cómo la ves?"

Annie volteó hacia la barra. "¿Y Polly?"

"Ella te hace caso a ti, ¿no? Si confías en ella, entonces por mí está bien. Pero", dijo mientras se recargaba de nuevo en su asiento, "si cualquiera de las dos me mete en problemas, ambas van a terminar flotando en el Támesis".

"¿Y entonces? ¿Dónde está la medallita, pues?"

Aquí no... ahora no.

"Te la daré mañana, antes de ir a ver a este hombre. Procura encontrar un lugar seguro donde esconderla. *Muy* seguro".

Capítulo 7

15 de septiembre, 1888,
Hospital Saint Bartholomew, Londres

SUS SUEÑOS PARECÍAN SABER MÁS SOBRE ÉL DE LO QUE ÉL podía. Llenaban su sueño inquieto con historias que no tenían sentido, pero que le prometían atisbos de cosas que pudo haber visto. Vio una ciudad de edificios altos, una calle amplia llena de vida y actividad. Instintivamente, sabía que no era Londres. Era una ciudad lejana, cruzando el océano.

¿Será un lugar donde yo he estado?, se preguntó. *¿Es eso? ¿Es ahí de donde vengo?*

Quizá sólo había visitado el lugar, y sus sueños lo incitaban con recuerdos fugaces. Pero también era cauteloso con las ideas que llegaban a él para cubrir su memoria vacía. La sala estaba ajetreada todo el día con visitantes que entraban y salían, el techo alto del cuarto hacía ecos de los fragmentos de conversación que a veces se susurraban, otras veces eran en voz alta y muy desconsideradas. El joven que estaba en la cama enseguida de él había perdido varios dedos en un accidente. Un serrucho para huesos en un matadero y una breve distracción fue todo lo que se requirió. Su colorida y orgullosa descripción del incidente, hecha a una de las monjas que cuidaban las salas, se había convertido en material para que su mente vacía hiciera de las suyas. El sueño de esta tarde había estado salpicado de sangre y de costillas y cubetas llenas de vísceras, así como de los gritos agudos del joven que hoy se encuentra separado de sus dedos. ¿Recuerdo o sueño? Se sacudió la cabeza. No tenía manera de saberlo.

"¡Ah! Finalmente despertó".

Volteó a ver a la matrona de la sala, una mujer pequeñita, no más alta que un niño, pero con el aire imponente de un general. Su rostro delgado se estiraba por su cabello castaño, amarrado para formar un moño del tamaño de una nuez; un rostro duro con el ceño fruncido que parecía intimidar hasta a los cirujanos de guardia.

"¿Cómo se siente esta tarde, señor Argyll?"

Sí. Argyll. Señor Argyll. John Argyll. Intentó el nombre nuevamente, en silencio. Seguía siendo extraño tener eso, un nombre. Pero placentero. Mucho mejor que nada.

"¿Señor Argyll?"

Él asintió. "Un poco mejor, gracias, señora".

"Espléndido", dijo ella con algo de indiferencia. Luego, su ceño se aligeró momentáneamente, con el más leve rasgo de humanidad. "Porque... le tengo noticias".

"¿Sí?"

"Tiene visita".

"¿Visita?" Sintió algo sacudiéndolo por dentro. Un espasmo de nerviosismo, de emoción. "¿Para mí? ¿Está segura?"

"Claro que estoy segura". Regresó a su cara el enojo, como si nunca se hubiera ido. "Ahora bien, ¿se siente lo suficientemente bien como para recibirla a ella?"

¿Ella?

"¿Quién... este, quién es ella?"

"Ella dice que es *una amiga*". Sintió un poco de reproche en la voz de la matrona. "Ha estado esperando en la sala principal desde el desayuno".

Una amiga. Rogó a su mente tratar de producir algo... alguien. Una cara. Un nombre. No obtuvo nada de vuelta, más que al pobre joven de al lado con sus dedos cortados. "Yo... yo no sé... en realidad yo..."

"Le puedo pedir que se retire si no está listo".

"No... no, ¡por favor, no haga eso! Creo que me gustaría verla. ¿Quizás ella pueda ayudarme a recuperar mi memoria?"

"Sólo si está absolutamente seguro".

"¡Sí! ¡Por favor!"

La matrona giró rechinando sus zapatos sobre el linóleo pulido y se dirigió hacia el final de la sala, desapareció por las puertas dobles de vidrio esmerilado.

¿Ella? Argyll se dio cuenta de que estaba temblando mientras veía detrás del vidrio de las puertas algunos contornos indistintos, formas oscuras que pasaban de un lado a otro, permanecían, se juntaban, se iban. Cualquiera de ellos podía ser su visita. Quienquiera que fuera, ¡ella *lo conocía* a él!

Una amiga. ¿Eso fue lo que dijo la matrona, no es así? No un familiar, una amiga.

Se alzó en su cama, esponjó las almohadas. Su cabeza comenzó a pulsar por el esfuerzo.

¿Una amiga? ¿O —demonios— una amante, quizás?

Ajustó el cuello de su camisa de pijama. Se frotó los ojos en caso de que estuvieran cubiertos de lagañas. Se le ocurrió que en unos cuantos momentos obtendría algo valioso. Hablaría con alguien que sabía quién era él; conocía a la persona que existía más allá de la burbuja de esta cama de hospital. El vidrio esmerilado se nublaba con dos masas oscuras que se volvían cada vez más reconocibles. Una más bajita que la otra —la matrona y la mujer que lo visita.

Dios santo, contrólate, se dijo a sí mismo. No sólo temblaba, su cuerpo ya se estaba sacudiendo.

Con el crujido de las bisagras que hicieron eco por toda la callada sala, se abrieron las puertas dobles hacia dentro, y pudo verla por primera vez. Era menuda, esbelta, su ropa se veía de moda según su mejor estimación. Un cabello castaño rojizo apilado y coronado con un sombrero, y un rostro pálido, ovalado, espolvoreado de unas cuantas pecas. Sus ojos verdes saltaban de una cama a otra hasta que, finalmente, se posaron en él.

Apretó sus manos enguantadas y soltó un pequeño grito antes de que apresurara su paso y se acercara a él.

"¡Oh, Dios, he estado tan preocupada!"

Se colocó al lado de la cama, sus manos envolvieron sus hombros fuertemente, lo abrazaron. "¡Mi querido!", suspiró a su oído. "¡John, creí que habías muerto! ¡Yo... creí haberte perdido!"

La matrona de la sala se acercó a ellos y la joven se separó de él, se reincorporó y limpió las lágrimas de sus mejillas.

"Y bien... Sr. Argyll, esta jovencita había estado muy, pero muy ansiosa de hablar con usted", dijo la matrona, bruscamente.

Su visita suspiró. "¡Santo Cielo, sí! ¡Cuando no regresaste a casa, John, me preocupé tanto por ti! ¡Yo... yo debí haber llamado a la mitad de los hospitales en Londres!"

El doctor —doctor Hart— él le había dicho que su nombre era John Argyll la noche anterior. *John*. No logró detonar el torrente de recuerdos que el doctor hubiera esperado. Y le había sonado tan extraño, tan ajeno al principio. Pero *John*... sí, podía quizás imaginarse como un *John*. Un nombre seguro. Un nombre confiable. Un nombre neutral. Y ahora, al escucharlo de los labios de esta mujer tan hermosa, estaba absolutamente seguro de que era su nombre.

Él la miró. "Mi nombre *es* John".

"Sí... claro que lo es, querido mío". La joven se veía preocupada, volteó hacia la matrona. "¿Se encuentra así de mal? ¿Su memoria?"

La matrona asintió. "No recuerda absolutamente nada. Ni una sola cosa".

Se mordió el labio. "¿Ni siquiera... a *mí*?"

"¿Podría preguntarle yo sobre su relación con... con el Sr. Argyll?" Había un tono de sospecha en su voz.

La joven vio a la matrona, luego de vuelta a John. Bajó su voz hasta que casi llegaba a un susurro. "Somos... nosotros... pero, es que esto es un poco incómodo...", se mordió el labio. "¿En realidad no me recuerdas?"

Argyll frunció el ceño, obligando a su mente a buscar y extraer algo de la neblina. Estudió cuidadosamente el rostro de la joven; la barbilla puntiaguda, la mirada de preocupación y angustia... algo en todo ello *sí* se sentía vagamente familiar. Pero de igual modo, había despertado hacía poco menos de media hora, creyendo que en algún momento de su vida había trabajado en un matadero. No estaba seguro de si podía confiar en cualquier sentimiento instintivo. Podría simplemente ser que *quería* recordar un rostro tan bello como éste. Y esa voz tan intoxicante... unos cuantos toques de acento marcado; una cierta cadencia musical que le resultaba realmente encantadora.

A él le hubiera encantado genuinamente decir que la conocía; le hubiera encantado decir que recordaba cualesquiera que fuera la relación que tuvieran.

"¿Hay algo, Sr. Argyll? ¿Algún recuerdo de esta joven dama?"

La matrona dijo su nombre con el mismo tono cínico.

"La cara... la cara es, sí, creo que es conocida para mí".

"Soy yo, querido... soy *yo*, ¡Mary!"

Se esforzó por unir el nombre con la cara. El nombre. Mary. Mary. Se imaginó diciendo "Te amo, Mary". "Mary, mi amor". Con la esperanza de que esto pudiese despertar algunas imágenes ausentes. Nada regresaba a él. Pero su cara... la cara de Mary. Ciertamente era muy familiar.

Pero también, quizás él sólo quería que fuera así. Quizá sólo quería saber que no estaba completamente solo en este horrible y apático limbo.

"¿Puedo suponer que usted es la *Sra. Argyll?*", preguntó la matrona.

Las mejillas de Mary se ruborizaron y sacudió su cabeza en silencio. "No... nosotros... nosotros somos... "

La matrona hizo un gesto con la mano, prefería no escuchar lo que la joven se esforzaba por decir. "Muy bien. No diga más". El sesgo de sospecha en su voz parecía haberse desvanecido, reemplazado por su habitual autoridad severa. "Quizás entonces, *señorita*, puede ayudarme con el papeleo, ahora que ya tenemos a alguien que pueda responder por su identidad".

La matrona lo volteó a ver y esa pasajera expresión de calidez profesional regresó a su rostro. "Ahí lo tiene, querido... ¿no le dije que alguien lo buscaría más tarde que temprano?"

Argyll asintió, se veía lastimosamente aliviado de tener a alguien. "¿Volverás, Mary?"

"Sí... sí, mi amor, claro".

"No la mantendré muy alejada de usted por mucho tiempo, Sr. Argyll".

Capítulo 8
16 de julio, 1888,
los Muelles de Victoria, Londres

Bill escuchó las campanadas que anunciaban la hora desde Saint George. Los últimos manchones del día coloreaban a las nubes en el cielo, las pintaba de un suave y vulnerable color rollizo; como el vientre de un salmón, como el rubor lechoso en la mejilla de una prostituta.

Estaba viendo a los trabajadores del muelle descargando una barcaza de carbón que atravesaba el Támesis; pequeños hombres topo, cubiertos de negro por el polvo. El horizonte que atravesaba el plácido y amplio río era como una silueta de papel picado color negro, con las chimeneas y las azoteas abovedadas de los almacenes alineados uno al lado del otro a lo largo del ajetreado embarcadero. Podía escuchar el ladrido distante de voces, el estrépito de las descargas, el irritado rebuzno de una mula. Los muelles siempre estaban ocupados.

En este lado del río, sin embargo, el lado sur, estaba tranquilo. Lo suficiente como para escuchar el suave sonido de la gravilla que pisan unas botas que se aproximan.

"Buenas noches, Sr. Tolly".

Bill volteó para ver a su caballero cliente a unos seis metros de distancia. Así como la última vez, su encuentro cara a cara fue en el ocaso; lo suficientemente oscuro como para que, debajo del ala de fieltro de su sombrero de copa, sólo se viera la sombra de su rostro, pero no tanto como para que la transacción se hiciera a ciegas.

El caballero le había dado un nombre, obviamente, un seudónimo. "Buenas noches, Sr. *Jones*". Instintivamente, hizo un ademán de saludo y luego se dio una patada a sí mismo en su interior por haberlo hecho.

Por el momento, una pausa. El suave chapaleo del Támesis, baja la marea, golpeando suavemente en el limo y los guijarros, el sonido metálico de las drizas y poleas contra los mástiles de las embarcaciones ancladas en la cercanía complementaban el silencio.

"Entonces... ¿se pudo... este... arreglar la situación?"

"La mujerzuela y el bebé están en trocitos", respondió Tolly de manera casual.

El caballero volteó la mirada por un momento. Un gesto de malestar. Era un hombre acostumbrado a hablar con eufemismos delicadamente velados; no tan bruscamente como eso.

"Pues bien", respondió eventualmente. "Tengo el saldo de su pago aquí, Sr. Tolly. La segunda parte de cien libras, como lo acordamos, y con eso creemos que ya se arregló la cuestión".

¿Creemos?

Bill ladeó un poco la cabeza al escuchar eso. *¿Creemos?* La única vez que había visto antes al Sr. Jones —en este lugar a la misma hora hace tres semanas— había hablado como si *esta cuestión* fuera suya y nada más suya. Hasta hace unos cinco segundos, Bill había imaginado la posibilidad de que el hombre que aparecía en la foto que traía el medallón pudiera ser el mismo Sr. Jones, de ahí su vaga familiaridad; el caballero con una inclinación por el *staff* doméstico de origen francés.

Bill había planeado un pequeño discurso. Algo que había estado ensayando todo el día, sabiendo muy bien que no tenía la astucia ni las palabras largas de hombre inteligente que tenía el Sr. Jones. Y lo que estaba a punto de decir necesitaba escucharse ingenioso. Necesitaba escucharse muy formal.

Pero la palabra 'creemos' cambió en cierto modo las cosas.

Al demonio con eso. Concéntrate en lo que vienes a decir, se dijo a sí mismo.

"Señor Jones", comenzó diciendo, "a mí me parece que la transacción no ha llegado a su fin".

Pudo ver cómo la cabeza del caballero se volteó, después de estar contemplando el otro lado del Támesis. Un destello de frialdad en uno de sus ojos le dio a entender a Bill Tolly que lo estaba viendo directamente a él. "¿Perdón?"

"Su chica no era exactamente una cualquiera, ¿verdad?" Como que había algo de clase en ella. Además, extranjera. Francesa, ¿verdad?"

El Sr. Jones se mantuvo en silencio, secamente inmóvil.

"¿Era acaso su segundo frente?"

Bill rompió el hielo introduciendo el *creemos* en la discusión.

"¿O acaso era la tipa de un amigo suyo? ¿Eh?"

El caballero volteó su mirada nuevamente hacia el Támesis, para ver las formas sombrías de esos topos que subían sacos de carbón al muelle. "Será mejor que le aconseje no continuar con preguntas como ésa, Sr. Tolly. El asunto se ha resuelto y tengo una cantidad generosa de dinero para darle. ¿Le parece si concluimos con nuestro negocio y nos decimos buenas noches?"

"Quiero más, Sr. Jones. Quiero *dos mil*".

Bill pudo ver cómo el hombre reculaba un poco.

"Verá... descubrí unas cosas sobre la chica. Cosas que traía puestas y que pienso que no debería traer".

"Sr. Tolly, en realidad no tengo interés en saber si usted decidió hurgar entre sus cosas para empeñarlas por... "

"*Joyas*, Sr. Jones. Una *joyería* especial que supongo que no compró ella".

"¿Perdón? ¿Una joya?"

Bill sonrió en la oscuridad. Logró captar la atención de este hombre. Sintió un escozor de nerviosismo y satisfacción al ver a este pretencioso bastardo perder su compostura aunque sólo fuera por unos momentos.

"Un obsequio... un recuerdo, se mira de oro, con un patrón interesante y con el sello del joyero al reverso. Lo mejor, sin embargo, Sr. Jones, lo mejor es que tiene una fotito muy buena en su interior. *Divina* foto de un caballero y una mujer. Al parecer muy enamorados. ¿O cómo se dice? Como una pareja muy feliz".

Bill guardó silencio, satisfecho de que su discurso había sido muy parecido a como lo había ensayado.

"Entiendo".

Bill quería desesperadamente ver a su alrededor, detrás de sí... para verificar si el Sr. Jones había traído consigo uno que otro matón. Pero sabía que debía permanecer calmado, en control, debía mantenerse *formal*.

"Si usted me mostrara esa joya particular, Sr. Tolly, es posible que en verdad le creyera".

Ahí lo tienes, Bill... aquí es cuando debes andarte con cuidado.

"Mire, yo sería en realidad un grandísimo tonto si me la hubiera traído esta noche, ¿no lo cree así, Sr. Jones? Un grandísimo tonto". Miró a su alrededor. "Yo diría que usted se trajo a dos que tres matones a esta cita".

El caballero se le quedó viendo en silencio. En la caída del crepúsculo, los débiles manchones oscuros que pasaban por ojos, nariz y boca se fusionaron en una sola forma ahora, por debajo del ala de su sombrero. "Usted está jugando un juego cada vez más peligroso, Sr. Tolly. En realidad, le aconsejo que no lo haga".

"Yo no estoy jugando ningún juego. Éste es un trato formal, Sr. Jones. Yo soy un tipo de negocios".

El caballero soltó una risa abrupta. "No, usted no lo es. Es un vil ladronzuelo que cree haberse topado con algo de valor".

"Pero usted verá, sí que es de valor, ¿verdad?"

"Usted se encontró con un medallón que podría —en el peor de los casos—, podría causar un poco de pena a un asociado mío. Ande, vaya por él, tráigalo para acá... y si lo hace rápido podré estar dispuesto a darle otras cien libras por el encargo, y ni un solo centavo más".

Bill sacudió su cabeza. "Nah, está bien. Está seguro con mi socio. Creo que puede quedarse donde está por el momento".

"¿Socio?" La palabra llenó el espacio entre ellos. "Ahora bien, usted *me aseguró* que trabajaba solo, Tolly".

Bill se dio cuenta de que la mención de alguien más involucrado en esto era verdaderamente inquietante para el Sr. Jones. Igual de inquietante, de hecho, que el haber escuchado ese "creemos".

"Tuve un poco de ayuda para hacer el trabajo, ¿y qué? Un par de ayudantes, para estar seguros".

"Y acaso…" una larga pausa. Una muy larga pausa. "¿Acaso *saben* sobre esta joya?

"Oh, sí que lo saben, Sr. Jones. Pero no se preocupe, no abrirán la boca. No mientras hay posibilidad de sacarle un poco más de dinero a usted".

Bill se dio cuenta de que temblaba, no de miedo, sino de pura excitación. Podía escuchar un gorjeo vacilante en la voz del caballero, y con eso se dio cuenta de que las cosas iban muy bien. Mucho mejor de lo que se había imaginado.

Está cagado de miedo.

"Por favor, Sr. Tolly, tiene que entender que nosotros… eh… nosotros podemos encontrarlo fácilmente. Y si decidiéramos hacerlo, usted y sus colegas terminarían de manera muy desafortunada". El caballero dio un paso hacia delante, pero Bill se mantuvo firme.

Aguanta presión, Bill. Demuéstrale quién manda.

Si el Sr. Jones hubiera traído consigo a un par de zopencos, Bill concluyó que este momento sería el indicado para llamarlos al frente.

"Sr. Jones, usted no podrá encontrar esta joyita con la imagen, no si me hace algo a mí. El medallón está seguro con una persona de mi confianza. Cualquier cosa que me pueda suceder y ella se lo lleva a uno de esos pasquines".

El Sr. Jones se detuvo donde estaba. "Sería deseable tener este objeto de vuelta sin que corra más sangre". Agitó una mano. "El dinero es inconsecuente. Pero la discreción, ¿lo entiende? *Discreción*, eso es algo que valoramos mucho más".

"Eso lo entiendo, Sr. Jones. Algo así que apareciera en los periódicos sería muy vergonzoso".

"Mmh", respondió el caballero. Volteó para ver los últimos atisbos de cielo rojizo desaparecer en el crepúsculo. Una consideración silenciosa sobre el camino a seguir que duró lo suficiente como para que Bill lo apurara. "¿Entonces… Sr. Jones?"

"Bueno, me parece que, entonces, esta cuestión no podrá concluirse esta noche. Usted y yo requeriremos de una segunda reunión. No tengo esa cantidad de dinero conmigo en este momento".

Bill se encogió de hombros. "Claro que no. No esperaba que lo tuviera. Pero le acepto esas cien libras ahora, Sr. Jones, si bien le parece. Y el resto cuando tenga el dinero completo".

"Tendré que hacer algunos... este... algunos arreglos primero".

"Haga lo que tenga que hacer... pero trate de no hacerme esperar mucho, Sr. Jones. Tiendo a impacientarme".

"¿SE ENCUENTRA DESPIERTO ESTA MAÑANA?
La matrona de la sala volteó al escuchar el sonido de esa suave voz. "¡Ah! ¡Aquí está otra vez! Buenos días, Mary", dijo con educada reverencia. "Sí, se encuentra despierto y moviéndose. Tomó una taza de té y se ha vuelto todo un fastidio esta mañana".

"Oh, bien", ella respondió alegremente, avanzando por el piso pulido del pasillo hacia la estación de enfermería, un ramillete de narcisos bajo un brazo y un canasto con frutas del mercado en el otro.

"¡Dios Santo! ¿Son uvas? ¡Qué buena fortuna, Sr. Argyll!"

Mary sonrió mientras pasaba. "Sí... escuché por ahí que eran buenas para una constitución débil", respondió un poco consciente de que estaba arrastrando demasiado su acento.

En la última semana había estado trabajando mucho en eso, entre otras cosas. Escuchaba con atención a la manera como las damas más refinadas que ella hablaban entre sí. Esta mañana, al detenerse en el Covent Garden rumbo a Saint Barts, discretamente siguió a dos mujeres de dinero cruzar por todo el mercado, escuchando las palabras que salían de sus bocas y el tipo de cosas de las que platicaban. Mary ya traía pura ropa nueva. Buena ropa, mejor de la que había usado antes. Y al caminar por el mercado, si mantenía la boca cerrada y sólo practicaba los pasitos medidos de una dama *refinada*, si no movía sus brazos como solía hacerlo, sino que los mantenía ocupados sosteniendo un pequeño bolso... casi podía pasar por una de ellas.

¿Casi?

No, no casi, sí que lo hacía. Los hombres, caballeros bien, alzaban sus sombreros, le ofrecían sonrisas galantes y se hacían a un lado al pasar. ¡Y los comerciantes y tenderos! Dios Santo, incluso entre ellos había rostros que ella reconocía, hombres que unos días antes le chiflaban al pasar, o le daban una palmada a su trasero o incluso le manoseaban el escote, ahora se quitaban sus gorros educadamente, y con sus ásperos acentos le decían "¿Y cómo está usted?"

Mary se movió afanosamente en la sala e instantáneamente identificó a John Argyll con su pijama a rayas de hospital, con su bata y sus pantuflas, en la cama y leyendo atentamente el periódico. El vendaje en su cabeza había sido reemplazado un par de veces, y cada ocasión parecía estar menos abultado, de modo que ya no se veía tan cómico.

"¡Buenos días, John!"

Argyll volteó a verla, su rostro curtido de pronto abierto instantáneamente con una amplia sonrisa. "Si vieras qué feliz me hace verte. Esta maldita palabra me está volviendo loco, ¿qué es?", dijo, señalando la columna de texto, de un artículo sobre instalaciones sanitarias domésticas. Ella se acercó a su hombro y entornó sus ojos para ver la palabra que el dedo de John señalaba. "Tinaja."

Con los ojos entrecerrados se acercó más. "¡Por amor de Dios, creo que tienes razón!" Se sacudió la cabeza, confundido e irritado consigo mismo. "¡No dejaba de verla, deletreando todas las letras correctamente y aun así no podía encontrarle el sentido a esta maldita cosa!"

"Que no te preocupe tanto, John. Recuerda lo que dijo el doctor Hart... que podrás encontrarte con algunas cosas que no tendrán sentido para ti, en un principio. ¡Pero luego van a regresar!"

Él asintió con la cabeza. "Lo sé, lo sé... pero es el hecho de que puedo leer todas las otras palabras. Es tan irritante. No tiene sentido".

"Tu mente lastimada se compondrá", le dijo ella mientras le apretaba el hombro con afecto. "Se compondrá, querido".

Pero por favor, que no sea demasiado rápido.
Se sentó en la silla para visitantes que estaba a su lado. "Estás recordando mejor las cosas, ¿cierto? ¿Qué me dices de las cosas que hablamos ayer por la noche? ¿Puedes recordarlas?"

Habían estado jugando cartas, *cribbage*, y hablaban en voz baja para no molestar a los otros en la sala. Argyll estuvo preguntando cosas sobre *ellos*, lo que significaban el uno para el otro antes del accidente, cómo se conocieron, dónde vivían, a qué se dedicaba. Un millón y una preguntas que Mary logró responder cautelosamente. El cirujano, doctor Hart, les había sugerido que lo mejor, al principio, era que no se le dieran respuestas a muchas cosas; que ella debería dejar que él hiciera las preguntas, para luego intentar responderlas él mismo. Podría ser mejor para su cerebro en recuperación que trabajara en vez de darle cucharaditas de su pasado. Y en el peor de los casos, si él comenzaba a aprender cosas sobre sí mismo que nadie le dijo, entonces eso sería una señal de que algún grado de su amnesia se estaba clarificando.

Él dijo con cierto orgullo, "recuerdo todo lo de ayer". Se rio. "Recuerdo que hiciste trampa en el *cribagge*".

Ella quedó boquiabierta, horrorizada en broma. "¡John! ¿Cómo puedes decirme semejante cosa? ¿Yo, una tramposa?" Su horror se disolvió en una risilla mientras le apretaba la mano.

"Recuerdo lo poco que sé acerca de nosotros", dijo después de un tiempo. Y tristemente, "Me encantaría recordar cómo nos conocimos, cómo nos sentimos..." Sacudió su cabeza.

"El doctor dijo que debo dejar que tú descubras si puedes encontrar esas cosas, lo siento".

Se frotó la barbilla, los pelos gruesos, con una gran necesidad de un buen rasurado. "Pero tú, Mary... tú lo tienes todo en tu memoria. Tú nos recuerdas". La vio por unos momentos, "Y... ¿y acaso tú...?"

Las mejillas de Mary se ruborizaron. "¿Que si te amaba?"

Él se veía con un anhelo desesperado. Triste como un cachorro en sus pijamas.

"Sí... sí te amo, John".

El sentimiento de alivio lo cubrió. Una expresión extraña para un rostro tan maduro. Mary supuso que el hombre estaría como a la mitad o a finales de los treinta; las patas de gallo dibujadas en un rostro bronceado por el sol, y que ella imaginaba que habían visto toda una vida de cosas maravillosas y emocionantes en Estados Unidos. Aun así, estaba la sonrisa de un niño inocente en sus mejillas arrugadas.

"Estaría tan perdido sin ti". Vio a su alrededor algunos de los otros hombres, viejos y jóvenes, en la hilera de camas al frente. Algunos de ellos aún no habían recibido a su primer visitante, como si estuvieran completamente solos en este mundo. Nadie los extrañaba. Nadie los notaba. Pero él tenía suerte. Tenía a esta dama tan maravillosa. Una bocanada de aire fresco, una cucharadita de azúcar en un tazón de avena. Su voz tintineante aligeraba la pesadumbre en la sala, que de lo contrario sería un océano de alientos y suspiros, gemidos y amenazas y vituperios dichos en medio de un sueño.

"El doctor Hart dijo que yo no tendré que permanecer en el hospital más tiempo. Unos cuantos días más, para asegurarse de que la hinchazón se está reduciendo y para quitar las puntadas".

"Eso es...", Mary sonrió. "Ésa es una maravillosa noticia". Su estómago se retorció. Tan distraída con sus visitas diarias, esquivando a las otras chicas en su albergue y sus preguntas inevitables, sobre qué había estado haciendo todos estos días... y pretendiendo ser alguien que no era, no había tenido tiempo para pensar lo que sucedería después. Ni siquiera estaba segura de por qué había estado visitando a John esta última semana. Seguramente, lo más prudente sería huir. Salirse de Londres, ahora mismo, antes que esta farsa se desmorone. Pero se encontró a sí misma visitándolo, obedientemente, todas las mañanas. ¿Qué era eso? ¿Culpa? ¿Preocupación por su alma perdida? ¿Algo más?

"No puedo esperar el momento de regresar a casa", dijo John. Asintió con la cabeza en tono conspiracional, hacia el viejo que estaba en la cama de al lado. "El tipo de allá se la pasa soltando gases por las noches". Su rostro se frunció. "El más espantoso de los olores".

Mary sonrió. Pero su mente se hallaba en otra parte. En casa. En el momento que él se diera de baja del hospital y preguntaran por una dirección de contacto, esta farsa llegaría a su fin.

John le apretó la mano. "No puedo esperar el momento de regresar a casa".

"Sí". Ella se inclinó para acercarse a él, lo besó tiernamente en la mejilla. "Te voy a cuidar muy bien, mi amor".

Capítulo 10
22 de septiembre, 1888,
Hospital Saint Bartholomew, Londres

"Siempre y cuando no haya problemas ni complicaciones... yo diría que podríamos darlo de alta al final de esta semana. Pero usted debe entender, el Sr. Argyll sufrió un golpe muy severo en su cabeza. Debajo del cráneo ocurrió un grado de hemorragia que..."

"¿Hemer...?"

"Sangrado interno, señorita Kelly. La sangre no fue capaz de encontrar una salida y por lo tanto ocasionó que se juntara y generara presión *dentro* de su cráneo. Es esta presión la que considero la causa de un daño significativo a su cerebro".

El doctor Hart podía ver que la joven mujer esperaba escuchar un pronóstico más positivo del que estaba dando; un aseguramiento de que los recuerdos de este hombre volverían completos, en un instante epifánico. Pero la verdad es que no había absolutamente ninguna manera de asegurar nada. Un hombre puede recibir un leve golpecito en la cabeza y ser reducido a un estado vegetativo por el resto de su vida, otro puede ser aporreado hasta que su cabeza parezca una papa mal formada, y aun así caminar ileso orgullosamente con sus costuras que en algún momento se convertirían en una cicatriz que bien valdría la pena presumir.

"Lo siento, querida, en realidad no hay manera de saber con seguridad qué tanta recuperación esperaríamos de él. O qué tan rápido sería. Si es que acaso llega a suceder".

"¿Pero él será capaz de caminar adecuadamente otra vez?"

John podía lograr arrastrar sus pies forzadamente. Su pierna derecha parecía operar perfectamente normal, aunque su izquierda parecía mostrar señales de una parálisis parcial. El doctor Hart apretó sus labios. "Mi esperanza es que mejorará conforme su mente vuelva a curar el daño recibido. Mi experiencia me dice que mientras más trabaje para recuperarse, más son las posibilidades de que él se recupere por completo, con un poco de tiempo".

Ella echó un largo suspiro. "Entonces tendré que ser una dura maestra", dijo con resolución. El doctor Hart mostró su ánimo con una sonrisa. "Ésa es la idea".

El doctor vio a través de la ventana de su consultorio, hacia la sala al otro lado del pasillo. Podía ver al Sr. Argyll jugando ajedrez con otro paciente. "¿De modo que es de Estados Unidos? ¿Es así? ¿Está de visita en Londres? ¿Un viaje de negocios, quizá?" Ciertamente, el exótico acento gangoso de las antiguas colonias se encontraba ahí, en el tono calmado y profundo de su voz.

"Este... sí, así es. Es de Estados Unidos".

"¿Cómo se conocieron ustedes?"

Las mejillas de Mary Kelly asumieron un color rojo carmesí. Se veía nerviosa. "Bueno... pues... yo... es que..."

El doctor Hart hizo un ademán con su mano. "Lo siento. Fue muy indiscreto de mi parte".

"No, en verdad, está bien. Nos conocimos en... nos conocimos en Covent Garden".

El doctor sonrió. "Ya veo".

Él sospechó de algo que la matrona ya había intuido: Kelly era una chica de clase trabajadora. Sin duda alguna. Se notaba en su dicción. Tan cuidadosa y deliberada la manera como hablaba. Pero de vez en cuando, dejaba escapar una consonante no pronunciada, o arrastraba las eses. Era una chica que obviamente se esforzaba muchísimo por ocultarlo.

El instinto de la matrona al inicio de la semana la hacía sospechar que esta chica *traía algo entre manos*. Una sinvergüenza que quería embaucar a este tipo desafortunado. Ella le contó a él una historia que leyó una vez en los pasquines, sobre una criada indecente que a base de timos logró poner su nombre en la herencia de un viejo millonario senil; lo convenció de que él no tenía parientes vivos ni herederos, que estaba completamente solo. Con una ceja arqueada, había sugerido que quizás "esa chica que se la pasa visitando al Sr. Argyll" podría andar en las mismas tretas. Pero había que reconocer que no había nadie tan fría y cínica como la matrona. E incluso hasta ella estaba preparada para aceptar que, quizá, había juzgado mal a la pobre chica.

Al doctor Hart le gustaba pensar que era bueno para medir a las personas; después de todo, él conocía y curaba a toda clase de gente que llegaba a St. Bartholomew a toda hora noche y día. Y Mary Kelly —a su parecer— sí parecía ser una joven profundamente enamorada.

¿Y por qué no? Le molestaba tanto que la estirada generación de sus padres le diera tanta importancia a la clase de una persona. Que una persona debiera ser condenada a nunca mejorar su situación por un accidente de nacimiento, un accidente de acento y de dicción. Y con eso de que el Sr. Argyll era estadunidense, estaba seguro de que algo tan anticuado y singularmente inglés como la *clase* no significaba absolutamente nada para este hombre. El doctor Hart a veces imaginaba que se sentiría más en casa en un país como Estados Unidos, donde una persona se medía por sus logros más que por ser la suma de sus modales y costumbres.

¿Un caballero estadunidense y una chica inglesa de clase trabajadora enamorados? Santo Dios, el mundo estaba repleto de cosas mucho menos probables.

"Yo sospecho que usted será una enfermera de primera para nuestro paciente cuando lo lleve a casa, señorita Kelly. De primera".

"Sí". Ella sonrió. "Haré que se recupere, sí que lo haré".

"Estoy seguro de que lo hará. Me parece que es un caballero resistente, el Sr. Argyll. Y... siento que es un sujeto muy afortunado por tener a alguien como usted para que lo cuide".

Mary sorbió té de la taza. Una vajilla fina y un asa delgada que permitía que sólo un par de dedos se introdujera. Levantó su dedo meñique, como lo hacían las otras damas en el salón de té.

¿Y ahora qué?

El doctor Hart pensó que John ya estaba casi listo para ser dado de alta. Incluso, le preguntó a ella si la casa del Sr. Argyll tenía un acceso adecuado para una silla de ruedas, que usaría mientras la necesitara.

Ella asintió con la cabeza, pero de hecho, su mente corría apresuradamente. ¿El albergue? ¿Su cuarto? No. No podía llevar a John a esa miseria. Incluso hasta su mente aún aturdida sabría inmediatamente que ellos no podían estar viviendo juntos ahí. ¿Y un hotel? Ella tenía el dinero necesario.

No, eso no sería lo indicado. En un momento se le escapó decir que ellos tenían un *hogar* juntos. Un tonto desliz. Pero lo hecho, hecho está, ella dijo "hogar". Sólo contaba con dos o tres días y ellos descubrirían que no había casa, que era una impostora, una charlatana.

Debería huir. Ahora mismo.

Jugueteó con la idea mientras tomaba cuidadosamente un trozo del pastel que tenía en su mesa. Ella podía tomar el dinero de John y desaparecer. Estaba allá, en casa, debajo de la cama. Podía regresar, tomarlo y salir huyendo. A otra ciudad, otro país, otra vida. Pero descartó la noción sin estar segura de por qué.

Sí... ¿por qué?

Trató de buscar una respuesta a esa pregunta. Y la respuesta llegó a ella muy fácilmente. "Él me necesita", musitó suavemente; acto seguido, se mofó de su propio sentimentalismo atolondrado.

Él no es tu hijo, ni tu amante, ni tu esposo. ¡NO es tu responsabilidad!

Mary se regañó a sí misma por ser blanda y tonta. Debió haberse ido desde hacía mucho tiempo. Como ese pajarillo que voló hacia algún lejano y cálido país. Él era un hombre adulto y quienquiera que lo hubiera asaltado, golpeado y acuchillado... *ellos* eran los que deberían cargar con el peso de la culpabilidad.

No ella. De cualquier modo, ella tenía que cuidarse de sí misma ya que nadie más lo hacía. Ella estaba en esa circunstancia —prostituyéndose, robando para pagar la renta de ese cuartucho— porque había sido estúpida y lo suficientemente ingenua como para dejar que su corazón dominara sobre su cabeza.

Aquel maravilloso plan suyo. ¿Ese plan que parecía haber tenido hacía toda una vida? Lo que sucedió fue que no encontró trabajo como maestra de piano, como esperaba, sino como *au pair*. Una niñera para una familia adinerada —el Sr. y la Sra. Frampton-Parker y sus dos hijos varones— viviendo en un hermoso pasaje en forma de media luna en Holland Park. Un lugar tan hermoso. Tenían otra casa en Italia, donde pasaban los meses de invierno. Seis meses en el extranjero y luego regresaban la primavera y el verano. Eran *así* de ricos.

El Sr. Frampton-Parker, un hombre quince años mayor que ella, se casó con una mujer diez años mayor que él. Quedaba bastante claro que fue un matrimonio por dinero. Y sus ojos se desviaban, claro que sí. Y pronto se posaron en ella. Tenía dieciocho en aquel entonces, apenas cumpliría diecinueve. Todavía era una niña, es algo que piensa hoy en día. De modo que le creyó por completo —estúpidamente le creyó— cuando él dijo que anunciaría a su esposa que había perdido su amor por ella y que comenzaría los trámites de divorcio.

Que serían libres para estar juntos y que podían vivir muy bien con la mitad del acuerdo de divorcio.

Pero luego, claro, un día, no poco después que ellos habían "comenzado", su esposa los descubrió. Un descuidado encuentro amoroso en un rincón oscuro de la enorme casa y el hombre, con un pánico ciego, se volvió contra Mary. La culpó de todo, por coquetearle, por arrojarse a él. Que había sucumbido en un momento de debilidad ante la insistente campaña de Kelly para robárselo a su esposa.

Ella jamás conseguiría un trabajo así otra vez. La necesidad de una referencia fue lo que acabó con sus oportunidades. Incluso en busca de trabajos como dependienta de una tienda, necesitaban saber la historia de su vida. De hecho, sí tuvo oportunidad de trabajar en un puesto en el mercado de Covent Garden por un tiempo, pero el dinero no era suficiente. Ni se acercaba a serlo. Las otras chicas que trabajaban en esos puestos vivían aún con sus familias; ese dinero contribuía al fondo familiar. El dinero que ganaba Mary era todo lo que tenía.

Y así fue como comenzó su estrepitosa caída.

Mary colocó un trozo glorioso de pan esponjoso con crema y mermelada en su boca, y lo saboreó con los ojos firmemente cerrados. Un lujo que no había disfrutado desde hacía más de tres años. Por lo menos desde que empacó sus maletas y fue escoltada a la salida de esa casa, por parte del cocinero y el valet de los Frampton-Parker.

Yo podría hacer un hogar para nosotros.

Mary abrió sus ojos. La idea le surgió de la nada. Pero en realidad podía hacerlo; en verdad, realmente podía. Los Frampton-Parker dejaron su casa rumbo a Italia al inicio de septiembre, ¿no es así? Como maldito relojito. Todos los años. Estaría cerrado durante el invierno, los muebles cubiertos con sábanas, las cortinas cerradas... y permanecía así hasta finales de febrero, una semana antes de que retornaran, cuando volvía el *staff,* desempolvaban, limpiaban y ventilaban la propiedad, encendían el calentador de petróleo, listos para su regreso.

Ella sabía que el Sr. y la Sra. Frampton-Parker dejaban las llaves de su casa con un agente de bienes raíces, con la esperanza de que encontrara un inquilino conveniente y *aceptable* a corto plazo. Pero se lamentaban de que el agente no había tenido éxito, hasta el momento, para generar un ingreso para su casa vacía.

Mary sonrió. *En verdad podría hacerlo.*

Conocía bien la casa. Sabía cómo podía entrar sin alertar a nadie. O mejor aún, si tuviera los nervios de acero, podía ir directamente a la oficina del agente y poner el equivalente a seis meses de renta en la palma de su mano. Él no sabría quién era ella —*esa mucama injuriosa que tentó al Sr. Frampton-Parker—,* eso fue hace tres años. Siempre y cuando todo el dinero lo pusiera de entrada y ella pareciera ser una mujer de bien.

Puedo hacer eso.

Había algo en esa idea que le ofrecía una solución unificada a distintos dilemas en conflicto. Sí, ella podía irse con su dinero —pero se dio cuenta de que *no quería hacerlo*. Su viejo yo, más sabio, lo racionalizó de manera muy sensata: "Es posible que John sea un hombre de negocios, tal como lo sugirió el doctor Hart. ¿Un hombre de negocios con *mucho más* dinero allá en Estados Unidos? ¿Quién sabe? ¿Acaso un imperio comercial de algún tipo? ¿Fábricas? ¿Almacenes? ¿Barcos?" Su más sabio viejo yo tranquilamente le explicó que ella no quería huir porque posiblemente habría mucho más dinero que sacarle a esta pobre alma perdida que los cinco mil que encontró en su bolso.

Pero otra parte de ella tampoco podía evitar sospechar que no quería huir porque, pues, siendo honestos... le había tomado cariño a John Argyll. Había algo en él. Una dulzura. Una bondad, una inocencia.

Mary, ¡ya contrólate!

Vio el pastel esponjoso, y su apetito de pronto se esfumó. Su estómago se retorcía y se revolvía de mariposas. Los nervios. Si iba a hacer esto tendría que ser astuta y calmada, y no debía jugar con fantasías de niña y sueños de romance.

John es mi inversión. Y nada más.

"Esto se ha vuelto muy peligroso. Muy peligroso en verdad".

Los otros presentes asintieron mientras veían cómo el fuego de la chimenea hacía danzar a unos fantasmas que atravesaban las paredes de madera del Barclay Room.

"George, ¿cómo demonios sucedió esto?"

Warrington se movía en el sillón de respaldo alto, la piel gastada chirriando debajo de él. "Usé a un matón de la localidad para lidiar con el asunto. Local, y no particularmente bien conectado. Un sinvergüenza horrendo que nadie extrañará".

"¿Pero ahora resulta que este sinvergüenza nos está *chantajeando* a nosotros?"

Warrington se movía incómodo en su asiento, bajo la mirada de los otros. "Él sostuvo que tenía algo en sus manos. Un recuerdo. Algún tipo de medalla. Yo les hubiera dado a mis chicos luz verde para que... pues para que *lidiaran con él* ahí mismo, en ese instante. Pero pensé que necesitábamos estar seguros de que nos estuviera diciendo la verdad. Podía estar tratando de hacernos tontos. O en realidad sí encontró algo".

"Quizá, George, si tiene algo o no, sea irrelevante. El hecho es que sospecha que hay *motivos* para chantajearnos. Eso por sí solo significa que preferiría tener a ese tipo en el fondo del Támesis y como comida para cangrejos lo más pronto posible", dijo Henry Rawlinson. Sus ojos brillaron debajo de un par de gruesas cejas blancas y encima de unas mejillas abiertas y de piel manchada. Se frotó detenidamente la barbilla mientras el otro asentía con la cabeza, silenciosamente, de acuerdo con él.

"Si el sujeto siquiera sospechara que hay riqueza de por medio, entonces ya sabe demasiado".

"Mi preocupación, Henry, es que en realidad tenga algo". Warrington se preguntó si iban a llegar a un mejor momento para poder explicarle la peor parte. "Mencionó un retrato... una pequeña fotografía, una miniatura".

Una cuchara golpeó ruidosamente la vajilla.

"¡Dios me libre!", gritó uno de ellos.

"Warrington, ¿estás hablando en serio?"

"Eso fue lo que dijo".

"Por favor, dinos que te refieres a un retrato de la mujer sola".

Si tan sólo pudiera.

"Me temo que salen ambos. 'Como una feliz pareja'. Ésas fueron sus palabras".

El hombre se quedó sentado en silencio, contemplando esa información. El viejo, Henry, revolvía tranquilamente su té. Los otros tres en ese pequeño grupo —*The Steering Committee*, eufemismo de Henry—, esperaron a escuchar lo que éste tenía que decir.

"¿Una fotografía?" Se sacudió la cabeza y chasqueó la lengua.

"El imbécil", musitó uno de los otros.

"Sigue siendo tan joven", dijo Henry, "y tan descuidado".

"Ésa no es excusa. El joven debe ser mucho más inteligente que esto. Después de todo... esta chica, era francesa, ¿no es así?"

"Y católica. Tengo entendido que era la modelo de un artista".

"Este hombre es un maldito lastre", gruñó uno de ellos, Óscar. Warrington vio a este hombre mientras preparaba agitadamente su pipa. Más joven que Henry, pero aun así uno de esos miembros de este comité no oficial de ancianos de cabello blanco. "Con estos malditos problemas que tenemos en Irlanda, los conflictos que la prensa está acumulando en el lado este... los quejidos de una revolución ¡no sólo en las calles de las ciudades en el extranjero, sino aquí mismo, en Londres! ¡¿Y ese joven estúpido decide embarazar a una muchachilla católica extranjera?! ¡Estaríamos mejor si lo arrojáramos *a él* al Támesis!"

Hubo un largo silencio. Warrington vio a los viejos echándose miradas que hablaban de alianzas ancestrales y misiones ocultas, protocolos aceptados y límites de comportamiento.

"Ya no hablemos de ese modo aquí, Óscar. Todos hemos hecho los juramentos... ¿entiendes? ¡Basta de hablar en ese tono!" Henry dirigió sus ojos grises y acuosos hacia Warrington. "Y bien, George, ¿qué es lo que nos sugieres?"

"Yo sugeriría que tomáramos en serio la declaración de Tolly". "¿Sabemos dónde encontrarlo? Seguramente podríamos darle una visita, buscar el objeto en su habitación".

"Él dijo que usó a unos socios en este trabajo. Más de uno. Existe el peligro de que si algo malo le sucede a Tolly, sus socios pudieran entrar en pánico; podrían huir, podrían esconderse... quizás incluso podrían ir a un periódico con lo que tienen, con lo que saben".

Un tronco en la chimenea escupió un trozo de carbón ardiente.

"¡Dios nos libre", susurró Henry, "si eso ocurriera!"

"Entonces pues, George", dijo Óscar. "¿Qué es lo que nos sugieres?"

"Por más que me espante que ese pequeño...", quería maldecir, pero mantuvo sus modales ante los ancianos.

"Puedes llamarlo bastardo si quieres", dijo Henry.

George asintió. "Que este pequeño *bastardo* crea que nos tiene en un brete, yo me inclinaría por dejarlo creer en eso. Dejemos que piense que tendrá el dinero que ha pedido... en su debido momento".

"¿Cuánto ha pedido?"

"Dos mil libras".

"¿Es *todo*?" espetó uno de los otros. "¡Dios mío, George, entonces *págale* al maldito hombre y que nos devuelva esa foto!"

"Pero si lo hacemos, ¿qué lo detendrá de pedirnos más? ¿Qué lo detendrá de tomar nuestro dinero, y luego tratar de obtener un poco más de un periódico, por ejemplo?"

"Claro... claro, George tiene mucha razón", dijo Henry. "No sólo necesitamos de vuelta ese objeto —esto es, si en realidad lo tiene—, también necesitamos asegurarnos de que no hay nadie, fuera de nosotros en este cuarto, que sepa acerca de la mujer". Los vio a todos. "Y lo que es más importante, el bebé".

Se mantuvieron en silencio por un tiempo, mientras veían las llamas moviéndose alrededor de los extremos ardientes del último leño en la chimenea.

"Nuestro error fue suponer que la mujer no había dejado nada, nada en ella que fuera evidencia de este... *affair*. Y quizá tu error, George, fue el de emplear a un *amateur* local".

"Usé a Tolly porque él es, pues, es *sacrificable*. Ése era el plan, caballeros. Esto fue lo que acordamos. Asegurarnos de que hiciera el trabajo para después deshacernos de él".

Henry estiró una mano y le dio una palmada al brazo de Warrington. "Entiendo por qué, George, pero esto se ha convertido en un problema. Un *amateur* no tiene una reputación que preservar. Un *amateur* es un oportunista... alguien que puede decidir si quiere un poco más de dinero después. Quizá después de haberse gastado su botín, quizás un *amateur* como ése volvería a tocar a la puerta en busca de más dinero".

El viejo se acomodó en su sillón de piel y sorbió lo último que quedaba en la tibia taza de té. Chasqueó sus labios concienzudamente.

"Tengo un viejo amigo en Nueva York. Es uno de *nosotros*", asintió con seguridad. "Ellos usan a un tipo allá para problemas como el que tenemos. Todo un sabueso, según me dicen. Buen olfato para encontrar personas... para encontrar cosas. Muy, muy confiable".

"¿Este hombre está en Estados Unidos? Le tomará semanas llegar hasta aquí". Óscar vio a los otros. "¡Necesitamos a este sujeto, Tolly, muerto, ahora mismo! Antes de que se impaciente y...".

"George, ¿crees que lo hará?".

Warrington se frotó la barbilla, concienzudamente. "Dejé a Tolly con la certeza de que obtendría su dinero. Pero que me tomaría un poco de tiempo tenerlo todo. Yo pienso que creyó en eso. Para él, dos mil libras es una fortuna inimaginable. Será paciente. Esperará su dinero. Por un tiempo, por lo menos". Vio a los otros enfáticamente. "Siempre y cuando no sea asustado". Henry asintió, lentamente. "Enviaré un telegrama a mi amigo, entonces... a ver si puede contactar a este tipo que les dije".

ARGYLL VEÍA CON ADMIRACIÓN AL TRANVÍA DE CABALLOS
que corría por rieles metálicos a mitad de la avenida Strand. Se
apresuró en su silla de ruedas para verlo pasar.

"¿Te gustan los tranvías, John?", dijo Mary.

Asintió con la cabeza. "Me recuerdan a... a algo".

"¿Tienen tranvías así en Estados Unidos?", le preguntó ella
mientras conducía la silla alrededor de un tendero de frutas.

John se frotó la sien, con un movimiento circular y repeti-
do, un hábito que ella había notado que él desarrolló desde la
semana pasada, algo que hacía cuando trataba de extraer algo
de su mente.

"Sí... pienso que sí".

Ella se preguntó si ésa era una respuesta que él había sacado
de su memoria, o sólo una suposición a la que había llegado.
Ella sabía que él había producido algunas imágenes fugaces de
su vida anterior. La noche pasada, mientras jugaban a las cartas
nuevamente en la cama del hospital, fue capaz de decirle que
pensaba que vivía en una ciudad grande; edificios altos y calles
bulliciosas. Pero no era Londres lo que veía, de eso estaba casi
seguro.

Estados Unidos. Él era de allá, pero no tenía idea de preci-
samente de qué parte de ese país. Ella no sabía nada del país;
nada más que algunas cosas incidentales que había visto en los
pasquines; guerreros indios de aspecto terrorífico y ferrocarriles
que atravesaban todo el continente.

La noche pasada, John, al tratar de unir las piezas y fragmentos de su vida, le preguntó cómo se conocieron. Ella respondió con una de sus respuestas ensayadas. La había practicado varias veces cuando estaba en el albergue, a sabiendas que la pregunta surgiría tarde que temprano.

"Covent Garden", ella respondió. Comenzó a describirle cómo se toparon el uno con el otro, casi por accidente. Él literalmente la tumbó y se había sentido tan avergonzado que se ofreció a compensarla invitándole un té.

Giró su cabeza para voltear a verla. "Entonces, ¿vivimos cerca de aquí, Mary?"

"No muy lejos. Nuestra casa está en un lugar llamado Holland Park".

"¿Es un lugar igual de movido que éste?"

"No. Es tranquilo y pacífico. Yo pienso que es justo lo que tú y yo necesitamos".

Su cabeza vendada se movió en señal aprobatoria.

"Es un lugar hermoso. Una avenida con arboleda y con una hilera de encantadoras casas altas".

Mary sonrió. Lo había logrado. Lo hizo y lo logró. Caminó con toda seguridad a la oficina del agente y preguntó sobre la Número 27. Hubo un momento desagradable, cuando el agente volteó a verla, y Mary se preguntó si aún quedaban rastros de su acento del lado este. O de si ella pudo haber entrado *pavoneándose* por las puertas dobles de la agencia, en vez de entrar *deslizándose*. Pero luego el sujeto sonrió cálidamente, y le ofreció una silla.

Ya había armado su historia; su primo estadunidense estaba convaleciente en Londres, después de un desafortunado accidente. Necesitaban un lugar tranquilo por unos meses, sólo ellos dos. El pequeño parque enfrente y la hilera de casas con arboleda resultaban perfectos para eso. Ah... ¿se encuentra adecuadamente amueblada?

Diez minutos después, el caballero traía su bombín y las llaves colgando en sus manos ansiosas, mientras le mostraba los cuartos y escaleras que ella ya conocía. Ella asentía educadamente a toda su jerga de vendedor, se rio de manera cortés con los intentos del sujeto por ser chistoso. Y después que le mostró el calentador en el sótano y le preguntó si le gustaría pagar un poco extra para que viniera el de mantenimiento una vez al día a vigilar el horno de carbón, ella declinó.

"Mi padre me enseñó cómo manejar un tractor de vapor. Puedo manejar un calentador doméstico sin ningún problema".

El trato se cerró, hubo intercambio de dineros, y su nombre, la Sra. Argyll, quedó escrito cuidadosamente en un contrato de arrendamiento antes de terminar la mañana.

Mary empujaba lentamente la silla de ruedas, atravesando Oxford Street, pasando por Marble Arch hacia Bayswater Road, finalmente atravesando Hyde Park, donde se detuvieron para tomar el té y vieron una banda de metales tocando sobre el escenario y niños persiguiendo pichones en el césped recién cortado.

Sus ojos... John tenía unos ojos con las patas de gallo bien definidas: los ojos de un hombre maduro. Ella podía imaginárselos, entrecerrados por el sol de una pradera, debajo del ala de un sombrero y contando cabezas de ganado. O asomándose a los pisos de las fábricas llenos de máquinas ruidosas y mil trabajadores inmigrantes. Los ojos de un hombre inteligente. No obstante, ahora, esos ojos se iluminaban con una inocencia y placer infantiles, mientras los pichones se dispersaban, se movían en círculos y sobrevolaban por detrás de sus torturadores para seguir picando semillas y migajas de pan en el suelo.

Mary se dio cuenta, mientras estudiaba en silencio su rostro, de qué tan lejos se había metido en esta pequeña ficción que construyó. Todo comenzó como una apuesta impulsiva, para ver si un hombre moribundo al que robó despiadadamente, estaba vivo o muerto. ¿Y ahora...? Ahora cuidaba de un completo extraño. Un hombre infantil del que no sabía absolutamente nada. Ella sonrió ante el deleite de este niño-hombre mientras veía a los pichones revolotear, mientras veía los veleros de juguete flotando en el estanque de los patos, y se dio cuenta de que, aun cuando ella tendría la mitad de los años de él, en cierto modo chistoso era como si se hubiera convertido en su mamá.

Ay, Dios... ¿qué estoy haciendo?

Como decía una de sus colegas en otra calle: *"Vienes por un penique, y quieres salir con una libra".*

Al pasar del mediodía, cuando el sol de la mañana se escondió detrás de unas cuantas nubes grises, ella decidió que era momento de llevar a John a casa. A su nuevo hogar.

Un hogar. Ya no se trataba de ese cuarto horripilante en Whitechapel, de ese pequeño cuarto con olor a orines y manchas de humedad en el techo bajo cubierto con una capa de humo de tabaco, las paredes con el tapiz despegado y moteado con negros parches de moho, sino que ahora se trataba de una distinguida casa de campo de tres pisos, con el piso de servicio en la cima.

Mary, ¿sabes realmente lo que estás haciendo?

Conforme la tarde se ponía gris y fría, pasaron por Bayswater y atravesaron Notting Hill, repleto de puestos de mercado y el acre aroma de los pescaderos y finalmente hacia el camino de la avenida de Holland Park y hacia la tranquila privada arbolada a la que Mary había estado regresando las últimas dos noches, preparándose para el recibimiento de John; quitando varios retratos de familia de los Framtpon-Parkers, fotografías, pinturas y siluetas.

"¿Ésta es nuestra casa?", preguntó Argyll.

"Sí, lo es".

Él le sonrió a ella. "Es muy bonita".

"Vamos, pues", dijo ella, radiante, "entremos y prepararé una cena".

Argyll se levantó de su silla y puso su pierna izquierda delante, dando el primero de una media docena de pasos hacia la puerta de entrada, debajo del pórtico. "Estás en casa, querido", dijo ella mientras la abrió para revelar el viejo piso de roble y el recibidor oscuro color guinda.

Ella le ayudó a cruzar el umbral hacia el tapete en el interior. "Encenderé el fuego en el cuarto de enfrente", dijo. "Luego iré a traernos algo del mercado en la esquina".

Él la vio, casi estirándose para abrazarla, pero se detuvo. "Estoy tan contento de tenerte, Mary. Yo... yo no sabría qué hacer sin ti".

"Estábamos muy enamorados, John. No te iba a abandonar".

"Es sólo que yo me siento tan... tan desgraciado, tan lleno de culpa de que no pueda recordar nada acerca de nosotros antes, pues... antes de que llegaras y me encontraras en el hospital".

"Te aliviarás pronto, mi amor. Estoy segura de eso".

Él la miró por unos momentos. "¿Sabes? Yo...", sacudió la cabeza.

"¿Qué pasa?"

De repente, él se hizo hacia delante y la besó fuertemente en los labios. Un gesto torpe y abrupto que ella no esperaba. Instintivamente reculó un poco.

"¡Oh, cuánto lo siento! Perdóname, por favor", dijo inmediatamente, con cierta incomodidad. "Eso no fue apropiado de mi parte. Yo... "

"¿Disculparte?" Ella bajó la mirada un poco. "Nosotros hemos hecho *mucho más* que besarnos, ¿sabes?"

El rostro del caballero se puso rojo de vergüenza. "Yo siento que... para mí, todo esto es tan nuevo". Suspiró. "Estuvo mal lo que hice. Es que yo sólo..."

Ella tocó su mejilla. "Está bien, John. Sé que todo esto ha de parecerte tan nuevo y extraño. Todo regresará en su momento. Lo prometo. No puedes olvidar por completo el amor, de esto estoy segura".

Capítulo 13

29 de julio, 1888,

Great Queen Street, Centro de Londres

Querido hermano mío:

He recibido su telegrama del 18 de julio. Primero que nada, negocios. Debo informarle que he actuado en representación suya, como lo ha solicitado, y he establecido contacto. Se me asegura por un intermediario que él está en camino a Inglaterra y podrá reunirse con su representante en la fecha especificada.

Ahora bien, mi viejo amigo, yo creo que es recomendable decirles a ustedes todo lo que sabemos sobre este hombre. Se conoce por el nombre del Hombre de la Vela. No tengo noción de si este nombre lo escogió él, o si fue uno que se engendró a partir de los rumores que surgieron en el bajo mundo y que existe en los barrios y vecindarios aquí de Nueva York. Tampoco tengo noción de su significado, si es que existe, de un nombre tan inusual. ¿Se dedica a hacer velas? No tengo la menor idea.

He preguntado entre las pocas personas de confianza en nuestro club sobre el Hombre de la Vela, lo cual ha contribuido a tener más conocimiento sobre él. Ha quedado claro que nadie, en ninguna parte, tiene conocimiento de su verdadera identidad, de su nombre verdadero, o de sus orígenes. Lo que sabemos de él son habladurías poco confiables de la fraternidad de criminales y, claro, lo poco que hemos sabido sobre él acerca de las distintas ocasiones que hemos empleado sus servicios.

Comenzaré con el conocimiento de primera mano que tengo de él. Es absolutamente confiable. Siempre y cuando esté de acuer-

do con los términos del contrato que le propongan, puedes estar seguro de que la tarea acordada ocurrirá. Puede confiarse de él una absoluta discreción. Ha hecho entender a muchos clientes que su reputación profesional en estos menesteres es de suprema importancia, que se trata de un confiable cuidador de secretos. No quiero entrometerme en tus asuntos, Henry, pero yo supongo que la cuestión que deseas resolver tiene un ángulo sensible. Si es así, entonces el Hombre de la Vela puede ser la opción perfecta para el trabajo. Lo digo como una persona que ha tenido una experiencia directa con su oficio. Lo usamos para lidiar con un sujeto que estaba metiendo sus narices en nuestros asuntos. El Hombre de la Vela recibió instrucciones para hacer que el fallecimiento de esa persona pareciera como el trabajo de un loco que atormentó esta ciudad hace algunos años, con una serie de asesinatos brutales. Baste con decir que ese asesino en particular fue atrapado y llevado a la horca por siete asesinatos, ¡pero sólo seis fueron realizados por él!

Una advertencia, sin embargo. Estoy seguro de que no tienes intención alguna de incumplir cualquier contrato al que llegues con él. Pero date por advertido, aunque éstos sean rumores que provienen de algunos lugares poco confiables de esta ciudad, se dice que uno de los más prominentes líderes del clan de criminales irlandeses intentó traicionar al Hombre de la Vela. Desapareció poco después. Cuenta la historia que su familia recibió un paquete unas semanas después, que contenía los restos putrefactos de un corazón humano y una nota donde decía que había sido la única parte del cuerpo que no se había atrevido a 'consumir' porque 'estaba podrido a más no poder'. No puedo evitar sospechar que es un cuento que surgió de una semilla de verdad y que poco a poco han adornado, pero yo diría que, ciertamente, no se trata de un hombre al que te gustaría traicionar.

Ahora, pasemos a un poco de información sobre sus antecedentes. Trata lo que te digo a continuación con una buena dosis de escepticismo. Hay algunos que dicen que es originalmente del continente europeo, y se sugiere que es europeo del este. Sin embargo, ¡también hay rumores que sostienen que es mitad indio

Paiute! De aquellos que sostienen que han estado con él frente a frente, la edad estimada va de finales de los veinte a principios de los cuarenta años, de estatura media y con ningún rasgo particularmente destacado en su apariencia.

Él publicará un anuncio en el 'clasificado' de uno de los periódicos de Londres, el día que especificaste encontrarte con él. El anuncio tendrá como título El Hombre de la Vela, para asegurarse de que lo encuentres. El mensaje en sí empleará un código con una palabra clave en alfabeto desplazado. La palabra clave de este anuncio será 'espíritu'. Sólo él, tú y yo sabemos esa palabra clave. El anuncio contendrá instrucciones muy específicas sobre cómo, dónde y cuándo se reunirá contigo. Te sugiero enfáticamente que sigas esto al pie de la letra, de lo contrario no se acercará y el encuentro fallará.

Sus servicios no son baratos. No tengo idea del monto que te pedirá por esta tarea, pero te aseguro que, para nuestro último acuerdo, no se trató de una suma sin importancia. Por lo general, él aceptará la mitad del pago una vez que se acuerde el contrato, y la otra mitad una vez concluida la tarea.

Como nota final, es probable que él haga algunas peticiones totémicas curiosas y desagradables. Hay algo en este sujeto que es inquietante y 'bárbaro', a falta de palabras. Una vez me habló de cortar y curar la piel de una de sus víctimas para usar como cuero. Sospecho que el hombre estaba divirtiéndose a costa mía. Tengo la sospecha que él intenta cultivar esta impresión por la razón que sea.

Si sigues cuidadosamente sus peticiones e instrucciones y él está de acuerdo con la tarea que le asignes, te puedo asegurar que cualquier problema que tengas será satisfactoriamente resuelto. Lo que es más, siempre y cuando este contrato funcione para beneficio de ambas partes, te podrás dar cuenta de que él estaría dispuesto a hacer más trabajos y concluirá su asunto contigo dejando detrás un método muy singular por medio del cual tú, y sólo tú, puedas contactarlo nuevamente. De tal modo, ya no habrá necesidad de que yo funja como intermediario de ahí en adelante.

Por favor, asegúrate de quemar esta carta después de haberla leído y de que hayas memorizado todo lo que necesites recordar, particularmente la palabra clave que mencioné antes.

Mis más sinceras consideraciones, de parte de tu Colega Consejero.

GEORGE WARRINGTON VEÍA LAS PLATAFORMAS FRENTE A
él llenarse y luego vaciarse, llenarse y luego vaciarse, conforme
iban y venían los trenes de vapor. Una montaña de personas, ata-
viadas en sus mejores ropas, salían a vacacionar para escaparse
de la ciudad asfixiante y para respirar un poco de aire fresco del
mar, acompañados de mozos que transportaban unas carretillas
llenas hasta el tope de maletas; hombres de negocios y viajantes
con sus trajes y bombines impecables pero un poco gastados,
moviéndose con desenvoltura, los brazos cargados de maletines
llenos de muestrarios y probadores.

La sala de té se encontraba en la orilla del vestíbulo principal, un espacio cercado con rejas de hierro forjado pintadas de
verde y decorado en la parte de abajo con algunas plantas en
macetas. Dentro de este espacio, se encontraban varias hileras
de cabinas de madera y bancos que te daban la sensación de estar en un vagón de tren.

Warrington revisó su reloj otra vez. El mensaje de este sujeto
había sido bien explícito. Era en esta estación, en esta sala de té,
en esta cabina —la tercera— y a esta hora. Warrington se preguntó cómo es que este misterioso Hombre de la Vela tenía toda
la confianza de que esta cabina estaría vacía, pero sí lo estaba.
Las de ambos lados, notó mientras se sentaba, estaban ocupadas.

Vio a las personas que se arremolinaban afuera del espacio
cercado, con la curiosidad de saber si él sería capaz de identificar a este hombre mientras se aproximaba. Un hombre cons-

picuamente solo, un tipo recién llegado de Estados Unidos y que intenta hallarle el sentido a la manera tan curiosa como los británicos construyen sus estaciones de ferrocarril. Un hombre claramente fuera de lugar.

Pero no destacará, ¿o sí? No si es tan bueno como dicen.

El viejo, Henry, le dijo que el Hombre de la Vela nunca hacía contacto cara a cara. Que resguardaba su identidad como si fuera su mismísima alma.

Una nota, entonces. Eso era lo que Warrington esperaba ahora. No una aproximación directa, sino una nota entregada a mano. Podía imaginarse a un chico mandadero, con las mejillas rosadas y jadeando por la carrera. "¡Creo que esto es para usted, señor!", y en sus manos un sobre arrugado. Se puso a buscar a su alrededor, a ver si encontraba a un extraño misterioso inclinado frente a un niño, su dedo apuntando en dirección suya mientras le daba instrucciones al oído y le ponía un chelín en su mano mugrienta. Pero no vio nada de eso.

"Está atrasado", Warrington se dijo a sí mismo, mientras se daba cuenta de que, por vez primera, estaba un poco nervioso. La advertencia que le habían dado, las partes de la carta de Estados Unidos que le había permitido ver, le parecía que lo estaban mitificando; lo convertían en algo mucho más grande de lo que era, en términos llanos, un matón muy bien pagado.

¿Un caníbal, por Dios? Se sacudió la cabeza. Obviamente, ése era el tipo de habladurías de feria que el Hombre de la Vela le encantaba que se propagaran acerca de él. Lo hacían sonar como una especie de monstruo, como una especie de gárgola que surge de las profundidades del bajo mundo, para tomar a otra víctima del mundo superior, para ser arrastrado y cocinado en una olla en una caverna allá abajo.

Sonrió ante la teatralidad de todo el asunto. Pues bien, si sus colegas estadunidenses eran lo suficientemente crédulos como para incluir ese disparate en un comunicado —historias de jefes de grupos criminales devorados para pagar por sus pecados—, más tontos parecían. Siempre y cuando este sujeto en realidad valiera lo que cobrara, y fuera discreto y no intentara hacer el mismo tipo de tretas que un criminal común, como ese Tolly, entonces, todo estaría bien.

Habían pasado dos semanas desde la última vez que se vieron. Tolly había sonado tenso e irritable aquel entonces, exigiendo un pago por adelantado del dinero con el que esperaba chantajearlos. Warrington estaba ahí para apaciguarlo, y en efecto le dio un generoso adelanto del dinero, así como la seguridad de que, si aguardaba pacientemente unas cuantas semanas más, podría tener toda la cantidad que pedía.

Pero tenía la sensación de que Tolly se ponía ansioso sobre todo el asunto. Quizá preocupado de que esta situación fuera demasiado grande, más grande de lo que originalmente se había imaginado. Warrington tuvo que preguntarse si el hombre se había puesto a hacer la tarea. Si Tolly pensó en investigar sobre este medallón, averiguar quién era el del retrato que supuestamente contenía.

¿Será acaso posible que haya averiguado de quién se trata?

Decidió pensar que probablemente no. Si Tolly realmente lo supiera, o incluso si sospechara que lo sabía, entonces el precio indudablemente se incrementaría. Sustancialmente. Sospechaba que Tolly aún no lo sabía, pero quizás eso era sólo cuestión de tiempo. Los periódicos imprimían fotografías con regularidad, así como ilustraciones de este hombre. Tolly seguramente iba a alcanzar a ver un destello de su rostro en la página principal de algún periódico, reconociéndolo. Dándose cuenta exactamente de lo que tenía en posesión suya.

Pero él aún no lo sabe.

De eso sí estaba seguro.

Tolly se estaba poniendo claramente ansioso; un aficionado tratando de jugar un juego de expertos. No por primera vez, Warrington se preguntó si había contratado a alguien demasiado abajo en la escala de la fraternidad de criminales. Quería un matón que le saliera barato, después de todo, el blanco requería de poca astucia, tan sólo una mujerzuela y su bebé. El hombre contratado sólo necesitaba tener el estómago fuerte, era todo. Pero igualmente, un matón que se desapareciera después, sin mucho alarde. Un malviviente sin muchos amigos ni contactos que pudieran comenzar a preguntarse por qué su viejo colega ya no se aparecía en los lugares que frecuentaba.

Tolly parecía estar poniéndose un poco más tenso. Peligrosamente tenso.

"Disculpe".

Una voz susurró.

"¿Cuál es la palabra?"

La voz parecía estar justo al lado de su oído. Warrington se estremeció en su asiento. Volteó a los lados y no vio a nadie.

"Dígame... ¿cuál es la palabra?"

Esta vez detectó la suave voz que surgía del extremo de la división de la cabina. Giró en su asiento para ver tras de sí. Encima del panel de madera, a la altura del hombro, estaba un fresco de vidrio esmerilado decorativo, y a través de la bruma nebulosa podía ver el contorno oscuro de la nuca. Completamente inmóvil.

"La palabra clave... la palabra que le permitió leer mi mensaje, si me hace el favor".

Está aquí. Warrington podía sentir el latido de su corazón.

"Espíritu", dijo Warrington, calladamente.

"Muy bien. Ahora, es mejor que se tranquilice. Voltéese. No necesita estar viendo esta división para escucharme, ¿o sí?"

Warrington asintió. "No... no, claro que no".

Escuchó el crujido de un periódico. *"¿No trae consigo un periódico que pueda ver mientras hablamos?"*

"Sí". Warrington se precipitó para sacar el *Illustrated News* del bolsillo de su saco, sacudió los dobleces y lo abrió.

"Espléndido. Ahora, antes de discutir los pormenores, me gustaría saber un poco sobre la persona con la que estoy tratando". Warrington escuchó al hombre moverse un poco del otro lado de la división de madera. *"Me gustaría saber un poco más de usted".*

"Mi nombre es... "

"No, no necesito un nombre. Es mejor si no intercambiamos nuestros verdaderos nombres". Su voz era un poco más clara. Debió haberse cambiado de posición, de manera que su boca se

encontraba justo a la orilla de la cabina. A unas cuantas pulgadas separado de Warrington, justo al dar la vuelta a la esquina de esa delgada hoja de madera. *"Durante el tiempo que tengamos esta discusión pensaré en usted como, a ver... pareces ser un George. De modo que así te llamaré. ¿Y en cuanto a mí?... pues, usted ya tiene mi nom de plume".*

Warrington sacudió la cabeza con inquieta incredulidad. "¿Qué es lo que quiere saber?"

"Con qué tipo de gente es con la que estaré lidiando, George".

"Ha lidiado con socios nuestros anteriormente, ¿sí? ¿En Nueva York?"

"Efectivamente. Clientes confiables. Hicieron su pago sin demora. No tengo quejas. Pero ¿qué me dices de ti, George? ¿Eres confiable? ¿Será el caso que este contrato concluirá con ambas partes satisfechas?"

Warrington tragó saliva, nerviosamente. "Se nos ha informado que usted es absolutamente confiable. Con una discreción asegurada."

"Claro... claro. En realidad no hubiera sido tan altamente recomendado si ése no fuera el caso. Pero por mi parte, yo necesito saber si puedo confiar en usted. No quiero verdades a medias, George, no quiero acuerdos ocultos, ni planes de contingencia de los que yo no tenga conocimiento".

"Por supuesto que no".

El Hombre de la Vela no dijo nada. A través del ajetreado vestíbulo de la estación, el dependiente de una plataforma sopló un silbato estridente para anunciar la inminente partida de un tren.

"Tenemos a un hombre al que le pagamos por hacernos un trabajo. Y ahora él intenta chantajearnos... "

"Los detalles podrán venir después. Ya que estoy tratando directamente con usted, George, lo que quiero saber es qué tipo de persona es usted. ¿Puede tratar conmigo con honestidad?

"No voy a intentar engañarlo. Nosotros... eh... hemos escuchado historias, rumores, de lo que ocurrió la última vez que un cliente trató de... eh... trató de timarlo. La historia de canibalismo. Sea o no verdad ese rumor... "

Escuchó una suave risilla surgir de la orilla de la cabina. *"Las historias... al bajo mundo realmente le encantan los cuentos, ¿no es así? Todo es parte del negocio de la reputación".*

Warrington notó que eso no era exactamente una negación completa de los rumores. Sintió algo moverse y revolverse en su estómago. "Así es".

"Pequeños cuentos como ése no dañan para nada mi reputación profesional, George. Aunque mantienen a un cliente advertido". El periódico crujió. *"Puede estar tranquilo, ya que he quedado satisfecho con los resultados de mis tratos y negocios hasta ahora".* Luego, esa suave risilla nuevamente. *"De un modo u otro, mis clientes siempre cumplen".*

"Bueno, yo tengo la certeza de que no habrá dificultades en acordar su pago".

Pareció ignorar eso. *"Entonces, dime, George, ¿de qué se trata todo esto? Yo supongo que hay alguien que deseas que localice, alguien que deseas que yo mate. Pero ¿cuál es el motivo? Dime el 'porqué'".*

"Éste es un tema sensible... podría llevarnos a una suerte de escándalo que en realidad no podemos costearnos que ocurra justo..."

"Aaaaah, un político, ¿no es así? ¿Alguien se ha portado mal?"

Warrington dudó en dar muchos detalles. "Quizás uno pudiera decir... que ha sido descuidado".

"¿Una mujer?"

No respondió. Lo cual, quizá, significaba todo para esa voz en la esquina. "Yo creo que en este momento es mejor para nosotros que nos concentremos en los datos de la persona de la que queremos que usted se encargue".

Una larga pausa. Lo suficientemente larga que hizo que comenzara a preguntarse si esto causó que el Hombre de la Vela se ofendiera.

"Por supuesto", dijo, finalmente. *"¿Por qué no comenzamos, entonces? Háblame de la persona que quieren atrapar, George".*

UNA PESADILLA. LOS VEÍA HACER PEDAZOS A AQUEL JOVEN.
Los primeros golpes del hacha *tamahaken* encajados profundamente en la piel pálida, entrando en los cartílagos y huesos que causaron que el joven, amarrado, gritara. Un lamentable grito chillante, como el de un niño. Los otros se unieron, una docena de ellos, tirando hachazos, el húmedo *crack* de los impactos perdiéndose rápidamente por debajo de la voz hiriente de alguien más. Podía ver otro cuerpo pálido amarrado en el suelo enseguida de él, desnudo como el otro. Una mujer, de mayor edad, que gritaba con una angustia atormentada, como si cada golpe aterrizara en ella. Era la madre del muchacho. Él lo supo, de alguna manera, aun antes de que comenzara a gritar su agonía por el chico.

Los propios alaridos del muchacho ya habían cesado. La feroz arremetida de cuchillas comenzaba a decaer.

Había una docena de hombres de piel bronceada, parados alrededor del cuerpo, ahora inmóvil, pintados de un blanco de tiza en sus pechos y rostros, manchas de carboncillo oscuro alrededor de sus ojos, que los hacía parecer un poco como esqueletos quemados por el sol que de pronto cobraron vida. Habían estado trabajando con otros dos prisioneros atados antes del chico. Él podía ver los restos destrozados apenas reconocibles como cadáveres humanos, sólo quedaban los pedazos sangrientos de carne macheteada. Desde un lado podía ver una larga cola rubia de cabello mate, del otro podía ver una espinilla, un tobillo y un pie, reconociblemente pálido y femenino, sin una sola mancha de sangre. Como si perteneciera a otra parte.

Forcejeaba con la atadura de cuerda que lo mantenía en posición sentada, contra una viga de madera. Había otros, otros tres, amarrados en el suelo y desesperadamente retorciéndose, con la seguridad de que les esperaba el mismo destino.

¿Por qué no estoy en el suelo con los otros?

¿Por qué estoy sentado?

Ellos quieren que vea.

Una de las figuras pintadas de blanco se volvió hacia él, sosteniendo algo sangriento en una mano. El salvaje se acercó lentamente a él, acercándolo para que lo viera mejor. La cosa en su mano se movía, se sacudía, y le recordó a un ratón que una vez atrapó y arrojó a un saco de tela; el saco se sacudia, subiendo y bajando, mientras el ratón se movía dentro con un pánico ciego.

Era el corazón del chico, que seguía temblando con espasmos post mortem. Una parte de él que seguía aún viva, en cierto modo.

El salvaje pintado de blanco se acuclilló frente a él. Ofreciéndole el corazón y sonriendo, una sonrisa casi amigable, atrayente. Como la de ese tío favorito y benigno que te ofrece una pierna después de arrancarla de un pavo humeante.

Él bajó la cabeza y comenzó a comérselo.

Argyll de pronto se levantó, derechito, justo como estaba en la pesadilla. Pero ahora, estaba sentado en medio de la oscuridad en vez de la luz del día. "¡Oh, Dios! ¡Oh, Dios mío!", gritó, su voz igual de chillante que la del joven visto en el sueño.

Escuchó la voz tenue de una mujer. "¿John?" Se escucha el ruido sordo de pies desnudos que caen sobre el piso de madera, en otro cuarto. Luego, él detectó el débil titileo de un cerillo encendiendo una mecha. Un momento después, a través de la puerta abierta de su recámara, vio la luz de una vela cruzando el pasillo.

"¿John, cariño? ¿Estás bien?" Su puerta se abrió más y la luz de la vela entró en el cuarto.

Hubo un momento de desconcierto para él. La mujer que entró estaba envuelta en un camisón, el rostro con pecas y coronado por un enredijo de cabello aplastado por las almohadas.

"¡John!", susurró. "¿Has tenido pesadillas?"

La mujer lo confundió. Era conocida, pero no estaba seguro por el momento de quién era. Ella atravesó con prisa el cuarto, poniendo la vela en la mesita de noche y se sentó al lado de él en la cama.

"Recuéstate, querido", le dijo ella suavemente, presionando firmemente su hombro. Él hizo lo que ella le pidió y se reclinó sobre el frío y húmedo algodón de su almohada.

"Shhhh". Ella acarició el cabello de su frente aún vendada. "Sólo se trata de otro horrible sueño". Ella susurró casi de la misma manera que una madre lo hace para tranquilizar a su hijo.

Ella no es tu mamá. Una voz alojada en un rincón de su mente.

"¿Acaso soñaste otra vez sobre lo que te sucedió?", preguntó.

Su voz, ese acento, logró reunir una colección de recuerdos dispersos y recientes, y el momento de confusión adormilada de pronto se esfumó. Sí. Era Mary. Mary. Qué tontería haberse confundido con ella.

"Mary... yo... lo siento tanto... yo... "

Ella sacudió la cabeza, descartando su disculpa innecesaria. "Pesadillas, mi amor. Eso es todo. Son sólo esas horribles pesadillas otra vez".

Claro, ella tenía razón. Mary.

Miró por unos momentos ese despeinado cabello rubio fresa, el rostro con pecas medio adormecido, y se dio cuenta nuevamente de lo hermosa que era. No sólo era el tipo de belleza que hace que se enciendan los instintos de los hombres —alejó ese pensamiento de él. No, se trataba de la belleza tierna e iluminada de alguien que, estaba seguro, había cuidado de él con todo su corazón. Muy parecido al amor que una madre siente por su bebé. Se preguntaba qué tan solo, qué tan indefenso, quedaría él sin ella. Estaría aún perdido entre los ecos de esa sala de hospital, ni siquiera con un nombre al que pudiera responder.

Él sabía que había llorado mientras dormía. "Cómo deseo... cómo deseo que mi maldita mente regresara a mí", musitó.

Ella asintió con la cabeza, de modo tranquilizador, mientras acariciaba los mechones de su cabello, empapados de sudor. "Estoy aquí, John. Yo te cuidaré mientras esperas que vuelva".

"Gracias", susurró. De pronto, sintió una oleada sobrecogedora de gratitud hacia ella, una gratitud y una completa dependencia. Sí, incluso hasta una verdadera devoción hacia ella.

"Mary, yo... creo que te am..."

Ella colocó tiernamente un dedo en sus labios para callarlo. Él pensó haber visto un leve gesto de dolor en el rostro de Mary.

"Guarda esas dos palabras, John. Guárdalas para mí hasta que más de tu mente vuelva. Hasta que me conozcas como debe ser". Ella sonrió con un dejo de tristeza. "Hasta que estés seguro de que lo sientes".

Ella tenía razón. Nuevamente con sus palabras sabias. Una sabiduría más allá de su joven edad. John cerró los ojos otra vez, relajado por el ligero toque de los dedos de Mary que acariciaban su frente, acariciándolo y jugando con sus cejas ásperas, las patillas detrás de sus orejas.

"Todo regresará, John", dijo ella suavemente. "Y si no... pues... será como si nosotros comenzáramos de nuevo". Escuchó el sonido que hacía su camisón al moverse, y sintió el ligero contacto de sus labios en su mejilla derecha. Un beso sencillo, que sugería por el momento nada más que preocupación y un afecto genuino. "Y quiénes más que nosotros tendrían suerte semejante de volver a enamorarse el uno del otro, ¿no?"

Adormecido, asintió con la cabeza, su mente poco a poco deslizándose de nuevo en las profundidades del sueño.

Por favor... no quiero volver a tener esa pesadilla otra vez.

Por lo menos, algunos de los detalles del sueño se estaban disipando. Seguía recordando los bosques, las montañas y un cielo azul despejado, idílico a no ser por la carnicería que estaba sucediendo en la tierra. Podía escuchar a Mary cantar un arrullo, una canción de cuna para un niño afligido. Se sentía reconfortante el timbre relajado de su voz, el suave jugueteo de sus dedos; el cálido abrigo del abrazo amoroso de una madre. El bienestar de sentirse como un niño en el vientre. Montañas nevadas y altos pinos y cielos azules y frescos y esqueletos danzantes con hachas ensangrentadas, los cadáveres despedazados de carne humana y sangrienta, pronto se disolvieron hasta convertirse en una nebulosa, como leche mezclándose con el té.

Justo cuando John comenzó a sentir cómo la suave caída gravitacional del sueño lo envolvía, escuchó una voz quedita, madura, su propia voz, pero con un poco más de ese acento que el cirujano adivinó que era estadunidense.

No es tu mamá, sólo recuerda eso.

Desterró aquella voz. No quería volver a escucharla en estos momentos. Prefería seguir creyendo que Mary era su mamá y que apenas acababa de nacer en este mundo tan confuso. Por lo menos eso le daría una excusa para comportarse como un niño.

Sonrió, casi completamente dormido de nueva cuenta; qué encantador sería si tan sólo fueran ellos dos, madre e hijo, en este cuarto, en este momento, con este arrullo. Una placentera ficción a la cual aferrarse para siempre.

Capítulo 16
27 de septiembre,
Hyde Park, Londres

"¡Por favor... no, Mary! ¡Me voy a caer!"

"Vente conmigo", dijo ella con firmeza, agarrando su mano y jalándolo suavemente. Argyll vio alrededor hacia las otras personas que caminaban por los apretados senderos de Hyde Park. "¡Me voy a caer!" Miró arriba, hacia Mary, con la vergüenza y pena de esa posibilidad ya dibujada en su rostro.

"No te dejaré, John. Estaré junto a ti". Se agachó para jalarlo de la silla de ruedas, mientras él se impulsaba con cierta torpeza, maldiciendo mientras una llanta sin el freno rodaba un poco y su equilibrio vacilaba un poco.

Él la tomó del hombro para prevenir que volviera a caer de golpe en la silla, y se balanceó con su pierna buena mientras sondeaba el suelo con la otra.

"¡No puedo sentir nada con esta maldita pierna maltrecha!" farfulló.

Ella trataba de persuadirlo. "Anda, caminemos sólo por unas cuantas docenas de yardas. Para que veas cómo puedes, amor".

Dos mujeres jóvenes que iban de paso pudieron detectar el más leve tinte de voz callejera en Mary y un poco del acento de las colonias en John. Se miraron la una a la otra y sonrieron condescendientemente, mientras veían a la curiosa pareja haciendo esfuerzos por caminar.

Ella sacó las muletas que se asomaban de la bolsa que estaba detrás de la silla y se las dio mientras él se tambaleaba con su pierna buena.

Las dos mujeres los vieron una vez más, por encima de sus hombros envueltos en un chal. Mary creyó haber escuchado el sonido nervioso y casi conspiratorio de unas risillas. "Ignora a esas tipas", le dijo ella a él.

Él maniobró las muletas bajo sus brazos y cargó el peso, nuevamente incorporado. "Todos me están viendo", musitó. Había unos niños parados enseguida del estanque de patos cercano, esperando pacientemente que él se tropezara.

"Nada de eso", respondió ella, un poco más alto de lo que era necesario. *"¡Nadie se está metiendo en lo que no le importa...!"*

Los rostros apenados alejaron su mirada de ellos.

Mary sabía cómo eran las cosas en el parque. Un sitio tranquilo lejos de la vulgaridad de las calles. Un lugar para sensibles correspondencias sociales, para que las preguntas fueran tímidamente imaginadas y finalmente atisbadas, aunque no necesariamente preguntadas. Para poder hacer las indagatorias educadamente veladas que tácticamente serán ignoradas. Para que los cortejos comiencen o sean diplomáticamente llevados a su fin. Un lugar para el intercambio, en un clima relajado.

Nadie hace escenitas aquí.

Argyll dio sus primeros pasos tentativos, inclinándose hacia delante con sus muletas de madera y haciendo lo mejor por controlar su pierna, completamente adormecida e inútil.

"Ahí está", dijo ella. "No está tan mal".

Él hizo una mueca. "Se siente tan ridículo. Mi pierna está bien, después de todo. Es sólo que no puedo decirle a esta cosa qué hacer".

"Aunque debes recordar lo que te dijo el doctor. Mientras más trabajes en ello, más pronto podrás caminar normal, John". Ella empujaba la silla enseguida de ellos, manteniéndola lo suficientemente cerca como para que tuviera oportunidad de atraparlo si es que perdía el equilibrio. "Es como si le *enseñaras* a tu pierna a caminar otra vez. Como cuando le enseñas a un bebé a caminar".

Espetó una risa seca y malhumorada. "Supongo que eso es lo que soy ahora; un niño grandote del que tienes que cuidar". Suspiró. "Ya no soy un *hombre*, ¿no?"

"Yo te ayudaré a que te mejores". Ella le sonrió. "Sigues siendo el mismo *caballero* del que me enamoré, ¿sabes?"

"Pero...", sacudió la cabeza, lenta, meditadamente. "No lo soy, ¿o sí? No recuerdo nada de lo que fui. Nada sobre dónde está mi casa... quién es mi familia". Volteó a verla. "¿Cómo era yo? ¿Qué cosas me gustaban? Háblame más de lo que fui. Por favor".

Con cuidado, Mary.

"El doctor dijo que no debería decirte muchas cosas sobre tu pasado".

"Pues bien" rechinó sus dientes, exasperado. "Nada está regresando, Mary, ni una sola cosa. Odio estar así, tan... como una hoja en blanco, como un maldito pizarrón borrado. Yo... me siento como si fuera una *nada*. ¡Como un espacio vacío! Por favor, Mary, por piedad dime algo sobre mí, algo más que mi puro nombre".

Con cuidado, Mary. Ella sabía que las mentiras contadas tenían que ser recordadas como un buen relato. No deberían decirse así como así. Una mentira disparada sin precaución tenía maneras de regresarse en tu contra, siempre.

"Bueno", comenzó, "tú ya sabes que vienes de Estados Unidos".

Su mente trabajó rápidamente en torno a todas las cosas que ella le había escuchado decir, tanto despierto como en ocasiones en sus sueños. En algún momento habló sobre edificios altos. Sabía sólo de un lugar con edificios altos en Estados Unidos. "Nueva York, John, ahí es donde solías vivir".

Él asintió, pensativo. "Es como Londres, ¿no es así?"

Mary no tenía la menor idea. "Sí, es exactamente como Londres".

"¿Desde hace cuánto?"

"¿Desde hace cuánto qué?"

"Desde hace cuánto nosotros... qué tanto tiempo hemos estado tú y yo *juntos*?"

Mary había planeado originalmente decir que ellos estuvieron viviendo como esposos la mayor parte de este año. Incluso consideró decirle que se habían casado discretamente, pero eso requeriría de una licencia de casados, como prueba. Él podría preguntar por la iglesia. Él podría querer ir a ese lugar, para ver si algo se detonaba en su memoria. Podría querer hablar con el capellán. Y de ese modo, su mentira se revelaría.

"Pues, han pasado trece meses desde que me hiciste volar, eso es lo que hiciste. Terminé cayendo sobre mi trasero en medio de Covent Garden, con mis compras del mercado regadas en el piso".

Él musitó una disculpa. Otra vez. Ella le contó de ese momento anteriormente, pero decidió contarlo otra vez. Para reforzar la historia en su mente.

"Oh, no seas ridículo, querido. Fue muy chistoso. Tú llegaste, todo ajetreado desde la esquina de un puesto de mercado, como un condenado tren. Te fuiste directito hacia mí. Y por Dios que estabas tan apenado. No dejabas de disculparte, tan preocupado de que me hubieras lastimado. Luego me levantaste, me ayudaste a recoger los restos de mi mandado y luego insististe en llevarme a una sala de té". Ella rio alegremente. "Me dirigiste directamente a la sala más cercana y me sentaste. Nos tomamos un té". Se acercó y le apretó el brazo. "Un perfecto caballero".

Él suspiró. "Pues, eso es un alivio".

"Y así fue como comenzamos a hablar. Platicamos durante toda la tarde hasta que los puestos del mercado comenzaron a guardar sus cosas y las luces de las lámparas se encendieron".

La mirada de Mary se alejaba, concentrándose en los detalles más refinados de esta pequeña fantasía. Durante muchas noches, ella y las otras mujeres de la calle jugaban este mismo juego allá en las cantinas, carcajeándose como verduleras sobre una mesa empapada de cerveza y madejas de humo de pipa. ¿De qué trataba el juego? No era tanto un juego sino más bien la fantasía colectiva de *encontrar al galán perfecto*. Un relato al que cada una le añadía sus dos centavos. ¿Un hombre alto? ¡Sí, claro! ¿Delgado o musculoso? ¡Oh, pues tendría que ser un hombre sano, con músculos y todo!

"¿Y tú no recuerdas ni un poco de esto, o sí?", le preguntó ahora ella a Argyll.

Él se sacudió la cabeza con tristeza. "Sí que me gustaría". Luego se detuvo, vaciló con su peso balanceándose en las muletas. "Por favor, dime que yo..."

El rostro de Mary se abrió con una sonrisa tímida y coqueta. "¿Que si tú te *portabas bien*?"

Él asintió con la cabeza.

"Claro. Me trataste como toda una dama. Todo un Señor Modales. Para cuando nos dimos las buenas noches, tú y yo nos pusimos de acuerdo para dar un paseo el siguiente día". Luego, Mary dirigió su mirada hacia La Serpentina, donde un grupo de niños con pantaloncillos cortos y camisas de marinero jugaban en el agua con sus barcos de modelo. "Justo por allá... de hecho. Hemos paseado en este parque muchas veces, John". Ella sonrió. La mentira salía fácilmente. Había ensayado la historia de Covent Garden muchas veces; parte de la fantasía que había inventado con las otras chicas; el señor misterioso, todo un caballero, lo suficientemente rico como para robársela y sacarla de la podredumbre del lado este.

"Caminamos en Hyde Park el siguiente día. Hablamos sobre esto y aquello, sobre todo. Tu vida allá en América... y..."

"¿Y tu vida?" Él se inclinó un paso más hacia delante, probando su peso sobre su entumida pierna izquierda. "¿Qué me dices de ti?"

Ella se encogió de hombros, como para no darle importancia. "Oh, mi vida no era mucho que digamos. Tan sólo una chica de clase trabajadora".

"Cuéntame otra vez".

Mary tenía esta parte de la ficción bien planeada. Se apegó a la verdad lo mejor que pudo. Y cuando no era verdad, por lo menos era como su vida hubiera resultado si el destino hubiera sido más bondadoso con ella.

"Solía vivir en Gales. Cuando niña. Luego, me vine a Londres cuando tenía dieciocho años. Quería ver la gran ciudad. Explorar el corazón de nuestro país. Supongo que yo esperaba encontrar mi fortuna aquí, lo suficiente como para poder irme a un rincón exótico y alejado del imperio". Sonrió melancólicamente. Un poco divertida por la ingenuidad de su juventud. "Resulta ser que terminé dando clases de piano a niños ricos y pretenciosos. Aunque no puedo decir que ganaba mucho haciendo eso". Ella maniobró la silla de ruedas vacía, para esquivar una banca ocupada por una pareja de ancianos que se habían quedado profundamente dormidos, sus piernas extendidas en medio del camino. "Supongo que mi *trabajo* ahora es asegurarme de que te mejores, John".

"¿Mary?" Ella sintió que él le haría una pregunta incómoda. Una pregunta que él había tenido problemas para articular.

"¿Sí?"

"Mary, ¿qué edad tengo?"

"Ah, tú tienes treinta y nueve años", le respondió sin perder el ritmo.

Él se encogió de hombros. "Creí que era mucho mayor que eso. Me estuve viendo en el espejo".

"Yo diría que te ves más joven".

"¿Pero tú sí, verdad? ¿Eres más joven?"

Mary se permitió una muy breve pausa; se preguntó qué tanto estirar la verdad. "Veintiséis", le respondió. Añadió sólo tres años a su edad real. Lo suficiente como para acortar la brecha entre ellos a trece años. Así, no se trataba de una diferencia en edades poco posible.

"Pero entonces, ¡yo podría *casi* ser tu padre!"

"Tendrías que ser un padre muy joven si lo fueras. Más como un hermano mayor".

"El asintió la cabeza, luego rio".

"¿De qué te ríes?"

"De nosotros", respondió. "Yo estoy mucho más viejo, pero es como si *yo* fuera el pequeño, y como si *tú* fueras mi más sabia hermana mayor".

Ella volteó a verlo, descansando su mano delicadamente en uno de los amplios hombros de John. "Qué pareja tan decididamente dispareja resultamos tú y yo".

Capítulo 17

28 de septiembre, 1888,
Holland Park, Londres

"Ahí está", dijo ella. "El desayuno: huevos, pan tostado con mantequilla y un buen café bien cargado". Argyll volteó desde su silla, colocada en la ventana mirador. "Mary, gracias. ¿Acaso tú no comerás algo conmigo esta mañana?"

"Tengo unos mandados que hacer. Sólo unas cuantas cosas". Él se estiró para tomarla de la mano. "Estás haciendo tanto por mí. Cuidándome, cocinándome... yo ya no sé...", sonrió con un dejo de tristeza. "No puedo más que preguntarme por qué una mujer tan hermosa quisiera pasar tiempo molestándose..."

"Porque te amo. Porque tienes modales y elegancia, a diferencia de..." estaba a punto de decir a diferencia de todos los vagos y chicos caradura que trabajaban por los alrededores del Spitafields Market y se imaginaban que tendrían oportunidad de llevársela a ella al fondo del pub. "A diferencia de la mayoría de los jóvenes caballeros en la ciudad", prefirió decir.

Impulsivamente, ella se inclinó y lo besó en la mejlla. "Porque tú eres un hombre maravilloso, John. Y mi meta es tenerte de nuevo conmigo. Ahora bien", se reincorporó y sacó una copia del *London Illustrated News*, "tú disfruta tu desayuno y haz una buena lectura. Yo regresaré más tarde con algo de provisiones para prepararnos una buena sopa para el almuerzo".

Ella besó la parte superior de su cabeza, donde su cabello áspero de color café seguía despeinado y brotaba como plantas de cactus, después de una noche agobiada de estarse moviendo inquieto en su almohada. La venda ya no estaba, y en el área de su cabeza, alrededor de las puntadas, cerca de su coronilla, comenzaba a brotar una serie de pelillos duros, mientras que esa porción de cabello rasurado volvía a crecer. Ella tendría que llevar a John de vuelta al Saint Barths para que le quitaran las puntadas dentro de un par de semanas. El doctor Hart aprovecharía esa oportunidad para ver cómo seguía la memoria de John. "Nos vemos después", le dijo ella, abandonando el cuarto principal y rumbo al recibidor, cerrando la puerta tras de sí.

En el pasillo había otra puerta, enseguida de la alacena, que se mantenía cerrada. Cuidadosamente la abrió, para revelar un angosto pasaje de escaleras de piedras que conducían al sótano. Conocía bien el sótano. En más de una ocasión, el Sr. Frampton-Parker encontraba la manera de seguirla allá abajo, mientras ella recolectaba una cubeta de carbón para su recámara en el piso superior.

El primer tropiezo que ellos dieron fue allá abajo, en ese espacio mugriento. Fue al final de esos escalones de piedra cuando él se ofreció a ayudarla con la cubeta; una mano que se estiró para tomar el mango y encontrándose con otra cosa; no accidental sino deliberadamente. Una disculpa murmurada por él, seguida rápidamente por una declaración de su enamoramiento hacia ella. Ella estaba consciente de que él la miraba de reojo desde hacía tiempo. Unas miradas furtivas a su esposa primero, para asegurarse de que ella estuviera ocupada en alguna otra cosa, y luego a ella.

Mary había estado un poco desconcertada al principio. Luego, un poco halagada por la idea. Posteriormente, cuidadosamente, y secretamente culpable, un tanto emocionada por el dominio que ella tenía sobre el Sr. Frampton-Parker. Mary llegó al final de las escaleras, donde su *affair* —si es que se le podía decir así— germinó por primera vez.

John sabía que este sótano se encontraba al cruzar esa puerta y bajando estos riesgosos escalones, pero nunca había sido lo suficientemente curioso, o tenido la suficiente confianza hacia su "adormecida pierna izquierda" para tratar de bajar. Era mejor así.

Porque fue aquí abajo.

Ella pisaba de puntitas por el piso del sótano, repleto de cajas con herramientas para la casa, baúles para los viajes que contenían otros baúles más pequeños, como muñequitas rusas. Los baúles se usaban con poca frecuencia, cuando los Frampton-Parker viajaban en ocasiones más allá del continente. En la esquina se encontraba una pequeña montaña de carbón, que se resguardaba en un marco de madera para recolectar, y que arrojaban por un vertedero desde la trampilla que se encontraba al nivel de la calle. El vertedero tenía un candado por fuera, que Mary sabía que podría abrirse fácilmente con un alambre. Así es como hubiera entrado si no hubiera tenido los nervios de acero para entrar a la oficina del agente y rentar el lugar legítimamente.

Algunos cuantos pálidos rayos de luz se asomaban a través de una ventana enrejada, rodeada de gruesas telarañas, como si fueran de algodón de azúcar. Cuidando que John no la estuviera viendo desde la cima de la escalera, se arrodilló al lado de uno de los baúles y levantó la tapa para revelar el bolso de cuero en el interior. Abrió la solapa y sus dedos se encontraron con uno de los fajos de billetes. Había doce fajos cuando descubrió el dinero por primera vez. Y ahora sólo había nueve. Pagó seis meses de renta para esta casa, una cantidad considerable de cuatrocientas libras. Y claro, luego estaba la ropa que ella vestía y junto con otras cosas que compró para vestir, así como algunos trajes y ropa casual que compró para John, adivinando todas sus medidas.

También estuvo la compra de unas cuantas baratijas decorativas, para poner alrededor de la casa, unas impresiones muy neutrales de cacerías enmarcadas, un salvaje indio piel roja tallado, para la sala de estar —ella sabía que él era americano— un conjunto de estatuillas egipcias falsas que formaban piezas de ajedrez; esfinges y faraones. Los suficientes efectos personales alrededor de *su* hogar para mantener la ilusión de que habían vivido juntos poco más de un año.

Tomó un par de billetes de cinco libras del fajo, puso el bolso de vuelta en el baúl y subió presurosa las escaleras que daban al pasillo. Cerró la puerta y tomó un gorro y un chal de encaje del perchero en el vestíbulo.

"Ya me voy, John", anunció ella.

"Nos vemos después", respondió él, alegremente. Ella escuchó el crujido del periódico en sus manos y sabía que estaría bien allí esta mañana, sentado frente al sol en la ventana mirador del cuarto matutino y observando los ires y venires de la avenida allá afuera.

Argyll la vio a través de la ventana mientras ella descendía hacia el pavimento y sacudió sus dedos mientras ella volteaba y le decía adiós con la mano, antes de cruzar rápidamente por la Avenida Holland Park. La canasta se mecía en su mano mientras emprendía su camino para las compras y para hacer sus mandados. Él se acomodó de nuevo en el sillón, sintiendo el mismo cálido rubor que sintió en el parque.

Era una bendición tener a alguien como Mary. Hermosa, alegre, cariñosa. La ligera efervescencia de su risa era un verdadero deleite. Y debajo de ese semblante de felicidad, parecía tener un afecto dedicado y sincero. Sin embargo, a pesar de lo que ella dijo, en realidad no podía entender qué es lo que ella había visto en él. Al mirarse en el espejo con marco de madera que se encontraba en la pared de enfrente, se encontró con un completo extraño. Un hombre de piel ligeramente bronceada y curtida, con algunas arrugas que quizás contaban una historia de toda una vida llena de memorias de lugares lejanos, pero que ahora todas se habían esfumado. Quizá para siempre.

Ahora, no era nada más que un niño de treinta y nueve años.

Vio sus manos, que sostenían el periódico, y por un momento, extrañamente, sintió como si fueran de otra persona. Como si de alguna manera le pudieran hablar sobre la persona que solía ser. La curiosa cicatriz desvanecida en sus nudillos; el pequeño remolino de piel rugosa en la palma de su mano izquierda, ¿sugería acaso una quemadura de hace mucho tiempo? Se preguntó acerca del tipo de trabajo que estas manos solían hacer. ¿Estaban acostumbradas a tomar alguna herramienta de artesano, un cincel? ¿O acaso éstas son manos que usaron una pluma? ¿O quizás una máquina de escribir?

Mary se negó obstinadamente a decirle estas cosas. Ella tenía toda la seguridad de que todo volvería a él en su debido momento.

Él dejó que su mirada se disipara en el periódico. Por lo menos su mente no había olvidado cómo leer, o escribir o unas cien tareas más. Quizás, él podría descubrir las cosas que solía hacer simplemente intentando hacerlas.

"¿Quizá sé hablar francés?", se dijo en voz alta. Trató de pensar cómo decir esa misma frase, pero no salió nada. "Quizá no", musitó.

Sus ojos se posaron en el encabezado de letra gruesa:

Incidente en carruaje mutila a futura madre

Las luces eléctricas del Viaducto Holborn fallan —otra vez

El asesinato de Chapman ligado a otro

Chapman. El nombre le resultaba vagamente conocido. Quizá conocía a alguien llamado Chapman. Su mente nublada le aseguraba eso. Así es. Leyó la columna debajo:

Se han escuchado rumores de oficiales que trabajan para el Scotland Yard que la prostituta brutalmente *asesinada el mes pasado, Annie Chapman, de 47 años, pudo haber sido la segunda víctima del mismo asesino. Otra prostituta, de nombre Polly Nichols, también fue asesinada de un modo notablemente similar rumbo a Bucks Row, a unas cuantas calles de donde el cuerpo de Chapman fue encontrado. Por el momento, la policía no ha podido revelar los detalles precisos del asesinato de Chapman, pero los detalles que circulan públicamente muestran un parecido impresionante con las* horrorosas mutilaciones *infligidas en Nichols. Se tiene conocimiento de que ambas mujeres fueron inicialmente asesinadas por una profunda y* salvaje incisión *en el cuello. Seguido de esto, es del conocimiento común que ambas mujeres fueron* extensamente mutiladas, *atendiendo específicamente a sus partes privadas. Una fuente de la fuerza de investi-*

gación del Servicio Policial ha dado pistas de que las mutilaciones fueron de una naturaleza ritualista...

Argyll bajó el periódico y le dio un sorbo a la taza de café.

Conozco ese nombre también... Nichols. Polly Nichols.

Se preguntó de dónde. ¿Una amiga? Seguramente no se trataba de la misma persona. ¿Una prostituta? Ciertamente no es la misma persona. Cerró sus ojos y se volvió a acomodar en el sillón, obligando, *aporreando* a su mente para conjurar algo, lo que fuera. Suspiró.

Nada.

"Soy un inútil", suspiró.

No.

Esa voz tan silenciosa, otra vez.

Tus recuerdos están todos aquí, resguardados en cajas. Hay que ser pacientes.

¿En verdad? Tan poco ha surgido hasta ahora, a pesar de la coerción diligente y el apoyo de Mary, quien llena algunos cuantos de los espacios en blanco, con la esperanza de que él pueda llenar el resto. Todo lo que parecía tener eran las imágenes, confusas, fugaces, de sus sueños. Los edificios altos, sólo podía suponer que se trataba de Nueva York; esa visión terrible de los salvajes pintados con tiza y su horrorosa carnicería. ¿Eso era en realidad un recuerdo? ¿O sólo se trataba de una pesadilla lúcida? Tan sólo podía tener la esperanza de que se tratara de lo segundo.

El sol de la mañana que entra por la ventana mirador llegaba cálido a su rostro, cálido a través de sus párpados cerrados. Respiraba lenta y profundamente, y comenzaba a relajarse. Poco a poco, su puño se aligeró y el periódico cayó para descansar sin ser leído en su regazo.

...un cuchillo enterrado en su cuello hasta la empuñadura. Una mujer. ¿Polly, no es así? ¿Polly Nichols? Con un rápido jalón la tuerce hacia delante, abriendo su garganta en un abrupto tajo que va desde debajo de su oreja izquierda casi hasta llegar al

otro. *Ella se retuerce y tiembla, los ojos abiertos y dando vueltas como un puerco sorprendido en un matadero.*

"Shhhh", él le susurra a ella, suavemente, sosteniendo su cabeza por atrás, para abrir la herida y relajar el flujo. "Así, sólo quédate tranquila... es mejor, mucho, mucho más rápido así".

Ella intenta balbucear algo. Sus botas arrastrándose y golpeando en el grasiento suelo adoquinado.

"Eso es, buena chica", le susurra al oído. Besa su mejilla con ternura. "Ya pronto podrás dormir, querida. Pronto dormirás".

Su forcejeo, sus pataleos, comienzan a menguar. Sigue viva, apenas. Ella todavía puede escucharlo. "En realidad, éste no es el mundo real. ¿Qué no ves? Este mundo que nos rodea... es sólo el purgatorio".

Las piernas de la chica se flexionan y, de pronto, se convierte en peso muerto en sus brazos. Cuidadosamente, la baja hasta el suelo. "Y ahora eres libre para irte".

Capítulo 18
28 de septiembre, 1888,
Whitechapel, Londres

El viaje de Mary a través de Londres, del oeste al este, tomó mucho menos tiempo del que había imaginado. El tráfico matutino era ligero y rápido. Poco más de dos horas y ya se encontraba en su antigua morada, en su propia Mansión, *WhiteChapel*. Su corazón se hundió mientras caminaba por estos conocidos caminos estrechos. Cruzó el pequeño paso en la cima de Dorset Street. Rodeada de los cuatro lados por altos edificios grises de ladrillo, de pequeñas ventanitas, casi opacas de tanta mugre acumulada; ventanas que tenían el aspecto lechoso, como de pescado cocido, de las retinas de un ciego. Hasta en la pálida luz diurna de mitad de la mañana, el paso tenía una cierta pesadez crepuscular; los ladrillos oscuros por el hollín, las ranuras entre los adoquines en la calle llenas de cochambre pegajoso.

Durante el día, un olvidado nido de ratas como éste era un lugar sólo para mujeres y niños; las esposas ya teniendo que planear y preparar la cena de sus esposos, en esos pocos momentos en los que no estaban ocupadas vigilando a sus chavales jugando a la pelota en la calle. Las prostitutas emergían al día con cara de sueño, sentadas en las entradas de las casas y sanando sus cabezas adoloridas por tanto alcohol barato la noche pasada.

El cuarto rentado de Mary estaba a mitad del camino, por Millers Court, saliendo de Dorset Street; la primera planta de una casa de tres pisos con inquilinos de cuartos individuales, supervisados por la mujer que vivía en ese mismo piso. Marge Newing. Era una mujercilla con apariencia de roedor, con el rostro enjuto y labios delgadísimos. Sólo rentaba a mujeres solteras. Muy deliberadamente. Mujeres solteras de cierta clase... las que parecía que se balanceaban en la peligrosa orilla de una ladera que finalmente las llevaba a prostituirse como profesión. El consumo de cualquier tipo de licor barato y la adicción a unas pizcas de láudano como sus distractores.

Para las chicas pobres que sólo les alcanzaba el dinero para tener un cuarto ahí, Marge inevitablemente terminaba siendo su casera y su madrota... y su *proveedora* al mismo tiempo. Y en ese inevitable orden.

Mary había vivido en ese cuarto por unos nueve meses. Hasta ahora, había logrado evitar sucumbir a la adicción de los opiáceos y el atractivo adormecedor de la ginebra o la absenta. Los pocos centavos que ganaba, engatusando por las noches a esos clientes borrachos y lujuriosos para que aflojaran su dinero, el ocasional robo insignificante, los lapsos poco frecuentes de trabajo legítimo, apenas eran lo suficiente como para mantener la renta y un poco de comida para su panza hambrienta.

Pero Marge Newing tenía ganas de verla tomar el camino de las otras chicas; de volverse cliente para las drogas que ella proveía al mismo tiempo que siguiera siendo una de sus inquilinas. Como muchas arrendadoras de hostal, empujaba y persuadía a sus inquilinas para convertirse en putas. Quizá porque ella solía serlo. Era su amarga medicina; sentirse un nivel más arriba que sus chicas, un nivel más para no sentirse en el atolladero. Razón por la cual ella le tenía un disgusto particular a Mary. Marge no estaría contenta hasta que Mary fuera otra alma perdida como el resto de las chicas en su hostal; una alma perdida que lentamente cae en una espiral de drogas y sífilis, descendiendo hasta el Infierno.

Mary subió los dos escalones al subir por la calle estrecha y empujó la puerta, sopesando una decisión que lentamente había estado dando vueltas en su mente como un cerdo en el asador: si realmente quería ...o *necesitaba*... mantener su cuarto ahí. Ya estaba por vencerse la renta, de hecho un poco pasada, y Marge seguramente no la pensaría dos veces y arrojaría sus pertenencias a la calle, quedándose con aquellos efectos personales que le pudieran dar unos cuantos chelines empeñándolos. Mary entró al recibidor oscuro. Por suerte, parecía que Marge aún no había vaciado su cuarto. Una llave abría la puerta de su cuarto, y rápidamente, esperando evitar una confrontación con la casera, entró en la pieza, cerró la puerta y le puso llave.

Vio los alrededores de este espacio, dolorosamente lúgubre. Una cama, una mesa pequeña para escribir, toda rasguñada, un grifo con un tazón de hojalata abajo, un pequeño fogón de leña y una hilera de ganchos pegados al riel donde colgaban unos cuantos cambios de ropa comprada de segunda mano. Su versión de un guardarropa.

Sus viejas ropas. Las vio por un momento; los intentos desesperadamente tristes de un *glamour* femenino de abandonada. Piezas de segunda mano o regaladas, había logrado hacerse de una estola de piel de zorro, ahora casi pelona, un chal de encaje deshilachado, un volante, desechado y encontrado, manchado de hollín, que había intentado coser a la bastilla de su falda, cuando se acordaba de ello.

Mi vieja vida.

Una decisión le había estado dando vueltas en su cabeza, dando vueltas como cerdo en el asador. No pensó en nada más esta mañana, mientras tomaba varios tranvías para atravesar Londres. La decisión... de si iba a dejar el cuarto o no. De alejarse de esto, de su vieja vida, de liberar el cuarto. No había nada de esta vieja vida que quisiera, pero si la memoria de John volviera de repente y él se diera cuenta de que había estado bajo el cuidado de una mujerzuela que intentaba timarlo, seguramente la correría, si no es que le llamaba a la policía. Si no es que terminaba en prisión, por lo menos terminaría de vuelta en este lugar. Y si su cuarto y sus pertenencias ya no estuvieran, ¡ella terminaría en la calle!

Mary se dio cuenta de que estaba haciendo una apuesta enorme. Ella tenía la esperanza, la desesperada esperanza, de que se generara un vínculo duradero entre él y ella, aun cuando su mente volviera, que aún hubiera un afecto hacia ella.

Es una apuesta terrible.

Lo era. Pero ella sabía que ésta... *ésta*... no era la vida a la que quisiera regresar. Estas cuatro paredes angostas, a través de las cuales, casi todas las noches, podía escuchar un grito de dolor o una cachetada, los gruñidos de la voz de un borracho, quejidos lastimeros, o aún más patético, el goce falso de canturreos borrachos... y en las primeras horas, muchas veces... casi todas las noches, en realidad, el leve sonido de alguien sollozando.

Ahora ya no. No ahora que traía estas ropas limpias y nuevas. Ropa limpia, sin una rasgadura o mancha. No ahora que dormía en un cuarto en el que se podía descansar, un cuarto que no apestaba a orines y humedad, un cuarto que llevaba a un recibidor y un cuarto de baño que *no era* compartido con una docena de otras mujeres turnándose después de una noche de trabajo.

¿Y no había acaso algo más en esta simple ecuación, ahora? Al principio era sólo por el dinero, ¿cierto? La sensación de todo ese dinero en su bolso, y la idea intoxicante de que este pobre caballero turista podría tener mucho más en otra parte.

¿Pero ahora...?

Ahora había *otra cosa*. No quiso ponerle una etiqueta. Pero se trataba de un ingrediente que se sentía bien, que era honesto, aun cuando no estaba preparada para aceptar la palabra. Un ingrediente que no estaba podrido en su centro, que ya no tenía la sensación que le producía esta casa, tan llena de desesperación y egoísmo. Que ya no la impulsaba a hacer lo que fuera por unas monedas para poder comprar otra botella, o para otra cucharadita de felicidad.

Era algo que se sentía saludable e ingenuo. Con esperanzas, y muy probablemente, destinado al fracaso.

Y *amor* era quizás una palabra muy fuerte en este momento.

Mary se dio cuenta de que sentía afecto por este extranjero. Este pobre hombre que ahora juraba y perjuraba que su nombre era John Argyll, pero al cual nombró en un instante de pánico. Sentía algo por él; en realidad quería cuidar de él, curarlo hasta convertirlo en un hombre completo.

Y... quizá, sólo quizá, cuando él finalmente descubriera que ella le había mentido, que ella había estado explotando su mente rota y perdida, aun así quizás él llegara a perdonarla. Incluso, incluso a amarla y llevársela... a casa, a América. Ella veía destellos de un final de cuento de hadas. Una casa de piedra, pintada de un color iluminado, con un gran pórtico y con pasto en la parte de enfrente, rodeada de cercos de madera que daba a una calle bulliciosa. Y ella en brazos de John mientras él presentaba a la gente de sociedad en Nueva York a "la rosa inglesa de la que se enamoró después de su último viaje de negocios a Londres". Una casa impecablemente limpia, llena de cosas encantadoras, y mucamas que la llamaran Señora, y John, educado, encantador, guapo, de una manera distinguida y tan *cosmopolita*. Su amante, su protectora, su proveedora y su mentora.

¿*O esto? Esta pequeña celda.*

La decisión en el asador dejó de dar vueltas.

No importaba cómo terminaran las cosas, ella sabía que no podía volver a esto. Si efectivamente volvía aquí, ella sabía que lo último que le quedara de resolución por mejorar su circunstancia se evaporaría. Terminaría como las otras, borrachas, adictas y, eventualmente, un día, como un cadáver tirado en el callejón, o flotando en el Támesis, un pequeño artículo en el boletín de la parroquia, muy probablemente una entrada sin nombre escrito en la libreta de un policía.

En realidad, este cuarto en esta casa se podía ir al carajo. El dinero en su bolsa, el que trajo para pagar la renta, se quedaría justo ahí y dejaría que esa perra de Marge Newing arrojara sus cosas en la calle. De todas formas, no había nada aquí de valor alguno, excepto algunas cuantas cosas personales que le recordaban tiempos mejores, una infancia que prometía mucho más que esto.

Comenzó a juntarlas. Una canasta de mano, media docena de paquetitos de té y azúcar, un cepillo —que una vez fue de su madre, un pequeño espejo roto de porcelana, de su abuela.

Le echó un último vistazo a esta celda mugrienta, las paredes oscuras, las ropas de noche andrajosas y colgadas de clavos, manchadas por algunos cuantos borrachos ante los cuales se rebajó para venderles sexo, en un momento en el que se encontraba lo más desesperada y hambrienta posible. Estaba quemando una nave que planeaba no volver a usar jamás.

Afuera, en el lúgubre pasillo, escuchó el golpe de zapatos en el piso de madera.

"¿Mary?"

Volteó para ver una de las mujeres que tenía un cuarto en el piso de arriba. Cath Eddowes. Una de las del grupo de chicas que siempre estaba en la cantina.

"Eh... hola, Cath".

"¡Mírate nomás! ¡Dios mío! ¡Con ropa fina y toda la cosa!", exclamó, agarrando la manga de la blusa de Mary y frotando el algodón entre sus dedos. "¡Ropa nueva! Qué, ¿te fuiste de montacargas por los rumbos de Chelsea?"

Mary se encogió de hombros. "Me fue un poco bien con un botín. Eso es todo".

"¿Un poco bien? ¡Te ves como toda una dama con esas ropas!"

Las manos de Cath comenzaron a manosear toda su ropa, sintiendo el chal de encaje. Sus ojos abiertos y cuestionadores, una sonrisa extendida en sus labios que revelaba el teclado de un piano de marfiles amarillos y huecos negros. "Dios... mírate nomás, querida. Y ¿cómo es que te llegó toda esta lana así de repente?"

Mary sintió una sombra de pena esbozarse en sus mejillas. Cath —*una amiga*— junto con Long Liz, Sally, Bad Bess, todas las otras chicas que frecuentaban la cantina para buscar un poco de consuelo en compañía de ellas; ellas eran amigas de las que ella quería, no... *necesitaba* alejarse. Eran tanto parte de la prisión escuálida en la que había estado viviendo como las paredes de este cuarto. Borrachas la mayoría de ellas, y adictas por lo menos la mitad. Parte por parte la jalaban, tratando de convertirla en una de ellas. Estaban haciendo el trabajo de Marge.

"¡Anda, no seas tímida! ¿De dónde tanto pavoneo?"

"No es nada", respondía ella, quitándose las manos de Cath de encima y saliendo a empujones por la puerta de la entrada.

"¡Vete a la mierda! Como que tus manos dieron con una buena cantidad de billetes, ¿no? ¿En qué andas metida?"

"En realidad, sólo corrí con un poco de suerte".

Los ojos de Cath se abrieron. Se carcajeó. "*¡En re-a-li-dad!*" la imitó grotescamente. "¡Escúchate nomás... hablando muy *la-di-dah!*"

Mary tomó la perilla de la puerta. "No regresaré más a este lugar. Ya no tengo nada qué hacer aquí. Dile a Marge que puede tener su pocilga orinada de vuelta". Mary se dio cuenta de que estaba sutilmente regresando a su versión adoptada de acento del lado este.

Cath puso las manos en las caderas. "Ah, con que es un hombre, ¿no? ¿Tiene plata?"

"Corrí con suerte, es todo", respondió Mary. "Me encontré un dinero".

"Y bien... ¿no lo vas a compartir con las chicas? Una dentro, todas dentro, ¿no?" El lema que compartían, esto es, el lema que compartían al *final* de una noche de borrachera. Con el sonido de las campanas del fin de la jornada, y con los hombres gritando sus órdenes unos encima de otros. Una dentro, todas dentro. La hermandad de las mujeres de la calle. El código.

Eran puras habladurías. Felizmente se timaban entre ellas si eso significaba hacerse de una botella de alegría líquida.

Mary jaló la puerta. "Adiós, Cath". Dijo eso con su nuevo y muy deliberado acento.

Pero enfureció a Cath. "¡Anda! ¡Tú! ¡Mary! ¿Qué mierda de juego te traes? ¿Te crees más que nosotros, no es así? ¡Crees que puedes irte así nomás!"

Mary volteó alrededor de las lúgubres paredes del pasillo, el tapiz desvanecido y rollos de pintura despegada y los pisos manchados con licor derramado, y en uno o dos lugares, unas manchas oscuras de lo que ella sospechaba era probablemente sangre. "Ya no puedo vivir así, Cath. ¡Nunca quise que ésta fuera mi vida!"

"¡Nadie lo quiso, corazoncito! Pero tomas lo que venga".

Mary sonrió, una pequeña sonrisa, débil, de disculpa. Se volteó para retirarse. "Lo siento. Adiós".

El rostro de Cath se oscureció. "Pues vete al demonio, entonces, vieja apretada. ¡Anda! ¡Vete a la mierda y déjanos!"

Mary titubeó, sintiendo un poquito de culpa. Metió su mano a la bolsa y sacó varias monedas. Se las ofreció. "Tú y las otras... esto es para ti, tómate unas rondas a mi salud".

"¡No bromees!" resolló Cath, los ojos bien abiertos otra vez.

"¡No bromees! ¿Es... es un *chelín*?

Sus manos mugrientas las arrancaron sospechosamente de la mano de Mary, viéndola cuidadosamente como un pichón que quiere tomar las migajas. A pesar de lo que ella había estado diciendo sobre el "una dentro, todas dentro", Mary dudó mucho que Cath fuera a compartir esa moneda. Pero no importaba, eso dependía de ella. Mary aprovechó ese momento en que Cath veía con asombro la moneda en su mano para disculparse y salir afuera, con el día de un pesado gris, bajando los escalones hacia el adoquinado lustrado con los primeros escupitajos de lluvia.

Capítulo 19
8 de agosto, 1888, Grantham Hotel,
The Strand, Londres

"Aquí tiene, Sr. Babbit", dijo el botones que entraba al cuarto cargando con una charola de plata; una tetera, dos macarelas y un pan tostado.

"Gracias", dijo él, y le pasó al joven una moneda.

El botones sonrió, dándole las gracias y con una reverencia se salió del cuarto, dejándolo solo.

Se acomodó en el pequeño desayunador en su cuarto. Posicionado por la ventana mirador, tenía una vista placentera de la calle Oxford abajo. Una bonita suite de hotel. Tan buena como las mejores de Nueva York.

Sus ojos fríos y grises, ojos de demonio, le dijo una vez un indio, veían los carruajes y carros lecheros ir y venir, sombreros de copa y las plumas agitadas de avestruz. Los sonidos que venían de la calle abajo le recordaban a Manhattan; los gritos de los vendedores, el repiqueteo de las ruedas golpeando en la piedra, el tumulto de voces, el interminable aplauso como de cáscaras de coco de las pezuñas sobre piedra.

Yo soy el Sr. Babbit.

Cada trabajo venía con un nombre distinto. Un nombre normalmente elegido al azar; quizás un nombre escuchado en alguna conversación, o leída la inscripción al lado de una maleta, o un señalamiento arriba de un negocio, un nombre en el periódico. En el barco de vapor que iba de Nueva York a Liverpool, se topó con este nombre en el equipaje de alguien, que llevaban a una cabina.

A.G. Babbit. Y así, tenía un buen nombre qué adoptar.

El hombre que conoció hacía unos cuantos días en la estación, el caballero nervioso con una voz que daba a entender privilegio, *George*, le había explicado con un balbuceo medio vacilante el trabajo que requerían de él. Un matón local, del lado este, que lleva el nombre de Bill Tolly. Un hombre relativamente fácil de localizar, supuso Babbit. El bajo mundo de Nueva York estaba repleto de tipos como Tolly, fanfarrones malhechores que después de unos tragos alardeaban con voz demasiado fuerte sobre los trabajos que hacían. El truco era simplemente saber qué bares —sonrió, se corrigió a sí mismo— qué *salones públicos* frecuentar. Para sentarse tranquilamente en un rincón y escuchar el tráfico de conversaciones. George le había dado el nombre de uno de los lugares que este tipo regularmente visitaba. Eso era suficiente para comenzar.

Acuchillar sin hacer ruido a alguien como Tolly era, francamente, un trabajo que cualquier matón podía hacer. Pero había algo más en la empresa. El hombre, aparentemente, tenía a varios cómplices, uno de los cuales, supuestamente, tenía un objeto que sus clientes deseaban que se les devolviera. Tolly, por lo tanto, requería hablar un poco antes de morir y ahí se necesitaba un grado más de experiencia profesional. Nuevamente, cualquier malviviente con un par de pinzas y unos cuantos instrumentos básicos para inducir una incomodidad y dolor extremos podía extraer una confesión a gritos y llantos de una u otra manera. El truco era asegurarse de que la información extraída pudiera verificarse, examinarse.

Confirmarlo. Muy necesario antes de que el asunto final de acabar con el tipo se llevara a cabo.

Él, por ahora conocido como el Sr. Babbit, era extremadamente bueno para este tipo de cosas.

La otra cuestión era asegurarse de que Tolly, y quienquiera que estuviera involucrado, fueran eliminados de manera tal que sólo fuese atribuible a cualquier tipo de acto violento que pareciera ocurrir en la localidad. Babbit había estado en Londres durante varios días. Tiempo suficiente para revisar los periódicos locales y leer sobre todos esos temas escabrosos de violencia entre pandillas, crímenes de naturaleza sexual. Parecía que el lado este de Londres estaba igual de estropeado que Nueva York, lleno de tontos de mentes frágiles que se acuchillaban y despedazaban entre ellos por el precio de una pinta de cerveza, o por verlos a ellos o a sus mujeres de mal modo. Como el oscuro bajo mundo de Nueva York, un sitio poblado por animales sin gracia, ni ética; insectos sin un propósito comunitario.

Vida reciclada, almas que regresan. Eso es lo que eran. Es por eso que el mundo en el que todos ellos vivían parecía un lugar mucho menos moral de lo que una vez fue. Demasiadas almas, hoy en día, estaban hechas de malas cosas. No hay lugar en el más allá de Dios para los podridos, y el único lugar donde los podían acomodar era aquí.

No sorprende, entonces, que este mundo se estaba convirtiendo en una sopa espesa de mentes y almas podridas.

Puro tufo. Y nada más.

Mientras más rápido se mataran los unos a los otros para un beneficio egoísta y patético, más rápido hacían a los bebés bastardos que inevitablemente crecerían y un día estrangularían a una puta, o le abrirían la panza a alguien con un cuchillo, sólo para obtener ese reluciente reloj de bolsillo.

Almas como éstas necesitaban ser removidas de este eterno ciclo, como filtrar el barro y los desperdicios en el agua potable. Almas como ésas necesitaban ser eliminadas permanentemente. Y Babbit había sido bendecido con esa habilidad, esa *responsabilidad*, no sólo para deshacerse de una vida inútil, sino para ver a los ojos de los que están a punto de morir, para asomarse en sus pupilas dilatadas y ver esa revolvente masa oscura —el alma. Y deshacerse de ella también, con la misma facilidad con la que uno rápidamente agarra con el pulgar y el índice la mecha de una vela.

Babbit sonrió. George se preguntaba por qué había aceptado que lo llamaran *El Hombre de la Vela*. Y lo más probable es que tuviera que ver con esa vela encendida que siempre dejaba después de cada trabajo. La dejaba para que se consumiera, hasta que su mecha se ahogara con su propia cera líquida y se apagara.

ÉL VEÍA EL IR Y VENIR DE LOS CLIENTES EN EL SALÓN PÚBLICO.
Veía el flujo de rostros manchados y mejillas floridas, narices carmesí, sonrisas desdentadas, saludos farfullados y maldiciones intercambiadas a través de pálidas brisas azules de humo de pipa. Lo veía, y pensó en este flujo como el flujo de mierda en las cloacas; canales de mierda flotando y charcos a los lados, donde las cosas eran más tranquilas, más serenas. Eso es lo que este lugar, esta posada tan ajetreada, le parecía a Babbit; un charco estancado donde la mierda de la humanidad se unía y movía al unísono.

Un delgado velo de humo de pipa por encima de una masa de clientes como en medio de una ciénaga.

Babbit estaba ocupando una butaca al final de la barra, donde bebía lentamente una jarra de metal con cerveza caliente y sin espuma. Hacía parecer como si bebiera sediento, pero en realidad apenas y mojaba sus labios en la horripilante cerveza. Se acoplaba bien con el tumulto; unas cuantas ropas robadas de los tendederos que colgaban por las calles angostas de Whitechapel, una barba que llevaba varios días sin rasurar y resultaba verse igual de desagradable y desaliñado y mugriento que el resto de estas criaturas con pinta de topos.

¿Por qué? ¿Por qué un alma quisiera existir de este modo?

Había estado observando una prostituta por un tiempo. Una visión poco apetitosa, empeorada por los torpes manchones de colorete en sus mejillas, como de payaso, así como la casi completa falta de dientes en su boca. Sin embargo, en el pasado, ese rostro aplastado de bruja pudo haber sido igual de atractivo o incluso, nos atreveríamos a decir, ¿bello? Se le pagaba con cerveza, no con dinero. Una pinta de cerveza. En lo que iba de esa hora había visto cómo le hicieron proposiciones cuatro hombres distintos, aún más desagradables a la vista que ella. Hombres que la tomaban del brazo y la llevaban al baño de los hombres y regresaban solos unos minutos después. Esta pobre desdichada surgía poco después, acomodándose sus ropas y limpiándose la barbilla, dispuesta a beber su pago, caliente y sin gas, para limpiarse el sabor amargo en su boca desdentada.

La agudeza de los oídos de Babbit atrapaba los pequeños vaivenes de las conversaciones, sus oídos sintonizados para poder hallar sentido a la versión mestiza de inglés que hablaban estas criaturas del bajo mundo.

"... y esa chucha sucia se lo estaba buscando, ¿o no? Ai va la perra a gastarlo todo cuando yo le dije que lo ocupaba..."

"... así las cosas, ¿edá? Si vas a estar jodiendo, entonces vas a sentir un puto puño..."

"... me vale, amigo. No está bien. Nomás no está bien... y vaya que el cabrón se merecía lo que le tocó..."

"... todos son unos bastardos, querida. Hay que agarrarlos con lo que vengan... sobre todo a los estúpidos borrachos..."

Cada uno al acecho del otro. Ni siquiera una pequeña taza de bondad en toda esta posada. Ni siquiera una pizca.

Sus oídos habían estado muy ocupados durante toda la noche, el resto de su persona se hallaba desplomado en su banquillo, se miraba casi dormido frente a su bebida. En ocasiones, sus ojos se cerraban para poder escuchar cómo subían y caían las voces, las agudas risotadas burlonas, las voces ásperas de hombres rudos que proclamaban a los cuatro vientos su sitio en la jerarquía masculina de esta posada. Como monos enjaulados, los que gritaban más alto eran los que lograban sentarse en las partes más elevadas de este mundo pequeño.

Babbit había dejado su reloj en su cuarto de hotel, muy a propósito. Su mente estaba acostumbrada a medir el tiempo.

Habían pasado poco más de tres horas en las que pacientemente se sentó como un hombre listo para caer en el suelo, antes de que sus oídos escucharan esa palabreja solitaria en medio del lenguaje mutilado y maltrecho que se gritaba en este lugar.

Tolly.

Atentamente, enfocó su atención en la voz que gruñó esa palabra, haciendo lo mejor posible por colocarla en primer plano y filtrando el resto del tumulto, empujándolo hacia las sombras.

"*... ¿y qué tanto le debes, pues?*"

"*Lo suficiente como para que ese cabrón me rompa algo hasta antes que se las piense en preguntar*".

Una risa. No fue exactamente amigable o amable. "*Tons eres un perfecto idiota, ¿o no, mijo? Digo, perderle algo a él, de entre todas las personas. ¡Ese desgraciado está completamente deschavetado!*"

"*Por eso ando de perfil bajo, por un rato*".

"*Pues qué tonto por venir aquí... es de los comunes por aquí*".

"*Por ahí me dijeron que andaba en el Cock esta noche*".

"*Bill no siempre se aferra a su rutina, amigo. Eres un tonto por arriesgarte a venir aquí*".

Los ojos de Babbit se abrieron lentamente; la impresión de borracho que removía su jarro de cerveza para darle otro trago. Sus oídos sugirieron una dirección aproximada para que él pudiera ver, y lo hizo, identificando rápidamente a dos viejos apoyados en la esquina de la barra, a unos diez pies de él. Las miradas sobre su hombro, preocupadas y constantes del tipo de la derecha claramente indicaban quién de los dos era el tonto que estaba en deuda con Tolly.

"*... fíjate. Te ves como rémora, voltee y voltee hacia la puerta*".

"*¡Pues yo no voy a dejar que me llegue de la nada!*"

"*Te propongo algo. Ya que yo estoy de frente a la puerta, yo te doy la señal si entra, ¿está bien?*"

Una pausa. "*Pues que no se te vaya a pasar, cabrón, o me aseguro de que a ti también te toque*".

Babbit sonrió. *Encantador. Ni siquiera dio las gracias.*

Cerró sus ojos otra vez, una vez más como si fuera el borrachón postrado en la barra que se vuelve a dormir, y dejó que sus oídos siguieran haciendo su trabajo. Fue casi una hora más de intercambios entre ellos, la mayoría bastante banales, antes que, finalmente, el de la izquierda dijera algo rápido.

"¡Ah, mierda! ¡Tolly está aquí!"

Babbit se incorporó y giró su cuello para ver hacia el tumulto en la entrada. Entre bombines y boinas y humaredas de pipa logró visualizar a un hombre alto, corpulento, que entraba por las puertas de vidrio soplado del salón.

Vio a uno de los dos viejos tomarse rápidamente lo que quedaba de su cerveza, se deslizó de su asiento y se perdió entre la multitud de parroquianos. Los ojos de Babbit regresaron a donde Tolly. Vio cómo el hombre se trasladaba hacia la barra, abriéndose una brecha de respeto a su paso.

Es un 'nombre conocido' por estos lares.

Babbit había sospechado eso. Un delincuente del vecindario. Cada barrio, cada calle bulliciosa en los Cinco Puntos de Nueva York tenía por lo menos uno. Un Nombre conocido. La mayoría de las personas se hacían a un lado al verlos pasar.

Conocía a tipos como Tolly. Brutos, estúpidos. El tipo de personas que actúan impulsivamente con sus puños. Si acaso se animara a arrojar sus dotes ante una de las pandillas organizadas, no sería más que un soldado raso. Un sargento, en el mejor de los casos. La más leve de las sonrisas se dibujó en los labios de Babbit. Será demasiado fácil lidiar con este patán.

Capítulo 21

14 de Agosto, 1888,
Whitechapel, Londres

PARA TOLLY YA HABÍA SIDO SUFICIENTE LIDIAR CON ESAS dos mujerzuelas. Había pasado la última hora por el Rose and Crown, el lugar preferido por ellas. Era un sitio lo suficientemente silencioso como para poder platicar sin gritarse, pero lo suficientemente ruidoso como para que una conversación no se escuchara más allá de la mesa.

Tanto Annie como Polly se estaban preocupando mucho por todo esto. Ahora, estaban metidas en un chantaje. Él había decidido involucrarlas, no por un sentido de caridad fraternal, sino porque estaba siendo un tipo astuto. El cliente al que le había hecho el trabajo terminaría contratando a un rufián cualquiera para averiguar dónde vivía Tolly, entrar y simplemente robarse el medallón. Por lo tanto, Annie y Polly podían cuidarlo entre ellas. Confiaba en que ellas no lo traicionarían, ni lo empeñarían, ni lo dejarían en prenda, ni lo perderían. Porque si lo hacían... pues... ellas sabían bien lo que él les haría. Aun así, ambas, a pesar de tener ganas de una rebanada del dinero del chantaje, se estaban poniendo ansiosas con todo el asunto.

"Es de los *meros ricos*, el hombre en la foto", dijo Annie. "Se le nota. Un ricachón *que las puede*, Bill, ¿sabes de qué hablo?"

Polly asintió con la cabeza.

"Claro que *las puede*, querida, tiene dinero".

"No, me refiero al asunto del secreto. Estos ricachones, la mayoría está en esos grupos secretos que se ayudan entre ellos. Así que él puede ser uno de ésos también".

"¿Qué grupos secretos?" Tolly se rio. "Eso de los grupos secretos son puros cuentos. No me digas que te has puesto a leer los periódicos otra vez".

"Vete a la mierda, tú no lees más que yo, Bill".

Tolly la agarró de los cabellos con uno de sus enormes puños. "Dime que me vaya a la mierda otra vez y te rebano la nariz".

"¡Auch! ¡Suéltame! ¡Eso duele!"

"Claro que duele". La soltó. "Nomás cuida mejor tu lenguaje en el futuro. No es apropiado para una mujer... incluyendo una tipa como tú".

Annie se frotó su cabeza, donde él le había jalado el cabello. "Yo nomás digo, Bill... nomás te digo que no me tiene muy contenta andar con esa cosa. Ya ha pasado mucho tiempo. Deberíamos deshacernos de él".

"El caballero va a pagar. Es sólo que necesita juntar el dinero de una manera que se vea discreta. Es lo que me dijo. Es por eso que esperamos". Él sonrió. "Tú nomás tranquila. Va a ser el dinero más fácil que ustedes dos *jamás hayan hecho*".

"Pues no me tiene muy contenta ser yo la que lo cargue".

Bill se encogió de hombros. "Pues pásaselo a Polly para que lo cuide un tiempo".

Annie vio a su amiga. "¿Lo harías?"

Polly no parecía muy contenta con la sugerencia, pero con sus dos coconspiradores viéndola, se dio cuenta de que, a menos que ofreciera hacer algo útil, tendrían que comenzar a cuestionar por qué demonios ella estaría reclamando una parte.

"Está bien", asintió. "Está bien, supongo que tengo un buen escondite".

Eso fue antes. Bill se excusó de su compañía y decidió venir al *Turpin* por unas cucharadas. Había un zoquete que normalmente tomaba aquí que le debía algo de dinero. Si se lo encontraba le podía sacar algo de su deuda al viejo inútil. Tan sólo unos cuantos chelines y sería un cobro de *intereses* sobre el préstamo. Tolly sabía que así era como los bancos en las calles altas hacían su dinero; no obteniendo su dinero *de vuelta*, sino obteniendo la renta de dicho dinero. Ésa era la parte astuta. Dinero que hace dinero. Él se imaginaba que una vez que obtuvieran el dinero del caballero él podía armar su propio banco. Ponerlo justo enseguida del pub más frecuentado en Whitechapel, donde sus clientes estarían demasiado ebrios como para darse cuenta de qué tanta "renta" les cobraría por sus préstamos.

Al entrar a la cantina, se puso a buscar entre el mar de rostros a ver si encontraba al viejo de mierda y, al no dar con él, decidió que lo segundo más importante de que necesitaba atender era la de echarse una buena meada.

El lavatorio de los caballeros era como el de cualquier otro salón, un cuarto en el fondo alineado con azulejos rotos y una canaleta de porcelana manchada en la parte baja de una pared, donde todo tipo de cosas desagradables flotaban como barquillos sobre un canal amarillo de orines.

Bill resopló y escupió, añadiendo sus propios mocos pegajosos al convoy de mugres, mientras se desabotonó sus pantalones y comenzó a liberar un torrente largamente guardado en la canaleta de porcelana.

"¿Ya estabas desesperado, eh?"

Bill vio hacia su izquierda para ver un hombre igual de alto que él, con patillas y una boina.

"Y sí, como entra sale. Tengo una vejiga del tamaño de un bolso de judía".

El hombre se rio con eso, mientras liberaba su propio torrente enseguida del suyo. "Te hace preguntarte por qué pagamos por eso que nos bebemos. Estoy seguro de que lo que orino no es muy distinto de lo que me acabo de tomar".

Tolly echó una risilla. "Es verdad".

El sujeto manejaba un acento fantasmal. Sonaba vagamente irlandés, pero sabía que no era. "¿De dónde eres?"

"¿Yo?" respondió. "Resulta que soy de Nueva York".

"¿Sí?" Bill se interesó instantáneamente en el sujeto. "¿De Nueva York, dices?"

"Y sí".

Bill había escuchado todo tipo de cosas sobre ese lugar. Que había oportunidades para un hombre con mente de negocios, como él. Decidió que iba a comprarle a este hombre una bebida. "¿Has vivido mucho por allá?"

"He estado ahí casi toda mi vida, y he viajado un poco por los estados de en medio". El hombre con las patillas inclinó casualmente su hombro. "Hasta me he topado con indios pieles roja de verdad y toda la cosa".

Los ojos de Bill se encendieron como linternas. "¡Ah, demonios! ¿Pieles rojas *de verdad*? ¿Los has visto?"

"Oh, tenlo por seguro que sí. De cerca". Se rio. "Quizá demasiado cerca".

Bill había terminado y se acomodó el pantalón. Le ofreció la mano al extranjero. "William H. Tolly, pero soy mejor conocido como Bill".

"Nada más dame un segundo", dijo el americano, orinando un poco más fuerte. "Es un trabajo de dos manos para mí".

Bill soltó una risilla. Luego el hombre terminó y se abotonó antes de ofrecerle a Bill la mano. "Charlie es mi nombre".

"Pues bien, Charlie", Bill sonrió, mostrando sus dientes amarillos de tabaco, con unos cuantos huecos, "¿te puedo invitar una pinta?"

A EMPUJONES ABRIÓ LA PUERTA DE ENTRADA A SU ALBERGUE. Rechinaban sus bisagras mientras Tolly la pateaba torpemente para revelar un recibidor oscuro. "Ahora, ¿todavía traes contigo esa botella con shandygaff?", preguntó Tolly, su voz arrastrándose lentamente. "Bienvenido a mis aposentos, señor..." Se reincorporó al momento en el que se le ocurrió un punto de protocolo. "¡Oye! Aquí vienes tú a mi casa por unos tragos y ni siquiera sé tu... tú sabes, tu nombre *propio*. ¿Es señor?"

Su invitado americano sonrió mientras se mantuvo parado afuera de la entrada, esperando a ser invitado. "Oh. ¿Es una costumbre británica?"

"¡Es una jodida costumbre del lado este, amigo! Malos modales de mi parte. ¿Entonces...? ¿Es señor...?"

"Babbit. Charlie Babbit".

Tolly se mecía borrachamente en la entrada, sus cejas se arquearon. "¿Babbit, dices? Como... ¿cómo *rabbit*?"

Babbit sonrió otra vez. "Así es. Justo como *rabbit*".

"Pues bienvenido, Sr. Rabbit, y ya, saquémosle el corcho a esa botella".

Babbit pasó el umbral hacia el recibidor y cerró cuidadosamente la puerta tras de sí, mientras Tolly tambaleaba por el pasillo y atravesaba una puerta hacia la cocina. "Por aquí, Sr. Rabbit-Babbit. Tengo un buen queso por aquí".

Entró a la cocina despúes de Tolly y vio mientras éste se movía a tientas, la única luz provenía de la débil iluminación de una luz de gas afuera, que se metía por una pequeña y mugrosa ventanilla.

"¡Ah! Ahí estamos", gruñó y el cuarto tintineó con la luz de un cerillo encendido, mientras Tolly la pasaba torpemente por la mecha de una vela en medio de una pequeña mesa en la cocina. No lograba atinarle a la distancia. "¡Con un carajo! Creo que tomé más de lo que pensaba!", dijo con una risilla.

"Permítame". Babbit tomó el cerillo de su mano y rápidamente encendió la mecha. "Ahí está", dijo, "ahora ya podemos ver lo que estamos haciendo los dos".

"¡Siéntate, Charlie! Voy a sacar un par de tarros y cortar algo del queso".

Babbit asintió educadamente con la cabeza, colocando la botella con cerveza en la mesa. "¿Vives solo aquí, Charlie?"

"Yo solo nada más". Sacó dos tarros de un gabinete arriba de la estufa. "Con todos mis negocios y asuntos, es mejor que no comparta cuartos con nadie, ¿sabes a qué me refiero?"

"Ajá", Babbit asintió. Podía entender eso. "Yo te debo confesar que también soy un poco solitario".

"Ahí está", Tolly aventó los tarros sobre la mesa y luego se desparramó en una silla frente a él. "Maldito queso... no lo encuentro".

Babbit sacó el corcho de la botella y sirvió un poco en cada uno de los tarros. "Vamos, no te preocupes por eso, Bill, no tengo mucha hambre de todos modos, a decir verdad".

Tolly alzó su tarro y lo chocó contra el de Babbit. "Bien. Pues te digo, es un verdadero placer hablar contigo, Charlie. Mucho más interesante que todos los tipos allá en la cantina. Son unos aburridos, todos ellos. ¿Pero tú? Seguro que has visto cada cosa, ¿verdad?"

Babbit asintió. "Sí, me atrevo a decir que he visto unas cuantas cosas".

Tolly hizo una mueca, media sonrisa, media ceja fruncida. "Sonaste un poco chistoso ahorita".

"Mi acento divaga un poco en ocasiones".

Tolly inclinó su tarro y sorbió un poco de cerveza espumosa.

"¿Te crees que a alguien como yo pudiera irle bien allá en América? ¿En Nueva York? Tú sabes, ¿que me vaya bien? ¿Hacer un buen dinero?"

"Seguramente. Es un lugar lleno de oportunidades para tipos como tú, Bill".

"Es lo que me han dicho".

"Fácilmente te adaptarías", sonrió Babbit.

Tolly se relamió los labios. "Entonces, me estabas diciendo antes que vienes para un trabajo, ¿cierto? ¿Tienes algo de trabajo? Porque si no, supongo que te puedo ayudar. Conozco a unas cuantas personas en estos alrededores, personas que podrían usar a un tipo como tú para… "

"Oh, yo estoy bien, Bill. Ya tengo trabajo".

"¿Ah, sí? ¿Qué tienes entre manos?"

Babbit sonrió. Debajo de la mesa de la cocina, su mano izquierda extrajo un cuchillo de nueve pulgadas de un bolso en su cintura. Nueve pulgadas de largo y casi media pulgada de ancho. Un lado del cuchillo angosto estaba tan afilado como un bisturí, el otro lado tenía pequeños dientes de serrucho que podría serruchar cartílagos y hueso sin dificultad. Un cuchillo que había fabricado, con ese propósito hacía años, un fabricante suizo y caro.

"Tengo un trabajo pendiente. Un caballero me pagó una buena cantidad por encontrar algo que le pertenecía".

"¡Pues eso está bien!", sonrió Tolly, en tono alentador. "¿Te estás quedando en la zona? Si es así yo te puedo mostrar los alrededores, si quieres".

"Eso es muy bondadoso de su parte, Bill".

Tolly se quedó un poco desconcertado. "Estás hablando totalmente distinto… sin ofender, amigo, pero suenas un poco como un chulo".

Él reconoció que estaba dejando su acento divagar. Su acento americano natural se estaba convirtiendo en otra cosa; más seco, más suyo. Casi como la de un caballero británico. La personalidad que había comenzado a asumir con el nombre del que se había apropiado, señor Babbit.

Estaba dejando divagar su acento, en parte porque ya no importaba. Estaban completamente solos y Tolly sólo contaba con unos cuantos momentos de dulce ignorancia antes que Babbit comenzara a trabajar en él. Pero en parte porque esto era divertido; la lenta revelación estaba pronta a llegar; el momento en que los ojos de Tolly se ensancharían al comprender que había invitado a la muerte a su casa.

"De hecho, me gusta hablar así, Bill", continuó. "Lo prefiero al inglés mezclado que tú hablas".

Tolly lo tomó en broma y se rio. "¡Oye! Seguro aprendiste de un tipo muy fino, o algo así. ¿Tuviste mucho que aprender y todo eso?"

Babbit sonrió. *"Y sí... tuve que aprender bastante, y sí"*. Un intento no muy malo por imitar a Tolly.

La sonrisa natural de Tolly vacilaba, incierta. "Espera... ¿te estás burlando de mí o algo?"

"Aprendí que tú eres un poco estúpido, ¿o no, Bill?"

La sonrisa confundida de Tolly se esfumó por completo.

"Aprendí que eres un grandísimo zoquete estúpido, que ha sido muy, pero muy tonto". El exagerado acento neoyorquino de Babbit se había ido por completo también; demasiada complicación como para mantenerlo. "Supe que eres como un niño. Un estúpido y torpe niño. Y como niño que eres, tú sólo tomas y tomas".

Las cejas de Tolly se fruncieron. "¿Te estás burlando de mí, Charlie?"

Estúpido idiota borracho, sigue pensando en eso.

"Entiendo que hiciste un trabajo recientemente, Bill".

La quijada de Tolly, de repente, se abrió hasta quedar colgando.

"Hiciste un trabajito para un caballero *fino*, no es así?"

Tolly se levantó torpemente, empujando su asiento de manera que se arrastró ruidosamente en la loza. "¡Vete al carajo de aquí antes que te saque a patadas!"

Babbit lentamente extrajo su cuchillo por debajo de la mesa, acariciando la hoja larga y delgada. "Es mejor que te sientes. Tú y yo tenemos cosas de qué hablar".

Podía ver que los ojos de Tolly se concentraban en la larga hoja afilada; que el tipo estaba considerando hacer una vergonzosa embestida para tomarla. "Una advertencia, Bill. Tú estás borracho... y yo no".

Ese hecho parecía estar registrándose en su cara rubicunda. "¿Por qué no tomas ese banquillo y te sientas", dijo Babbit. "Así, tú y yo compartiremos esta cerveza juntos, como lo habíamos planeado originalmente, ¿bien?"

Tolly finalmente se agachó para recoger el banquillo, lo puso de pie y se sentó arrojando todo el peso en él. "Ese... ese caballero", dijo finalmente, después de un tiempo. "Supongo que él te envió, ¿es así?"

Babbit asintió con la cabeza. "Así es".

Sus ojos seguían pegados al cuchillo. "Bue... bueno, pues bien, no soy tonto. No quiere pagar. ¿De eso se trata esto?"

"Oh, es que *nunca* te iba a pagar, Bill. Tienes que entender esto, amigo mío. Este cliente tuyo en particular tiene el dinero suficiente como para hacer que *cualquier* problema desaparezca. ¿Y tú? Tú sólo eres un problema muy pequeño".

Tomó la jarra de cerveza y llenó el tarro de Tolly. "Te sugiero que tomes un poco más. Y mira...", se sirvió un poco en su propio tarro, "yo te acompañaré. Dos amigos tomando juntos, ¿eh?"

Tolly ignoró la cerveza. "Tú ve y dile a ese cabrón que lo dejaré en paz y no volveré a decir nada sobre el trabajo".

"Eso ya es historia pasada. El trabajo ya se hizo. El asunto se cerró, ¿verdad?"

Tolly asintió con cierta ansiedad. "Y sí. Me dio un pago decente y toda la cosa. Yo ya me retiro de lo demás".

"Excelente". Babbit sonrió. "Ése es un buen chico. ¿La chocamos?"

Tolly se encogió de hombros. "Claro", y ofreció su mano.

El golpe, como el de un martillo sobre una manzana, hizo eco en las paredes desnudas de la cocina. A Tolly le tomó un par de segundos para darse cuenta de que su muñeca estaba clavada a la mesa. La delgada hoja del cuchillo se incrustó como una pulgada en la vieja madera de la mesa, atravesando los entresijos de huesos y tendones, donde su mano se unía a su muñeca.

Babbit sabía que había sido el *shock* de haber visto la escena lo que hizo que Tolly gimiera... no el dolor, éste tomaría unos segundos más para empezar a registrarse.

"Ahí está", dijo Babbit. "Ahora tengo toda la certeza de que te vas a mantener quieto mientras platicamos. Mientras menos te muevas, por cierto, menos será el daño que le ocasiones a tu muñeca".

"¡Mi... mi brazo! ¡Mi jodido brazo! Tú te..." Trató de agarrar el mango del cuchillo para sacárselo de la muñeca y la mesa, pero gritó con agonía mientras intentaba aflojarlo.

Babbit se puso un dedo en los labios. "Sssshhhhh... Bill, necesito que te calles y que me escuches". Vio cómo Tolly se retorcía en el banquillo. "Y en verdad, deberías intentar mantenerte quieto, mientras más forcejees más daño te harás en el brazo". Sonrió. "Y yo sospecho que se necesitarían dos manos para sacar eso de ahí".

Tolly se tapó la boca mientras gemía en silencio.

"Ahora bien, este trabajito que hiciste... de deshacerte de una tipa, ¿no es así? ¿Y de su bebé?"

Tolly asintió con la cabeza, afirmando con un gruñido.

"Pero le dijiste a tu cliente, el cual, por cierto, es ahora *mi* cliente... le dijiste que habías encontrado algo en ella, algo que podía *causar algunas dificultades*, por decirlo de algún modo?"

"Un medallón", espetó entre jadeos. "Con un retrato dentro".

"Sí... tengo entendido que se trata de una fotografía, ¿no es así?"

La cabeza de Tolly asentía con urgencia. "Por favor... ¡Saque el cuchillo!"

"Pues bien, eso es lo que estoy buscando. Si tan sólo me dices dónde lo has escondido, tú y yo habríamos terminado aquí". Sonrió con cierta calidez. "Te desclavo. Y hasta te dejo la cerveza, ¿cómo la ves?"

Tolly rechinó sus dientes, las gotas de sudor comenzaron a aparecer en toda su frente. Resolló y resopló para no desmayarse. "No lo tengo aquí".

Babbit frunció sus labios. "Ah, caray, pues eso es una decepción. Alguien más, entonces, ¿una amistad tuya, acaso?"

Tolly no dijo nada.

"Sí, mi cliente dijo que tú le habías mencionado que tenías un amigo que te ayudó con el trabajo. ¿Puedo suponer entonces que está con ese amigo?"

"¡Sí! ¡Sí! Está bien... tuve ayuda. ¡Por favor! ¡Quítame esta maldita cosa del brazo!"

"Aún no, Bill. Sólo necesito el nombre de tu amigo, ¿dónde vive?"

"¡No... no sé dónde vive ella!"

"Ah, es *amiga*, ¿cierto? Mmh". Babbit esbozó una sonrisa. "No eres muy bueno para guardar secretos, ¿no es así, Bill?"

Tolly gemía.

"Pues bien, comencemos con su nombre, entonces".

Tolly no estaba de ánimos para mantener lealtades. ¿Honor entre ladrones? Al demonio. "¡Polly! ¡Su nombre es Polly! ¡Polly Nichols!"

Babbit lo vio a los ojos mientras decía eso. No había una *pista*, ni un momento de revelación involuntaria, vacilante, que diera cuenta de cómo una mente en pánico pudiera producir un nombre ficticio. Babbit podía creer que eso sonaba a la verdad.

"Y dices que tú *no sabes* dónde vive? ¿Una buena amiga, como Polly?"

"¡Esta maldita! Siempre está moviéndose... de un lado a otro. No tengo idea. ¿Por favor? Yo... yo..." Tolly se mecía. Parecía estar a punto de desmayarse.

La sangre se estaba encharcando en la mesa debajo de su muñeca. A como se veían las cosas, su cuchillo había logrado cortar una arteria. Babbit se maldijo en silencio. Sólo quería clavar la mano del tipo, era todo, nada más clavarlo en su lugar hasta que hubiera terminado de hacerle preguntas. Pero la mano de Tolly debió haberse arrastrado demasiado hacia adelante mientras él lanzaba el cuchillazo. El hombre se desangraría rápidamente y conforme fuera perdiendo la conciencia sería cada vez menos útil.

Tengo por lo menos un nombre. Es un buen comienzo.

"Bill, ¿y esta Polly frecuenta con regularidad la misma posada que tú? ¿Hay acaso un lugar donde pudiera hallarla con seguridad?

"¿Bill? Quédate conmigo un poco más, si me haces el favor. Sólo una pregunta más, mi viejo camarada, y luego te libero y te vendo la herida para que quedes como nuevo. Me gustaría que me dijeras dónde la puedo encontrar".

"Hay sangre chorreada en todas partes", la voz de Tolly farfulló. "Así como cuando le corté la cabeza". Sonrió como niño travieso. "Y vaya que estos son asuntos muy liosos... así... essss. El rebane, las tajadas".

"¿Bill? Vamos, ¿dónde puedo encontrar a esta Polly Nichols?"

"Y muy bonita... que era ella..."

"¡Por Rose y Crown!" Tolly espetó, los ojos desvaneciéndose. "Ese par de estúpidas perras..." Su cabeza se tambaleaba como la de un burro, hasta que finalmente azotó en la mesa con un golpe fuerte y seco, tumbando su tarro. La sangre y la cerveza mezcladas formaron una espuma rosada en la superficie de la mesa.

Babbit se puso de pie, se inclinó y levantó la cabeza de Tolly, tomándolo de sus cabellos. No estaba muerto aún, pero ciertamente ya no podría sacarle nada esta noche. Jaló el cuchillo de la mesa y la muñeca del sujeto. Maldijo en frustración. Su tino debió haber sido mejor.

Fue la cerveza. Babbit tuvo que tomar un par de jarras de esa horrenda bebida durante la noche, mientras platicaba y se reía junto con Tolly; de repente, este par eran mejores amigos. Se afectó su juicio. El tino del cuchillo se desvió un poco. Ya no importaba. Tenía un nombre. Y en un lugar como éste, no tendría que preguntar mucho ni muy profundamente para que alguien le señalara dónde estaba ella.

Llegó el momento de terminar. Necesita verse fortuito. Una pelea de borrachos. Dos tipos discutiendo por dinero o por una mujer. Una pelea que surgió de la nada y que fue demasiado lejos.

Babbit limpió la navaja varias veces en el antebrazo de Tolly. *Heridas defensivas.* Y luego, con dos pinchazos rápidos, de la camiseta blanca de Tolly comenzaron a brotar una serie de rosas carmesí alrededor de su cintura.

Empujó al hombre de la mesa y cayó inconscientemente en el piso de piedra. Babbit pateó su propio banquillo, pateó la mesa lo suficiente como para que la jarra de cerveza rodara y se estrellara en el suelo. Estudió su trabajo. Una pelea entre borrachos que pasó a mayores, alguien sacó un cuchillo y William H. Tolly, un granuja de los alrededores que se conocía por sus pocas pulgas y desplantes de violencia se convirtió en otra víctima más de la cultura infestada de crimen en esta parte de Londres.

La vela estaba de lado, derramando un pequeño chorro de cera sobre la mesa, la llama tintineando animosamente mientras la mecha, liberada de la cera a su alrededor, lamía y derretía una 'v' en un lado. Babbit paró la vela, y vio cómo la llama se iba tranquilizando nuevamente, mientras que la cera derretida se volvía a llenar sobre la base de la mecha.

Humedeció sus dedos índice y pulgar y con un apretón apagó la llama. El cuarto estaba oscuro de nueva cuenta, iluminado nada más por la luz ambarina de la débil lámpara de gas que estaba afuera y que entraba por la sucia ventana. Luz suficiente como para ver un leve bailoteo de humo que surgía de la punta moribunda en la mecha de la vela.

Vio cómo el humo revoloteaba, hacía nudillos en el aire, y luego desaparecía.

Un alma podrida menos.

JOHN ESTUVO HABLANDO DE NUEVO. Así COMO LO HIZO LA noche pasada, mientras dormía. Una mezcla de murmullos y gemidos suaves como si estuviera en medio de una conversación apenas escuchada. Mary bajó de su cama en el cuarto trasero, se puso su bata, atravesó el pasillo para poder escuchar afuera de la recámara de John por un tiempo, pero él se calló antes que ella estuviera lo suficientemente cerca como para captar sus palabras. Esta noche, sin embargo, su voz sonó más agitada. Salió de puntitas de su cuarto, caminó por el pasillo nuevamente y escuchó desde la puerta. Podía escucharlo, moviéndose inquieto, el chirrido de los resortes de la cama, la voz de un hombre en un momento, el lamento de un niño en el otro. A veces sus palabras sonaban lastimeras, lloronas, a veces frías, secas, amonestadoras y crueles.

"¿John?" susurró. "¿Estás bien?"

Él seguía haciendo ruidos. Empujó la puerta, metió su cabeza.

"¿John, cariño?"

Él no le respondía. Ella cruzó la recámara para arrodillarse al lado de la cama. John movía la cabeza de un lado a otro, estrujando la almohada, sus piernas pataleando debajo de las sábanas.

"... *todo es puro machetazo... ¿verdad?... y tanto sangrerío... ¿eeeeeh?*"

Él sonaba tan peculiar. Los tonos suaves y caballerosos de su voz habían desaparecido, reemplazados por la clase de gruñido áspero de la calle que ella recientemente esperaba dejar atrás para no escucharlo jamás. Era como escuchar a alguien más, a otra persona. Sonaba como cualquiera de los miles de borrachos que se tambaleaban por las calles en las noches, a la hora de cerrar. "Maldita zorra. Se pasa de un lugar a otro..." Luego una voz distinta. "... *Ése es un buen chico, Bill...*" Ése sonaba más como la voz de John. Sin embargo, ella se preguntaba quién era "Bill"; ¿acaso algunos de los recuerdos de su antigua vida comenzaban a resurgir?

Ella esperaba que no fuera así. No tan pronto. Tan sólo la idea de perder a *su* John...

Se sorprendió a sí misma. ¿*Mi* John?

¿Y por qué no? se acercó y enroscó un dedo en un mechón mojado de su cabello. ¿Por qué no *Mi* John? Se sorprendió a sí misma con eso, de lo posesiva que se sintió de repente.

¿Por qué no puedo tener un hombre como John?

Ella no era menos mujer que la clase de vacas pálidas que comúnmente salían a tomar el fresco en Hyde Park; siempre en pares o tercios, impecablemente vestidas; vacas apretadas que podían detectar en unas cuantas palabras el acento que ella estaba tan cerca de perder. Pero a perras como ésas no les tomaba mucho descubrir que no era como ellas; tan sólo con una vocal mal pronunciada y ellas ya fruncían los labios, en son de burla hacia sus pretenciones.

Mary sabía que podía complacer a John de manera que esas jóvenes preciosas jamás podrían soñar. Podía ella no ser como una de esas bellezas de porcelana, ni ser capaz de recitar un *soupçon* de Tennyson o de Wordsworth, pero podía cuidar de este hombre, de amar a este hombre. Podía viajar por el mundo con este hombre y no quejarse de que el sol estaba demasiado brillante o el aire "demasiado pesado para su constitución", que sus preciosos piececillos "no podían dar un paso más en esos zapatos tan apretados". Ella podía ser su acompañante de tantas maneras. Y de donde fuera que viniera él en América, una vocal descuidada o una consonante barrida no le importarían un bledo.

América.

Ella deseaba tanto que hubiera la manera de que este juego suyo pudiera terminar con él llevándosela súbitamente a ese lugar tan emocionante. Que al momento que regresaran sus recuerdos, ella hubiese logrado ganar un lugar permanente en su corazón.

"¿... Polly?... Mmh..."

Ella lo vio, pero él aún estaba profundamente dormido. La sangre instantáneamente se drenó de su rostro, dejándola paralizada, temblando de miedo.

¿Polly?

Un pensamiento terrible se apoderó de ella. *Él tiene a alguien más.*

Ella había tenido visiones de otra mujer, probablemente americana, como John, frenéticamente angustiada por su... *¿esposo?* Pasando frenéticamente de hospital en hospital, tratando de localizar a su hombre.

"Oh, por favor... no", susurró.

Y Polly era el nombre de esa mujer.

De repente, ella se dio cuenta de que todo este plan desesperado era sólo una tonta burbuja de esperanza, de fantasía, todo pagado por dinero que ella robó de él; una burbuja que tardaría poco en explotar. Tarde que temprano, él se despertaría una mañana y se preguntaría quién demonios era ella y en qué parte del mundo se encontraban. Eso, o alguien tocaría a la puerta y ella la abriría para descubrir al buen doctor Hart del hospital, acompañado a los lados por agentes policiacos y a un paso detrás por una mujer mucho más bonita que ella, mucho más sofisticada que ella, con un rostro enfurecido y pronta a denunciarla por el secuestro de su esposo.

Mary necesitaba saber más de él.

Lo único que ella tenía de él, el *único* rastro del hombre que había sido antes que alguien lo atacara, era el bolso de piel. Y ella estaba segura de que lo había inspeccionado concienzudamente.

Pero quizá no lo hizo. Quizás habría algo *más* ahí, una carta, una nota, la foto de un ser querido. Ella comenzó a preguntarse si esos billetes habían sido lo único que ella *quería* encontrar. Que sus dedos decidieron no hurgar más allá de lo que encontraron.

"... mi querida... querida Polly..." Argyll se volteó de lado, aún seguía dormido, sus hombros levantándose y cayendo, su respiración suavemente silbando por su nariz presionada contra la almohada.

Ve y averigua, se dijo a sí misma. Sabía que no iba a poder dormir ni un segundo esta noche a menos que se dirigiera al sótano y le echara otra vez un vistazo a ese bolso. Sólo para estar segura de que no había pasado nada inadvertido.

En silencio, abandonó la recámara, se dirigió a las viejas escaleras de madera en el pasillo, un destello de luz de luna se adentraba en el espacio; desde la entrada con esa tenue luz, se condujo por el pasillo, pasando por la endeble mesita y el ruidoso reloj que la señora Frampton-Parker insistía que *sólo ella* podía desempolvar por ser tan frágil y caro.

Mary se paró al lado de la puerta del sótano. Había una vela y una caja con cerillos al lado del reloj. Los tomó, abrió la puerta del sótano y entró, pisando el primer escalón. Cerrando la puerta detrás de sí, cuidadosamente colocó la vela en el escalón, sacó un cerillo y lo encendió. En la momentánea llama del fósforo vio el final de las escaleras, el quebrado y desigual piso de piedra en la parte de abajo y el montón de maletas de viaje.

Con la vela encendida, bajó las escaleras y cruzó hacia las maletas, donde había escondido el bolso. Ese viejo bolso. Tan gastado y usado, algo que ella sospechaba que él debió haber tenido desde hacía años. Quizá el mismo bolso podría tener su nombre verdadero, sus iniciales, cosidas o escritas o marcadas en alguna parte. No había pensado en buscar eso. Dejó la vela en el piso, levantó el bolso de la caja y comenzó a inspeccionarlo más cuidadosamente. Por fuera no había nada más que raspones y rayaduras, una posesión bastante usada.

Muy bien, pues. Levantó la solapa con hebilla y sus manos indagaron nuevamente en su interior. Por la débil luz de la vela era difícil *ver* realmente lo que había dentro, así que decidió andarse a tientas. Había otros montoncillos de billetes, bien amarrados con un cordel. Sacó los montoncillos uno por uno, y los apiló en el piso. Vio esa pequeña pila de papeles.

¡*Tanto dinero!*

La primera noche que había tomado posesión de esta casa, sola aquí mientras John seguía en el hospital, con un par de días más antes de que se le permitiera regresar a casa con Mary, ella había sacado el dinero y se atrevió a contarlo. ¡Cinco *mil* libras! Una cantidad inimaginable. Se mareaba de la emoción, de lo mucho que había ahí, extendido en el suelo frente a ella... y qué tanto más habría si su atrevido plan le fuera a resultar.

Sola en esta casa, abajo en el sótano, ella dio un *ladridito* de felicidad y emoción.

Pero ahora, sus manos hurgaron de nuevo dentro del bolso. No podía sentir nada más en el fondo. Sólo los pliegues del tejido de la piel. Pero luego sus dedos detectaron un suave y metálico *clink*.

¿Monedas?

Agitó sus dedos y escuchó nuevamente el sonido. Algo atrapado en los pliegues de la costura. Sus manos se enredaron con los hilos y encontraron un agujero. Sintió la orilla áspera de la piel y la costura. Y luego...

Clink.

... Algo metálico. No eran monedas. Se sentía como una llave. La agarró y la sacó, jalando de adentro hacia fuera el forro de tela del bolso. Desenredó los hilos del forro de los dientes de la llave. Estaba en una argolla de metal, junto con una pequeña plaquita de llavero con un número estampado.

Doscientos siete.

No pudo creer que había sido tan descuidada como para no darse cuenta de esto. Pero luego, este objeto se había metido dentro del forro. No era fácil de encontrar. Para ser justos, la emoción hizo que pasara desapercibida.

Estudió la plaquita del llavero. ¿Doscientos siete? Seguramente no se trataba del número de una casa. Si era una dirección también tendría el nombre de la calle o de un camino. Era la llave de un hotel. La volteaba una y otra vez en sus manos. Una llave de hotel, pero no había nada en la plaquita que sugiriera de qué hotel se trataba.

Escuchó la puerta del sótano crujir suavemente de sus bisagras.

"¿John?", gritó.

Escuchó un pie caer en la duela del pasillo, luego el crujido de una respiración mucosa. Su corazón dio de tumbos, detuvo su respiración.

"¡John! ¿Eres tú?"

No hubo respuesta.

Tomó la vela y se dirigió al final de las escaleras. Él estaba parado en la parte de arriba, mirando hacia ella con ojos que trataban de despertarse, sin enfocarse. Ella subió lentamente las escaleras mientras él la veía en silencio. Ya más cerca, Mary creyó que podía ver algo en su semblante parecido a una revelación súbita; más que un rostro que se despierta del sueño. Era una mente perdida que trataba de encontrar el rumbo a su casa.

La boca de Mary de repente se puso muy seca.

Él lo sabe. ¡Él lo sabe! ¡Su memoria ha regresado!

Ella estaba a punto de decir algo, de buscar una suerte de explicación desesperada sobre por qué se encontraba ahí abajo, quién era ella y por qué estaba cuidando de él cuando, de pronto, la boca de John se abrió lentamente. "Yo... yo... creo... estoy...", mecía su cabeza y fruncía el ceño, bastante confundido. Aturdido. "¿Ya es de mañana?"

Mary estaba a punto de reír del alivio. Estaba sonámbulo.

"No, John", sonrió. "No, John, aún estamos a mitad de la noche".

Él asintió con su cabeza, torpemente. "Ah... bien". Su cabello oscuro esponjado de un lado, su cara hinchada por el sueño y parado descalzo en sus pijamas, se veía como un niño al que acababan de despertar bruscamente.

"Vamos, amor... vamos a llevarte de nuevo a la cama".

ARGYLL VIO CÓMO ELLA PONÍA EL DESAYUNO EN LA MESA del cuarto principal. Se desplazaba con una eficiencia silenciosa, el mantel, la vajilla, la cafetera y finalmente el pan, la mantequilla y un huevo cocido, sin esbozar una palabra, ni siquiera una sonrisa. Mary lucía muy distinta.

¿Qué le pasa?

"¿Mary?" preguntó él, queriendo tomar su mano. Ella detuvo su ajetreado e innecesario movimiento con los manteles individuales y la vajilla. "¿Mary?", preguntó nuevamente. "¿Qué te sucede? ¿He hecho algo malo?"

Ella se veía tan infeliz. Tan preocupada. Aparentemente ansiosa de platicar acerca de algo, pero reacia o incapaz de encontrar un modo de comenzar.

"¿Algo pasa, no es así?", insistió él.

Ella se sentó en el desayunador y miró hacia fuera, a través de las cortinas, al coche del lechero, el *clip clop* de los cascos pasando frente a su casa. "John... anoche hablaste mientras dormías".

Él sonrió, como disculpándose. Aparentemente, lo había estado haciendo todas las noches, según le explicaba ella. Los sueños con los que despertaba por las mañanas no eran más que breves y efímeras volutas de imágenes inconexas. Muchas veces parecían saturadas de trozos y pedazos a los que no les encontraba mucho sentido.

"Lo siento... ¿te desperté otra vez, Mary?"

Ella sirvió el café de la cafetera; algo que mantenga ocupadas sus manos ansiosas. "Dijiste el nombre de una mujer". Ella volteó a verlo. "¿Lo recuerdas?"

Argyll no recordaba absolutamente nada. Ése era el problema. "No. Lo siento. No lo recuerdo".

Ella quería decir el nombre, estaba en la punta de sus labios, pero esperaba a ver si él lo recordaba. Él se sacudió la cabeza. "¿Cuál fue el nombre que dije?" preguntó finalmente.

"Polly".

Él contemplaba su café, que giraba después de estarlo revolviendo, un espiral de leche cremosa, haciendo piruetas.

¿Polly?

Como el resto de su vida perdida, el nombre no significaba absolutamente nada para él. Aun así... el nombre disparó *algo* en un rincón ensombrecido de su mente. Así como la corteza de una hogaza de pan rancio atrae a un grupo de pichones, o el olor de las castañas horneadas puede atraer a una audiencia de niños hambrientos, el nombre causó algo en el rincón más oscuro del ático en su mente, como para que se despertara y se hiciera adelante.

¿Polly? ¿Mmh?

"Yo...", frunció el ceño, mientras seguía viendo el espiral de café.

¿Polly, es así? Esa voz de nueva cuenta. Había una cierta dureza, algo desagradable en su tono. Un descontento. Una decepción, como un padre ambicioso decepcionado por su hijo poco ambicioso.

Sí conoces a Polly... ¿no es así? Oh, sí, recuerdas a Polly. La voz le ofrecía una imagen vaga, tan sólo un *flash* momentáneo. Rojo oscuro, salpicado de comas y puntos que atraviesan la piel, tan blanca como masa sin hornear; una tarta de arándano partido.

Se sintió mal. Sacudió su cabeza, sentía que estaba por llegar un dolor de cabeza. La voz regresó una vez más a su rincón oscuro, a su percha, satisfecho con su tormento matutino.

"Yo... honestamente, no recuerdo a ninguna Polly", musitó. "El nombre no significa absolutamente nada para mí, Mary.

Honestamente". Esa mentira a medias se sintió como bilis en su boca.

Mary trató de ocultar un rostro de alivio. Se ocupó en untar mantequilla a un pan. "Pues, quizá sea una tía o prima o algo... tú sabes, allá en América..."

"Sí... sí, quizá sea ella".

John dio un golpecito al huevo con su cuchara, quebrando su corona y colocándola al lado de su plato. "¿Qué tal? ¿Está bien el huevo? ¿Es así como te gusta?"

Él besó sus dedos como un sibarita. "A la perfección, querida". Ella se rio con gusto al escuchar que él le había dicho *querida*. El otro día ella le había dicho que la manera como él decía esa palabra lo hacía sonar "tan elegante y heroico, como uno de esos caballeros aventureros de los que salen en los libros".

"Normalmente nunca me quedan bien los huevos". Ella untó un poco de mantequilla y puso una buena cucharada de mermelada encima. "¿John?"

"¿Mmh?"

"Tendré que ir otra vez a las tiendas para nuestra cena de hoy. ¿Hay algo en particular que se te antoje?"

Argyll se quedó viendo la corona abierta del huevo, su mente un millón de millas lejos. "Oh... eehh... no, lo que tú prefieras, Mary".

BABBIT SE QUEDÓ VIENDO LA PARTE SUPERIOR Y QUEBRADA del huevo. Una vez había visto una cabeza que se parecía mucho a eso. De hecho, había sido responsable de una cabeza muy parecida a eso. Un miembro de jurado que había aceptado un soborno muy generoso, pero luego había cometido el estúpido error de ser codicioso y pedir un poco más.

Ese trabajo había sido uno de los más satisfactorios. El hombre estaba podrido hasta la médula.

"¿Todo en orden, señor Babbit?"

Volteó a ver al mesero. "Sí... sí, muy bien. El huevo está hecho a la perfección, gracias".

Había decidido tomar su desayuno esta mañana en el salón matutino del Hotel Grantham. Estaba plácidamente tranquilo, tarde por la mañana. Una mujer esbelta de rostro severo con sus dos jóvenes hijas del lado extremo de las mesas puestas, cacareando en susurros cómo deberían sentarse a la mesa, cómo deberían tomar sus alimentos; dos versiones miniatura de esta mujer, destinadas a ser un par de arpías como ella un día de éstos.

Un caballero solitario, grueso y rollizo, cerca de la chimenea, haciendo durar una copia del *Times* el mayor tiempo posible.

La atención de Babbit giró en torno a su propio periódico. El trabajo que hizo hacía unas noches no obtuvo más que un simple párrafo en la séptima página. Incluía una lista de asesinatos y asaltos brevemente reportados. Así como esperaba que lo hicieran, la policía estaba suponiendo que la matanza fuera un ataque de venganza perpetrado por algún otro villano con algún resentimiento o deuda que saldar. La casera de Tolly encontró su cuerpo en la tarde del siguiente día y había comentado que no le sorprendía que su inquilino hubiese tenido un final tan violento.

Babbit comenzó a reírse de la prosa florida que usaba el periódico. No era muy distinta de la prensa de Nueva York, la cual exprimía todo el valor que tuviera un adjetivo:

...un violento criminal, de nombre William Tolly, fue encontrado brutalmente asesinado la noche pasada, en su alojamiento, en la calle de Upper Ellesmere. Dijo la señora Amy Tanbridge, su casera y el alma desafortunada que descubrió su cuerpo, "parecía haber estado en una terrible pelea". La Sra. Tanbridge dijo que "había sangre en todo el piso, fue como si hubiera entrado a un rastro". Tolly es conocido por la policía local como un hombre violento con muchos enemigos locales...

Ahora, a cuestiones más importantes.

Tolly amablemente le había dado el nombre de un par de casas públicas y una mujer. Su mejor apuesta es que se trataba de un *pub* en la misma localidad en la que encontró a Tolly: Whitechapel. Ayer había caminado en la zona, tomando nota de sus nombres, los nombres de las calles en las que andaban, e irritantemente descubrió que había cinco "Rose and Crown" a unas calles la una de la otra, y siete *pubs* que llevaban "Firkin" como *parte* del nombre. Babbit decidió que el más cercano a Turpin era con el que iba a comenzar. Así como lo había hecho con Tolly, se disfrazaría para asumir el rol, buscaría un rincón tranquilo y escucharía la incesante conversación. Ninguno de estos lugares en ningún momento estaba callado. Siempre parecían estar en medio de alaridos a todo volumen, como si estas personas sólo hubieran aprendido a comunicarse a gritos y obscenidades. Y el truco era llegar temprano por la noche y escuchar cuidadosamente a cada nuevo instrumento, conforme llegaba, para añadirlo a la orquesta de voces. Y siempre había un saludo de alguna parte, arrojado por encima del ruido cada vez que alguien entraba, ¿verdad que sí?

Escucharía específicamente eso.

Polly Nichols, si es que se trataba de una mujerzuela, tendría a sus clientes regulares; una docena o más de viejos cacarizos de narices rojas insinuándose a ella y preguntándole si "andaba de ánimos esta noche". Todo esto se trataba de escuchar. De escuchar y observar, y, lo que es más importante, nunca nunca ser notado. Había que mantenerse como el borracho adormilado en un extremo de la barra. Si no tenía suerte en encontrarla así, podía preguntar entre los hombres que detectaba que se salían con otras mujerzuelas. Esos tipos tenían a sus favoritas, ¿no es así? Babbit podía afectar el comportamiento de un viejo corazón de pollo preguntando por el paradero de su chica favorita.

"La encantadora Polly. ¿La ha visto, amigo? ¿Has visto a mi querida Polly Nichols?" Pero comenzar a preguntar era una alternativa a la que prefería no recurrir. Hasta los recuerdos más nublados por el alcohol podían en ocasiones recordar un rostro distintivo, algo fuera de lo ordinario.

"Ah, señor, él era alto, sí que lo era. Alto y con un sombrero oscuro, la nariz puntiaguda como la del viejo Huesudo. Y pensándolo bien, hablaba un poco diferente a lo normal. Como extranjero. Puede que irlandés. Americano, quizás. Y recuerdo que preguntaba por Polly esa noche. Quería saber dónde encontrarla, sí que sí".

Sumergió un trozo de pan tostado con mantequilla en la yema del huevo. Realmente estaba hecho a la perfección, justo como lo había pedido; el blanco firme con la yema suave y líquida. Hizo una nota mental de darles una propina generosa al mesero y al *staff* de la cocina cuando finalmente dejara el hotel y regresara a casa. Cuidaban de él maravillosamente.

Polly. Mmh.

El truco no iba a ser dar con ella. Anticipaba que sería una tarea relativamente fácil. No, el truco iba a ser convencerla de que confiara en él lo suficiente como para que lo llevara a su casa. Las prostitutas de por aquí en el lado este preferían conducir sus negocios en el exterior; callejones, canaletas, bancas de parques. Mantenían rápido el negocio y había una noción de seguridad al estar afuera, donde un grito podía escucharse... y lo más probable es que llevaría a un cliente abusivo a correr con sus pantalones y calzones en los tobillos.

La promesa de un buen dinero, no... *mostrarle* el dinero indicado, y exhibiéndolo de una manera que no la inquietaría o preocuparía, así es como iba a convencerla de llevarlo a *su* aposento.

Capítulo 26
30 de septiembre, 1888,
Whitechapel, Londres

MARY TENÍA UNA BUENA IDEA DE DÓNDE ENCONTRAR A SUS viejas conocidas a esta hora del día. A la mitad de la mañana, es donde normalmente se congregaban, la casa de té de Ramsey. Media docena de ellas normalmente se sentaban juntas alrededor de una mesa al fondo, un delgado velo de humo de pipa encima de ellas como una nube, una mesa repleta de tazas de té, y una botella de absenta en el centro, para aquéllas con ganas de un trago.

Henry Ramsey, el propietario, era bastante feliz de tener a estas mujeres en el fondo del lugar, lejos del resto de los clientes decentes que se sentaban cerca de la entrada, donde estaba la vitrina que daba a la calle Goulsten, y donde las mesas todas tenían bonitos manteles de lino y encaje. Las chicas normalmente estaban calladas, no hacían mucho ruido; por lo general, curaban sus dolores de cabeza de la noche anterior y la mayoría estaba muerta de hambre y con antojo de unos buenos pasteles de papa y algo de repostería.

Mary asintió con la cabeza cuando vio a Ramsey, mientras se deslizaba delicadamente entre los demás clientes que tomaban el té en la salita que daba hacia el cuarto de fondo. Él conocía esa cara, aunque no su nombre, y sus ojos se ensancharon en cuanto la vio.

"¡Caramba!", dijo. "¿Qué te fuiste a conseguir las joyas de la reina o qué?"

Ella ignoró la pregunta. "¿Están las chicas atrás?"

"Sí".

Continuó su paso hacia la parte trasera de la tienda, pasando por un pasillo, el guardarropa, y luego abrió una cortina pesada hacia un cuarto con su propia ventana pequeña y una puerta que daba al patio trasero de la tienda, llena de sacos de hojas de té, harina y sebo y tarimas de madera llenas de pan recién hecho y un barril de leche.

Ella sonrió. Ahí estaban. Las chicas.

"¡Me lleva el diablo!", farfulló Cath Eddowes. "¡Pero si es la mismísima *Lady Muck* en persona!"

Las otras se mantuvieron boquiabiertas ante la ropa de Mary. Luego, de repente, ella fue confrontada por una masa de preguntas y exclamaciones; una mezcla de chillidos de felicidad e insultos mordaces y manos celosas que se acercaban para apreciar la textura y calidad de sus faldas.

Eligió la cara que estaba buscando. Liz… Long Liz. Una pipa colgaba de la comisura de sus labios mientras masticaba la boquilla y le decía algo a Cath.

"¡Liz!" La voz de Mary cortó por encima del ruido. Señaló con su cabeza rumbo al patio trasero. "¿Puedo hablar unos momentos contigo, en privado?"

Liz, desenfadada, se levantó de su banquillo, pasó alrededor de la mesa de las chicas y salió por la puerta abierta en el jardín.

"¡Con permiso, por favor!" Mary pasó entre las personas apretujadamente. "Me dejan por favor…"

"¡Ooooh! ¡Escúchenla nomás!", dijo una de ellas.

"¡Oh, dispénseme mucho usted, *milady*!", dijo otra entre risas con una genuflexión en son de burla.

Afuera en el patio; cuatro paredes de ladrillo cubierto de hollín rodeando un espacio suficiente como para que ellas se sentaran entre las provisiones del Sr. Ramsey. Arriba de ellas, el cielo se mostraba de un blanco-gris uniforme, como si Londres existiera permanentemente debajo de un manto de viejas lonas gastadas. Más allá de las paredes, que daban a la altura de la cabeza, el repiqueteo de cascos y ruedas hacía eco en los alrededores. Otra mañana más de negocios.

Liz se sentó en una pila de tarimas vacías, Cath, aunque no había sido invitada, estaba ahí de todos modos, se sentó enseguida de ella. Ésas siempre andaban en pares. Como cómplices, siempre cuidando la una de la otra. Siempre solicitaban sus negocios juntas. Pero Liz Stride era la más bonita de las dos. Alta, de piel blanca y de buena constitución, mientras que Catherine era bajita y pesada.

Mary cerró la puerta trasera, apagando el sonido de risas y de *la di das* que venían del interior.

"Cath nos dijo que te habías encontrado con algo de dinero", dijo Liz. "A ver, ¿cómo está eso? ¿Robaste un banco?"

Mary se rio, tímidamente. "Puede que sí".

Liz le echaba un ojo a través de una nube de humo. "Tú siempre eras la que tendría suerte. Yo sabía que algo así te iba a pasar. ¿Qué fue... un cliente distinguido te pagó bien?"

Mary había decidido mantener para ella sola cualquier información sobre Argyll. Evadió la pregunta. "Necesito de tu ayuda".

"No parece que necesites ayuda de nadie", dijo Cath. Mary la ignoró mientras hurgaba dentro de la bolsa pequeña que traía en su brazo y sacó la llave en el llavero.

"Esto", lo puso frente a Liz para que lo viera. "Es una llave..."

Liz hizo una mueca. "Bien hecho, querida".

"Es la llave de un... un cuarto, un cuarto de *hotel*, creo yo".

Liz se la quitó de la mano y la examinó rápidamente. "Tal parece que sí. ¿Y qué?"

Mary alzó los hombros. "No sé de *qué* hotel. Podría ser cualquiera".

Liz, casi de cuarenta años, era entre las chicas la que *sabía de cosas*; casi la figura materna entre ellas. Incluso, hubo un tiempo en el que Liz se hacía cargo de una sala de té muy parecida a ésta. Mary esperaba que ella pudiera reconocer la marca del hotel en el llavero, o por lo menos conocer a alguien que supiera.

Liz la miró unos momentos. "¿Qué está pasando, Mary? Desapareces unas semanas, y yo y Cath y las otras comenzamos a preocuparnos por ti, con eso de los asesinatos que están sucediendo. Y ahora, aquí estás... toda vestida como toda una lady Muck. ¿Qué ha estado pasando?"

Mientras recorría la ciudad, ella había ensayado este tipo de cosas, respuestas a las preguntas que las chicas inevitablemente le harían. Pero decidió no decirles nada sobre el hombre. Porque indudablemente querrán *ser parte* de la estafa; una parte de él, un pedazo de él. Pero esto, todo esto, su "estafa", no se trataba de quitarle a un hombre vulnerable cada centavo que tuviera. Ya no. Por más ingenuo e impráctico que esto sonara, había un sentimiento alojado en ella que le decía que esto ya no tenía que ver con el dinero.

"Yo no diré nada. Es asunto mío".

"Bueno, quizá no pueda ayudarte, entonces", respondió Liz, secamente, sus dedos huesudos aferrándose al llavero.

No me lo va a regresar.

"Te puedo pagar. Traigo algo de..."

Liz se sacudió la cabeza, lentamente. "Yo no ando detrás de tu dinero, Mary. Estoy preocupada por ti, querida. Todas las chicas lo estamos. Nadie obtiene el dinero que tú tienes sin un mundo de problemas a cuestas. Dime, ¿qué ha pasado contigo?"

Mary sintió el muro de su propia determinación comenzar a temblar, a desmoronarse.

"¿Lo robaste, querida? ¿Es eso?" Se acercó a ella. Acarició su chal de encaje. "Todo esto... la ropa bonita y eso de que hablas muy *propia*... ¿ésa no eres tú, o sí? ¿Qué está pasando? ¿Estás en problemas?"

Por alguna razón, sintió ganas de llorar.

La voz de Liz se suavizó. "¿Estás metida en problemas, querida?"

Después de mentir y mentir a John, se sentía exhausta por el esfuerzo. Mantener una ficción de tal modo que cada nueva pregunta que él le hacía las cosas se volvían mucho más elaboradas y difíciles de sostener. Cuidar de tener todo eso presente en su cabeza para no contradecirse. Junto a eso... esta versión fabricada y fantasiosa de ella misma. Le gustaba sentirse *refinada*, y ella sabía que un hombre como John jamás tomaría como su consorte a una mujerzuela de la calle, ni siquiera en la historia más enloquecida que ella pudiera construir... pero era no obstante otra capa de peso encima. Tener siempre en mente cómo hablar, cómo caminar, cómo ser recatada. Los viajes diarios fuera de la casa rentada en Holland Park para comprar cosas para la cena no sólo eran salidas de compras, eran una oportunidad para tomar un respiro, mantener la compostura, recuperarse. Catalogar y ordenar cada pequeña mentira que le haya dicho a John... para asegurarse de que no tropezaría en el intento.

Se dio cuenta de que estaba exhausta. Agotada hasta la médula. Y así fue como las primeras lágrimas comenzaron a descender por sus mejillas.

"Oh, Dios, oh, Dios... vamos", dijo Liz. Tomó a Mary de los brazos. "Siéntate, tesoro".

La bajó para sentarse enseguida de ella.

Mary no se resistió.

"Ahora bien", dijo Liz, delicadamente acariciando su hombro, "¿por qué no me cuentas qué ha estado pasando?"

Mary vio hacia donde estaba Cath, parada frente a ellas en el patio, como si fuera el perro guardián de Cath. Liz pareció entender que Mary quería platicar con ella *a solas*.

"Cath, ¿qué tal si te vas un rato con las otras?"

Catherine hizo un puchero como de niña y luego con un gruñido irritable se volteó y se dirigió a la puerta. La abrió y, por unos momentos, el barullo de conversaciones en la parte trasera del local se fueron desvaneciendo. Mary vio brevemente una media docena de rostros curiosos en la oscuridad de esa sala trasera, elevando sus cuellos y moviéndose en la mesa para echarle un vistazo a lo que ocurría allá afuera. La puerta se cerró de golpe y el murmullo apagado de las voces se sintió una vez más.

"Bien, pues...", continuó Liz. "¿En qué problemilla te has metido?"

MARY LE CONTÓ TODO, TODA LA HISTORIA; CÓMO ENCONtró al caballero sin nombre en la calle Argyll y luego rastreándolo hasta llegar al hospital St. Bartholomew, la mente del tipo en blanco. Le dijo a Liz que nada de esto había sido planeado, que simplemente sucedió como una secuencia de oportunidades, y que había tomado cada una mientras se iban presentando. Y ahora, quizá lo peor de todo, era que ella sentía algo por él. En vez de desaparecer como debió hacerlo con su bolso de dinero, dejándolo solo en la casa de los Frampton-Parker hasta que finalmente se diera cuenta de que lo había abandonado ahí, ella sentía ahora ansiedad por volver con él, preocupada de que estuviera solo esta mañana demasiado tiempo.

"Pero en realidad no sé nada de él, Liz", le dijo. "Él... bien podría tener una esposa o... o alguien más que lo está buscando. Yo solo necesito saber porque..." Porque quizá lo más sensato *sí era* tomar el resto del dinero y huir, olvidarse de él y de esos sueños tontos de ser la señora de Argyll. Y no es que llegara a ser en realidad la señora "Argyll". Él tenía otro nombre que seguramente surgiría cualquier día de éstos.

Un sueño tan tonto. Nada nunca viene de los sueños, en realidad no. Nada fuera de los cuentos de hadas que ella leyó de niña en su escuela de convento,

Liz miró el llavero que aún traía en la mano. "¿Y quieres que yo averigüe por ti?"

Mary asintió con la cabeza.

"¿Te sientes segura con él, querida?"

"¡Oh, Dios, sí, Liz! Es tan delicado como un corderito, sí que lo es. Como un bebé, en cierto modo. Yo soy casi como su mami".

Liz asintió con aire de sabiduría. Mientras Mary hablaba, a ella le intrigaba la noción de la mente de una persona que de repente se borra. "Podrá ser muy delicado, pero sigue siendo un hombre, Mary. Un hombre del cual no conoces absolutamente nada. No sabes nada acerca del hombre que realmente es". Liz se corrigió. "O *fue*. Tienes que tener mucho cuidado, Mary".

Mary asintió bruscamente. "Pero escucha, Liz. Sólo tú, ¿está bien? No le digas a las demás, por favor. Sólo tú".

"No le diré nada a nadie. Lo prometo".

Mary hurgó en su bolso de mano, las monedas tintineaban fuertemente. "Te pagaré".

Liz asintió. "Te acepto un chelín. Creo que conozco a un tipo que puede ver esta llave y sabrá de qué hotel se trata. Dylan, es un cerrajero, puede que reconozca el llavero, o el tallado".

"Déjame darte algo a ti también".

Liz se encogió de hombros. "Una moneda de seis peniques por mis esfuerzos creo que no me vendría mal. Pero mira, Mary, este hombre..."

"Está bien, en serio", le dijo ella. "Como te dije, es como un cordero".

"¿Pero sí has escuchado sobre esas matanzas, no?"

Había visto algunos encabezados de letras grandes en los periódicos y algunos susurros de chismes de los transeúntes. Sabía vagamente de las matanzas. Y no es que su mente estuviera atenta a las noticias de Londres en tiempos recientes. Pero era difícil ignorar por completo los encabezados enormes, las ilustraciones imaginativas en las portadas de algunos pasquines que hacían un uso creativo de algunos de los detalles más lascivos que sacaban de las bocas de los detectives de Scotland Yard que trabajaban en el caso.

"¡Oh, Dios, él jamás!" Mary casi se reía de la sugerencia de Liz. "No aguantaría más de dos minutos aquí en Whitechapel antes que algún ladronzuelo le quitara sus pertenencias". Se rio.

"Dios, no... segura que no es él".

Liz se encogió de hombros. "Tú sabes que soy la mejor, pues. Sólo ten cuidado". Se le ocurrió una idea. "Dime, Mary... ¿has dejado que él te tome? ¿Te has levantado las faldas por este...?"

"¡No! ¡Las cosas no son así!" Mary frunció el ceño. "Ha sido todo un caballero, sí que lo ha sido. Me ha tratado mejor de lo que cualquier hombre me haya tratado jamás".

Liz asintió, meditativamente. "Bien". Sonrió. "Entonces, ¿me llevo esta llave conmigo? ¿Estás bien con eso?"

"Sí".

"Y ya veré qué averiguo. Si descubro qué hotel es, ¿quieres que toque a la puerta? ¿Para ver quién está? ¿Averiguar un poco acerca de él?"

Mary no estaba muy segura de querer eso. La verdad. Era casi seguro que sería el final de su pequeño mundo de fantasía con John. Habría un nuevo nombre, ¿no es así? Y esta vez, sería su nombre *verdadero*. Y se encontrarían con la razón por la que estaba en Inglaterra, y por alguna razón estaba segura de esto, habría una esposa ansiosa llamada "Polly".

Mary asintió lentamente. "Está bien... sí, supongo que debo saber".

Liz tomó con su mano la pipa y chupó. Un giro débil de humo azulado se movía por el aire fresco de la mañana en el patio. "Cath me dice que no te estás quedando en tu cuarto de Millers Court, ¿cierto?"

"No he pagado mi renta desde hace una semana. De manera que ya no creo tener ese cuarto".

"Entonces, ¿en dónde vives?"

"En Holland Park".

"¡¿Holland Park?!", los ojos de Liz se abrieron. "Una casa elegante, ¿cierto?"

Mary alzó sus hombros.

"¿Quieres que vaya a tu casa y decirte lo que averigüe?"

No estaba muy segura de que ella quisiera darle a Liz la dirección *exacta*.

"Sí, pero..."

Liz sonrió. "Seré discreta, querida. Tocaré y trataré de vender algo, ¿eh? Y quizás habrá una nota en un ramillete de flores para ti". Guiñó el ojo. "En alguna parte tú y yo nos podemos encontrar".

Mary entendió. Liz era lista. La única otra chica aparte de ella, entre sus hermanas informales, que en realidad sabía leer y escribir.

"Muy bien, pues".

Le dio a Liz la dirección en Holland Park y se puso de pie para irse. El pobre de John se estaría preguntando en dónde se había metido ella, y aún le faltaba visitar el mercado para comprar algo para la cena.

"Anda con cuidado", dijo Liz. "Recuerda, hay dos chicas como nosotras que fueron destripadas como carne de carnicero, hecho por el mismo loco. Ten cuidado, querida".

"¡TENGO MIEDO, ANNIE... TENGO TANTO MALDITO MIEDO!"

"¡Baja la voz, Polly!" susurró Annie. Se puso a buscar entre los comerciantes del mercado, ocupados en comenzar a empacar sus mercancías mientras uno de esos cielos grises de agosto dejaba caer los primeros escupitajos de lluvia. El verano, como tal, había sido cálido y demasiado corto. Ahora, el otoño se mostraba impaciente por comenzar, de empapar las calles de Londres y cubrir con un manto toda posibilidad de ver por lo menos una rayita de cielo azul hasta la llegada de la primavera.

Polly caminaba apresurada junto a ella, ambas ansiosas por salir de la calle y alojarse antes de que el cielo se abriera por completo y las mojara.

"Alguien nos persigue, Annie. Estoy segura de eso". Polly amarró su sombrero por debajo de la barbilla. "Bill fue..."

"¡Bill se metió en una estúpida pelea, eso es todo!", dijo Annie, abruptamente. El pobre tonto tenía una lista de enemigos locales tan larga como sus brazos de simio. Ella le había advertido sobre eso. Le advirtió que no podía andar pavoneándose en un barrio como Whitechapel si no eres parte de un grupo, a menos que tengas respaldo. Pero eso es a lo que Bill le gustaba, fanfarronear, conduciéndose como una especie de *Yo soy Grande*. No le sorprendió que terminara acuchillado por alguien. Pero el estúpido debió haberles pagado primero el resto de lo que les tocaba. Ahora, ya no había posibilidad de que fueran a ver nada de ese dinero. Ni ella ni Polly tenían la menor idea de quién era el cliente que lo contrató.

"Alguien dijo por ahí que fue destazado horriblemente. Así como la...", miró a Annie. "Así como la tipa francesa que él mató".

Annie se detuvo en medio de la vía pública, esperando a un joven corredor que pasara con una canasta llena de malolientes restos de pescado en sus brazos. "Sólo necesitamos olvidar todo sobre ese maldito trabajo. ¿Está bien? No volveremos a ver ni un solo maldito centavo, de modo que no tiene caso que tú y yo perdamos el tiempo en eso".

"Pero quieren *esto* de vuelta", dijo Polly, señalando la delgada cadenita que colgaba de su cuello, oculta debajo del grueso cuello de su saco. "Bill dijo que era *importante*, ¿no? ¡Por eso iban a pagar tanto!"

Annie continuó su camino por la banqueta, en medio de los puestos. "Pues nada de eso va suceder ahora, ¿o sí? Bill era el del trabajo y ahora el estúpido se murió. De modo que tú y yo, Polly, tenemos que volver a la normalidad de las cosas y olvidarnos de eso".

"¡Podemos venderlo!" Los ojos se Polly se iluminaron por su propia idea. "Sí, lo llevamos a la casa de empeño y..."

Polly la tomó del brazo. "Annie..."

"¿Qué?"

"El hombre de la foto".

Annie vio a lo largo de todo el camino, y en cada lado los comerciantes guardaban sus puestos en sus coches. Probablemente demasiado ocupados como para que se molestaran en escuchar a dos zorras secreteándose. Aun así. Era mejor que bajaran la voz.

"El hombre de la foto, Polly", le dijo quedamente, "tiene la suerte de que nosotros fuéramos a arreglarle su problemilla, y puede volver con quienquiera que sea su fea esposa y seguir con su vida bonita. Pero... primero, quizá podemos sacarle algo de..."

"Escucha, Annie..."

Annie miró los ojos asustados de Polly y decidió que mejor le hacía caso. "¿Qué?"

"Yo creo...", tragó saliva ansiosamente. "Yo creo que no es *sólo* un caballero".

Annie alzó los hombros.

"Ya vi esa cara, Annie".

Eso la detuvo en seco.

"Te lo juro. Vi esa cara. La misma cara de la foto".

"¿Por estos rumbos?"

Polly sacudió su cabeza. "No... en la portada de un periódico".

Annie volteaba a sus alrededores. "¿Qué periódico?"

"No lo sé. No recuerdo cuál". Ahora fue el turno de Polly para ver a lo largo del camino. La lluvia comenzaba a descender un poco más pesada, salpicando los charcos; un chapoteo, el repiqueteo de las gotas de lluvia golpeando en los toldos y el ruido metálico de los comerciantes cansados subiendo cajas de productos, ansiosos por llegar a casa.

"Yo creo que está en el gobierno o algo así, Annie, es un tipo importante... creo yo".

"¿Estás segura de que era él?"

"Sí". Miró a Annie. "Estoy... estoy segura de que había visto su cara en alguna otra parte también. Como en una pintura o algo así".

"¿Una pintura?" Annie sintió que la lluvia comenzaba a empapar su chal y enfriar su nuca y hombros.

Se quedaron contemplando en silencio por unos momentos, ambas considerando lo que eso pudiera significar. *¿Una pintura? ¿Una pintura lo suficientemente conocida como para que Polly la hubiese visto?*

"Yo ya no quiero cuidar esto", dijo Polly, mientras comenzaba a buscarse la cadenita bajo su saco de franela.

"¡No... tú dijiste que la ibas a cuidar un tiempo!"

"¡Ya no tengo dónde quedarme! ¡Tú sabes eso! Ya no tengo cuarto. Ya no tengo dinero. ¡Es por eso que tengo que traerla en mi cuello, en vez de esconderla!"

Annie sabía que Polly pasaba por tiempos duros. La mitad del dinero que Bill les había pagado de entrada ya no lo tenía Polly, se le fue todo en droga. Ahora estaba de vuelta trabajando en la calle, para pagarse una cama noche tras noche. Estaba así desde hacía un par de semanas.

Polly extrajo cuidadosamente la cadenita, dando la espalda a algunos cuantos de los comerciantes que estaban cerca, con la punta de la uña mugrienta, abrió el marquito para sacar el retrato en miniatura. "Por favor, Annie... cuídalo tú por un rato".

"¡Pero si es *tu* turno!"

"Entonces lo voy a tirar".

"¡No!" Annie se acercó y se lo arrancó de la mano. "¡No... estúpida! Bien vale *algo*, ¿no?" Maldijo en un respiro. "Dámelo, pues. Yo lo cuidaré por un rato".

Annie no tenía idea sobre qué hacer exactamente con la cadenita, salvo la noción nebulosa de venderlo a uno de los pasquines. Parecían gustarles los escándalos y las historias sórdidas. Pero si ella hacía algo así, de ninguna manera le pasaría una parte de las ganancias a Polly. Esta mujer —su supuesta compinche— había sido un verdadero desperdicio en este trabajo. Perdió la compostura. Y era raro que, después de todos los otros bebitos que habían comerciado en los últimos años, este último le hubiera crispado los nervios.

"¿Y si le avisamos a los comisarios?"

Annie la tomó del brazo. "¿A la policía? ¡Mira que eres estúpida! ¿En realidad así eres de estúpida?"

"¡Tengo miedo, Annie!" Por debajo de la sombra de su sombrerito, las lágrimas caían en las coloradas y manchadas mejillas. "¡Bill dijo que *realmente* necesitaban tener ese retrato, sí que lo dijo! Y ahora mira, ¡ya lo mataron a cuchillazos! ¡Tenemos que ir a la policía con él!"

"¡Demonios, Polly! No podemos ir con los policías. ¿Qué les vamos a decir? ¡Si tú y yo somos culpables de..." Se puso a recordar esa palabreja que Bill usó una vez, "...*infanticidio*! Nos cuelgan en cuanto nos vean! ¿Sí lo entiendes?"

Polly se secó sus mejillas.

"¿Quieres que te cuelguen? ¿Eh?"

Polly sacudió silenciosamente la cabeza.

Annie suspiró. "Bien. Entonces, nada de hablar con policías, o con *nadie*, acerca de esto, ¿de acuerdo? ¡Porque es nuestro maldito secreto!" Suavizó un poco su tono y se acercó un poco más, bajando un poco la cabeza para ver por debajo del sombrero, donde los ojos asustados de Polly temblaban. "Bill no le dijo a *nadie más* acerca de nuestro trabajito. Sólo éramos tú y yo. Bill pudo haber sido un mono estúpido, pero cuando se trataba de dinero era muy cuidadoso. ¿Está bien, querida?"

Esperó a que Polly asintiera.

"Nadie sabe ni de ti ni de mí..." dijo Annie, guardando el medallón dentro de la bolsa de su saco. "Y nadie... *nadie* sabe que tenemos este retrato".

Polly asintió, se secó las mejillas nuevamente. "Ya... ya me tengo que ir", dijo tristemente. "Tengo que buscar algo de negocio o terminaré durmiendo otra vez en la lluvia".

Annie le hubiera ofrecido un techo si pudiera, pero el hombre con el que actualmente compartía un cuarto era medio quisquilloso con su privacidad y tenía el hábito de darse a entender con sus puños.

Se acercó a Polly y le puso una mano en el hombro. "Anda y ve a buscar algo de negocio. ¿Te veo mañana por la mañana?"

Polly asintió, se volteó y caminó apresurada en medio de la lluvia, que ahora golpeaba fuerte sobre las marquesinas a los lados. Annie vio cómo se iba, saltando los charcos grandes y agachada, como para mantenerse seca, sin la menor idea de que ésta sería la última vez que vería a Polly viva.

Capítulo 29

31 de agosto, 1888,
Whitechapel, Londres

Las campanas de la Iglesia de Cristo anunciaron la media hora. "No creo que agarremos algo esta noche, no lo creo, Polly", dijo Emily Holland. Ella se sorbió la nariz, un hábito irritante de ella que sucedía, literalmente, cada vez que decía una palabra. "Y está lloviendo a cántaros. A mí me late que cualquier tipo con un poco de sentido común ya se hubiera ido a casa".

Polly asintió. Las cosas no parecían estar bien para los negocios. Estúpidamente gastó sus ganancias obtenidas más temprano en una botella de vino rancio y barato. Era su estúpida culpa. Ahora, necesitaba de una última movida para pagar un cuarto compartido para salir de la lluvia. Eso era todo. Sólo un cliente más.

Había estado un poco inquieta esta noche, seguía preocupada de que cualquier sombra pudiera contener a un tipo con cuchillo en mano, en busca de que le devolvieran ese medallón y esa pequeña fotografía. Ahora se daba cuenta de que Annie probablemente tenía razón. Quizá sólo estaba asustándose por puras sombras.

Dos y media de la madrugada. Polly necesitaba sólo una movida más.

"Yo me voy", resolló Emily. "Muero de frío, estoy mojada y harta". Vio hacia Polly. "¿Vienes, o qué?"

"No tengo dinero. Necesito quedarme un rato más. Todavía había algunos borrachines en el Crown no hace mucho. Puede que le saque algo a uno de ellos".

Emily se alzó de hombros antes de darse la vuelta y caminar rumbo a Bucks Row. "Cuídate", dijo mientras se iba.

Polly vio cómo tomaba camino. Por un lado, una hilera de casas de dos pisos, por el otro, un almacén y la punta del embarcadero de Essex. Mantuvo la mirada hasta que lo último que podía ver era el pálido vestido de Emily fusionarse con la oscuridad. Escuchó hasta que el repiqueteo de sus tacones se perdió finalmente por debajo del susurro de la lluvia constante, el agua chisporroteaba formando cascadas que iban del techo a las canaletas de las hileras de casas y, levemente, el incansable golpe de las aguas del Támesis contra los cascos de una hilera de barcos atados.

Tan sólo uno más. Y si estaba bastante borracho, incluso hasta podía intentar robarle su cartera. No le importaba que muy probablemente estuviera robándole la comida de la boca a alguna familia. Todos los de por aquí habían aprendido a vérselas duras de vez en cuando. No era poco común que no tuvieras una buena comida durante días. Te ajustabas a ello. O sacabas lo suficiente como para un trago o dos para olvidar lo vacía que estaba tu panza.

Soltó un gruñido. Lo mejor de estar hambrienta era que se necesitaba menos licor para que te olvidaras de las cosas. Se dio cuenta de que fueron el último par de copas las que la mantenían caliente, a pesar de sus ropas empapadas por la lluvia.

"Te ves de la patada".

Las palabras sonaban muertas, opacadas por el chubasco. Por un momento, pensó que pudiera ser su mente nublada por el vino la que pudiera estar jugándole una broma.

"Y vaya que te ves de la patada, en serio que sí".

Polly vio alrededor. Había algo de luz que emanaba de una lámpara de gas cercana, un halo naranja enfermizo que atrapaba el destello intermitente de las gotas de lluvia, y una débil mancha de luz en la parte de abajo de la lámpara que se extendía a través de la calle empedrada y que rápido daba pie a la oscuridad.

"¡Ea! ¿Quién anda por ahí?", dijo en un tono juguetón medio forzado. "¿Andas en busca de un poquito de lo otro antes de regresar a casa?", le preguntó a la oscuridad. "Con cinco peniques basta. Siete si lo quieres por detrás. ¿Qué dices?" No tenía intenciones de dejar en realidad que alguien la tomara así, pero en la oscuridad, si el cliente estaba lo suficientemente ebrio, probablemente se iría con la idea de tener lo que había pagado.

"*Sí... contigo*". La voz susurró desde la oscuridad.

"Anda pues, ¿dónde estás?" llamó ella, aún esforzándose por sonar juguetona y dispuesta a un poco de diversión. El grito botaba, un poco agudo, en las paredes de la hilera de casas al otro lado de la calle estrecha.

Escuchó el repiqueteo de unas suelas de zapato y luego vio la forma vaga de una figura que surgía de la oscuridad. De estatura y constitución moderada, el rostro parcialmente ensombrecido por el brillo pálido de la lámpara de gas en el pico de un gorro de fieltro.

"¡Ah! ¡Ahí estás, querido!"

El hombre se acercó. Ella podía oler el aroma del *pub* en él; el hedor pesado del humo de pipa, el tufo de la cerveza rancia, el aroma carnoso del sudor de un trabajador. La lluvia golpeaba en su gorro mientras se mantenía perfectamente inmóvil, sus ojos ocultos en la sombra.

"Vamos, pues, ¿qué es lo que vas a querer, cariño?"

"Me gustaría que fuera en privado", dijo el hombre. "No aquí en la calle".

"Oh, pero no hay nadie alrededor, corazón. Estaremos bien aquí".

"Sólo los perros cogen en la calle. No es digno".

Su voz no sonaba acorde a su atuendo, a cómo olía. Sonaba como que tenía algo de clase. Había algo reconfortante en eso. Los educados no pensaban con el dorso de sus manos. Solían ser un poco tímidos, hasta un poco educados. Pagaban mejor si les dabas un buen servicio.

"No tengo a dónde ir, querido. Es aquí o en ninguna parte".

"Entonces, ¿qué tal allá?", dijo, apuntando hacia una puerta de madera. Estaba abierta y daba al establo del pequeño almacén del muelle. "Podríamos encontrar un lugar donde guarecernos. Incluso, que esté seco".

Una voz áspera y suspicaz hubiera hecho que Polly dudara de su sugerencia; se mantuvo firme e insistió que era ahí mismo o nada. En otras ocasiones, ella había sido *tomada* con rudeza por algunos borrachos que pensaron que estaba haciendo esto por diversión y no por dinero. Un lugar privado era lo primero que habían pedido. Pero éste parecía, por lo menos, bastante educado.

"No lo creo".

"Lo siento", dijo el hombre. Se quitó su gorro y por primera vez ella pudo echarle un vistazo a su cara; delgada, bronceada, unas patillas oscuras y el cabello oscuro y copetudo. En circunstancias diferentes, él sería un hombre muy atractivo. Él sostenía su gorro nerviosamente, torciéndola con sus manos empuñadas. Ella podía detectar que él se sentía nervioso por todo esto.

¿*Primerizo*? Lo más probable, un hombre casado, y ésta era la primera vez que en realidad pagaba por ello. Ella sintió lástima por él. Le parecía bastante inofensivo.

"Muy bien, pues", dijo ella, apuntando con su mirada hacia la puerta de madera. Ella se acercó y tomó una de sus manos. Él se exaltó nerviosamente por el tacto.

Polly echó a reír. "Yo te cuido, cariño. Te voy a tratar con delicadeza", sonrió.

Ella lo llevó a cruzar la calle y atravesaron la puerta de madera. A lo lejos, el pequeño establo era lo suficientemente grande como para dos o tres coches lado a lado. Esta noche estaba vacío, salvo por una pila de sacos abandonados en una esquina, húmedos por la lluvia. Hasta el fondo, unas puertas dobles cerradas con candado colgaban por abajo de una saliente de varios pies de techo. Estaba seco por ahí.

Polly pisaba torpemente entre el empedrado desigual hasta que su mano logró aferrarse contra la madera seca. Volteó para ver al hombre. Él se mantenía con paso incierto como a una yarda de ella. No podía verle la cara, la lámpara que estaba en Bucks Row estaba muy lejos. Sólo era una silueta.

"Tienes que acercarte más, querido, si quieres..."

"Te observaba un poco antes", dijo el hombre, con gentileza.

"¿Perdón?"

"Hace unas horas, allá en ese pub... el Rose and Crown".

"¿Ah, sí?" Se rio. "¿Te gustó lo que viste, entonces, eh?"
Él compartió la risa, falsa y tibia. Ya no sonaba como aquel
nervioso primerizo. "Oh, sí, eres toda una belleza".
Polly se encogió de hombros ante el cumplido. Era bonito
escucharlo aun cuando ella sabía que era un intento simple de
tener una charla trivial. Ella no era una belleza, es por eso que
sus mejores movidas sucedían en la última parte de la noche.

"Tu nombre es Polly", dijo él.

"Y sí, ¡Polly es mi nombre! Todos me conocen en ese pub,
por una cosa o por otra", dijo con una carcajada, una mano impacientemente alcanzando y jaloneando la hebilla del cinto. "Ahora, pues..."

"Polly Nichols".

Ella se detuvo. Todos la conocían como Polly, era su nombre
profesional. Pero nadie sabía más que eso.

"Sí", dijo el hombre, "yo sé cuál es tu nombre. Y yo sé que
algo te tenía preocupada".

Ella soltó el cinto. "Yo..."

"Así es, ¿algo se siente pesado en tu mente, Polly? Tu mano...
la que no estaba ocupada sosteniendo un tarro, tu mano me estaba diciendo muchas cosas".

"¿De qué hablas?"

"Tu mano. Se la pasaba jugando con algo que traías en el
cuello. ¿Un collar bonito, quizás? ¿Algo de joyería? Pude ver que
tus dedos se metían por debajo de la tela del cuello, por debajo
de los pliegues de la franela. Algo más o menos ahí", dijo, presionando su dedo contra el bulto en la base de su garganta, debajo
del cuello de su saco.

"Yo... yo no tengo nada ahí que sea de tu incumbencia, querido".

"Oh, pero es que sí tienes algo, Polly, algo muy importante
para nosotros, Polly. Tú lo sabes, ¿cierto?"

La quijada de Polly tembló al escuchar esa palabra. "*¿Nosotros?*"

Babbit sonrió. "Sí".

Ella dio un paso para atrás, acorralándose en la pared de madera del establo. "Oh, Dios..."

Él reposó una mano ligeramente en el hombro de Polly. "Tenemos que platicar tú y yo, querida".

Su quijada temblaba, bamboleándose, mostrándole a él una boca casi sin dientes. "¡Oh, Dios! ¡P... p... por favor, ¡no me lastime!"

Él la silenció, poniéndole un dedo delicadamente en sus labios. "Ahora bien, yo sé que tú ayudaste a un tal William H. Tolly con un trabajito hace unas semanas, ¿no es así?"

Ella lo miró con los ojos abiertos y congelados.

"Yo lo sé, Polly... yo lo sé, porque William, o mejor digámosle *el viejo Bill*, me habló de ti. De manera que podemos estar de acuerdo que no hay razón para fingir que no sabes de lo que te hablo, ¿o sí?"

Ella logró sacudir bruscamente su cabeza en señal de aceptación.

"Bill me dijo que tú encontraste algo en esa mujer francesa. Un bonito medallón de oro, el tipo de regalo que un hombre tonto y enamorado le obsequiaría a una mujer hermosa. Y dentro de este medallón hay algo más..." La miró a los ojos. "Sí lo sabes, ¿verdad? ¿Por qué no me dices?"

"Re... retrato. Un... retrato. Una fotografía".

"Así es. Bien hecho, Polly".

"La... la mujer... y el hom... hombre. Ellos... eran amantes".

Sonrió. "Buena chica. Si sigues así, si sigues siendo así de amable conmigo te prometo que te dejaré ir". Le dio un golpecito suave en el hombro, con afecto. "Y hasta soy capaz de darte un par de chelines por tu ayuda".

Ella tragó saliva ansiosamente. "El hombre en el retrato. Yo... yo... he visto esa cara".

Babbit arqueó una ceja. "¿En serio?"

La cabeza de Polly asintió vigorosamente. "Él es... su rostro... en un periódico. Bien parecido. Un hombre joven".

"¿Y tú sabes *quién* es él, Polly?"

Ella se sacudió la cabeza. "No... no. Pero... pero, yo... yo creo... puede que esté en el gobierno o algo así".

En el gobierno. Babbit consideró eso por unos momentos. Ciertamente tendría sentido por la cantidad de dinero que estos caballeros estaban preparados a pagarle por arreglar este embrollo en el que se metieron.

"¿Puedes decirme *en qué* periódico viste esa cara?"

El rostro de Polly titilaba por el esfuerzo, sus ojos saltando hacia un lado, en un intento desesperado por sacar algo útil de su cabeza. "No... yo... yo no lo recuerdo..."

"No te preocupes, Polly, querida, ¿por qué no sacas esa bonita pieza de joyería y me la das?"

Con los dedos temblorosos hurgó debajo de su saco y levantó la cadena y el medallón por encima del cuello. Trató de sacárselo por encima de la cabeza, pero la cadena quedó atrapada en su cabello, en su sombrero.

"A ver, permíteme..." se ofreció él, solícito, se puso detrás de su cabeza, casi como si fuera a abrazarla tiernamente, y abrió el cierre en la nuca. "Ahí está", dijo suavemente.

"La imagen ya no está a-aquí", dijo Polly rápidamente.

"¿Perdón?"

Él sostenía el medallón en su mano, aún se sentía cálido por el calor corporal de Polly, del tamaño de una nuez aplastada. Jugueteó un poco con el cierre hasta que se abrió. Tal y como ella lo decía. Sólo estaba un marco vacío y un forro de terciopelo rosado.

"¿Dónde está?"

Los labios de Polly temblaban, reacios a decir una palabra más. Babbit dio un suspiro. Metió su mano en el bolso al interior de su abrigo y sacó su largo y delgado cuchillo. La navaja brillaba; una débil esquirla que reflejaba la pálida luz naranja que venía de la lámpara afuera en la calle. Los ojos de Polly se abrieron y comenzó a gemir.

"Ah, sí, no es algo muy placentero de ver, eeehh?"

Tragó saliva y sacudió su cabeza, las lágrimas comenzaron a caer por sus mejillas.

"¿Asustada?"

Ella asintió.

"Y sí, bien que deberías estarlo. Verás, este cuchillo fue el que usé para *destripar* a tu amigo Bill".

"Oh... D-Dios... oh... n-no, no". Sus gemidos profundos se convirtieron en un gimoteo, lleno de mocos y horror.

"Ahora, pues, ese retrato, ¿dónde lo podré encontrar, querida?"

Balbuceó algo entre los mocos y el llanto.

"Otra vez, por favor".

"A-Annie... *Annie*..."

Babbit arqueó su ceja. "¿Será ésta otra ayudante que Bill tenía en este trabajo?"

"Ella... ella... fue la que se encargó del bebé. Se lo di esta... esta noche. El retrato... yo s-se lo di hace poco tiempo".

Paseó la punta de su cuchillo en ese breve espacio entre sus rostros. "¿Annie qué? Me gustaría mucho tener su nombre completo".

"Chapman... ¡Annie *Chapman*!"

"¿Chapman, entonces?" Sonrió, con encanto y goce. "Gracias, Polly. ¿Y tendrás acaso un domicilio que me puedas decir?"

"Verdad... en verdad q-que no", respondió, sus ojos fijos en el lado serruchado de la navaja. "E-ella se mudó con un hombre la semana pasada. Creo... p-pero no lo sé... verdad que..."

Bien podía creer en eso. Este tipo de mujeres nunca tenían un alojamiento fijo. Albergues para indigentes, pensiones de mala muerte, uno que otro cuarto de hotel, pasaban de uno a otro, a la cama de cualquier hombre que les prometiera cuidarlas.

"Annie es como tú y como Bill, ¿no es así? ¿Tiene sus lugares favoritos?"

Ella asintió. Los labios apretados como si este último trozo de información debiera serle premiado.

"¿Te prometí unos chelines, no es así? Lo mismo va para Annie, no quiero lastimar a ninguna de las dos. Sólo quiero que me devuelvan lo que nunca debieron haber tomado".

"¿En v-v-verdad fuiste tú... el q-que mató a Bill?"

Él dio un suspiro. "Sí, lo hice. Pero entre tú y yo, no creo que él haya sido un hombre muy bueno, ¿no es así?"

Ella sacudió su cabeza. Él pudo ver un destello de esperanza en los ojos de Polly.

Bien. No había necesidad de asustarla más de lo que estaba. Y la esperanza... la *Esperanza* era algo bueno a lo que habría de aferrarse en los últimos instantes de una vida.

"El C... el Cisne..."

El Cisne. Había hecho sus investigaciones. Sabía de ese lugar. No muy lejos de donde estaban, de hecho. "Gracias", le dijo suavemente. "Has sido una enorme ayuda". Tomó una de las frías manos de Polly y la cubrió con la suya. "No tienes por qué estar tan preocupada. "Mira", le puso un par de chelines en la mano, "esto es por tu tiempo".

Ella miró hacia abajo y pudo ver el destello opaco de las monedas. Sus ojos brillaron; una mezcla de alivio sobrecogedor y felicidad. "¡Gracias!" Habían pasado años desde la última vez que tenía tanto dinero en la palma de su mano. "¡Gracias! Yo..."

De repente, enterró el cuchillo en su cuello hasta la empuñadura, y con un rápido tirón lo hizo girar hacia delante, abriendo su garganta de una cuchillada que iba de su oreja izquierda casi hasta la otra. Ella levantó su mirada, concentrada en sus monedas, aún trataba de entender lo que acababa de suceder. Luego la sangre brotó y derramó salpicaduras en el suelo. Ella temblaba, sostenida por él, los ojos bien abiertos y girando.

"Shhhhh", susurró suavemente, sosteniendo su cabeza hacia atrás para abrir la herida y dejar correr el flujo. "Así, quietecita... es mucho, mucho mejor así".

Ella trató de balbucear algo. Sus botas golpeaban la parte baja de la pared del establo.

"Eso es, buena chica", le susurró al oído. La besó tiernamente en la mejilla. "Ya podrás dormir muy pronto, querida. Muy pronto".

Sus forcejeos y el arrastrado de sus pies comenzaron a menguar. "Ésta en realidad no es tu vida mortal, Polly, ¿qué no lo ves? Este mundo que nos rodea... es el purgatorio". Las piernas de

Polly se flexionaron y de pronto era sólo un peso muerto en sus brazos. Cuidadosamente, la colocó en el suelo.

Por unos momentos, él estudió este cuerpo inmóvil, que se humedecía por los charcos de la lluvia, la sangre que comenzó a encharcarse debajo de su cuello, deslavada por un flujo miniatura de agua de lluvia que serpenteaba hacia una canaleta y el drenaje que iban hacia el patio.

Le hubiera gustado una vela para colocarla en la mano, para encenderla, para ver la llama tintineando por unos momentos. En vez de eso, encendió un cerillo y contempló el brillo por unos momentos antes de extinguirlo con sus dedos.

"Y ahora, querida, eres libre para ir... a donde quiera que debas ir".

Un reloj sonó el cuarto de hora. Eran las 2:45 de la mañana. Se sacudió de su ensimismamiento, había dos que tres comerciantes que en el curso de una hora comenzarían a levantarse.

Se agachó frente al cuerpo de Polly.

Haz que parezca el crimen de un loco... no de una persona contratada.

Acuchilló el abdomen varias veces, unas cuchilladas fuertes e implacables, deliberadamente fuera de control, toscas y salvajes.

CAPÍTULO 30

30 DE SEPTIEMBRE, 1888,
HOLLAND PARK, LONDRES

ARGYLL ESTABA PARADO EN EL PASILLO, VIENDO LA PUERTA de la entrada, animándose a abrirla y salir a la calle. "Anda, John", musitó para sí mismo. "Será tan sólo una caminata... puedes hacer eso por lo menos, ¿no?"

Esta mañana, después de terminar su desayuno y de leer su periódico, decidió tomar un desafío. De poder hacer algo él mismo en vez de depender tanto de Mary para que lo cuidara. Comenzaba a preguntarse si esta pobre joven pudiera estar dudando del compromiso que había asumido. Ciertamente no podía culparla si ella estuviera pensando en dejarlo. De cuidar a un hombre con tanta diferencia de edades, no menos que un inválido, con la mente en blanco y nada notable qué decir de sí mismo.

No le desearía eso a nadie.

A decir verdad, estaba seguro de que una belleza como ella podría irse con cualquier joven que ella eligiera. Una chica tan maravillosa como ella, tan vivaz, tan encantadora, un semblante de salud que hacía que su fresco rostro cubierto de pecas se viera fuera de lugar entre todas las otras caras amarillentas y enfermizas de Londres. Pero ella parecía estar preparada para quedarse a su lado, por cualesquier cosa que fuera lo que ella veía en él. Esta idea lo hacía sentirse culpable... y asustado —*aterrado*— de perderla.

"Vamos, tonto, no seas patético", se dijo bruscamente, irritado, y tomó la puerta para abrirla. Un rayo de sol otoñal, poco común, calentó su rostro e inmediatamente el silencio asfixiante del vestíbulo, tan sólo marcado por el tictac del reloj que estaba colocado en la mesa pegada a la pared, fue inundado por el ruido y ajetreo de la avenida Holland Park.

Arrastró su pierna, aún entumecida, para ponerla sobre el tapete de la entrada. La pierna mala se estaba portando bien esta mañana. Decidió que ya no necesitaba el bastón que Mary le había comprado hacía un par de días. Lo hacía verse, sentirse, más viejo de lo que era. En cuanto a la silla de ruedas, ésta ya era tan sólo un recuerdo vergonzoso alojado en el patio trasero, lejos de la vista.

Bajó los escalones con cuidado, uno a la vez, a través de la puerta de hierro forjado y hacia el pavimento, tocándose la frente como en un gesto de saludo hacia el agente de la policía que pasaba en una bicicleta.

La leve luz del sol se sentía bien, saboreó la calidez en su rostro, los ruidos de los negocios a mitad del día sucediéndose a su alrededor. Echó un vistazo a la calle. A su derecha, recordó que estaba Hyde Park, extendiéndose de una a tres millas. Y a la mitad entre ese lugar y donde estaba parado, se encontraba Notting Hill, donde, según recordaba del último paseo que dieron en el parque, había una serie de agradables salas de té y cafeterías.

A dar un paseo. Y quizá también por algo de comer.

Se dio cuenta de que sentía un poco de hambre. Mary había salido desde hacía tiempo y casi era la hora de almorzar. Traía un bolsillo lleno de monedas y un estómago que gruñía.

"¿Por qué no?", se dijo a sí mismo, resueltamente. Complacido consigo mismo por el momento. Sonrió, Mary se iba a impresionar tanto cuando él le contara después que había logrado *llevarse a sí mismo* a dar un paseo y ordenarse algo de comer y beber. Todo por sí solo. Ella se sentiría tan complacida por esto.

Media hora después, un paseo vacilante y cauteloso lo había llevado hasta Notting Hill, que se hallaba en medio del ajetreo del mercadillo de agricultores; una cacofonía de ladridos de comerciantes y mujeres parloteando; coches estacionados al lado del camino, del otro lado, ponis y caballos amarrados en los barandales. La calle principal estaba atestada de pequeños montículos de estiércol seco que no le gustaría pisar. Al fondo del camino, en medio de tanto movimiento, vio una bonita sala de té, con amplios ventanales que atrapaban el sol fugaz. Vaciló un poco y dio un par de pasos malogrados en el camino. Vaciló lo suficiente como para que una mujer mayor eventualmente lo tomara del brazo y le ayudara a cruzar. Argyll se quitó su sombrero y le agradeció una vez que estaba del otro lado, un poco sonrojado por el hecho de que ella fuera quien lo ayudara y no al revés. Una campanita tintineó arriba de la puerta cuando él entró a la sala de té. Escogió una pequeña mesa redonda para dos frente a la ventana, se sentó y vio el mercado a través de la ventana, salpicada con manchas de heces de pichones hasta que una mujer vieja de manos rojizas y un delantal impecable le preguntara qué se le antojaba. Ordenó una tetera, una orden de pan tostado con mantequilla y una rebanada de tocino, tranquilamente satisfecho consigo mismo por su impresionante muestra de independencia. La historia de su vida bien podría ser todo un misterio, pero por amor de Dios, por lo menos era capaz de ordenar su almuerzo.

Diez minutos después, estaba disfrutando de la actividad en el mercado, sorbiendo té y saboreando el pan caliente untado con mantequilla derretida. Vio a un pescadero con su delantal de cuero detrás de una tarima levantada y llena de macarela fileteada; los filetes se alineaban como soldados en un desfile; el azul brillante de sus escamas entrelazado con el buche rosado de la piel expuesta. Un gordo verdulero casi perdido en medio de una montaña de papas cubiertas de tierra, cada una del tamaño del puño de un boxeador. Un carnicero macheteando unos cortes de borrego, observado por los ojos muertos de una hilera de cabezas de cerdo que atravesaban el frente de su puesto como si fueran el jurado de una corte. En el espacio entre los puestos pululaban una serie de sombreritos, plumas y sombreros de bombín y de copa, boinas y gorros de campaña; toda una paleta de pintor de tantos rostros distintos, y todos ocupados con los mismos mandados, las mismas misiones… *algo bueno y sabroso para el té de esta noche.*

Se mantuvo observándolos.

Sí, ¿por qué no? Anda... velos muy bien.

Argyll se sobresaltó, un tanto inquieto. Reconoció aquella voz y su buen ánimo se estropeó. La voz traía consigo una sensación desagradable; la noción de asuntos que quedaron pendientes, obligaciones sin cumplir. Una voz maliciosa, mala, la cual seguramente no le permitiría estar simplemente ahí sentado viendo pasar el mundo.

Tienes razón. Porque no estás viéndolos lo suficientemente cerca. Míralos. Míralos, 'John'. ¿Ves a ese pescadero colocando los pescados echados a perder detrás de los pescados buenos? ¿Ves al carnicero recortando las partes rancias de su carne? ¿Ves a ese caballero caminando con su esposa y aun así sus ojos se dirigen hacia donde está el hijo del panadero? ¿Ves al mendigo allá, el que trae unas muletas que simula necesitar? ¿Ves a ese niño pequeño arrojarle tierra a la cara de su hermana menor, a espaldas de su mamá?

Vio todas esas cosas... como los pequeños detalles de fondo de una enorme pintura, pinceladas que contaban las historias ocultas en medio de los remolinos de pintura al óleo.

Todos están podridos, todos son una manada de podridos. Las personas buenas, 'John', todas las 'personas buenas' ya se fueron de este mundo hace tiempo. En tiempos mucho mejores que éste.

Odiaba el tono de esa voz, tenía una franqueza desagradable. Eran como las intimidaciones de un maestro que desaprueba. El atosigamiento de un prestamista. La cacería persistente de un acreedor. El ridículo malicioso de un hermano mayor.

¿Acaso recuerdas algo?

Sus ojos se estrecharon. Anoche tuvo otro sueño, ¿no es así? En el sueño, él estaba joven, mucho más joven, quizás a principios de sus veintitantos años. Recordó detectar el reflejo de él mismo en el aparador de una tienda; un joven de pinta rebelde con sus pantalones de piel de ciervo y su gastada camisa de lunares rojos le devolvía la mirada. ¿Parecido a un colonizador? ¿A un trampero? Recordaba vagamente los muelles y barcos veleros, barcos de vapor, vagones. Algún lugar igual de bullicioso que este mercado. Luego, un segundo sueño, extraño y dislocado, que tenía muy poco sentido para él otra vez. Tenía la sensación de que, cronológicamente, había sido hacía unos cuantos años. Recordó a un indio, blanqueado su rostro con gis, fantasmal, parado arriba de él y gritando algo que no comprendía, empujándolo y señalando con el dedo. El indio tenía el mismo tono estridente y fastidioso que la voz. Tenía la distintiva impresión de que el indio estaba diciendo lo mismo que la voz, sólo que en su idioma, áspero y gutural.

"*¿Lo ves? ¿Lo ves? ¿Lo ves?*"

Y luego vio... una aldea, donde se encontraban esas altas tiendas en forma de cono donde los indios solían vivir. Sí, tipis, así es como se llamaban...

...Se están quemando. Las llamas que surgían de la punta de un tipi a la otra, el humo que atravesaba la pradera cubierta de nieve. Un manto grueso de nieve manchaba el brillante color carmesí en algunas partes. Hombres de la milicia con sus gorros militares y sus gruesas barbas de invierno, vistiendo abrigos color azul marino y montando caballos estruendosos que soplaban nubecillas de aliento en el aire de la mañana. Y los hombres se encontraban lanzando vítores, riendo, gritando por la emoción de la cacería.

En medio de los tipis en llamas, perseguían a indias aterrorizadas con sus hijos y a los viejos, difícilmente considerados guerreros feroces, todos ellos semidesnudos, claramente recién levantados del sueño. Al cazarlos, derribaban a los más lentos con sus sables en vez de gastar el costo de una bala.

¿Lo ves? ¿Ves a ese bebé pegado por una bayoneta a aquel pequeño árbol? Lo dejaron ahí, sin vida, colgado como una decoración. ¿Ves a esos tres hombres y la joven india? ¿Ves lo que le están haciendo? ¿No voltees la mirada? ¡Mira! Y ahora mira abajo, mira tus manos. ¿Ves lo que sostienes en tus manos?...

Y ahí fue cuando despertó, la noche pasada. Se despertó en esta recámara oscura, sin la seguridad de que, si gritaba, despertaría nuevamente a la pobre de Mary.

Oh, entonces recuerdas un poquito más, ¿eeeehhhhh? Argyll hizo lo mejor que pudo por ignorar esa voz maliciosa. *Déjame preguntarte... ¿sabes qué lugar es éste?*

"Por supuesto", susurró Argyll, casi inmediatamente enfurecido consigo mismo por reconocer esa voz, dándole una respuesta. Eso sólo le iba a dar más ánimos a la voz en su cabeza. *Mmh, sí, sí que me escuchas. Sé que lo haces. Entonces...¿qué lugar es éste, 'John'? ¿Dónde estamos?*

"Esto es Londres".

La voz se rio de él. Bastante divertido por su respuesta tan ingenua.

No, tonto... este lugar, este mundo es el purgatorio. Eres tan ciego como todos los demás, o n...

"¡Silencio!" Argyll azotó su mano contra la mesa. Un par de mineros en la mesa enseguida a la suya, los hombros amplios y las manos cubiertas de carbón, que dejaban marcas de dedo en sus sándwiches, se detuvieron en medio de su conversación y voltearon curiosos en dirección a él. La mesera de la piel rojiza y el delantal blanco se movió afanosamente.

"¿Todo bien, señor?"

Argyll volteó a verla y luego a las otras personas alrededor que lo veían a él. "Ah... sí, señora. Sí, estoy bien".

"¿Gusta que le vuelva a llenar la tetera para su té, señor?"

Vio la taza, la porcelana desportillada, el detalle de flores doradas y azules gastadas a la altura del asa. Estaba casi vacía, las sobras de su té hacía tiempo que se habían enfriado. Se dio cuenta de que debió haber estado sentado ahí por un buen tiempo, mirando a través de la ventana en una especie de trance.

"No... eh, no, señora, gracias, estoy bien". Hurgó en su bolsillo en busca de algunas monedas y sacó un puñado, frunciendo el ceño mientras las movía en la palma de su mano.

"¿Cuánto le debo?"

Ella sonrió compasivamente ante su torpeza. "Tres peniques y un cuarto, señor".

Tomó las monedas, volteándolas a un lado y otro para leer su denominación.

"¿Quiere que le ayude, señor?" dijo la mesera. Argyll sostuvo su mano abierta frente a ella y ella tomó las monedas. Él le dio las gracias y ella se volteó para atender a los hombres sentados en la mesa de al lado.

Él se alzó de su asiento, dejando en el plato un trozo de pan y una lonja de tocino sin comer. De repente, su apetito se había esfumado. De repente, lo único que quería era volver a casa. De regreso con Mary, donde las cosas tenían sentido. Ese mundo pequeño y sencillo para los dos.

Era la mitad de la tarde para cuando él subía temblorosamente las escaleras de la entrada. Los ruidos de la avenida Holland Park, los rostros, la confusión, y esa voz intimidatoria lo habían molestado. Lo habían confundido, asustado. Quería regresar a casa. A algún lugar seguro y callado y comprensible. Vio cómo se movió la cortina en la ventana de la entrada y unos instantes después la puerta se abrió hacia dentro.

"¡John!", gritó Mary. "¡Dios me libre, estaba tan preocupada por ti!"

Él sonrió, patéticamente complacido de verla, aun cuando ella lo fuera a regañar como si fuera un niño. "Fui a dar un paseo... y por un poco de c..."

"¡Pero has estado fuera por horas! Pensé que te habías *ido...*", interrumpió ella. "¡Pensé que te habías perdido, o que habías olvidado dónde vivías!"

Sus ojos estaban hinchados. Estuvo llorando. "Cuánto lo siento, Mary". La tomó de su brazo. "Debo de haber perdido la noción del tiempo".

Ella tomó su mano y casi lo jaló hacia el vestíbulo y cerró de un portazo la entrada. Argyll tragó saliva, nerviosamente, esperando su furia. Pero en cambio, la escuchó quedarse sin aliento y vio en la débil luz que sus hombros temblaban ligeramente. "Pensé que me habías abandonado", susurró.

Él se dirigió en torno a ella. "Yo... yo creo que estaría perdido sin ti, querida". Lo dijo y se dio cuenta de que realmente lo sentía. Se encontraba en alta mar, las aguas agitadas por recuerdos confusos y temibles, y sueños que brotaban en su mente como un frente de tormenta. Y Mary era lo único que se sostenía firme para él. La luz de un faro... una vela encendida, derritiéndose.

Antes que cualquiera de los dos dijera otra palabra, se hallaron atados el uno al otro, el pequeño y mal iluminado vestíbulo rebotando los ecos de sus jadeos, y el *tictac* del reloj en la mesa midiendo tranquilamente lo que quedaba del poco tiempo que les restaba juntos.

Capítulo 31
8 de septiembre, 1888,
Whitechapel, Londres

Annie Chapman miraba los alrededores de Hanbury Street. Aún podía ver a otras dos de ellas, debajo de la lámpara de gas a mitad del camino, parloteando ruidosamente en la quietud de la madrugada. Reconocía sus caras, incluso aunque no conociera sus nombres. Eran las últimas chicas en la calle, aparte de ella. Sin duda esperaban desoladamente a un último cliente antes que el cielo comenzara a iluminarse con el alba y con los madrugadores del mercado Spitafields.

Media hora antes, las dos habían visto a un viejo tropezando y tambaleándose rumbo a su casa. Lo persuadían a venir, con maullidos, pero estaba demasiado ebrio como para siquiera darse cuenta de ellas.

Ella se sentó de cuclillas en un muro, sumida en la oscuridad y lejos de la lámpara más cercana. Normalmente, como estas otras dos, ella gravitaría en torno al brillo de la lámpara, por la seguridad que le profería, pero también para poder mostrarse ante cualquier cliente potencial que pasara por ahí. Esta noche, sin embargo, quería ser completamente invisible hasta que regresara la mañana y las calles estuvieran llenas y ella pudiera sentirse segura otra vez.

Y era tanto lo que deseaba que esta noche terminara de una vez por todas.

Era una tontería. Una estupidez. Se pudo haber refugiado en la seguridad relativa de la pensión en la que se ha hospedado desde la semana pasada. Y bien hubiera pagado por esta noche con lo último que le quedaba de su dinero, pero esa noche, más temprano, se peleó con esa perra, Eliza, la del cuarto vecino. Una estúpida pelea que se había desatado en cuestión de segundos en el cuarto de aseo. Pelearon por una maldita barra de jabón, ¿podrían creerlo?

Annie estaba inclinada a aceptar que el incidente había sido más su culpa que de Eliza, aunque no es que ella lo admitiera del todo. Así, Annie tomó la barra de jabón de Eliza y la perdió y luego Eliza la acusó de tratar de robársela. Y bueno, pues ella perdió el control de sí misma y comenzaron a volar los puñetazos. Los otros en el lugar dijeron de manera unánime que Annie había lanzado el primer golpe.

Posiblemente tenían razón. No era la Annie de siempre. En realidad, estaba un poco fuera de sus casillas. Estaba hecha un manojo de nervios. Desde que escuchó la noticia de que Polly Nichols había sido acuchillada. Horriblemente, si es que se podía confiar en los chismorreos.

Ella había muerto. Por lo menos, eso era verdad. Y luego la mañana siguiente, después que Annie escuchó la noticia, uno de los hombres en la pensión, de los que solían comprar el periódico local, detectó una pequeña nota en los reportes locales. Tan sólo un par de párrafos.

Tan sólo otra zorra desafortunada.

Polly tenía razón, eso era lo que Annie concluyó finalmente. Estaba segura de eso. *"Ellos"*, quienquiera que sean, *"ellos"* irán... irán en busca de ella ahora. Hurgó distraídamente en su bolso. Todo lo que ella tenía estaba ahí: un peine, un buen trozo de muselina, unos aretes baratos que su último hombre le había comprado (justo unos días antes de que la corriera, a cambio de otra zorra más joven) y, por supuesto, asegurado en un sobre que encontró en la pensión... el retrato aquel.

Es lo que quieren, ¿no es así?

Sentía como si esa pequeña fotografía ovalada del joven caballero y esa bonita mujer francesa que sostenía al bebé, fuera el aroma del zorro que llamaba a los perros de cacería. Estuvo tentada a romperla en pedacitos y tirarla. De hecho, en varias ocasiones, casi lo hizo. Pero eso no serviría de nada. Esos perros cazadores seguirían tras ella, con o sin la fotografía. Tenía que quedarse con ella por el momento. Guardarla porque, quizá, de algún modo, ella podría ser capaz de usarla para negociar con su vida.

O... la otra alternativa. Llevarla a uno de los periódicos, tal y como Polly se lo había sugerido que haría la última vez que la vio. Llevarla a uno de los pasquines y, claro, pedir algo de dinero. Esos hombres que trabajaban en los periódicos eran astutos. Sabían exactamente quién era el caballero en el retrato. Ah, sí... habría algo de dinero para ella. Pero el truco sería explicar cómo es que obtuvo el retrato. El truco sería saber qué tanto revelar. Ciertamente, no mencionaría nada sobre la parte que ella tuvo que jugar en asegurarse de que esa mujer bonita y el bebé dejaran de existir.

Y si efectivamente le pagaran algo de dinero —¡sin llamarle a un policía para arrestarla inmediatamente por infanticidio!—, no se parecería nada a esa recompensa grandiosa que Bill le había asegurado que obtendrían. Pero por lo menos sería algo. Más concretamente, si la historia de la indiscreción de este hombre, junto con el retrato que lo comprobara, estuvieran en la prensa, ya no tendría sentido que mantuvieran a los perros cazándola, ¿cierto?

El hombre.

Oh, Dios Santo, el hombre. Ella pensó tener una idea de quién era. No estaba cien por ciento segura... pero se parecía mucho a él. Algunas imágenes de él, tanto en fotografías como en "impresiones de artistas" habían estado en el periódico esta mañana; una visita oficial que había hecho a los cuarteles de una caballería en Yorkshire. Ahí estaba, estrechando su mano, saludando a los jóvenes oficiales de la caballería. Con la pinta de un hombre despreocupado cuyos problemas habían sido resueltos.

Las dos chicas que se encontraban en Hanbury Street se movieron del manto de luz que emanaba de la lámpara de gas y cruzaron el camino juntas. El corazón de Annie se desplomó. Aun cuando ninguna de ellas sabía que ella estaba sentada en medio de la oscuridad en los alrededores, se sentían como compañía. Las vio cruzar la calle estrecha, de la luz tenue y ambarina de una lámpara a la otra en el extremo, las suelas de sus botas repiqueteando y arrastrándose mientras pasaban y finalmente desaparecían de la vista por una calle lateral, en medio de dos hileras de casas.

Completamente sola, Annie.

Ella deseaba tener el dinero suficiente como para tomar hasta quedar inconsciente esa noche, en vez de pasarla temblando hasta el amanecer. Por lo menos inconsciente, si los matones la encontraban, recibiría las cuchilladas dormida; ni siquiera se daría cuenta.

Dios me ayude.

Tan sólo esta noche. Por lo menos durante las horas que le quedan a la noche. Era todo con lo que contaba para pasarla. Asintió con la cabeza. Ese gesto la alentaba, la afianzaba su determinación. Sí, mañana, eso era *exactamente* lo que haría, llevaría la foto al primer edificio de periódico que se encontrara por los alrededores de Fleet Street y luego, con dinero o sin dinero, terminaría de una vez por todas con el asunto. Que ellos decidan qué hacer con ese retrato de un hombre y una mujer enamorados; un pequeño retrato del hijo de la Reina Victoria, el Príncipe Alberto, con su mujerzuela francesa y su hijo bastardo.

Se requiere de paciencia. Una cantidad inmensa de paciencia para hacer este tipo de cosas correctamente. Aun así, Babbit comenzaba a preguntarse si estas dos zorras maltrechas se iban a mover de ahí... si, en efecto, se iban a quedar ahí, enraizadas debajo de la lámpara de gas hasta que finalmente fuera apagada por el farolero y la mañana comenzara.

Él las vió mientras se iban y luego regresó su mirada hacia el muro opuesto. Sabía que Annie Chapman estaba sentada justo ahí, completamente convencida de que era invisible en la noche. Pero él apenas podía ver el débil contorno fantasmal de su sombrerillo blanco moviéndose en la oscuridad.

La mujer parecía no tener ni idea de que había estado siendo vigilada durante toda la noche. Él la había detectado justo pasadas las ocho cuando ella entró en *El Cisne*, pidiendo favores entre los clientes, ofreciéndose más barata de lo que normalmente pedía, a razón de las heridas y raspones en su cara. Pero todo lo que Annie recibía eran cabezas que se sacudían negativamente, así como el muy predecible refunfuño monosilábico de estos simios rasurados y vestidos.

Salvajes, animales, toda esta gente.

¿Qué es lo que le había dicho una vez su maestro? Hacía mucho tiempo ya, allá en tiempos mejores, la época inocente de la infancia. Antes que su familia emprendiera su desafortunada excursión a través de los bosques de Dios. Antes de los indios. Antes de que ese chamán le hubiese mostrado su *llamado*.

¿Qué fue lo que le dijo su maestro?

"Es la capacidad de generar actos de bondad genuina lo que separa a los humanos de los animales".

Recordaba muy bien esa idea, aun cuando era tan joven. Recordaba ver al mundo de manera un poco distinta posteriormente, categorizando a las personas que conocía ya sea como animales o humanos basándose en su capacidad altruista.

Recordó un verano agitado lleno de empaques y preparativos. 1858. Su padre había decidido que tendría oportunidades fantásticas de negocios en el otro lado de América. Aunque sus distintos negocios daban buenos resultados en Nueva York; era un lugar llamado Oregon el que seguramente lo haría rico. De modo que la familia entera se iba, sólo con las reliquias más preciadas de la familia. Todo lo demás se puso en venta.

Ese verano, apenas tenía nueve años, y había sido un observador silencioso, juez y jurado para la procesión de personas que entraban a la sala a desearles un buen viaje, o para preguntarle por algún asunto de negocios. Silenciosamente los juzgaba en torno a los gestos casuales más simples: un comerciante que entraba a la casa, lo veía parado en el recibidor y le ofrecía un guiño amigable antes de pasar a platicar con su padre... *humano*. Un vendedor oportunista queriendo tomar ventaja de la mente distraída de su padre, algo de aceite de serpiente o cualquier otro tipo de medicamento sin valor para el viaje por venir... *animal*.

Él seguía jugando ese juego de vez en cuando. Veía a las personas y cómo se trataban entre ellas. Pero el juego parecía siempre producir los mismos resultados. Animal tras animal tras animal.

Las personas ya se fueron hace tiempo. Ahora todos son animales.

Dio un suspiro, enderezó sus piernas entumidas mientras se ponía de pie y comenzó a cruzar Hanbury Street a paso lento y delicado.

Capítulo 32
8 de septiembre, 1888,
Whitechapel, Londres

Annie creyó escuchar el suave golpeteo de unas suelas de zapato al otro lado de la calle. "¿Hola?" Se levantó de la pared. "¿Hola? ¿Está alguien por ahí?" Luego desapareció. Se regañó a sí misma por ser tan tonta y asustadiza. Si de algo se trataba, seguro era un zorro. Esos animales eran prácticamente dueños de las calles una vez que la raza humana se iba a dormir. Lentamente se volvió a sentar contra la pared, rezando porque las últimas horas de la noche se apuraran a terminar. El delgado tañido de una campana anunció la hora, eran las cuatro de la mañana. Una hora más y los primeros trabajadores se estarían levantando, convirtiendo a la calle en un lugar más seguro para ella. Y media hora después de eso, el cielo sería de un gris pálido, e incluso aquí en Whitechapel, uno o dos pájaros imprudentes tendrían alguna cancioncilla que quisieran silbar.

Annie sentía esperanzas por el día de hoy. Unas cuantas horas más y ella buscaría dirigirse al lado oeste, hacia la Ciudad, Fleet Street. Y quién sabe, quizás iba a poder disfrutar de un buen desayuno con salchichas y tocino, con dinero en su bolsa, pagado a cambio de la historia y el retrato.

Escuchó el suave roce de movimiento —como tela que pasa pegadito a otra tela.

Justo detrás de ella.

Apenas había comenzado a darse la vuelta cuando sintió una mano bruscamente aplastar sus labios contra sus dientes, su nariz pellizcada firmemente; alguien que la levantó y jaló de donde estaba sentada. Cayó de espaldas en un pequeño jardín, miró el cielo oscurísimo. Trató de gritar contra la palma de la mano, con la esperanza de que en el silencio de la noche las otras dos chicas pudieran haber escuchado su lamento. Pero lo mejor que pudo musitar fue un grito ahogado.

"Es mejor que guardes silencio, Annie Chapman". Un suave susurro que venía de arriba. "No deseo usar el cuchillo, pero lo haré si es necesario".

Ella sintió algo filoso que palpaba su oreja izquierda y reculó. "Mantente quieta. Ésa es la punta de mi cuchillo en tu oreja. Un pequeño empujoncito y entrará por tu oído y en tu cerebro en cuestión de segundos".

Ella se quedó inmóvil inmediatamente.

"Voy a retirar mi mano y tú y yo vamos a platicar. Si eres una chica buena y cooperativa, Annie, vas a poder irte con algo de dinero en tu bolsillo. ¿Y si no...?" En realidad no había necesidad de terminar esa frase.

Ella asintió con la cabeza.

Babbit retiró la mano de sus labios. "Annie...querida Annie. Las cosas no pintan muy bien para ti, ¿no es así? Deberías estar acostada en camita a esta hora de la madrugada".

"N-no tengo dinero".

"Mmmh... sospechaba eso. ¿No hubo negocios esta noche?"

Su boca se abrió. Quería decir algo.

"Vamos, ¿qué quieres decir?"

"¿T-tú... tú eres...?"

"¿Que si soy yo el que mató a Polly?"

No había necesidad de mentirle. Ella lo adivinó. Y lo más importante, él necesitaba ganarse un poco de su confianza en estos momentos; necesitaba darle un poquito de esperanza. Que sintiera la posibilidad de que cooperar con él era una manera de salirse del problema.

"No te voy a mentir, Annie, sí... lamentablemente, sí, fui yo. Ellos no fueron tan útiles como yo espero que tú lo seas".

"¿Quieres... quieres ese m-medallón de vuelta?"

Él alzó los hombros y sonrió, no es que ella pudiera ver sus labios en la oscuridad, pero sí escucharía su voz. "Oh, eso ya lo tengo. Una pieza muy bonita, ¿verdad? Se la llevé a un joyero para que le echara un vistazo. Una pieza muy bonita. No... eso no es lo que busco, Annie".

"¡El r-retrato... el retrato que tenía adentro! ¡Lo tengo! ¡Lo tengo aquí conmigo!"

Ella parecía muy dispuesta a hablar. Ayudaba el cosquilleo del cuchillo que sentía en su oreja, por supuesto.

"¡En mi bolsa!", jadeó. "¡A-aquí en mi bolsa!"

Él miró hacia abajo, al bolso harapiento con estampados florales, tirado en el suelo lodoso del jardín. Lo tomó y le sacó todo frente a ella. "Querida... ¿supongo que éstas son todas tus pertenencias?"

Ella asintió.

"En realidad no hay mucho que mostrar para toda una vida, en esta tierra, ¿no lo crees?", le preguntó mientras sus dedos hurgaban entre la escasa oferta de efectos personales tirados al lado de ella.

"En un tiempo tuve mi propia casa", respondió.

Babbit sonrió distraídamente hacia ella. "¿De verdad?" La pobre mujer mostraba algo de espíritu, algo de sagacidad, al hablarle de ese modo. Trataba de construir una relación con él, en los escasos momentos que le quedaban.

Chica lista.

"Y tuve un esposo, y mis b-bebitos... un hogar, con cosas bonitas y todo", siguió diciendo.

"Pero algo malo pasó en el camino, ¿no es así, Annie? ¿Mmh?"

"Mi hija m-murió y... y luego nos separamos... y..."

"Y te inclinaste por la bebida... y luego, finalmente, a prostituirte para *pagar* por los tragos?"

"S-sí".

Dio un suspiro. "Es un mundo horrible, ¿no es así, Annie?" Él respondió mientras sus dedos se encontraron con un sobre doblado. Crujía el papel mientras hurgaba en su interior. "Aaaaahhh... *esto* suena prometedor".

"Yo... yo lo mantuve seguro". Tragó saliva ansiosamente. "El h-hombre en el retrato... creo que es..."

"¿Alguien muy importante?"

Ella asintió rápidamente.

"Claro que lo es. Es por eso que le pagaron a alguien como yo para ir en busca de esto. No podemos permitir que los *grandes y bien parecidos* sean vistos igual de falibles e inmorales que nosotros simples siervos, ¿o sí?" Del interior de su saco oscuro sacó una pequeña vela y la colocó cuidadosamente en el suelo. "Eso es lo que supuestamente los separa a *ellos* de nosotros, de la *chusma*. Es por eso que tienen las cosas buenas, los privilegios. Porque están predeterminados a estar por arriba de la gente común".

"Ellos... n-no son m-mejores que... que nosotros", dijo rápidamente. Casi como si lo desafiara.

Oh, qué chica tan valiente y astuta, trata de unirse a una causa común conmigo. Muchas veces, sus víctimas tendían a quedarse atónitas frente a él, esperando en silencio sus muertes como pobres animales. Pero ésta, esta Annie tenía una chispa de coraje en ella.

"Así es", dijo él, buscando en sus bolsillos la caja de cerillos. "Ellos... los ricos, los buenos y los grandes, de ninguna manera son mejores que nosotros".

Con el paso de los años, al trabajar por un cliente u otro, había visto los abusos degradantes en los que se metían los ricos y poderosos, las repugnantes perversiones carnales en las que se regodeaban... y aun así, podías encontrarlos cada mañana de domingo, con sus mejores ropas, arrodillados en la iglesia, pilares de la comunidad, mecenas de caridades. Los *grandes y los buenos*, las manos juntas piadosamente y los ojos cerrados, saboreando los momentos más predilectos de la noche anterior, o meditando algunos planes para beneficio personal, transacciones para mejorar su posición, su riqueza, su influencia. No es distinto en ningún modo significativo de los argumentos mezquinos, las peleas, los actos de maliciosa crueldad, el egoísmo que podías ver en cualquier salón público o cantina de muelle cualquier noche de la semana.

"*Todos* ustedes son iguales, a decir verdad", lo dijo mientras sacaba un cerillo de la caja y lo encendía. Annie reculó ante el brillo momentáneo, giró un poco su cabeza para ver qué estaba haciendo.

"¿Por qué... por q-qué enciendes una v-vela?"

No hizo caso a la pregunta. "Una vez escuché a un hombre santo predicar; un pastor, a decir verdad. La primera vez que fui a Nueva York". Babbit se sentó cruzado de piernas enseguida de ella. "Sólo escuché su sermón esa vez, pero dijo algo muy extraordinario. Y lo que dijo le daba un perfecto sentido a este mundo putrefacto. ¿Quieres que te diga qué fue lo que dijo?"

Annie sacudió su cabeza en silencio.

"Dijo que todas las almas que Dios había planeado para este mundo *ya habían nacido*". La vio a ella y sus ojos se estrecharon. "Vaya que es una cosa tremenda de decir. ¿No es ésa una idea increíble? Que cada nuevo bebé que nace es habitado por un alma que *regresa*... un alma que ha vivido en esta tierra anteriormente. Pero que regresa a este lugar, para vivir otra vez porque él o ella no fue lo suficientemente moral, lo suficientemente decente, como para continuar en el más allá. Tenía sentido para mí, eso que dijo. Nunca he olvidado ese sermón". Sacudió su cabeza y luego dirigió su mirada a Annie. "¿No lo ves? Eso explica por qué este mundo moderno en el que vivimos, Annie, es tan *incorrecto*. Es por eso que las personas se hacen esas cosas con tanta... con tanta disposición".

Miró la llama de la vela parpadeando en su propio charco de cera derretida.

"Ni siquiera puedo decirte qué tanto he buscado a una persona verdaderamente buena. Una persona *desinteresada*. Alguien que pudiera ser un alma genuinamente nueva". Suspiró. "Pero no hay ninguna, ya no. Todos estamos echados a perder... ¿no lo ves? Estamos destinados a morir y regresar, morir y regresar a un mundo que se vuelve cada vez más y más como una visión del Infierno mismo. Y yo sólo..." sacudió la cabeza", "yo sólo no puedo creer que esto tenga que ser así. ¿Quieres saber qué más pienso?"

Ella asintió rápidamente.

"Yo creo que algo anda mal con la *maquinaria* del más allá, del purgatorio. Se ha roto. Es como una pipa del drenaje, tapada y estancándose".

Vio hacia donde estaba ella y comenzó a golpear ligeramente la navaja en la palma de su mano. "Éste debería ser un mundo desierto ahora, completamente vacío. Ni una sola alma humana en él. Cada espíritu que tuviera que haber vivido y haya sido probado en nuestra tierra para este momento, ya debió haber encontrado el camino hacia donde debería ir. El Cielo o el Infierno".

"¿Me vas a m-matar, verdad?" El rostro de Annie finalmente se arrugó, lleno de miedo. Las lágrimas comenzaron a salir del rabillo de sus ojos y caer en su cabello, sus oídos. "P-por favor... soy una buena chica, soy..."

Babbit puso un dedo en sus labios para callarla. "Ésta no es vida para ti, Annie. ¿Puedes ver eso, no? Prostituyéndote por un puñado de monedas? ¿Monedas que gastas en un poco de ginebra para apagar tus sentidos?"

"P-por favor... nunca le hecho nada malo a na..."

Apretó los labios. "Shhhhh. Es tan sólo un piquete". Se inclinó hacia ella con el cuchillo.

"¡Por favor! ¡No me haga daño! ¡Ya tiene esa foto! ¡Ya tiene lo que buscaba...!"

Puso su mano nuevamente en la boca de Annie. "No te estoy haciendo daño, Annie... te estoy *liberando*".

La punta de la navaja se deslizó suavemente en la suave piel de su oreja izquierda, hasta el cuello. Y con un giro de su muñeca y un fuerte tirón hacia arriba, la navaja surgió de la parte frontal de su garganta.

"Shhh... quietecita", le dijo suavemente, levantando su barbilla firmemente para abrir la herida. "Pronto todo terminará, querida, y serás libre".

Vio cómo las manos de Annie rasguñaban y se aferraban a las suyas, las piernas cruzándose, sus tacones golpeando y arrastrándose en el suelo.

"Sólo un poco más".

Él pudo ver, por la débil luz de la vela, cómo los ojos de Annie se movían primero hacia un lado luego hacia el otro, hasta que finalmente giraron hacia arriba, las pupilas casi invisibles. *Ya está.* Se lamió los dedos índice y pulgar y se preparaba para apagar la llama cuando se le ocurrió una idea. Se inclinó para tomar la pequeña fotografía. Sus clientes querían esa foto de vuelta en sus manos —como prueba de que el trabajo había terminado satisfactoriamente. Todos los incómodos cabos sueltos amarrados cuidadosamente. Pero una curiosidad no profesional lo estaba incitando. No... no *necesitaba* saber cuál hijo de banquero, cuál amo y señor o miembro del parlamento había tenido un descuidado amasiato con una mujerzuela de donde surgió un hijo ilegítimo. Al no estar particularmente familiarizado con los rostros de la elite privilegiada de Gran Bretaña, imaginó que el retrato no iba a significar mucho para él. Aun así...

La acercó a la llama. Notó primero a la joven. Tan bella. Rasgos tan delicados y refinados. Pero el hombre parado al lado de ella, había algo más que lujuria de caballero en sus ojos, parecía un verdadero enamoramiento.

Luego su mente logró colocar el rostro del joven en su contexto. La distintiva línea de su nariz, los ojos, el bigote encerado en sus puntas. Y en un solo latido de su corazón entendió por qué habían pagado tanto dinero. Más que eso, se dio cuenta de que estaba en el mismo nivel de peligro en el que estaba ese simio de Bill Tolly.

Maldijo suavemente.

Capítulo 33
30 de septiembre, 1888,
Holland Park, Londres

Argyll saboreó la calidez de su espalda con la punta de su dedo, lo dejó correr delicadamente por esa delgada "S" de su espina mientras ella descansaba a su lado. Pronto amanecería. Por la débil luz gris que entraba por la ranura de las cortinas del cuarto de Mary, él pudo ver el rosado coral de su oído en el mar, en medio de las olas y ondulaciones de su cabello castaño. Vio cómo su hombro estrecho se elevaba y caía, y escuchó el suave susurro de su respiración, sintiendo algo muy extraño.

Se sentía completo.

La noche pasada hicieron el amor. Mary tomó la delantera, mostrándole las cosas que a ella le gustaban, mostrándole cómo los momentos podían extenderse por horas. Y finalmente, exhaustos, contentos, se durmieron, Mary envuelta en sus brazos musculosos.

El sueño de Argyll, por primera vez, había sido tranquilo. Nada de sueños o pesadillas, ni imágenes de zoótropo, de mutilaciones y asesinatos. Nada de indios. Nada del chamán. Ni esa voz intimidante. Sólo un sueño profundo, descansado.

El serpenteo de la luz gris que atravesaba las cortinas lo despertó, eso y el cascabeleo de las ruedas de un carro lechero que pasaba, y ahora él tenía el placer de ver a Mary dormir. Se acomodó sobre uno de sus codos y vio su rostro. Notó cómo ese leve semblante de preocupación, que siempre parecía existir en ese breve espacio entre sus cejas, había desaparecido, su rostro ahora descansaba. Y su labio superior, delicadamente curvo como el arco de cupido, presionado por la almohada un poco de lado, hacía parecer como si su boca estuviera fruncida pensativamente. Había que tomar una decisión: *¿cuál yarda de muselina prefieres?, ¿la verde azulada o la rojo cereza?*

Bella. Inocente. Con una sabiduría más allá de sus años y con una voluntad férrea. Él imaginaba que la joven Mary podía ser todo lo que ella hubiese querido. Aun así, ahí se encontraba, y se había entregado ella y su corazón a él. Era un sentimiento tan raro y encantador. Aun cuando su vida pasada seguía siendo un misterio —y quién sabe si lo sería para siempre— en estos momentos, por primera vez se sentía enteramente completo. Se dio cuenta de que todo lo que quería, todo lo que necesitaba estaba en esta recámara, encarnado en este durmiente ángel de porcelana al lado de él.

"¿Mary?", susurró. Ella se movió y murmuró, sus cejas titilando, sus ojos bailando debajo de sus párpados, persiguiendo arco iris a través de los campos de cebada. Él tenía algo que decirle en voz alta. Tenía que escucharlo. Hacerlo real, convertirlo en algo que existía *por fuera* de su mente confundida, en vez de en su interior. Algo así de precioso... así de maravilloso, él quería mantenerlo lo más lejos posible de los horrores que revoloteaban en su mente. Ni un solo pensamiento. Quería que fuera algo escuchado. Algo real.

"Te amo", le susurró calladamente, poniendo a prueba esas palabras en ella, mientras dormía. Las palabras lo hacían temblar. Quiso intentarlo de nuevo. Suavemente. "Te amo".

Era el sonido más puro. Esas dos palabras dichas sin un propósito oculto. Honesto. Puro. Argyll escuchó la caída de una sola lágrima en la almohada debajo de él. Se preguntó cuándo había sido la última vez que había llorado. Si es que lo había hecho una vez. Se tocó una mejilla arrugada, y sintió la humedad. Y se sintió más humano que lo que se había sentido desde que despertó de su preocupante coma.

Una vez más. Siendo aun el más delicado de los murmullos. "Te amo, Mary". Demasiado cobarde como para decírselo cuando ella estuviera despierta, en caso de que ella se riera de qué tan infantil se escuchaba saliendo de su boca. Pero quizá lo haría, durante el desayuno esta mañana. Quizás, él se acercaría a ella en el pequeño desayunador, la tomaría de las manos y lo diría.

¿Es amor?

Argyll frunció el ceño, irritado por la intromisión de su voz. Se recargó en la almohada hasta que sus ojos comenzaron a ver las redes de quebraduras de la vieja pintura en el techo. Esa voz... Se preguntó si podía formar su rostro entre las débiles líneas secas de la pintura quebradiza. Sí. Ahí, dos ojos, el hocico de un cerdo como boca debajo de éstos... y arriba, una vaga sugerencia de los cuernos de un demonio atormentador. Muy acertado.

¿Es amor?

Sí, respondió. La amo.

Pobre tonto. El amor no tiene cabida aquí. No hay amor aquí.

La voz sonaba más alta que antes en su mente, como si hubiera encontrado un lugar donde sentarse y sentirse cómodo, como si estuviera más cerca que antes de él.

Aquéllos que pueden amar, aquéllos capaces a amar, se han ido hace mucho tiempo. Todo lo que queda es un mundo poblado de estos lamentables fantasmas. Espectros que se cazan entre ellos, se canibalizan los unos a los otros. ¡No hay amor ahí, tonto! No hay ni un solo acto de amor ahí. No hay un solo acto de bondad *aquí. ¿Sí lo sabes, no es cierto? ¿Sí lo recuerdas, no es así?*

Mary... ella es buena.

Argyll odiaba la risa de esta voz.

¿Buena, dices?

Sí. Todo lo que ha hecho por él estas últimas semanas, este último mes. Cuidando por alguien que amaba y que no tenía ningún recuerdo del amor que debió haber tenido una vez por ella. Eso era bondad, ¿no es así? Eso era amor.

Ella es como todas las otras. Egoísta... haciendo artimañas para conseguir lo que quiere.

¡Maldito seas! ¡Déjame en paz!

No.

¿Y por qué no?

Creyó haber visto cómo los ojos se movían, el hocico del cerdo cerrándose. Los cuernos moviéndose nerviosamente. *Ella está jugando contigo, tomándote como el tonto que eres... 'John.'*

¡Vete!

Y es bastante astuta, ella. Muy astuta. Mira a tu alrededor.

Él deseaba que hubiera algo que lo distrajera, más ruidos del exterior, en la calle. Deseaba que el reloj que estaba en el vestíbulo pudiera sonar un poco más fuerte para ahogar esa horrible y seca estridencia en su mente. Sonaba infantil y maliciosa.

Mira a tu alrededor, tonto cabeza hueca. Este cuarto... esta casa... éste no es un hogar. ¡Éste no es tu hogar!

Sí lo es.

No es un hogar, es una jaula. Y ella la hizo para ti, te atrapó como animal salvaje.

No.

¡Mira! ¡MIRA!

No necesitaba hacerlo, porque tenía la sospecha de que lo que este venenoso granuja le decía pudiera tener un céntimo de verdad. Eran cosas pequeñas que ya había notado; sábanas cobertoras amontonadas apresuradamente en un armario. El cuarto de juego de un niño en la parte superior de la casa. Manchas oscuras en las paredes donde algunas pinturas debieron estar hasta hace poco.

Mary le dijo que tenían viviendo ahí, ¿cuánto tiempo? ¿Un año? ¿Pero acaso no habrían *ellos* de tener una mayor presencia plasmada en esta casa? ¿Más de *él*... posesiones, artefactos del antiguo John Argyll? En cambio, esta casa, cómoda y segura y acogedora, se sentía extrañamente como un escenario, como una especie de diorama de los que uno ve a través de una vitrina, que reúnen distintas especies disecadas de animales feroces. Como una exhibición de museo.

¿Lo ves?

Ignoró la voz. No necesitaba que alguien la animara a venir y sentarse más cerca.

¿Recuerdas? Yo creo que sí recuerdas.

¿Recordar qué?

El diablo adora el ocio.

Se le quedó viendo a los ojos bizcos y pequeños de la criatura en el techo, odiaba su fealdad rechoncha, su hocico, sus cuernos chatos. Líneas quebradizas que parecían como un par de piernas que le pertenecían a un perro de raza terrier. Lo veía y odiaba que una cosa tan fea estuviera en el cuarto de Mary, mirándolos, viéndola dormir.

¡Por favor, retírate! ¡Por favor, quiero que me dejes en paz! Tú me necesitas.

¡NO!, y con el puño se golpeaba la sien —como si quisiera extraer a la criatura maligna de su mente. NO... no te necesito. Necesito a Mary. La amo. ¡La AMO!

Aun cuando este hogar fuera una *ilusión*, aun cuando había una parte de lo que Mary le había estado diciendo que en realidad no tenía lógica o sentido; alguna verdad a medias o mentira piadosa, eso no le importaba. Esto... *esto*... un hombre, una mujer entrelazados en la cama y una delgada línea de luz descansando sobre ellos, la quietud de este momento. Deseaba que durara toda una eternidad. Si se trataba de una ilusión, si esto era mentira, poco más que el diorama de un museo hecho específicamente para él, en ese caso él podría vivir felizmente en ese lugar para siempre, en esta jaula de cristal, durante todo el tiempo que Mary quisiera compartir con él.

Una exhibición de museo de dos personas.

No hubo respuesta del cerdo. Esperó. Escuchó el sonido de las pezuñas de un caballo que poco a poco se alejaba, la delicada respiración de Mary, el trinar de unos gorriones en un árbol afuera.

Y nada más.

Argyll sonrió. La voz se calló. Él podía tener la esperanza... de que incluso hubiera desaparecido.

Capítulo 34
9 de septiembre, 1888,
Grantham Hotel, The Strand, Londres

SE MANTENÍA SUSPENDIDO EN UN FRASCO DE CONSERVAS vacío lleno de agua turbia; era uno de los riñones de Annie Chapman. El otro se quedó en el suelo en ese jardín de Hanbury Street. Babbit lo dejó en el suelo enseguida de la cabeza con el resto de los contenidos de su cavidad en el abdomen inferior, tiras de vísceras que cubrían desde su hombro izquierdo hasta la herida abierta que iba de su pelvis hasta el esternón.

Los periódicos habían prestado mucha más atención a su asesinato que a los otros dos. Si se creía en los recuentos que reportaban, su cuerpo había sido descubierto menos de media hora después que Babbit hubiera terminado su trabajo ahí. Los columnistas y editores de Fleet Street hacían todo lo posible por obtener cada detalle grotesco que pudieran recabar. Pero el Scotland Yard, a pesar de su ineptitud y la disposición de sus oficiales por vender algunos chismes sobre el incidente a algunos de los escritorzuelos que les restregaban sus gordas billeteras, habían logrado mantener para sí mismos dos que tres detalles importantes.

Babbit sonrió. De repente, con este asesinato en particular, la policía estaba siendo *muy* precavida con la información que difundían al público. Lo cual podría significar sólo una cosa... ellos, *Ellos* —sus clientes— habían recibido su "mensaje" a todas luces. Que él podía tenderles una trampa, que podía ponerlos al descubierto, si lo quisiera.

Annie, pobre Annie, la había dejado como una clara advertencia para ellos, sus restos escenificados para enmarcar tres penalidades simbólicas.

... Y si el juramento de silencio que hago ante mis hermanos, yo lo llegase a romper, que así sea me corten la garganta, que mi pecho izquierdo sea abierto para arrancar mi corazón y arrojar- lo sobre mi hombro izquierdo...

Había ido contra todos sus principios eso de ser tan ho- rriblemente *teatral*, atrayendo la atención hacia su trabajo de esta manera. Tan poco profesional. Pero necesitaban escuchar este mensaje de advertencia inmediatamente. Necesitaba que ellos estuvieran muy conscientes de que él podía tener un indi- cio de sus intenciones; si no tenían aprensiones por deshacerse del cuerpo de ese matón, Tolly, entonces, a pesar del hecho que Babbit les había ofrecido la seguridad de su confidencialidad; a pesar del hecho que él estaba seguro de que sus clientes en Nueva York respondían por él... estos caballeros tontos podrían decidir que una vez que terminara el contrato podrían lidiar con él del mismo modo.

Las mutilaciones ritualistas de la pobre de Annie, su lengua rebanada y colocada en su pecho, la vela que deliberadamente dejó ahí, eran un mensaje claro a sus empleadores de que él po- día, y felizmente, romper con su credo personal de confidencia- lidad si acaso se les ocurría traicionarlo.

El periódico que leía esta mañana en su cuarto de hotel, *The Examiner*, convertía al asesinato en la nota principal por tercer día consecutivo. Aún no se mencionaba la vela que dejaron en la escena del crimen, ni tampoco un recuento detallado de las mutilaciones. Pero en varios editoriales, se sospechaba eufemís- ticamente de los Masones. Suficientes detalles sobre el *modus operandi* ritualista debieron haberse filtrado de los policías que trabajaban en los asesinatos, como para atreverse a sugerir una conexión masónica.

Él sonrió. *Ahí tienen su advertencia, caballeros.*

De vuelta al trabajo.

Terminó de escribir su recuento de este contrato en particu- lar, en la papelería membretada del hotel, guardándolo en un so- bre manila. Ahí estaba todo, cada detalle del que se había entera- do por Tolly y esas dos chicas. En ambos lados de su meticuloso manuscrito se mencionaba al hombre iluso en la fotografía. La causa de todo este embrollo.

El corazón mismo de la cuestión.

El príncipe Alberto Víctor Cristian Eduardo, "Eddy" para sus amigos, "Bertie" para su mamá, la reina Victoria. Había suficiente en esos dos folios como para encender un barril con dinamita. Babbit se rio al pensar en ello, como un escolar travieso que preparaba una travesura en el salón de clases. El futuro Rey de Inglaterra, Eddy, culpable no sólo de enamorarse y de coger con una plebeya, y francesa, muy posiblemente católica... pero mucho, mucho peor que eso. Como resultado del amasiato mal planeado, se produjo un hijo ilegítimo. Y el *establishment* silencioso, los masones, o quizás un subconjunto aún más secreto al interior de los masones, habían confeccionado un plan cuidadoso para limpiar el desastre que había dejado atrás el estúpido Príncipe. Su complicidad se hallaba plasmada en todos los asesinatos.

Menudo problema el que esta nota pudiera ocasionar.

Todos los días, los periódicos estaban llenos de historias escritas para el hombre de clase trabajadora. Historias fraseadas de maneras astutas para enfurecer a los hombres agotados durante el almuerzo, con la suciedad del trabajo en sus manos. Historias de los ricos y privilegiados, historias de innombrable extravagancia, egoísmo, insensatez. Y Eddy, el futuro Rey de Inglaterra, un personaje demasiado recurrente en esta encolerizada pantomima. Babbit sólo podía imaginar qué clase de fuego revolucionario podría ocasionar al aplicar la llama de una sola vela a ese polvorín.

Puso la pequeña fotografía en el sobre, rugosa y doblada de las orillas, algunos rastros de la emulsión fotográfica pelándose por el uso, pero aún se veía claramente al estúpido joven Príncipe tomando con veneración a esa mujer y su bebé. Puso el sobre debajo del frasco de conservas por unos momentos, vio la mitad del riñón de Annie flotando en la solución.

Toda la evidencia estaba ahí, justo ahí en la mesa de escritorio.

Ahora, había otros asuntos que atender.

Ya tenía un pasaje reservado a bordo de un buque de carga que salía de Liverpool aproximadamente en dos meses. Al no conocer los detalles precisos de este contrato antes que se embarcara rumbo a Nueva York, se permitió unos tres meses para hacer el trabajo antes de regresar a casa. El asunto se resolvió mucho más rápido de lo que había pensado, y ahora la precaución le dictaba que sería mejor si buscaba un barco que lo llevara a casa más pronto de lo planeado.

Pero la cuestión no terminaba ahí, ¿cierto? Sus clientes todavía le debían la segunda mitad de su pago y sin eso, el dinero obtenido por este trabajo no iba a servir más que para cubrir los gastos en los que incurrió al venir a Inglaterra y la suite del hotel reservada por tres meses.

También era una cuestión de principios. Todavía se debía un pago.

Se jaló las patillas, pensativo, viendo las hebras de sedimento orgánico balanceándose en las aguas turbias del frasco, rodeando el riñón que ya comenzaba a arrugarse y encogerse.

La habitación ya había sido pagada, el barco ya había sido reservado. Tenía un par de meses por delante. Un par de meses en los que podría mantenerse en bajo perfil, quizá podría explorar Londres un poco más. Sabía que los muelles de Victoria estaban bien, así como los de Royal Albert, y los de Millwall también. Un laberinto de almacenes, callejones, ensenadas y canales en los cuales un hombre podía perderse. Un par de meses para tomarse su tiempo, relajarse, leer, meditar.

Todo lo que necesitaba hacer era acordar una hora y un lugar donde recolectar lo que aún se le debía, y asegurarse de que quedara bien claro cuando se encontraran, de que él tenía en su posesión, en la mesa de escritorio de su cuarto de hotel, la suficiente evidencia como para... pues... como para ocasionarle a estos caballeros un serio problema. Esto es, sólo en caso de que ellos coquetearan con la idea de acosarlo antes que él se pudiera ir con su pago.

Tomó su pluma fuente y sacó del cajón otra hoja de papel del hotel, y comenzó a escribir cuidadosamente un anuncio que aparecería en el *London Illustrated News* en un par de días, si es que lograba dejarla en el piso de abajo, en el buzón del servicio de conserjería del hotel antes de la hora del almuerzo.

CAPÍTULO 35
11 DE SEPTIEMBRE, 1888,
BLACKFRIARS, LONDRES

WARRINGTON TUVO QUE RECONOCER QUE TEMBLABA POR-
que estaba nervioso, no como anteriormente trató de decirse a
sí mismo, que era una noche peculiarmente fría para un mes de
septiembre. *Nervioso* quizá no era la palabra adecuada. Muerto de
miedo, le hacía más justicia. Se sentía demasiado expuesto,
parado aquí afuera, aun cuando se tratara del extremo más
tranquilo de West India Quay. Vio los altos almacenes de ladrillo detrás de él. La luz de gas iluminaba un par de ventanas
en el interior; ojos cuadrados y ambarinos que lo vigilaban sospechosamente desde arriba. Sin duda algunos comerciantes de
envíos trabajando tarde en declaraciones y legajos listos para
un comienzo temprano para los trabajadores del muelle mañana por la mañana.

Por la lánguida luz de la luna, jugando a las escondidas detrás de nubes corredizas, revisó la hora en su reloj. Eran veinte
minutos después de la medianoche.

Él se ha retrasado.

Según Henry, el Hombre de la Vela *nunca* se retrasaba. Bastante responsable en todos los aspectos, eso es lo que sus colegas
americanos le habían informado. Pero no se mostraba responsable esta noche, al parecer.

Está jugando con nosotros.

El asesinato de la prostituta de apellido Chapman al inicio
de la semana fue realizado por él. De eso estaba seguro. Lo había

dejado bastante claro, con ese gesto tan teatral; la característica vela colocada enseguida del cuerpo. ¿En qué estaba pensando el tonto al hacer eso? ¿Y la manera como la mutiló? Sí, claro, le indicaron que lo hiciera parecer como obra de un loco perturbado; una persona demente a la cual no podría aplicársele ninguna noción de lógica o motivo. Pero mutilarla del modo tan específico como lo hizo... dejarla tan *simbólicamente acomodada*... pasaron un rato terrible durante la semana pasada, manteniendo gran parte de los detalles fuera de los periódicos. Aun con la asistencia tácita del Scotland Yard y los inspectores de la Jefatura Metropolitana, uno de los policías que atendieron primero la escena del crimen debió haber hablado de más. Pudo haber revelado los detalles suficientes —ninguno de estos oficialmente confirmado, por supuesto— para permitir que los escritores de Fleet Street comenzaran a inventar teorías peligrosamente sugestivas sobre los francmasones.

Nos está haciendo una advertencia.

Él lo sabe. O por lo menos, lo sospecha.

Eso es lo que Warrington comenzaba a sospechar. El Hombre de la Vela había logrado de algún modo descubrir que no tenían intenciones de dejarlo regresar felizmente a América. El tipo debió haber descubierto que el riesgo era muy alto. Lo cual sólo podía significar una cosa.

Ha visto la fotografía. Sabe que es el príncipe Alberto. Y si era así, entonces probablemente él había comprendido lo desesperadamente importante que era que la discreción estuviera completamente garantizada. Había murmullos de socialismo en el capitolio, de hecho, en toda Europa. El año siguiente era el centenario de la Revolución Francesa; grupos socialistas y de las clases trabajadoras planeaban una organización que se extendiera por todo el continente, un congreso de delegados de los trabajadores que se reunirían para celebrar la ocasión. Incluso ahora, las editoriales hablaban sobre la idea de que algo similar a la revolución en Francia pudiera detonarse aquí en Inglaterra. El Hombre de la Vela, claramente, no era ningún tonto. Entendía cómo la estabilidad, el futuro mismo de este país, el Imperio

Británico incluso... dependía de cómo se resolvía el lío en el que se había metido el pequeño Eddy.

Dios nos libre si eso es la verdad.

Warrington miró hacia la oscuridad. Sus cinco hombres estaban ocultos en los rincones del almacén. Fuera de la vista pero con posibilidades de verlo a él, parado bajo la luz de una luna que atravesaba el mugriento tragaluz en el techo, a través de paneles que no tenían vidrio. Podía escuchar el suave murmullo de unos pichones en las barras de hierro justo encima de él, así como el repiqueteo de un gotero en alguna parte del interior del edificio abandonado y vacío, haciendo eco entre el suelo y el bajo techo.

Ya tuvo suficiente de este jueguito. "¡Hola!"

Su voz sonó por todo el almacén, provocando el revoloteo de las alas en la parte de arriba, y la caída de unas plumas polvosas que atravesaban los rayos de luz lunar. Odiaba ese obvio temblorcillo de su voz. Lo intentó nuevamente, esta vez, esforzándose por infundirle a su voz un tono de impaciencia irritable.

"¿Hola? ¿Estás ahí o no?"

"Ah... pero si estoy aquí." La voz no era más que un susurro finamente emitido. No había necesidad de gritar en este lugar; cada sonido parecía escucharse. *"He estado aquí desde hace un tiempo".*

El corazón de Warrington se detuvo. ¿Qué tanto tiempo? ¿El suficiente como para verlos llegar? ¿Como para haber escuchado las instrucciones que le dio a los otros para que se ocultaran? *Mierda.*

Escuchó el suave golpeteo y arrastrado de unos pasos que se aproximaban. Lentos y deliberados. No parecía ser un hombre con prisa para terminar la transacción. Tampoco parecía un hombre inquieto o nervioso. ¿Quizá las suposiciones eran sólo suyas? Quizás el Hombre de la Vela no tenía idea de que Warrington tenía la intención de no dejarlo salir vivo de este lugar.

Sólo mantén la calma, George. Asegúrate de que se haga el trabajo. Warrington ajustó su chaleco, se aclaró la garganta. "Entonces sal, a donde te pueda ver".

En estos momentos, sus ojos detectaron una figura alta y oscura parada cautelosamente, justo afuera de la luz ondulante de la luna.

"Un poco melodramático el lugar que escogiste para reunirnos", dijo Warrington.

"*Se ajusta a nuestro asunto, George*". Dio un paso adelante, a la orilla de la pálida luz. Por debajo del ala de su sombrero, su rostro permanecía como una sombra oscura y sin forma.

"Es... es un tanto chistoso... ¿tú escogiste ese nombre para mí al azar?" Warrington sonrió. "*Sí es* mi nombre. ¿Lo adivinaste?"

"*Como te había dicho... pareces ser un George*".

La risa superficial de Warrington sonaba atolondrada e infantil. La odiaba. "Entonces... tengo la otra mitad de su pago. ¿Usted tiene acaso...?"

"*Sí, tengo el medallón que Tolly encontró*".

"Y la... eh..." No quería atraer mucha atención a lo que había dentro. Su voz, lo más casual que podía lograr "... ¿y los contenidos del medallón?"

Escuchó una risa suave, suspirante. "*Ah, sí... tengo eso también*".

"Bien. ¿Y Tolly no involucró a nadie más?"

"*Correcto*".

Warrington se agachó y recogió el pequeño paquete a sus pies. "Entonces, en nombre de mis colegas, me gustaría darle las gracias". Sostuvo el paquete frente al Hombre de la Vela. Una mano enguantada se acercó, y a través de los rayos de la luna se lo quitó. Aunque este hombre iba a estar muerto en los siguientes cinco minutos, Warrington decidió que el paquete debería contener dinero de verdad, en caso de que decidiera inspeccionarlo en ese instante. De hecho, eso pudiera haber sido un distractor muy útil. Mientras contaba el dinero, Warrington podía tocar su sombrero —ésa era la señal.

"¿No deseas contarlo?"

No hubo respuesta. Escuchó el tintineo de una hebilla de bolso, el sonido de una solapa de cuero y el paquete crujiendo mientras era guardado en alguna parte.

Warrington rápidamente tocó la punta de su sombrero de copa. La señal para que estos hombres se acercaran. "Estamos muy complacidos por el modo como esto se resolvió. Pero... nos has ocasionado algunas dificultades con el último trabajo. ¿Por qué decidiste...?"

"¿Hacerlo parecer como un trabajo masónico?"

Así es.

Hubo una larga pausa. Warrington escuchó atentamente las pisadas de sus hombres aproximándose. No se trataba de ningún asesino de pies ligeros. Dos de ellos, Smith y Warren, eran Inspectores Detectives de Scotland Yard. Los otros tres eran veteranos de esa desagradable guerra en Afganistán: Hain, Orman y Robson. Eran mercenarios hoy en día. Esos tres habían visto suficientes barbaridades en esas montañas lejanas como para no poder lidiar con un matón. Y lo que es más importante, los cinco eran masones. Hermanos Menores, pero aun así, unidos por el código de silencio.

"Sospecho que has hecho planes para mí, ¿mmh?"

Warrington hizo lo mejor que pudo por mostrarse verdaderamente desconcertado. "¿Di... discúlpame?"

"¿Un príncipe descuidado?" El Hombre de la Vela dio un paso hacia delante y Warrington retrocedió nerviosamente medio paso atrás.

"Yo realmente... realmente no sé..."

"Sí... pero verás, yo sí sé. Lo sé ahora".

"¿Saber qué?"

"No estaba seguro. Es por eso que vine. Pero ahora estoy seguro de ello".

"¡Santo Dios! ¡¿De qué demonios estás hablando?!"

"De que tú, George... tú tienes planes de traicionarme".

Warrington vio el destello nebuloso de algo grande y pálido moverse por la delgada línea de luz de luna, rebotar pesadamente y escabullirse por el suelo, dejando una mancha de tinta negra tras de sí. Le tomó unos momentos comprender lo que estaba viendo —la coronilla calva y la barba oscura, una lengua gruesa salida como bola de cricket y dos ojos vidriosos y extrañamente melancólicos. Era el sargento detective Orville Warren.

La voz de Warrington era como el grito de un niño. "¡AHORA! ¡MÁTENLO AHORA!"

Babbit sospechó que había más en ese lugar. Este barbón calvo, casi se tropezó con él. Una oportunidad demasiado buena como para no tomar ventaja de ello. Una mano tapando la boca de este hombre desafortunado y una rápida rebanada; la sangre que brotaba y salpicaba y que no sonaba más que una llave goteando.

Tenía la esperanza de hablar un poco más con George. Esperaba que la cabeza que descansaba en el suelo entre los dos, un testigo silencioso para sus suaves y tranquilas discusiones, pudiera haber enfocado la mente nerviosa de George. Esto podría haber ocasionado que él le echara un grito a sus torpes sabuesos para que regresaran a sus rincones para escucharlo por un momento, pero por el contrario, ese grito afeminado había activado a los otros, podía sentir los pies vibrando fuertemente en los tablones podridos del suelo de madera, corriendo hacia él.

No había tiempo para hablar, entonces.

Es hora de correr.

Saltó hacia fuera de ese hálito de luz lunar, lejos del sonido de la respiración rasposa, hombres pesados, a juzgar por los sonidos que hacían, y sin saber con seguridad cuántos eran exactamente. Corrió un poco más ligeramente que ellos, hizo mucho menos ruido. Detrás de él, George ladraba órdenes inútiles para que sus hombres se separaran y lo encontraran, estúpidamente opacaban el ruido de sus pasos alejándose.

Se dirigía a la parte trasera del almacén, la entrada donde se hacían los envíos, puertas dobles que se corrían a los lados por medio de unas ruedecillas oxidadas. Esta entrada se abrió hacia un patio pequeño, las puertas del patio daban a un callejón, el callejón se dividía en un cruce de tres caminos, cualquiera de ellos igual de bueno que el otro para escapar. Había descubierto este lugar hacía unos días, una imprenta abandonada, y se asseguró de caminar por los alrededores para saber cómo conducirse.

Al dirigirse a las puertas de esa entrada, en medio de la oscuridad, chocó con algo que gruñó con el impacto. Enseguida, se encontraba desparramado en el piso, atrapado entre las piernas y brazos carnosos de alguien.

"¡Mierda!", escuchó gruñir al sujeto. "¡Por aquí! ¡El desgraciado está por aquí!"

Sintió unos dedos regordetes que rasguñaban su cara, luego se encontraban con la solapa de su saco, y la tomaban. Podía sentir el cuerpo tenso del sujeto y tambalearse con esfuerzo mientras algo se balanceaba en el aire, apuntando a su cabeza. Quitó su sombrero de un golpe.

La respuesta de Babbit fue instintiva, silenciosa y mortal, aunque el pesado monigote encima de él no iba a apreciar eso por lo menos durante otro medio minuto. Por ahora, él hubiera pensado que se trataba de un puñetazo en su panza. Pero no lo fue, eran las nueve pulgadas de una navaja delgada incrustada hasta la empuñadura, así como la extraña sensación de un tirón que este hombre sintió después de que la orilla dentada era jalada salvajemente hacia arriba, rebanando su hígado y abriendo su estómago de modo que cualquier intento por pararse hubiera resultado en sus pies enredándose y seguramente tropezando con los rollos de intestinos que se derramaron.

"¡Mierda, quédate quieto!", gruñó el hombre, al parecer sin darse cuenta de que la parte frontal de su cuerpo estaba abierta.

Babbit estaba preparándose para darle una nueva cuchillada cuando sintió el cuerpo del hombre tensarse y tambalearse de nuevo.

Esta vez, Babbit sintió el mundo explotar.

Una lluvia de chispas blancas y brillantes surgieron de enfrente, no, *por detrás* de sus ojos, sus oídos llenos de un zumbido chillante que bloqueó por completo los sonidos de todo lo demás. Sintió los rasguños de unas astillas en su mejilla izquierda y se dio cuenta de que se deslizaba por el suelo.

Sus pies parecían ser la única parte de su cuerpo que funcionaba, mientras que el resto de él se desplomó como muñeco de trapo.

¡Corre, tonto! ¡Corre!

Sus pies lo levantaron del suelo mientras sostenía su cabeza que giraba. Sus piernas lo cargaron, zigzagueando hacia el suave brillo de la luz de la luna; la brecha entre las puertas de entrega. Se azotó contra ellas, produciendo un cascabeleo de cadenas y contrapesos, las ruedas oxidadas y palancas sueltas. Lo suficiente como para anunciarle a todos al interior del edificio dónde se encontraba. No había escuchado a nadie. Sus oídos seguían aturdidos por un ensordecedor ruido blanco.

Se tambaleó rumbo al patio, la luz de la luna casi cegándolo como si fuera luz de día, comparada con la oscuridad de la imprenta. Su hombro se golpeó fuertemente contra la puerta floja de la reja de entrada y se dirigió hacia el callejón. Se tropezó y rodó por el suelo de adoquines desiguales. Nuevamente se paró, sus pies, sus piernas, innegablemente la única parte de él que hacía algo útil. Mientras se mecía con incertidumbre, sus ojos ya no le mostraban fuegos artificiales, en cambio le ofrecían un facsímil caleidoscópico del callejón.

Tomó una dirección y corrió, más como el vals de un borracho que como una *carrera*.

Su mente seguía dando vueltas por el golpe, pero ahora se estaba cerrando. El golpe le había dañado la cabeza. Un martillo, quizás una palanqueta, eso era lo que había usado aquel tipo. Mientras perdía la capacidad para pensar correctamente, para hacer cualquier cosa, estaba vagamente consciente de que sus manos estaban ahora vacías, que había tirado su querido cuchillo en algún momento, en alguna parte. Estaba vagamente consciente de que el lado de su rostro estaba mojado, *chorreando*, y que su boca sabía a monedas de cobre. Finalmente, como lo fue justo en el momento siguiente, aunque no era posible que fuera así, estaba nebulosamente consciente de estar tirado en la canaleta de una calle más amplia, de donde ahora sentía la débil luz de un farol, en vez de la luz azulada de la luna. Y lo último de lo que su mente *moribunda*, a punto de cerrarse, logró estar consciente fue un par de pequeñas manos femeninas jalando y hurgando los pliegues de su saco.

Segunda parte

CAPÍTULO 36
30 DE SEPTIEMBRE, 1888,
GREAT QUEEN STREET, LONDRES. 9:00 A.M.

"HA PASADO CUÁNTO... ¿DOS SEMANAS?"

"En realidad, casi tres, Óscar."

Warrington vio a los otros cuatro hombres de "The Steering Committee" en el cuarto con él, el mismo cuarto de la vez anterior, el leño chispeante en la chimenea como si nunca se hubiera extinguido.

"Tres semanas, entonces", continuó Óscar. El hombre tenía un ligero indicio de acento europeo. Como su reina, un débil rastro de herencia germana que corría por sus venas y sus vocales. "Probablemente está muerto. ¿No lo dijiste, no es así, George, que la cabeza del hombre fue golpeada con un... con un picahielo?"

"Un martillo. Fue con un martillo".

Warrington recordó al pobre hombre, el detective inspector Smith, de rodillas y agarrando sus tripas, dando su tembloroso reporte. Le dijo que había propinado un golpe mortal en la cabeza del hombre... que de hecho tuvo que darle un jalón al martillo para sacarlo del cráneo y darle otro golpe.

"Un martillo, entonces. Me da la impresión de que este sujeto, el *Hombre de las Veladoras*", dijo Óscar con cierto tono irónico, por la teatralidad de ese nombre profesional, "lo más probable es que murió por sus heridas esa noche".

"*El Hombre de la Vela*", corrigió Warrington.

Henry asintió lentamente, pensativamente. "Eso es lo más probable".

"¿Alguien habrá descubierto su cuerpo? ¿Lo habrá reportado a la policía?"

Henry puso su taza de té en su plato. "Hay una docena de cuerpos encontrados todas las mañanas en Londres. La mayoría permanecen sin identificar, ¿no es así, George?"

Warrington asintió.

"Pues bien", dijo Óscar. "Pudo haber muerto durante la noche... pudo haber muerto por sus heridas el siguiente día, o un día después. El punto es, caballeros, si sobrevivió, seguramente hubiéramos escuchado de él, ¿cierto?"

Eso es lo que había estado manteniendo despierto a Warrington estas últimas semanas, saltando de la cama cada que escuchaba el más mínimo chirrido de madera en su enorme casa en la ciudad, el crujido de zorros que cruzaban por su patio amurallado, el pensamiento persistente de una posible visita del Hombre de la Vela a la medianoche.

"El punto es que nos arriesgamos a llamar la atención de la Logia si seguimos usando sus lacayos como lo has estado haciendo, George, para tratar de localizar a este... a este *fantasma*".

Los tres hombres que sobrevivieron su encuentro con él; Robson, Hain y Orman, eran Masones de confianza. Su confidencialidad estaba asegurada. Pero eran sólo eso, Masones, no miembros de este comité particular.

"¿Acaso necesito recordarte, Óscar", dijo Warrington, "que aún hay evidencia allá afuera sobre el *affair* del príncipe?"

El estúpido príncipe pensando con su estúpido pene.

Como si fuera un niño que agarraba un colorido juguete en una juguetería, actuó sin conciencia o sentido de responsabilidad. Si fuera decisión de Warrington, él hubiera hecho lo necesario para que el príncipe "Eddy" Albert desapareciera con la mujer y el bebé. Por lo pronto, el idiota se ha mantenido ocupado con un compromiso real tras otro, lo más alejado de Londres que pudieron.

"¿Qué evidencia es?", dijo Henry, alzándose de hombros.

"Tan sólo un simple medallón... con la fotografía de un hombre. No hay nadie vivo que sepa el significado del retrato, ¿cierto?"

"¡Es una fotografía del príncipe Alberto con una mujer desconocida e hijo! Eso por sí solo es..."

"Un hombre que apenas se parece a Albert... eso es todo. ¿Cuántos jóvenes imitan su apariencia hoy en día?" Óscar se rio. "Todos los jóvenes caballeros de Londres copian los atuendos del príncipe".

Henry se acarició su barbilla pensativamente, mirando las llamas chispeando ruidosamente mientras alimentaban la savia que escupía la parte posterior del leño. Vio a los otros.

"Traía la segunda mitad del pago consigo, ¿cierto?"

Warrington asintió.

"¿Y qué si alguien encontrara todo ese dinero?", dijo Henry.

"¿En su cuerpo?"

Los hombres se vieron el uno al otro, no estaban seguros de lo que esto les sugería.

"Óscar", continuó Henry, "tengo que decir que coincido con George, yo estoy sumamente incómodo con la idea de que este retrato pueda estar allá afuera. No importa que este hombre que contratamos esté muerto o no". Le dio un sorbo a su té. "Yo imagino que hubo algún cuarto de hotel donde se habrá hospedado aquí en Londres. Si está muerto, ¿podría uno imaginar que el medallón y la imagen están por ahí?"

"¿Acaso no traía este retrato consigo cuando se encontraron con él, George?", preguntó uno de los doctores —Geoffrey— jugando con las mancuernillas bajo su saco de noche. Estaba impaciente por salir de la reunión, la ópera lo estaba esperando.

Warrington se sacudió la cabeza. "No lo creo. Él sabía lo que nosotros planeábamos hacer con él".

Sí... eso bien que lo sabía.

"Entonces, si tus hombres no hubieran sido tan apresurados, yo imagino que él estaba a punto de darte instrucciones sobre dónde recuperarlos".

Warrington reprimió una mueca. En realidad no era culpa de sus hombres. Había sido *su* culpa. Sus nervios se crisparon ante la presencia del pobre de Warren meciendo su cabeza de un lado a otro en el suelo. No es que importara ahora de quién fue la culpa. El Hombre de la Vela tenía claramente una sospecha de los planes que habían preparado para él. Al cruzarse con Warren escondiéndose en la oscuridad había confirmado sus sospechas. "Creo que el curso de acción más sensible será proseguir con lo que estabas haciendo, George. Suavemente, suavemente, por supuesto. Ya hay de por sí bastantes habladurías en los pasquines. Este nombre ridículamente teatral que están usando... ¿qué nombre es?"

"Jack, el Destripador", respondió Óscar.

"Cuántos hoteles y pensiones hay en Londres?", preguntó Geoffrey. "¿Seguramente no localizarás sus aposentos de ese modo?"

"Hemos hecho algunas indagaciones *discretamente*. Yo creo que él hubiera querido discreción, privacidad. Es por eso que hemos restringido nuestra atención hacia los hoteles más exclusivos y caros".

"El tipo era un salvaje asesino a sueldo. Yo hubiera imaginado que escogió algo un poco más anónimo, ¿de bajo perfil, quizá? Cuartos baratos, de los que están arriba de los salones..."

"No", Warrington sacudió su cabeza. "Él es... él *era*... me pareció que se trataba de alguien *educado*. Y ciertamente, tenía el dinero suficiente para asegurarse algo de comodidad, de conveniencia y de toda la privacidad que necesitara. Ya saben cómo es, caballeros... monedas puestas en la palma de las manos de un lacayo, un portero, un conserje".

Los otros asintieron. Warrington sospechaba en un tiempo u otro que todos en este cuarto habían cometido un pecadillo de algún tipo en un cuarto aterciopelado en alguna parte.

"¿No has tenido resultados todavía?", preguntó Henry.

"Todavía no".

"¿Y dices que tus indagaciones han sido discretas, George?"

Warrington asintió. "Estoy seguro de que encontraremos dónde se hospedaba muy pronto. Por lo menos, si *está* muerto, llegará a un punto en el que comience a generarse una deuda por el cuarto..."

Henry sonrió. "Muy bien, George. Sí, por supuesto". Se volvió a acomodar en su sillón. "Muy bien, entonces. ¿Nos volvemos a reunir, digamos, el martes siguiente a la misma hora? Mientras tanto, yo le explicaré a los más viejos de la Logia que necesito esos tres tipos tuyos, George, por un tiempo más, digamos que por asuntos del club".

Los otros se movieron en sus asientos, George ansioso porque llegara el sirviente con sus cosas y se dirigiera a la puerta de salida.

"Caballeros", Henry movió la cabeza en señal de despedida a todos, pero vio enfáticamente a Warrington. "¿Me das unos segundos, George?"

Warrington asintió. Esperaron a que los otros se retiraran antes de que Henry hablara. "George, eso debe haber sido una experiencia horrenda para ti, lo sé. Pero...", suspiró, tomándose su tiempo para escoger sus palabras. "Pero esas circunstancias tan espeluznantes, en ocasiones pueden jugar con tu mente. Le pueden dar pesadillas a alguien".

Warrington asintió. *Oh, y vaya que las he estado teniendo.* Prácticamente todas las noches desde las últimas semanas, se ha estado despertando cubierto en sudor, con un grito que moría en sus labios y su esposa levantándose inmediatamente en la cama y viéndolo, perpleja.

"Puede afectar tu juicio", Henry suspiró otra vez. "He visto cuerpos de hombres partidos y destrozados en un campo de batalla. He visto lo peor que podemos hacernos los unos a los otros. Yo sé lo horrible que esto puede ser. Y sí, yo también tengo pesadillas. Pero escucha... lo que viste, lo que ocurrió en ese encuentro fue en realidad una terrible mala suerte. Eso es todo. Los planes pueden terminar fallando, ésa es su naturaleza", sonrió.

Warrington lo vio. "Le cortó la cabeza a un hombre y al otro lo destripó como si fuera un pescado. Y logró escaparse de nosotros aun después de que su cráneo fuera aplastado".

"No lo conviertas en *mitología*, George. Él tenía el elemento de la sorpresa y agarró desprevenidos a tus hombres. Yo creo que *todos* tenemos la culpa por subestimarlo. Él descubrió que nosotros protegíamos los intereses del futuro Rey de Inglaterra y entendió que no podíamos dejarlo ir. De modo que llegó a esa reunión preparado. Pero... ahora es casi seguro que está muerto. Un cadáver sin identificar en una morgue, o pudriéndose en la tumba de un indigente". Descansó una mano en el hombro de Warrington. "No dejes que este Hombre de la Vela se convierta en un demonio en tu mente, ¿está bien? Era tan sólo un hombre cualquiera... tan sólo un hombre contratado".

Warrington asintió. "Sí, sí, por supuesto".

"Nos reuniremos el próximo martes, a menos que tus hombres encuentren algo mientras tanto".

Warrington se despidió y se salió de la calidez asfixiante del salón del club.

Tan sólo un hombre cualquiera.

Un hombre cualquiera hubiera muerto esa noche. Un hombre cualquiera hubiera surgido al siguiente día como un tieso cadáver, o flotando en el Támesis. Un hombre cualquiera simplemente no se habría desaparecido de la faz de la tierra del modo como lo hizo. Desaparecido, como una especie de fantasma.

Capítulo 37
1 de octubre, 1888,
Holland Park, Londres. 9:00 a.m.

Argyll se sentía demasiado inquieto, demasiado emocionado como para tomar el desayuno que Mary les había preparado. Su estómago gruñía y revoloteaba de tal modo que la idea de devorar una gruesa rebanada de pan tostado con mantequilla y un huevo cocido le resultaba impensable. Se sentaron en un silencio insufriblemente incómodo uno frente al otro en el desayunador, ambos contemplando a través de las cortinas el tráfico matutino en la Avenida, comentando ocasionalmente sobre minucias banales con un interés forzado, distraído.

El hecho, enorme, pero no mencionado, que se suspendía en el espacio entre ellos, lleno hasta el momento con nada más que el sonido del tintineo de una cucharita en una tetera china, era que habían hecho el amor la noche anterior, en medio de la seguridad anónima de la oscuridad. No una, sino una y otra y otra vez. Y ahora estaban a plena luz del día otra vez, y con ello vino, desafortunadamente, la manera educada y vagamente formal que ambos habían adoptado el uno con el otro. Aún no eran una pareja propiamente dicha.

"¿Té?", preguntó Mary, alzando la tetera, el dedo meñique extendido como toda una dama.

"¿Mmh?, Oh, sí, por favor". Él levantó su taza y la dirigió a la tetera, mientras ella se inclinaba hacia delante y servía. Un hirviente chorro marrón cayó sobre la mesa y salpicó la camisa de algodón de John.

"¡Ay!", gritó al sentir cómo le quemaba la panza.

Mary dejó de servir, boquiabierta, en *shock*. "¡Oh, por Dios! ¡John, cuánto lo siento!"

Trató de secar la mancha hirviente de su piel. "¡Dios mío, esto sí que está caliente!"

Rodeó la mesa para estar con él y dijo un tanto inquieta. "¡Cuánto lo siento! ¿Estás bien?"

Argyll asintió con la cabeza. Trató de aligerar su preocupación. "Estoy bien. Un poquito quemado, pero por lo demás estoy muy bien".

"¡Oh, pero tu camisa! ¡Mira, la arruiné toda!"

Él sacudió su cabeza. "Nada de que preocuparse, Mary, Yo..."

"Pero tienes tan pocas camisas, John... y yo tan torpe, voy y arruino ésta, ¡la mejor que tienes!" Se mordió los labios, enojada con ella misma por ser tan descuidada. "La mandaré a blanquear y lavar. Hay una lavandería a la vuelta de la esquina. Si lo hago rápido quizá la mancha no se quede pegada".

"Yo iré a ponerme otra", dijo él mientras se levantaba de la silla.

"Sí", dijo ella. "Lo más rápido que puedas".

Ella vio cómo él redoblaba su paso, salía del cuarto, aún con algo de cojera, y subía las escaleras. Decidió que tendría que comprarle algo más de ropa cuando saliera a la calle, antes de que él comenzara a hacer preguntas sobre por qué su vestuario era tan escaso. No era la primera vez que ella se preguntaba por qué él no parecía interesado en averiguar estas cosas.

Quizás en su vida pasada no era la clase de hombre que tuviera armarios llenos de ropa fina. Es posible que fuera la clase de hombre que tenía dos camisas para la semana laboral, una para el fin de semana y la mejor para la misa de domingo. Eso parecía acomodarse a su personalidad. No podía imaginar que John, con su rostro delgado y maduro, fuera la clase de hombre que buscaba vigorosamente los caprichos de la moda.

Se dirigió rápidamente al vestíbulo, sacó la llave debajo del reloj en la mesa y abrió la puerta del sótano. Ahora que la pierna de John funcionaba mejor, aunque todavía fuera como el paso cojo de un comediante, extrajo la llave de la serie de llaveros en la alacena y procuró mantener la puerta cerrada. No quería que él explorara ahí abajo.

Abrió la puerta y se detuvo un poco. Podía escuchar los crujidos del piso de arriba mientras John se desplazaba por su recámara. Era típico de este incómodo limbo entre ser amantes y extraños; si ella hubiera estado arriba en ese cuarto, él sin duda habría insistido que se diera la vuelta mientras se cambiaba de ropa. Y ella lo hubiera hecho. Era todo muy ridículo.

Bajó rápidamente por las escaleras del sótano, dejó la puerta abierta para tener un poco de luz. John tardaría un poco, y de cualquier modo ella escucharía el clop clop de sus pasos bajando las escaleras. Él seguía pisando los escalones con cuidado, aún no confiaba del todo en su pierna "mejorada". Ella cruzó el piso, levantó la tapa del baúl y buscó en el bolso para sacar un billete de cinco libras. Suficiente para la lavandería, unos cuantos trajes y camisas más, y para diversos artículos que necesitaba conseguir.

Se dirigió de nuevo a las escaleras, subió, cerró con llave la puerta con una mano mientras guardaba el dinero en su bolso con la otra. Mientras iba de regreso a la sala del cuarto principal, vio a John, parado, inmóvil, en la parte de abajo de las escaleras; la veía.

"¡Santo Dios!", dijo ella en un suspiro, poniendo el dorso de su mano en su cara. "Qué susto me diste".

Él la veía, su rostro momentáneamente nublado por la confusión. Inclinó su cabeza. "¿Por qué fuiste allá abajo?"

"Oh, ninguna razón en particular. Yo estaba... creí escuchar un...", su voz se fue desvaneciendo. "Ahora bien, ¿trajiste contigo la camisa sucia?", preguntó, casualmente deslizando la llave de la puerta del sótano debajo de la base del reloj y luego acercándose para ajustarle a John el cuello de su camisa recién puesta.

Sostuvo la camisa sucia frente a ella.

"Bien".

Ella la tomó y se dirigió a la entrada, llevando su abrigo. "No me tardaré. Dejaré tu camisa en la lavandería y luego iré por algo para la cena, para después recoger la camisa a mi regreso". Pasó al lado de él rumbo al pasillo y vio un bulto de papel que salía del buzón. "Ya llegó el periódico... toma", dijo, mientras lo sacaba y se lo daba. "Disfruta un rato leyendo, querido. Regresaré antes del almuerzo. Quizá podamos salir a caminar un rato esta tarde, si el tiempo es bueno, ¿te parece?"

Argyll asintió, distraídamente, como si sus pensamientos estuvieran a miles de millas de distancia.

Se alzó en las puntas de sus pies para besar su mejilla rugosa. Él no se agachó. "¿Estás bien, John?"

Sus ojos se enfocaron nuevamente en ella, el semblante amigable familiar regresó a su rostro. "Sí... estoy bien".

"Dije que volveré para la hora del almuerzo".

Él sonrió. "Muy bien, Mary".

Ella se volteó, abrió la puerta de la entrada y salió. "Es mejor que vayas y termines tu desayuno, amor", le dijo. "Antes de que se enfríe, ¿sí?"

Él asintió, obedientemente, diciéndole adiós con la mano mientras ella cerraba la puerta.

¿Lo ves? ¿Qué te dije? Está jugando contigo. Haciéndote pasar por un tonto.

Argyll vio el reloj haciendo tictac, llenando el callado vestíbulo con su latido regular.

Tac... tac... tac... tac

¿Y bien? El pequeño demonio con su horrendo hocico estaba saltando excitado en su mente, pasando de una pata a otra.

¿Viste lo que puso allí debajo, cierto?

LIZ SE DETUVO EN LA ACERA FRENTE AL HOTEL. "ÉSE ES".
"¿Estás segura?"

"Es lo que dijo el cerrajero... el *Grantham Hotel* en The Strand".

"Se mira demasiado elegante y sofisticado", dijo Cath, con cierta tristeza. "No van a querer a gente como nosotras ahí".

"¿Qué es lo peor que puede suceder?" dijo Liz, alzando los hombros. "¿Que nos digan que nos larguemos, no?"

Cath se sacudió la cabeza, nerviosamente. "Nunca he estado en un lugar tan elegante".

Liz la ignoró, atravesando la amplia vía pública de The Strand, caminando entre carruajes y tranvías y plastas de caca de caballo. En la acera y subiendo las escaleras, Liz alzó su nariz al portero, quien las miró a las dos sospechosamente, por unos momentos, antes de abrir a regañadientes las puertas dobles.

En el interior, la suave quietud del recibidor hacía eco con el tintineo de uno de los nuevos teléfonos Bell. Cath se maravilló al ver a uno de los recepcionistas hablar desde el micrófono y escuchar la respuesta en el auricular. Liz le dio un empujoncito mientras ella sacaba la llave de cuarto de los pliegues de su mejor vestido.

Liz había estado en hoteles así de elegantes. En sus años de juventud, cuando había sido mucho más bonita. Noches en cuartos de hoteles con tres o cuatro "caballeros", desaliñados en sus caros trajes, felices por ofrecerle cantidades y cantidades de licor gratis hasta que ella terminaba inconsciente y ellos podían hacer lo que quisieran con ella. Ella salía de aquellos lugares con una cantidad diez veces mayor de lo que podía obtener ahora que sólo hacía sus rondas en las calles. Buscó las escaleras y al descubrirlas le dio un leve jalón al brazo de Cath. Liz comenzaba a preguntarse por qué había traído a Cath; embobada y boquiabierta por el hombre en el teléfono, luego por los pisos de mármol, luego por los candelabros, los paneles de madera oscura, se estaba convirtiendo en un peligro.

"Disculpe usted".

La voz venía de detrás del mostrador. Liz volteó para ver a un hombre con una túnica color borgoña, vagamente militar, con dobles hileras de botones plateados en el frente. "¿Damas? ¿Puedo ayudarles en algo?"

Tú haz lo tuyo, Liz. Siempre te da resultados.

Liz asintió y se dirigió hacia él con algo de impaciencia. "He venido a visitar a una amiga", dijo, tan fresca y entera como podía. "Ella está hospedada en el cuarto 206, según entiendo".

¿Ella?

El portero se inclinó hacia delante en el mostrador, inspeccionando a las dos mujeres de pies a cabeza. "Ajá... ¿Asunto?"

"Nada que le incumba", respondió Liz secamente.

No hay más que decir. El portero sonrió con cierta displicencia. *Bien jugado, querida.* "Anda, pues. No quiero que estén ofreciendo nada a los otros huéspedes, ¿entendido?"

"Gracias".

"Y si no es inconveniente, les pido que suban por la escalera de servicio... no quiero que usen la escalera principal".

Liz estuvo tentada a escupirle su furia al sujeto. Algo así como pues-quién-te-crees-tú, pero podía darse cuenta de que él sabía exactamente de dónde venían desde el momento en que pisaron el *lobby*. Con suerte las dejó entrar.

"Gracias", sonrió ella. "No nos demoraremos".

El portero las vio subir, divertido por el intento de esta zorra por sonar respetable. Ni siquiera un intento medio bueno, para ser honestos, pero las ropas desteñidas, la falda demasiado volante, demasiado remiendo a los encajes, más flojo donde debería ser más apretado, todo esto las puso en evidencia. Eso y los huecos en sus dentaduras, casi pero no lo suficiente, ocultos por la manera en que hablaban, con los labios tersos, así como esa piel levemente moteada. Señales seguras de que les gustaba la botella.

Las vigiló para asegurarse de que tomaban la escalera de servicio. Luego, por curiosidad, decidió asegurarse de que sus sospechas eran correctas. Definitivamente tendría que ser un caballero solo el que se hospedara en el 206, y no una dama. Se agachó detrás del mostrador y revisó entre las hojas de registros para encontrar a la persona del 206. Finalmente la encontró y puso el libro encuadernado en cuero en el mostrador.

Revisó la fecha en la que se registró. Hacía casi nueve semanas. Reconoció la caligrafía de su colega, Nigel, quien debió estar en su turno cuando el huésped se registró; el nombre era Sr. Babbit.

Escrito con esa caligrafía pequeñita, casi femenina de Nigel, podían encontrarse más detalles. Se había reservado el cuarto por tres meses; que se hospedara solo no era algo extraño. Muchas veces tenían reservaciones de esa duración. Pero con ésta, el Sr. Babbit pareció haber dado instrucciones muy específicas para su privacidad cuando se registró; asimismo, deseaba que no hubiera servicio a cuarto. Que él le llamaría a la camarera para recolectar la ropa de cama cuando fuera conveniente para él y que en ningún otro momento fuera molestado.

En las hojas de registro había una serie de entradas de desayunos y de comidas por la noche, tomadas en el comedor del hotel, pero ninguno durante las últimas semanas.

Se preguntó por qué Nigel no le había comentado sobre las particularidades de este huésped. Era bastante importante que el portero en turno estuviera consciente de las instrucciones específicas de un invitado. Pero la respuesta era obvia. Nigel, el muy egoísta, se estaba guardando al Sr. Babbit para sí mismo.

Sin duda el sujeto había de dar buenas propinas. Claramente, el Sr. Babbit le había pedido a su colega *unos cuantos favores extras* y le había pagado generosamente para que éstos no fueran un problema.

"Condenado pillo", se dijo a sí mismo. Intercambiaría algunas palabras con él cuando llegara el cambio de turno al final del día. Él iba a esperar una parte de las *propinas* de Nigel por dejar a ese par de zorras entrar, era lo menos que podía hacer por él. No sólo eso, sino...

Su mente se detuvo en seco.

Lo recordó... ¿qué era? Sí. Una hora de almuerzo muy ocupada. Muchos huéspedes que llegaban, muchos que se iban con listas de instrucciones para los cuales él debería ser muy claro, cosas con las que habría que lidiar, taxis que parar, recomendaciones sobre lugares para comer, teatros y museos por visitar. Y sí, en medio de todo eso, estaba ese tipo, ¿un policía acaso? ¿Desde hace cuánto? ¿Hacía un mes, quizá?

Recordó a un hombre de voz callada, con barba. Le hacía las preguntas más estúpidas. ¿Tienes a algún huésped de conducta extraña? ¿Cualquier caballero que se comporte de manera sospechosa? ¿Que entra y sale a altas horas de la noche? ¿Apresuradamente? ¿De una condición mental extraña, inusual?

Se hubiera reído con algunas de estas preguntas, si el sujeto no pareciera ser un policía. Los ricachones que visitaban el Hotel Grantham eran *todos* bastante peculiares, algunos tan locos como unas cabras.

Pero en esta hoja del cuarto 206... nada, ni una sola cosa por mucho tiempo. Como si su huésped se hubiera muerto, o mucho peor, ¡que hubiera huido sin pagar la cuenta! Había garabateado el nombre del policía en un trozo de papel, más para deshacerse del tipo que por cualquier inclinación a tomar realmente nota de todos los comportamientos excéntricos de sus huéspedes para reportárselos a él. Por Dios, estaría pegado al teléfono Bell todo el tiempo.

Encontró la esquina rota de un folio guardado en el libro de bitácoras. El número telefónico que había escrito *no era* el de la operadora de la policía metropolitana. Él conocía ese número. Estaba en una lista detrás del mostrador en caso de que surgieran "contingencias especiales". No... parecía ser un número privado. Quizás otro hotel, o un club privado. Era extraño.

Debes solicitar hablar con 'George Warrington.'

Recordaba vagamente que el policía había dicho que habría una buena recompensa si su llamada resultaba ser de utilidad para la investigación. Su sangre se puso fría con la idea de que su huésped, el Sr. Babbit, pudiera ser un estafador. Algún bastardo haciéndose pasar por un hombre de negocios, acumulando una enorme cuenta de hotel y huyendo sin pagar. Menudo alboroto se iba a armar por eso.

Tomó el trozo de papel y lo llevó a la orilla del mostrador para comenzar a marcar el número, diciéndose a sí mismo algo sobre cómo Nigel se las iba ver con él si es que se metía en problemas con el policía o el gerente.

Bien pudiste haber compartido al Sr. Babbit conmigo, maldito Nigel, ¿o no?

Capítulo 39

1 de octubre, 1888, Grantham Hotel, The Strand, Londres. 11:00 a.m.

El cuarto parecía estar desocupado. Liz entró con cautela. "¿Hay alguien ahí?" Había un olor desagradable en el cuarto. No muy abrumador, sino más bien leve, como algo que se hubiera dejado aparte para ser comido después, pero terminaron por olvidarse de él. Liz fue la que dio el primer paso, Cath detrás de ella, sus ojos saltando ansiosamente por los alrededores del pasillo alfombrado afuera.

"¡Entra ya y cierra la puerta!", siseó Liz. Cath hizo lo que le dijo y la pesada puerta de roble se cerró detrás de ellas. "¿Y qué si... qué si está alguien aquí esperando saltarnos encima?", susurró.

"No hay nadie aquí, no seas tonta".

Liz vio alrededor del cuarto 206. Lo dejaron bien ordenado. Una parte de ella esperaba encontrar algo macabro o siniestro en el lugar. La historia de Mary la había preocupado, compartir cuartos con un hombre del cual ella no sabía nada, especialmente ahora, que parecía haber un loco merodeando el lado este de Londres, con un gusto especial por las prostitutas, como si fueran carne de borrego. Al asesino le habían puesto "Jack, el Destripador".

"Destripador"... eso parece ser correcto.

Mientras inspeccionaba el cuarto, su preocupación se aligeró un poco. Vio una maleta abierta debajo de la ventana. Vio una serie de trajes colgados en el ropero, calcetines y ropa interior doblada en cajones y dos pares de zapatos lustrados alineados formando una hilera en el piso.

En el inodoro, decorado con azulejos de verdes oscuros y negros, estaba uno de esos lujosos y modernos retretes con el sistema de expulsión "Twyford". Un tazón de porcelana debajo de un gran espejo ovalado y una jarra con agua enseguida. Vio la brocha para afeitarse con mango de porcelana y una navaja filosa. Una barra de jabón, bastante usada. Un peine. Las posesiones de un hombre de bien y bastante *normal*.

Sintió un torrente de alivio por Mary y, a decir verdad, un pequeño rastro de celos. Siempre había sospechado que Mary Kelly terminaría de algún modo en una situación favorable y que saldría del atolladero de Whitechapel. Tenía ese aire. Un optimismo duradero que la había ayudado a no sucumbir en el hoyo de la ginebra o la absenta o el opio. Una necesidad implacable por tener algo mejor. Liz siempre sospechó que Mary, un día de éstos, atraería un poco de buena fortuna. Quizás incluso hasta lograría algo bueno o grandioso.

"¡Oye! ¡Liz!"

"¿Qué?"

"¿Qué es esto?"

Liz se salió del inodoro y fue con Cath, quien veía cuidadosamente un frasco que estaba en la mesita de escritorio pegada a la ventana.

"No lo sé. ¿Será un huevo curtido o algo así?"

"Lo que sea, ya se ha ido a la mierda de podrido. Huele bastante mal".

Liz lo tomó y vio detenidamente el líquido turbio y café en su interior. Lo sacudió cuidadosamente, viendo cómo las capas de sedimento podrido revoloteaban y algo oculto dentro golpeaba suavemente el vidrio del frasco. "¡Aaagh! ¡Es asqueroso!"

Cath tomó un sobre que estaba debajo del frasco. Lo volteó y lo abrió. "Está abierto. ¿Lo revisamos?"

"Dámelo a mí", dijo Liz mientras colocaba el frasco de nuevo en la mesa. Sacó un par de hojas de papel con el membrete de "The Grantham Hotel, The Strand" impreso en la parte superior. Estaba densamente empacado con líneas de caligrafía bien cuidada. Ambos lados de la hoja tenían algo escrito.

"Vamos, pues, Liz... ¿qué dice?"

Liz se puso un dedo sobre sus labios para callarla. Tomó las páginas y se sentó en la orilla de la cama para comenzar a leer.

Capítulo 40
1 de octubre, 1888, Holland Park,
Londres. 11:00 a.m.

Argyll lo contempló por unos momentos. El bolso de cuero café, gastado, y los fajos de billetes en su interior. Lo reconoció. Pudo producir una media docena de recuerdos a partir de este bolso; él sacando cosas, poniendo cosas adentro.

Y de repente era un joven. Está en medio de una batalla. El aire está denso, con el aroma de cordita. Está arrodillado en medio de un campo de matorrales y maleza y los cuerpos torcidos y arruinados de hombres vestidos de uniformes grises, café y azul oscuro. Las manos de los moribundos jalando sus botas, desesperados por beber un poco de agua. Él está tomando agua de una cantimplora, estaba tan sediento. Debido al humo, que se desplazaba por todo el campo de batalla. Está tomando agua y escuchando a una docena de los moribundos más cercanos pidiéndole a gritos un sorbo de su agua. Él pone tranquilamente la tapa a la cantimplora y la pone de vuelta en su bolso.

Enseguida vino otro recuerdo incorpóreo.

Está un poco más grande. Saca un cuchillo de navaja larga en un cuarto apenas iluminado. ¿Era un ático? No, no era un ático... era un sótano, no muy distinto a éste. Hay un hombre atado a una silla de madera en el centro. ¡Un hombre muy bien vestido! Parecía venir de una fiesta de gala o quizá del teatro esa noche. Pero ahora está forcejeando y gimiendo y gritando y llorando. El asiento de piel de la silla está húmedo entre sus muslos y está diciendo: "¡No lo quise hacer! ¡Diles! ¡Diles que jamás volveré a hacerlo... lo juro!"

Y otro.

Éste parece ser reciente. Una mujer en una calle oscura, borboteando sangre en el suelo empedrado y mojado por la lluvia. Está sacando algo del mismo bolso, extrae una pequeña vela y está hablando con ella. Le dice algo sin sentido, sobre cómo ya no hay bondad en este mundo desalmado.

Argyll tocó el bolso de cuero. Una aspereza familiar de cuero en las puntas de sus dedos, como viejos amigos que se vuelven a conocer, el bolso, estaba seguro, era una parte distintiva de lo que *él era*. Sintió eso, lo sabía con certeza. Pero el dinero. El dinero dentro del bolso no tenía el más mínimo sentido para él.

¿Es tu dinero? ¿Qué no entiendes?

Argyll sacudió su cabeza. No, no lo era. No quería que fuera su dinero. "No, no..."

Es tuyo... te lo has ganado. ¡Te lo has ganado!

No, por favor, no. No quería que fuera así porque si era *su* dinero entonces quería decir que... quería decir que...

Sí, quiere decir que ella te lo robó.

"No... no lo hizo, ¡no sería capaz!"

Ella ha estado cuidando a un pobre tonto sin memoria debido a todo este dinero.

"¡Maldita sea! ¿Te quieres callar?", gruñó en voz alta. "Nosotros estábamos...", su voz rápidamente se desvaneció. Estaba a punto de decir que *antes* del accidente ellos habían estado juntos, marido y mujer en todos los sentidos, menos en el apellido. Pero luego, en todos los momentos silenciosos de reflexión que había tenido en el hogar en que viven, comenzó a ponderar todos esos pequeños detalles que comenzaban a dejar de tener sentido. Por qué tan poco de lo que ellos eran parecía existir en esta casa. Tan pocas posesiones. Ni recuerdos de infancia, ni recuerditos, ni retratos fotográficos de familia, nada que marcara el paso de su tiempo viviendo juntos como amantes, o de sus vidas anteriores a eso.

Comenzaba a preguntarse qué tanto del recuento que Mary había hecho de su vida juntos antes del accidente era verdaderamente confiable. Incluso, genuino.

O quizá TODO *era una gran mentira. ¿Mmh?*

Argyll sintió que el fondo de su pequeño mundo acogedor comenzó a caer debajo de sus pies. Arrojó su cuerpo sentándose en el baúl, sintiéndose un poco mareado. Enfermo.

Una oportunista. Es lo que ella es. Una mujer que encontró a un hombre con la cabeza vacía y un bolso lleno de dinero.

Se esforzó por unos momentos para encontrar una respuesta que contradijera eso. Ella pudo haber tomado su dinero en cualquier momento. En cambio, Mary se quedó, gastó su dinero —el dinero *de él,* si es que se le podía creer a ese cerdo enano— para cuidarlo y alimentarlo.

Usa tu cerebro, "John"... Si tienes este dinero, quizás, en otra parte, ¿no será que tienes mucho más?

"¡Maldito seas! Ella está aquí porque... ¡porque nos *amamos!"*

Una risa burlona llenó su cabeza. *Ella quiere algo más que ese bolso de dinero. Ella imagina que tú eres un hombre de negocios, dueño de una plantación, allá, en alguna parte de América, eso es todo lo que ella espera. Eso es lo que quiere.*

Un quejido profundo emanó de la garganta de Argyll. Odiaba la voz, si tan sólo pudiera extraerla de su mente con la punta de un cuchillo sin filo, lo haría.

Eres su billete de salida.

"¡Cállate!"

Tú eres su mascota.

"¡Por favor!", puso su cabeza en las manos.

Ella hasta te puso el nombre... como si fueras un cachorrito. ¡Te puso nombre!

Argyll levantó su mirada. En el rincón más oscuro del sótano pensó que podía ver a su demonio, parado frente a él. El parpadeo de dos ojos estrechos, el hocico mojado de un cerdo retorciéndose de la emoción, tan ansioso por contarle una historia.

"John... Argyll", susurró. "Ése es mi nombre. Ése es quien soy".

No. Y nuevamente, esa risilla despiadada. *Ella tuvo que inventarte un nombre. Y yo me pregunto, ¿será el nombre de un amante* de verdad *que ella tuvo? ¿Un amigo de la infancia? ¿O acaso un conocido? ¿O incluso alguien que una vez odió? ¿O habrá sido un nombre escogido al azar? ¿El letrero de una tienda? ¿Un encabezado de periódico?*

"¡Soy John Argyll, maldita sea!"

No. Tú eres yo.

Argyll sintió una lágrima solitaria caer por sus mejillas. "Te odio".

¿Cómo puedes odiar algo que eres? ¿Mmh?

Capítulo 41

1 de octubre, 1888, Grantham Hotel, The Strand, Londres. 11:00 a.m.

"¡¿Liz?! ¿Qué pasa?"

Cath podía ver que el rostro de su amiga se puso blanco.

"¿Qué es lo que dice?"

Liz leía de las páginas del folio que sostenía en sus manos.

"¡Dios nos libre!"

"¿Qué dice?"

Liz bajó el papel, se levantó de la cama y se dirigió al escritorio con una mirada de fatalidad en su rostro.

"¡Liz! ¡Dime qué es lo que dice la carta! ¿Qué pasa?"

"Necesito ver...", dijo, mientras alcanzaba el frasco de conservas.

"¿Qué necesitas ver?", Cath dijo, frunciendo el ceño, confundida. "¿Para qué tienes que ver ahí, Liz?"

"La carta dice... que tomó... ¡que tomó el hígado de una dama!"

"¿De qué estás hablando?"

"¡La carta!" respondió, mientras apuntaba con el dedo hacia las páginas del papel que reposaba en la orilla de la cama. "¡La carta! ¡Es una maldita confesión!"

"¿Una confesión? ¿De qué?"

"¡De los asesinatos! Los que andan diciendo que cometió el loco".

Los ojos de Cath se abrieron. "¿No te refieres al tipo del que hablan en el periódico la otra...?"

"¡Sí! ¡Él! ¡Jack, el Destripador!"

Liz vio la tapa metálica del frasco. Apuntó hacia las páginas en la cama. "Dijo en esa carta que tomó un hígado de la última víctima. La de Hanbury Street. La tomó como evidencia de que él es quien dicen".

Cath se pone el dorso de la mano en su boca. "¿Y... y está ahí?"

"¿Necesitamos averiguar, no es así?" Liz tomó la tapa con una mano y el frasco de vidrio con la otra y le dio un leve giro. Se abrió suavemente y siseó al dejar escapar el aire fétido en su interior. Liz sintió náuseas y asco por el golpe repentino de olor. El frasco se soltó de su mano, rebotó y cayó rodando en el escritorio, derramando ese caldo café en el piso de madera oscura.

Una pequeña bolita con la forma de un frijol, la piel oscura y arrugada del tamaño de una nuez de nogal salió rodando del frasco.

"Oh, mierda", susurró Liz. Vomitó en el piso.

Warrington llegó a las afueras del hotel para ver a sus dos hombres ahí parados; Hain y Orman. Ambos jadeando y carraspeando con sus cuerpos doblados, exhaustos por la carrera que emprendieron para llegar desde Great Queen Street. Él les indicó, levantando su mano, que lo siguieran adentro, en el *lobby* del Hotel Grantham. También se había quedado sin aliento e incapaz de decir algo inteligible en ese momento. Condujo a los dos hombres a la recepción, haciendo lo mejor que podía por recuperar su compostura.

"Usted es el portero... el Sr. Davis, ¿no es así?", le dijo al hombre detrás del mostrador.

"Ése soy yo, señor. Soy el que le llamó por teléfono. ¿Usted es George Warrington?"

Warrington asintió con la cabeza. "¿Dijo que eran dos mujeres?", dijo en un resoplido. "¿Siguen allá arriba?"

El portero dijo que sí. "Aún no bajan, señor. Quiero creer que todavía están en el cuarto 206, el cuarto del señor Babbit".

¿Señor Babbit? Ese nombre parecía corresponder extrañamente al hombre con quien había platicado brevemente hacía dos meses.

"¿Y usted me dice que este cuarto no ha sido habitado desde hace casi ocho semanas?"

El portero asintió con la cabeza. "Como dije... dejó instrucciones muy claras de que nadie, ni siquiera las camareras, podían entrar sin una indicación previa".

Warrington se volteó, para ver a Hain y Orman. Ambos estaban listos para recibir instrucciones.

Por Dios. Éste puede ser el hombre que buscamos.

"¿Podría describir al caballero que se hospeda en ese cuarto?"

"No, verá... yo no estaba en el mostrador cuando el caballero se registró. Estaba mi colega, Nigel. Pero sí recuerdo ahora, que él mencionó ese día a un sujeto extraño, un americano de estatura alta. Ése podría ser quien..."

"¿Americano?"

"Sí, señor".

Warrington cerró el puño, *Es él. Tiene que ser él.*

"Pues bien, como le dije anteriormente", continuó el portero, "no hemos escuchado ni un silbido del caballero desde hace dos meses".

Warrington alzó una mano enguantada para callarlo. "¿Cuántas llaves le entregan a un huésped cuando se registra? ¿Sólo una?"

"Sólo una, señor".

"Y esas dos mujerzuelas traían la llave?"

Asintió con la cabeza.

Entonces no está en su cuarto, ¿o sí? Al darse cuenta, un ardiente escalofrío le erizó el cuero cabelludo y los vellos de la nuca. *No está muerto. Envió a estas dos mujeres a recoger sus cosas. Esto significa que está allá afuera, en alguna parte. Quizás, incluso, está vigilando el hotel en estos precisos instantes.*

"¿No deberíamos subir, señor?", preguntó Hain.

Orman hizo un gesto de estar de acuerdo con la sugerencia de su colega. "Si hay algo de evidencia allá arriba, señor, ellas podrían estar deshaciéndose de ella".

"No". Los dos hombres vieron a Warrington como si estuviera loco. "No", repitió Warrington.

El medallón podría estar allá arriba. El retrato del príncipe. Esas cosas bien podrían ser, y como primera orden del día, él tendría que ser la única persona en entrar a ese cuarto e inspeccionarlo a detalle. Pero en estos momentos, en su mente había una prioridad mayor. Warrington, de repente, se dio cuenta de que temblaba ante la idea de estar una vez más frente a frente con el Hombre de la Vela. El hombre rebosaba un aura de invisibilidad terroríficamente creíble. Y, por Dios, ¿acaso no había sido tan veloz? Se salió de ese almacén y los dejó como si fueran unos simples *amateurs*; uno de ellos decapitado, el otro destripado y el resto como un grupo de ancianas supersticiosas que creyeron ver al viejo diablo en los ojos de un gato negro.

Es sólo un hombre, recuerda eso. No lo mitifiques.

Si estuviera en las afueras de The Strand, observando este hotel desde lo lejos, al primer vistazo que le echaran Warrington y sus hombres él simplemente desaparecería. Pero estas zorras, ellas tendrían algo que él quiere, algo que tenían que sacar, y para lo cual les pagó.

"Necesitamos esperar a que estas mujeres bajen de vuelta", dijo tranquilamente. "Y entonces vamos a seguirlas. ¿Entendido?"

Ambos asintieron.

Volteó hacia el portero. "¿Podría usted señalarnos a estas mujeres?"

"Sí, señor. Son un par de zorras. No las confundirá".

Warrington vio alrededor del *lobby*. En un extremo del piso de mármol había unos sillones de cuero de respaldo alto, colocados cerca de la chimenea, así como una mesa con periódicos viejos apilados. "Nosotros estaremos allá. En todo caso, ¿usted me hace la señal cuando ellas salgan por la puerta, queda claro?"

"Sí. Este, ¿señor?… ¿Hubo una mención de recompensa…?"

"Sí", Warrington respondió desinteresadamente, moviendo la mano como si espantara una mosca. "Sí, por supuesto". Se dirigió a Hain y Orman, y con un gesto les pidió que fueran a sentarse en los sillones. "Ah... y nadie, esto es *nadie*, debe entrar en ese cuarto hasta mi regreso, ¿queda absolutamente claro esto?"

Él asintió.

"Buen hombre".

"¡POR UN DEMONIO QUE ESTÁ CON ÉL!", LIZ DIJO ABRUPTA-
mente. "¡Está *viviendo con él*, Cath!"

¿Y hasta durmiendo con él? ¿Estará haciendo eso también?

Cath estaba parada en el pasillo, incapaz de estar un segundo
más en el cuarto 206, junto con el órgano humano colocado en
la orilla del escritorio. "¡Tenemos que *advertirle*!"

"¡La policía! ¡Deberíamos ir a la policía! ¡Eso es lo que deberíamos hacer!"

Deberían hacerlo. En verdad deberían hacerlo. Pero Liz se
preguntó qué tanto le tomaría convencerlos de que no los estaban embaucando; dos tipejas apestando a ginebra queriendo
reírse a costa de los policías y hasta incluso salir en los encabezados del día siguiente. Liz dejó la puerta abierta de par en par al salir, mientras corría deprisa por el pasillo y hacia las escaleras, con
la llave bien agarrada, y olvidada por un momento, en su mano.

Cath la alcanzó. "¿Y entonces? ¿A la policía, verdad? ¿Verdad? ¿Vamos a ver a la policía?"

Sus botines repiqueteaban en los escalones de mármol, de la
escalera principal. "*Tú* irás a encontrar a un policía, Cath. Yo me
voy a buscar a Mary".

Habían bajado al lobby. Ella notó que había más gente de lo
que había media hora antes. Pasaron enseguida del portero y
descendieron por los amplios escalones de alabastro que daban
a The Strand, ruidosa con el ajetreo y griterío del tráfico a media
mañana.

"¡Liz! ¡No deberías ir! ¿Qué tal si está ahí? ¡Y digo, *ahí mismo*! ¡Es peligroso!"

"No tiene la menor idea de quién es, ¿cierto?", respondió Liz. "¡Su mente se ha ido por completo. Eso es lo que Mary me dijo! ¡Se esfumó! ¡Como si fuera un bebé grandote!"

Cath la tomó del brazo. Esa imagen del órgano echado a perder la había asustado terriblemente. Liz podía sentir cómo le temblaba su mano. "¡Está mintiendo! ¿Será posible que él le esté mintiendo a ella?"

"¡Debo advertirle, Cath!"

"¡Estás loca!"

"Escucha... no voy a ir *así nomás*, sólo tocaré a la puerta, es todo. Sólo voy a pedir que Mary salga afuera para platicar, ¿está bien?"

"¡Pues yo no iré contigo! ¡De ninguna maldita manera!"

"Bien. Tú haz lo que dijiste... ve a buscar una estación de policía. Diles exactamente todo lo que encontramos".

"Todo de todo... sí, lo haré. Lo haré".

"Muy bien, pues", Liz asintió. Vio en dirección a The Strand. Tenía dinero suficiente para un tranvía por lo menos para parte del camino. Podría subirse a escondidas en uno que estuviera muy lleno, si fuera necesario. Uno muchas veces podía trasladarse unas cuantas paradas antes que el conductor se tomara la molestia de lidiar contigo.

Sujetó a su amiga de los hombros. "Te veré de vuelta a donde Marge, ¿está bien?"

Cath asintió rápidamente. "¡Pero por Dios, ten mucho cuidado, Liz!" Su voz chillaba y cascabeleaba como un gato dentro de una caja.

"Lo haré".

"Se trata de ese Jack, el Destripador, Liz"

"Eso lo sé... lo sé".

Warrington las veía a través del vidrio de las puertas del lobby. Las dos mujeres estaban hablando con animosidad. ¿Acaso un desacuerdo? Las dos se veían demasiado excitadas. No, no *excitadas*, más bien, muertas de miedo.

Entonces, la más alta de las dos, una mujer que Warrington imaginaba que diez años antes debió haber sido una belleza, de ésas que hacen girar cabezas, parecía estar dándole instrucciones a la más bajita.

Maldita sea.

Eso quería decir que probablemente iban en direcciones distintas. La más alta tomó las manos de la otra y las apretó fuertemente; era como un nos-vemos-después. Luego se volteó y subió por The Strand.

Warrington maldijo entre dientes y luego se dirigió a sus dos hombres. Señaló a Hain. "Tú sigues a la más alta. No la pierdas de vista, ¿entendido?"

El hombre asintió, se puso su sombrero de bombín y salió de prisa por las puertas del lobby. Warrington vio cómo bajó rápidamente los escalones, pasando enseguida de la otra mujer, la cual estaba todavía parada en medio de la acera. Se mostraba indecisa.

"¿Y qué con ella?", dijo Orman.

Warrington lo ignoró. La estaba observando. *Vamos, vamos... ¿en qué estás pensando, mujer?*

Ella veía a un lado y al otro de la calle, como si buscara algo.

¿Buscaba al Hombre de la Vela, quizá?

Su búsqueda frenética de pronto se detuvo, sus ojos encontraron algo en el extremo de la calle. Warrington trató de seguir su mirada, para ver lo que había detectado, pero un tranvía de doble cabina se interpuso.

Bajó de la acera y cruzó la calle, mirando a la derecha y a la izquierda, y luego hacia el extremo, esperando una brecha en el tráfico.

"¿Señor? ¿Sr. Warrington?"

"Sí... sí... ¡Vamos, tenemos que seguirla!"

A empujones atravesaron las puertas dobles y pudieron ver a la mujer mientras se levantaba sus pesadas faldas y corría a toda velocidad a través del largo camino, causando que algunos coches y conductores de taxis detuvieran sus caballos y se desviaran, echándole improperios pintorescos a su paso.

Warrington y Orman le siguieron el paso, tratando desesperadamente de no perder de vista ese abrigo color borgoña y ese sombrerito mugroso color crema.

En el otro extremo, de nuevo en la acera, estaba mucho más bullicioso por el tráfico peatonal. La mirada de Warrington se paseaba de un lado al otro, buscando el sombrerito en medio de cabezas saltando, y de pronto surgían unos y otros sombreritos parecidos.

"¡Por allá!", gritó Orman, entre jadeos. Alzó su dedo gordo de carnicero y apuntó en dirección a ella. Warrington siguió su dedo. No podía verla, pero Orman era unas cinco pulgadas más alto que él y podía ver por encima de las cabezas saltarinas de los peatones, el domo oscuro del casco de un policía.

"Está hablando con el policía que está allá, señor".

El agente Docherty dio un suspiro. "Lo siento, querida... ¿por qué no te tranquilizas y tratas de decirme todo otra vez, sí?"

La mujer le parecía como esa típica gentuza de Whitechapel; el aliento como de cervecería y los dientes como una vajilla de porcelana quebrada.

"¡Yo y Liz lo encontramos!", farfulló, su mano aleteando en dirección a la entrada del Hotel Grantham a través de The Strand. "¡Por allá! ¡El asesino...!"

"¿Asesino, querida? ¿De qué asesino hablas?"

Ella asintió con la cabeza, su papada aleteando como si tuviera vida propia. "¡El asesino que ha estado echándose a las mujeres!"

Docherty miró para arriba, irritado. *Por Dios, otra maldita con lo mismo*. Apostaba con toda seguridad que lo que saldría después de sus labios balbuceantes sería algo sobre Jack el Destripador. Toda la semana, desde que un idiota había decidido escribir una carta y enviarla a la Agencia Central de Noticias declarándose responsable de estos dos asesinatos recientes y luego firmaba con ese nombre provocador, el sargento de la oficina central había recibido en el mostrador a una plaga de personas como ésta. Imbéciles excitados que sostenían que sus vecinos, sus primos, sus padres, sus hijos, sus colegas... eran el asesino de Whitechapel. ¡El Destripador!

"Se ha estado quedando en ese hotel, sí. Ese asesino, Jack el..."

"Sí, muy bien, querida... anda, vamos, ya fue suficiente".

Ella jaloneó las mangas de su camisa con sus manos mugrientas. "¡Por favor! ¡Venga a ver!"

"Es mejor que me suelte, señorita... ¡Lo digo en serio! En este instante, o me la llevaré a la estación". Había pasado casi media hora esta mañana planchando los pliegues de su túnica, no iba a dejar que una borracha cualquiera con sus uñas sucias y llenas de Dios-sabrá qué arruinara su uniforme.

"¡Por favor! ¡Hay pedazos de humano ahí! ¡HAY UNOS MALDITOS PEDAZOS DE HUMANO!" Casi estaba desgañitándose. Las cabezas de las personas que pasaban enseguida de ellos comenzaban a voltear. Varios incluso detuvieron su paso para ver cómo terminaba esta entretenida escena. Ahora tenía a un pequeño público. El agente Docherty se dio cuenta de que debía terminar con el asunto. Mientras más la dejaba hablar, más fuera de control se iba a poner.

"¡Basta! ¡Creo que ya fue suficiente de tanto disparate, querida!" Le torció la mano hasta quitársela de su manga y estaba a punto de tomarla del brazo y arrestarla por causar disturbios cuando un par de caballeros se acercaron a empujones.

"¡Aaaaah, pero si aquí estás!", dijo uno de ellos. Un par de caballeros elegantes con sus finos trajes matutinos.

"Este... ¿conoce a esta mujer, señor?"

El caballero se alzó de hombros. "En realidad, no puedo decir que la *conozco*... es sólo que ella... ella..."

El otro hombre, más alto, corpulento, intercedió. "Esta traviesa intentó robarle su cartera al caballero". Sacó la orden judicial que traía el ahora fallecido inspector Smith y la pasó frente a Docherty para que la viera brevemente.

"Ah, ya veo..."

"Se la quitaré de las manos, amigo". Le guiñó el ojo. "Y ella podrá hacer todo el ruido que le dé su maldita gana allá en la estación, ¿correcto?"

El agente Docherty asintió con la cabeza. "Correcto, señor". Soltó el brazo de la mujer y se la pasó al inspector.

"¡Anda, vamos, tú", le dijo. "Vamos a ponerte sobria en una celda, ¿de acuerdo?"

Docherty vio cómo este par se retiraba, sacudiendo incrédulo la cabeza. Escuchó cómo esa perra tonta comenzó a decirle su perorata sobre Jack el Destripador al inspector.

Se alzó de hombros. *Que tenga buena suerte.*

Olió la manga de su túnica. Arrugó su nariz y se dio cuenta de que tendría que lavarla nuevamente esta noche.

Maldita sea, ¡vaya que ésta sabe correr!

Hain se esforzaba por alcanzarla sin tener que correr. A treinta pies de distancia, su cabeza y nuca visibles por encima del tráfico peatonal, se desplazaban con un cierto grado de urgencia.

Con los ojos fijos en ella —no la perdería de vista fácilmente, tomando en cuenta lo alta que era—, dejó que su mente ponderara. Se preguntó qué habría encontrado en el piso de arriba de ese cuarto de hotel.

Algo horripilante, sin duda.

Este hombre al que buscaban —había escuchado a Warrington referirse a él como el "Hombre de la Vela" o algo por el estilo— era bastante *aterrador*, y no tenía duda de ello. Hain había visto suficiente sangre y salvajismo durante sus veintidós años en el ejército. Particularmente, los hábitos tribales de esos bárbaros Pashtun en Afganistán. Y aún más, aquí en Londres, al trabajar con varios miembros de la logia de distintas formas. Había visto lo que esos despiadados en los rincones más desagradables de Whitechapel podían hacerse los unos a los otros. Se molían a palos por los contenidos de una bolsa, por los favores de una mujerzuela, o simplemente porque se les figuraba que alguien les había faltado al respeto.

Como si cualquiera de estos granujas mereciera en realidad algo de respeto.

Pero este hombre, este Hombre de la Vela era algo totalmente distinto. Era la maldad encarnada. Eso es lo que se requiere para rebanar la cabeza de un hombre, como lo hizo él. Y de hacer lo que le hizo a esas zorras. No se trataba de esa maldad cotidiana y bruta que veía en el lado este. Ésta era una maldad *bíblica*. Una maldad de *Antiguo Testamento*. Esto era algo sulfúreo que provenía de las entrañas del infierno maligno.

Hain recordó una pintura que había visto una vez. El verano pasado, había decidido hacer unas cuantas visitas a ver "High Art" con su esposa y sus dos hijas. Un poco de cultura para ellas. Las llevó a un paseo familiar, a la National Gallery en Trafalgar Square. Y ahí fue donde vio esa horrible y enorme pintura. Olvidó el título, pero recordó el nombre del artista.

Hieronymus Bosch.

El infierno, eso es lo que se le figuró que estaban viendo, una representación del infierno. Un ejército de diablillos esqueléticos, quimeras y monstruos rebanando a los inocentes como si fueran trozos de res. Macheteándolos, empalándolos, desmembrándolos. La pintura se había mantenido presente en él, lo había perturbado. De hecho, les dieron pesadillas a sus hijas. Realmente no debieron contemplarla tanto tiempo.

Desde aquella noche, hacía casi dos meses, la noche en aquel viejo almacén abandonado, Hain había imaginado a este Hombre de la Vela como uno de esos diablillos esqueléticos, estas gárgolas. Un demonio malicioso que de algún modo había logrado encontrar un camino desde las profundidades y emerger en la parte más oscura de Londres... *para jugar*. Desde entonces, él, Orman y Robson habían discutido sobre aquella noche en el almacén en susurros; se reunieron en varias ocasiones para discutirlo acompañados de una pinta en el rincón de un *pub*. Los tres estaban de acuerdo en que el hombre probablemente ya había muerto. Pero luego Robson se preguntaba, medio en broma, medio en serio, si en realidad se trataba de un hombre.

Su mente volvió de golpe al presente. La mujer alta se había detenido. Volteaba su mirada en dirección suya.

"¿Me estará viendo a mí?" Se preguntaba si ella había descubierto que alguien la seguía.

Rápidamente, Hain bajó el ritmo de su caminata urgente y comenzó a moverse casual. Un hombre que venía cabizbajo lo maldijo porque casi chocó con él.

¿Qué demonios está viendo?

Hain se resistió a voltearse y seguir la dirección de su mirada. Eso seguramente lo delataría. En vez de eso, decidió improvisar un motivo para su repentina parada, y fingiendo estar irritado, se agachó para jugar a que se amarraba un zapato. En medio de los otros peatones podía verla, a un par de docenas de yardas adelante, girando su cuello, asomándose en dirección a The Strand.

Vamos, ¿qué estás buscando, querida?

Luego percibió cuenta, al momento que escuchaba el tintineo de una campana, el repiqueteo de unos cascos que se aproximaban. La sombra de un tranvía de doble cabina cruzó frente a ella mientras se detenía. Le perdió la pista por un segundo; una señora regordeta tomada del brazo de su flaquísimo esposo bloqueó su vista. Maldiciendo, Hain rápidamente se puso de pie, justo a tiempo para ver que la mujer alta se introducía a empujones a la parte trasera del tranvía. Nuevamente sonó la campana y el tranvía comenzó a moverse.

"¡Con un demonio!", gruñó, abriéndose paso a empujones a través de la gente que refunfuñaba y le recriminaba por su conducta grosera. Pero era demasiado lento. El tranvía ya estaba muy lejos como para que él intentara alcanzarlo a pie.

Buscó desesperadamente un cabriolé. Pero como estaba en The Strand, todos los cabriolés que podía ver en ambas direcciones ya traían pasajeros a bordo.

"¡Aaaah, mierda!"

Liz se abría paso a empujones dentro del tranvía, pero no demasiado dentro como para que le costara trabajo salir corriendo si el conductor le quisiera cobrar el pasaje. Se agarró de un pasamanos. Como todos los que se encontraban apretujados a su alrededor, hacía caso omiso de las personas que chocaban con ella, estaba perdida en su mundo de pensamientos.

¿Qué estoy haciendo? Cath tiene razón. ¡Esto es una locura!

Le había contado a Cath sólo una parte de la historia. Estaba todo ahí, en esa carta. Todo estaba ahí y casi demasiadas cosas como para que ella pudiera desenredarlo y darle sentido con una sola leída. El hombre que había estado viviendo en el cuarto 206, ¿qué nombre fue el que aparece en la firma debajo? ¿Babber? ¿Babbit? Ése era. Se trataba de una especie de asesino contratado. Y confesó que él había sido el que cometió los asesinatos en Hanbury Street y en Bucks Row; Nichols y Chapman.

El órgano en el frasco pertenecía a la mujer, Chapman. Era una evidencia de que él no era sólo un embaucador cualquiera divirtiéndose con la policía. Pero luego la confesión se volvió complicada. Liz se preguntaba si había leído mal la carta o malinterpretado lo que habían puesto en esas páginas. El hombre —Babbit— confesaba que había sido contratado por un grupo de caballeros que pertenecían a la Francmasonería.

Liz, como muchas otras personas, había escuchado sobre los Masones, pero sabía poco acerca de ellos. Se trataba de caballeros elegantes que se reunían en clubes privados y que a veces donaban dinero a los asilos. Unos dirían eso. ¿Y los otros? Los otros dirían que se la pasaban bailando desnudos rodeados de vírgenes y conducían todo tipo de actos de magia negra en sus misteriosos salones.

Pero este grupo de caballeros parecía tener una responsabilidad particular, un propósito particular. Cuando ella abrió el sobre no le había prestado mucha atención a la fotografía. La vio pasajeramente y nada más. Un hombre, una mujer y un bebito. Sin embargo... al leer un poco más...

¿El príncipe Alberto? ¿En serio?

Trató de recordar la imagen gris. El hombre con su cabeza erguida y una cierta petulancia dibujada en sus labios, debajo de los rollitos de un bigote delgado. Ciertamente, parecía ser de la realeza. Había un cierto contoneo endogámico en su pose. Pero a decir verdad, el único rostro de realeza que conocía era el de la reina Victoria. De unas cuantas ilustraciones de periódico, con el paso de los años, había llegado a la conclusión de que el príncipe "Eddy" no tenía nada de especial. Pudo haber sido el de la fotografía. Al mismo tiempo, pudo haber sido cualquier joven dandi vestido a la moda.

Pero igual, alguien que lo conociera mejor podría ser capaz de distinguirlo, ¿o no?

Una nueva idea le produjo un escalofrío, atravesando su espalda de arriba para abajo, como si uno de los pasajeros en el tranvía le hubiera levantado el cuello de su saco levemente, y como si éste hubiera soplado suavemente en su nuca.

¿El hijo de la Reina cogiéndose a una puta? ¿Y tuvo un hijo bastardo con ella? No se necesitaba mucha inteligencia para entender que se haría un menudo embrollo si esa historia llegaba a los puestos de periódico. El tipo de embrollo que generaría motines en las calles.

Liz escuchaba a los hombres que platicaban al calor de un buen vaso de cerveza. Mientras había un afecto hacia la "vieja y querida Victoria" —ésa siempre era una advertencia que se decía antes de discutir cualquier cosa sobre la realeza— no había mucho cariño hacia el resto de "esos gorrones bávaros". Y mucho menos el privilegiado y consentido Eddy, quien parecía tener la misión de hacerle el feo a cualquier trabajador que se le pusiera enfrente, que pasara cubierto de polvo de carbón, con callos y cortadas en sus manos. Incluso, Liz había escuchado a algunos hombres decir palabras tenebrosas como "revolución" al tiempo que se enjugaban los labios con la espuma de sus cervezas.

El Sr. Babbit había sido contratado para matar a todos aquéllos que sabían del descuido de Eddy. Y ahora, según parecía que este Sr. Babbit sostenía, estos mismos caballeros masones, que trabajaban arduamente para salvaguardar la reputación de Eddy, querían estar absolutamente seguros de que su asesino contratado, su *Destripador*, iba a guardar completo silencio sobre este asunto.

Oh, Dios me libre. Y ahora yo lo sé...

Sintió que le temblaban las piernas. Por unos momentos, no se sostuvo con nada más que el peso de los demás pasajeros que se mecían a su alrededor. Su amiga Cath no sabía nada de esto, sólo unas cuantas frases que ella dijo abruptamente en voz alta, de que Mary estaba viviendo con el asesino de esas dos mujeres... Jack, el Destripador.

Y Mary claramente no tenía la menor idea de esto.

El instinto le dictaba que debía hacer sonar la campana del tranvía y bajarse, dirigirse al lado contrario. Alejarse de esto inmediatamente. No sólo se le debía temer a este Destripador. Dios la libre... también se trataba de hombres muy poderosos. Ella debería bajarse y huir. Salirse de Londres. Desaparecer en un país desconocido y jamás hablarle a ni un alma por el resto de su vida. Pero luego se preguntó cómo se sentiría si llegase a leer en los periódicos de mañana que una joven llamada Mary Kelly había sido encontrada en un patio trasero con su garganta abierta hasta su espina y sus entrañas sacadas y regadas en el suelo. Y todo lo que necesitaba hacer para salvarla... era tocar a su puerta y gritarle que se fuera inmediatamente.

Sólo voy a tocarle la puerta... ¡eso es todo lo que voy a hacer! No voy a entrar por nada del mundo.

Ahora, éste es el asunto, Mary, querida...va a suceder tarde o temprano. Ella se daba cuenta que llegaría el momento en que ella le diría algo a John que contradijera por completo algo que le hubiera dicho previamente. Se imaginó que él iba a actuar educadamente, ponderarlo por unos momentos antes de pedirle tranquilamente que resolviera la contradicción. Oh, sí, claro, él sería bastante educado al respecto, no se enojaría...pero ése no era el punto. El punto era que... demasiado de aquello y él finalmente descubriría que ella le había estado mintiendo y ahí el juego se habría terminado. La confianza que él había depositado en ella sin duda desaparecería.

Vio a un niño pequeño perseguir pichones alrededor del kiosco en el parque. Unas manos regordetas y las piernas rechonchas y rosadas atormentando a los pichones, ansiosos e impacientes por picotear las migajas de pan que alguien había tirado al suelo.

Se preguntó si John había sido lo suficientemente curioso como para intentar abrir la puerta del sótano. No... no lo haría. Ése era el asunto, se estaba acostumbrando a sus maneras. Nunca parecía estar particularmente curioso por algo, era feliz asumiendo como verdad todo lo que ella le decía. Ella le explicó que sólo había sacos de carbón allá abajo. Sucio, oscuro y lleno de bichos, y que si él en verdad quería echarle un vistazo, ella lo ayudaría a bajar para mostrárselo. De cualquier modo, ella hubiera deseado guardarse la llave en vez de dejarla debajo del reloj como lo hizo. Casi estaba segura de que él no la vio hacer eso. Casi segura.

Se mordió los labios.

Debí haber tomado la llave.

Esa idea estaba dando vueltas en su mente ahora.

Quizá, si efectivamente él encontraba la llave, abriría la puerta y se asomaría a las escaleras que conducían a la oscuridad. Pero eso sería todo. Como si fuera un niño, odiaba la oscuridad. No se podía saber si era un miedo recordado de su pasado o si era parte del daño que había recibido su mente. Pero ella estaba casi segura de que él no entraría solo. Aun así...

Debí haber tomado la llave.

Sus pensamientos se dirigieron hacia la otra llave, una llave mucho más importante. La que esperaba que le revelara mejor —para bien o para mal— finalmente quién era él...

No quién era, sino *quién había sido, Mary,* se corrigió a sí misma. *Quién había sido.*

Liz dijo que ella vendría en el transcurso de los siguientes dos días con cualquier noticia que le pudiera dar. Mary tenía la vaga esperanza de que Liz no se apareciera. De que ella sólo hubiese tomado el dinero y arrojado la llave, riendo a sus espaldas por la ingenuidad de Mary. Por lo menos, eso no sería una mala noticia. No habría un final definitivo para su pequeño cuento de hadas.

"Lo siento tanto, Mary...ésta es la situación. Su familia estaba en ese cuarto. Esposa e hijos y toda la cosa. Me preguntaron cómo es que había conseguido esta llave. Lo siento, Mary...tuve que decirles todo, tenían a la policía en busca de él. Habían estado poniendo anuncios de persona extraviada en todos los periódicos. Se acabó el juego, es mejor que lo dejes ir. Les dije que lo has tratado bien, que lo has cuidado como una enfermera. Pero vendrán por él en cualquier momento. Es mejor que vayas preparando tu salida, querida".

Así sería como las cosas terminarían, ¿no es así? Quizá lo más inteligente que podía hacer era regresar a casa, ir directamente al sótano, tomar ese bolso con dinero y huir abruptamente, justo como debió haberlo hecho desde el principio.

Oh, Dios...pero la mera idea de hacerle eso a él. Se quedaría parado, viéndola, desconcertado y con ojos de cachorro que preguntan qué fue lo que la molestó, queriendo saber cuándo regresaría.

"No puedo hacer eso", musitó.

Pero mantener esta ficción no duraría para siempre. En algún momento él tendría que descubrirla, o resurgiría un recuerdo que contradijera todo lo que ella le había dicho. ¿Y huir con su dinero? ¿Dejarlo ahí solo? No se atrevería a hacer eso tampoco.

Eso nos deja con la opción de decirle la verdad. Pensar en eso le daba mucho miedo. Sin embargo, sería mucho mejor que se sentaran y ella le explicara todo lo que sabía, a que él en cualquier momento lo descubriera. Por lo menos así, siendo honesta con él, quizás él podría confiar en ella un poco. Aún habría un hilo de verdad que quedaba... lo suficiente como para que ellos volvieran a empezar. Que comenzaran desde cero y quizá, quizá, podrían regresar a donde se encontraron la noche pasada, esta mañana.

Siempre había tenido que ser así de todos modos, ¿no? ¿Tener que decirle la verdad?

Se levantó de la banca en el parque con su brazo agarrando el mango de su canasta de mimbre. Había cosas que hacer; una camisa por recoger en la lavandería y algunas provisiones por comprar.

Esta noche. Esta misma noche, mientras los dos comieran una linda cena, ella decidió que le iba a decir todo, con la esperanza de que, cuando ella terminara, él aún la quisiera. Entonces, quizás había todavía una posibilidad de que hubiera un final feliz para su cuento de hadas.

Capítulo 45
1 de octubre, 1888, Whitechapel,
Londres. 1:00 p.m.

Warrington retorció sus labios en señal de asco y repugnancia por las condiciones del albergue. Su oscura entrada y escalinata apestaban a orines y más. Volteó a ver a Orman, quien se encontró con su mirada y que también había arrugado la nariz.

"Mi cuarto está por aquí", dijo la mujer. Ya les había dicho su nombre, Catherine Eddowes. Hurgó en su bolsa harapienta y finalmente sacó unas llaves que tintineaban en sus manos. Metió la llave en el cerrojo y abrió la puerta de su cuarto.

El ruido que estaba haciendo causó que alguien se molestara al interior de un cuarto que estaba al fondo del pasillo apenas iluminado. Se abrió una puerta y una mujer pequeña con un chal salió. Fue seguida por un leve aroma a opio cocinándose.

"¡Eres tú, Mary! ¿Dónde mierdas está mi dinero?"

"Soy yo, Marge, ¡soy Cath!"

"¡Ah, demonios!", escupió la palabra como si fuera una mosca que se había metido en su boca. "¿Y dónde está tu amiga? Ésta no es ninguna caridad. Ella me debe…"

"Marge", le advirtió Cath, "tenemos visitas".

La mujer esforzó la vista con el ceño fruncido, desde el fondo oscuro del pasillo, justo dentro de la puerta cerrada. "¿Ya estás trabajando *desde temprano*?" Sonaba impresionada.

"No, es la policía".

El tono y la postura desafiante de Marge se desvanecieron en un instante. "¡Oh, buenos días, caballeros!", sonrió, una boca hecha de encías y tan sólo tres dientes negros. "¿Puedo ayudarlos en algo, queridos?"

"Es buenas *tardes* ahora", dijo Warrington, secamente. "Y no. Estamos aquí para platicar con Catherine".

Marge se sacudió la cabeza y dijo, chasqueando la lengua: "Ah, si serás una tonta... ¿y ahora qué hiciste?"

"Es sobre Jack el ..."

Warrington la interrumpió. "De hecho, es sobre algo que no le incumbe, *querida*". Warrington hizo una seña en dirección a la puerta, de donde se filtraba una débil fragancia de humo de pipa hacia el pasillo. "¿Por qué no regresa a su cuarto antes de que envíe a mi inspector a revisarlo?"

La cabeza de la señora desapareció y cerró la puerta con un portazo. Warrington titubeó por unos momentos, preguntándose si esta mujer se convertiría en un problema que habría de corregir después. Tan sólo por las dos palabras que escuchó... "Jack el", pero muy posiblemente estas dos palabras eran demasiadas.

Después.

"Vamos adentro", le dijo a Cath.

Ella se movió en la oscuridad y un instante después prendió un cerillo y encendió una lámpara de parafina que estaba en una esquina del cuarto. Orman entró detrás de él y cerró la puerta de un espacio sofocadamente pequeño. Una cama, un guardarropa, una pequeña mesita de esquinero con un banco de madera enseguida, apenas había espacio para caminar.

"¿Por qué no tomas asiento, Catherine?", señalando la orilla de la cama.

Ella se sentó.

"Ahora bien... voy a necesitar de toda tu cooperación, si es que vamos a ayudar a tu amiga. ¿Entendido?"

Asintió, entusiasmada como una urraca.

"Pues bien, nos decías antes, la mujer alta con la que estabas esta mañana..."

"Liz Stride".

"Dices que ella se fue a advertir a tu amiga sobre el tipo con el que está viviendo, ¿es correcto?"

'"Sí".

"Y el domicilio de sus aposentos dices que tú no..."

"Es en algún lugar de Holland Park que no conozco. Liz obtuvo la dirección de ella".

Él asintió, pensativo. "Ya veo".

Esperaba que Hain aún estuviera siguiendo a la mujer. Si era así, entonces podrían contar con el domicilio. Pero eso no les serviría de nada si la visita imprevista de esta mujer *ahuyentaba* al caballero en cuestión. Hubiera deseado haberle pedido a Hain que siguiera a la mujer con la que platicaban y Orman estaría con la otra, así podría hacerse cargo de la situación allá. Pero así eran las cosas... tendría que confiar en su hombre. Hain no era tonto. Sabría identificar el domicilio y luego tomar la iniciativa y rápidamente abordar a la mujer antes de que ella pudiera tocar a su puerta y alertar a los residentes.

La otra cuestión era el cuarto de hotel en el Grantham. Quería desesperadamente regresar e inspeccionar él mismo; para asegurarse de que ésa *era* la suite que había estado usando el Hombre de la Vela.

Pero él era suficientemente astuto para ser tan paciente. Para ser capaz de hacer solo todo eso. Para no entrar en pánico y tratar de irse corriendo a casa. La semana que siguió a aquella noche en el almacén, Henry había obtenido algunos favores entre los miembros de su Logia. Había ojos vigilantes en los puertos, agentes de reserva para vigilar cada pasajero en los barcos ... en el caso de que su colega, Smith, desafortunadamente muerto, se hubiera equivocado y el golpe que había asestado con su martillo hubiera sido sólo ligero y no fatal.

"¿Orman?"

"¿Sí, señor?"

No debió haber dicho el nombre de este hombre frente a ella. Excepto, claro, que eso ya no iba a importar más. Esta perra horrorosa ya estaba muerta, sólo que aún no se daba cuenta. "Ve y trata de localizar a nuestro otro amigo, Robson. Quiero que vigile ese cuarto. Y luego quiero que tú estés afuera del Grantham en caso de que Hain regrese con la otra mujer".

"Liz me dijo que traería a Mary de vuelta para acá", interrumpió Cath. "A este lugar".

Warrington sonrió educadamente. "Es por eso que tú y yo nos mantendremos aquí, en estos aposentos tan encantadores que tienes, toda esta tarde".

Orman asintió. "Así será, señor". Volteó para irse.

"Y si Hain no se presenta en el hotel con una dirección... llama a Henry en el club inmediatamente, y hazle saber lo que ha pasado esta mañana. Es probable que necesitemos un par de manos extra en este asunto".

"Sí, señor".

"Buen chico".

Orman cerró la puerta tras de sí, dejando a los dos solos, con el crujido del piso que venía del cuarto de arriba y el sonido de ratas que se escabullían por dentro de las paredes de yeso.

"¿Supongo que usted no tendrá una tetera?"

Ella alzó los hombros y le ofreció una sonrisa de disculpa. "No tengo mucho aquí, señor". Luego se levantaron sus hombros. "¡Ah... pero sí tengo unas galletas saladas y un poco de queso!"

"Espléndido. ¿Le parece si...?"

Capítulo 46
1 de octubre, 1888,
Holland Park, Londres. 1:00 p.m.

A cinco escalones de Holland Park Avenue, con unos muros en cada costado que llegaban hasta las rodillas, y apenas un borde de piedra para prevenir una caída descuidada en el hueco de las escaleras que llevaban a los sótanos y bodegas de las casas. Cinco escalones que conducían a una puerta de entrada azul marino.

Liz revisó el garabato escrito en el trozo de papel. Número 67.

Al lado izquierdo de la puerta estaba un ventanal panorámico, ventanas altas y amplias con encajes de patrones que parecían haber tenido un tono rosado. Un poco de movimiento en la parte de atrás. Vio cómo la tela de una cortina se sacudía delicadamente, como si algo en su interior se hubiera quitado rápidamente, dejando una leve corriente de viento a su paso.

Subió los cinco escalones lentamente, una parte de ella le decía en cada escalón que era mejor que se devolviera y corriera lo más rápido que pudiera. Se sentía como Caperucita Roja, sabiendo, como todo niño lo sabe, cómo terminaría la historia, sabiendo lo que estaba del otro lado de la puerta. La diferencia era que ella no estaba en medio de un bosque.

En el último escalón volteó a sus espaldas. Mediodía. Holland Park Avenue estaba repleto del sonido de tráfico, tanto de cascos como de peatones en cada costado. Siempre y cuando ella se mantuviera en el primer escalón, a la vista de todos los que pasaban por ahí, iba a estar segura, se afirmaba a sí misma. Segura.

Dio un respiro profundo para tranquilizarse y calmar sus nervios. Aclaró su garganta, levantó la aldaba en la puerta y golpeó varias veces.

Su mente ensayó lo que le diría a Mary. Necesitaba que su amiga saliera, necesitaba encontrarla lo suficientemente tranquila como para que pudieran alejarse de la puerta para hablar sin ser escuchadas. Él podía estar ahí, detrás de la puerta, parado en el recibidor, tratando de escuchar lo que ellas decían. Necesitaba que Mary cruzara el umbral para estar afuera.

Oh, Dios.

Estaba tan nerviosa que quería orinar.

"Hola, Mary... ¡bonito lugar, querida! ¿No tienes ganas de salir a caminar un rato?", practicaba estas frases con un leve susurro. *"Tengo un par de cosas que quiero platicarte, querida".*

Escuchó el tintineo de una cadena de puerta y rápidamente puso una cara amigable, mientras se abría la puerta hacia dentro.

"Hola, Mary...", comenzó.

Un hombre la vio desde la oscuridad del recibidor. "¿Sí?"

Su boca se abrió inútilmente, mientras las palabras que había preparado para usar la abandonaron por completo. Un repentino espasmo de miedo liberó un chorrito de orina que corrió por uno de sus muslos.

Jack, el Destripador.

El rostro arrugado, demacrado, gradualmente se convirtió en una sonrisa. Los ojos oscuros debajo de esas cejas pobladas parecían tener un destello de humedad. "¿Eres amiga de Mary?"

"Yo... este... eh, sí. Soy una amiga. ¿Po-po-podría hablar con ella, po-po-por favor?"

"Oh, me temo que eso no será posible", dijo lentamente, la sonrisa nunca abandonó sus labios, mostrando una hilera muy cuidada de dientes blancos.

Son para comerte mejor, querida.

"¿Po-por qué no? ¿Po-por qué no pu-pu-puedo hablar con ella?" Liz trató de relajar su voz. Un miedo, un miedo *mortal*, la estaba delatando.

El hombre, Babbit —ella recordó su firma—, inclinó la cabeza, en señal de curiosidad. "¿Está usted bien? ¿Mmh? No se mira... muy bien que digamos".

"¿Dónde está ella?"

"¿Mary? Oh, no le dije, ¿o sí? No es posible. Ella no se encuentra en casa".

Está mintiendo. Su mente se llenó con imágenes de ella amarrada en alguna parte de esta casa. Lloriqueando con su boca amordazada al escuchar la voz de su amiga en la entrada.

"¡Mary!" gritó. "¡MARY! ¿Estás ahí?"

La expresión cordial del hombre se borró de su cara. "¡Le dije que no está aquí!" Su sonrisa educada se convirtió en una mueca de molestia. Por un breve segundo ella pensó que había visto el destello ambarino de las llamas del infierno en sus ojos oscuros; pensó haber escuchado el rugido profundo de un lobo subrayando su voz.

Yo estoy a salvo afuera. Estoy a salvo afuera. Mary está dentro. ¡Ayúdala!

"¡Mary! ¡Soy Liz! ¡Sal! ¿Me escuchas? Sal para..."

Sintió una ráfaga de aire contra su mejilla, e instintivamente cerró los ojos. Sus labios se apretaron. Sintió cómo estaba siendo alzada y un momento después el doloroso golpe duro de los pisos de madera contra el lado de su cara, dejándola mareada y sin aliento. Escuchó cómo se cerró la puerta de un porrazo, y la repentina revelación de que ahora estaba adentro. *Adentro.* Su vejiga se vació en la oscuridad. Por el momento, ella escuchó sólo el sonido de su respiración, jadeante, el tictac de un reloj y el repiqueteo de las ruedas de coches afuera, el mundo pasando, sin el más mínimo conocimiento de lo que acababa de suceder en un abrir y cerrar de ojos.

Argyll vio a la mujer a sus pies. Ella estaba aturdida por el impacto en el piso del recibidor. Aún estaba en *shock*. Él sólo quería que ella dejara de gritarle a Mary de ese modo... pero... sus brazos parecían moverse por sí solos y ahora estaban los dos en este lugar tranquilo y silencioso. Se percató de que la pobre mujer estaba aterrorizada. Quería disculparse.

No. Ella necesita tener miedo. ¿Sabes por qué?

Argyll no lo sabía.

Ella se incorporó y se sentó contra la base de la pared, temblando. "Por favor... por favor... no me haga daño..."

Argyll se puso de cuclillas enseguida de ella. Él sentía también algo de miedo, se preguntaba lo que ella estaba viendo mientras lo veía a él. Se preguntaba por qué ella parecía como si el Diablo mismo estuviera flotando frente a su cara. Se acercó para extenderle una mano tranquilizadora. Quería decirle que todo estaba bien, que no tenía intenciones de hacerle daño. Quería explicarle que lo que acababa de suceder también lo había tomado a él por sorpresa.

Por encima de todo, sólo quería hacerle una taza de té y pedirle perdón.

Ella se echó hacia atrás cuando vio venir la mano, gimiendo mientras unas lágrimas caían de sus mejillas, mezcladas con la sangre en sus labios. "Por favor... Señor..." Balbuceaba, moqueando. "Por favor... Sr. B-Babbit, n-no me m-mate c-como a las otras. Po-por favor... yo... yo..."

Su mano se congeló en el espacio entre ellos. En alguna parte escuchó las patas del cerdo, emocionado y juguetón, el resoplido de un animal y esa horrible voz rasposa...

¿Babbit?

Y Argyll conocía el nombre. *Maldita sea*, conocía el nombre de alguna parte.

Sí, por supuesto, nosotros conocemos ese nombre. ¿Ya te estás viendo?

Él frunció el ceño, su mente parecía estar dando vueltas, puertas se abrían por todos los oscuros y polvorientos pasillos de su memoria, y derramaban luz en todos ellos. Una docena de ruidos y voces distintas cobraron vida, como una sala de pacientes en coma que emergían del desvelo, juntos, abrumados por el sonido de una cortina de dormitorio y el cascabeleo de un carrito para el té, el feliz llamado a despertar de una enfermera, y los ojos pegados, profundamente dormidos, abriéndose de repente.

Sr. Babbit. Ése es quien somos.

Pero yo soy John. John Argyll.

Tú eres el Sr. Babbit. ¿No recuerdas? Chop chop. Trabaje y trabaje. Muy ocupado.

De repente, Argyll comenzó a recordar mucho más, no sólo algunos momentos inconexos, sueños e imágenes de la vida de alguien más. Las puertas en su mente se abrieron al unísono. De repente, sabía que su infancia había sido privilegiada, que vivía en una casa llena de camareras y limpiadores. Recordó a un hombre barbudo y severo a quien conocía como su padre, aun cuando los detalles más delicados, como el nombre de su padre, todavía no regresaban. No... ahí estaba. Gordon. Su padre —Gordon— un hombre de negocios. Un hombre de negocios que vio una abundancia de oportunidades al otro lado del continente... en un lugar llamado Oregon.

Recordó un periodo de preocupación, de molestia, de inquietud. Recordó cuando vendieron la casa, cajas para empacar en cada cuarto, decirle adiós a sus juguetes favoritos. Recordó a un hermano mayor, *Lawrence*, quien era más cercano al papá que él. Y una hermana mucho mayor, ya no una niña, sino toda una joven, *Olivia*. Casi como una madre para él. Una madre para reemplazar a la que nunca conoció. Recordó un largo viaje que atravesó una enorme extensión de tierra, en medio de la naturaleza, con cielos abiertos y paisajes infinitos y colinas cubiertas de hierba, viviendo y durmiendo en el cajón de madera de su carreta. Recordó mañanas despertándose bajo un toldo de lino extendido encima de unos arcos de sauce. Noches que pasó alrededor de una fogata con Olivia y Lawrence y su padre y otras familias que se habían unido para conformar ese tren de carretas.

Tan cercano que era a Olivia. Sentía un dolor en su corazón; una herida profunda, que lo picaba y lo pinchaba para abrirse y llorar de nueva cuenta. Siempre había sido más cercano a ella. Olivia —recuerdos del rostro de una joven que siempre parecía a unos instantes de soltar una risa radiante después de ver una cosa u otra. Una cara bronceada y llena de pecas, rodeada alternativamente por una nube de cabello castaño rojizo, o con el cabello envuelto en un rodete. Y labios que se abrían, ampliamente, constantemente entretenida por todas las cosas tan simples que él le decía, perpleja ante sus ideas y nociones e interminables preguntas.

Pero también acercándose un poco más a su padre, normalmente más distante, durante *la travesía*. Un hombre que siempre parecía estar muy ocupado para su hijo, ahora estaba alrededor de la fogata en las noches, con la posibilidad de contarle historias y escuchar sus preguntas. Un padre que, finalmente, notó a su hijo más chico, y que pudo ver que había algo especial en él. Una mente aguda. Un talento para planear cosas, incluso hasta una visión a futuro.

Y luego llegó el día en que todo de pronto llegó a su fin. El día de los gritos.

Sacudió su cabeza. Demasiados recuerdos, demasiado de su vida regresando a él al mismo tiempo. Incluso hasta su nombre de la infancia, su familia... él sabía cuál era el nombre. No era "Sr. Babbit".

¡Ni tampoco es John Argyll!, dijo el cerdo soltando una risotada. *Te puso nombre como se les pone nombre a las mascotas.* "¡¡¡No!!!", gritó. Su voz chillona llenó todo el espacio del recibidor. Liz se encogió y gimió en el piso. "¡¡Mi nombre es John!!"

Vio al niño que una vez fue en sus recuerdos como si fuera *otra persona*. Otra persona, aunque tan parecida y con tantas cosas en común. Otro niño sin certeza y perdido en un mundo ajeno, salvaje. Otro niño que era cuidado por el amor de una joven, y que dependía completamente de ella.

"¡¡¡Vete!!!", gritó otra vez, golpeando la pared con su puño. "¡¡¡Vete ya!!!"

Liz se le quedó viendo, con los ojos abiertos, el miedo acongojado y atorado en su garganta, callada por el momento. Las suelas de sus botines arrastrándose en el piso de madera.

"¿Yo?...", susurró ella. "¿M-me estás de-dejando...?"

Él se puso de pie, se volteó y dio varios pasos por el pasillo; la voz llorona de la mujer era una de muchas. Apenas podía escuchar sus pensamientos. Necesitaba que la mujer en el piso se callara.

Es hora de crecer. De dejar de ser un niño.

"¡¡¡Déjame en paz!!!", gritó nuevamente, las lágrimas haciendo más gruesa su voz. "Por favor...", su voz más suave, rogando. Sus hombros temblando. "Por favor..."

Detrás de él, discretamente atreviéndose a ponerse de pie, aunque evitando hacer mucho ruido como para distraerlo de su fuga, Liz alcanzó el mango de la puerta. Lo agarró y enchinó los ojos al ver cómo la luz del día inundaba este espacio tan lúgubre; el ruido de Holland Park se filtró por la puerta, parcialmente abierta. La abrió un poco más. Volteó a verlo, mientras él estaba echado contra la pared, dándole la espalda a ella, sus manos empuñadas, su cabeza temblando. Rápidamente atravesó el umbral. Descendió rápidamente por los escalones y hacia la calle, en la acera y hacia el camino, atravesando los senderos de las carretas de los comerciantes, corriendo en tacones pesados hasta que se encontró jadeando y agarrada de la verja de hierro de una elegante casa al fondo.

Volteó para ver tras sus espaldas, con la certeza de que Babbit debía haber recuperado su juicio y ahora se desplazaba en medio del tráfico, tras ella. Pero todo lo que vio en el otro extremo, en el número 67, era la puerta de enfrente aún abierta, revelando la oscuridad en el interior. En medio de esa oscuridad, ella creía ver la forma de ese hombre, echado en el piso.

¿Así que ella te ama, mmh?

Él asintió.

Ella no es tu hermana, Olivia. Tu hermana murió hace mucho, mucho tiempo. ¿Recuerdas cómo murió?

Sí, lo recordaba. No necesitaba volver a pasar por ese recuerdo para saberlo. Todo estaba de vuelta en su cabeza. Hubiera deseado que no fuera así.

Oh, pero es que Mary te recuerda a Olivia, ¿no es así? Un resoplido de risa burlona. *Eres patético. Eres débil. Eres tan ingenuo como un niño.* La voz logró emitir un timbre de ternura. *Tienes que ser más fuerte que esto. Tienes que ser como eras antes.*

No quiero ser como era. Ya no quiero hacerlo.

El trabajo necesita hacerse. Todos los atormentados, los malos... regresando y envenenando todo. Dios te dio este trabajo porque sólo tú lo puedes hacer.

No. Ya no.

¡Piensa! Piensa en todo el mal que has enviado al otro lado. Almas corruptas, almas sucias, almas malignas, almas ambiciosas. ¿Cuántos han sido hasta la fecha, lo recuerdas?

Podía contarlos aunque no necesitaba hacerlo. El número ya se hallaba anotado, un marcador inscrito en un poste de madera en su mente. Noventa y tres.

Efectivamente. Noventa y tres almas que jamás regresarán... nunca más van a volver a extorsionar, a robar, mentir, asesinar o engañar.

Él había asesinado a noventa y tres personas. La mayoría hombres, pero un puñado habían sido mujeres. Y con cada uno se aseguraba de estudiarlos cuidadosamente, viéndolos a los ojos mientras morían. Con la mayoría, había sentido como una podrida espiral de humo que quedaba flotando en el ambiente al extinguirse la vela. Pero con unos cuantos, sólo unos cuantos, había podido percibir el más débil aroma de la redención, en el delgado serpenteo del humo elevándose.

Sí... tan pocos.

Ya no quiero hacer esto.

¡No quieres! ¿No quieres? La voz imitó el gimoteo de un niño petulante. *¿Quién dice que puedes elegir?*

Yo lo sé... yo sé que puedo elegir.

¡No! Tú fuiste ELEGIDO. Cuando ellos te dejaron ir... oh, sí, ellos entendieron lo que tú eras.

Ellos, aquellos indios, el chamán. Lo recordaba...

El cielo arriba es tan azul. El sol me quema la cara. Estoy temblando, sin poder controlarlo, las manos atadas a mis espaldas, en un poste que usan para estirar y curtir pieles de búfalo. Todos están muertos, mi padre, Olivia, Lawrence, las otras familias. Una mañana y una tarde de masacre ahí, frente a mí. La tribu entera participando en el ritual. Las mujeres de la tribu, al parecer, son las mejor entrenadas para extraer el máximo de dolor, mientras se dedican a insertar picos ardientes o afilados en los párpados. Empujándolos y presionando los ojos arruinados hasta que la madera truena y se deshace.

En el transcurso de los eventos, yo me he hecho en mis pantalones muchas veces. He gritado y llorado y he perdido la conciencia, una y otra vez.

Y ahora todo está tan callado. Me dejaron hasta el último. Un hombre viejo se aproxima sosteniendo con una mano temblorosa una tira de piel humana ardiendo. El viejo se sienta enfrente de mí, las piernas cruzadas, sus ojos me estudian atentamente.

El resto de la tribu están sentados y en silencio, viendo al anciano mayor.

Abro mi boca para rogar pero sólo puedo producir un graznido.

El viejo se acerca más en sus ancas. Su nariz, angosta, casi como si fuera un pico de pájaro, a unas pulgadas de mi cara. Puedo escuchar el silbido del aire saliendo de sus fosas nasales. Me está oliendo. Seguramente el único olor que puede detectar es el de mis propias heces, secándose en el césped entre mis pies.

Los ojos del viejo se entrecierran, como si hubiera descubierto algo que lo intriga. Sostiene el ardiente trozo de piel entre nosotros, cantando suavemente en su respiración. Quema como la mecha de una vela, una punta ceniza en la luz del mediodía, pero si estuviera oscuro sería una brasa encendida.

Me quiero morir. Por favor, algo rápido para que pueda reunirme con los demás, donde quiera que estén. Ya se acabó para ellos y eso les envidio.

El viejo coloca su pulgar y dedo índice en su boca, lame los dedos y luego pellizca la orilla de la tira de piel. Escucho el más leve chisporroteo de saliva mientras la brasa se extingue. Observa un giro de humo divagar, girar y desvanecerse. El viejo parece hacer una lectura de eso. Asiente meditativamente y luego extiende su mano y me da unas palmaditas en la cabeza, suavemente, despeinándome en un gesto que parece ser... de afecto.

No me muero ese día. La tribu me adopta. Sólo por un año. Pasa la temporada de caza, pasa un invierno, no el tiempo suficiente como para que yo aprenda algo de su lenguaje. Pero aprendo a que un perro le llaman chinpadda, *que el sol es* hatat. *Y eso es todo.*

Eventualmente, una mañana, la tribu se encuentra con otro convoy. Tengo miedo de ser testigo de otro día como el que viví hace casi un año. Pero esta vez, el viejo se me acerca, me toma del brazo y hace que camine enfrente, atravesando la hierba que se mece, hasta llegar a las carretas. Hay unos hombres blancos, sosteniendo pistolas que han sacado cautelosamente. Por un momento, tengo miedo de que tanto yo como el anciano vayamos a morir en una tormenta de municiones de mosquete. Pero ven que yo soy un chico blanco...y se abstienen de disparar.

El viejo se arrodilla enseguida de mí. No hay amor entre nosotros. Ni vínculo. No puedo sentir nada por este hombre que mató a mi familia. Pero con el paso de los meses, se generó un entendimiento mutuo. Imágenes... esta gente se comunica no con la escritura, sino con imágenes. Y entiendo lo que el viejo me ha mostrado.

El Padre Cielo ve sólo un desequilibrio en los hombres blancos. Su mundo se ha echado a perder. Es por eso que inundan en grandes cantidades esas tierras que no son suyas. El viejo presiona una tira de piel en mi mano. Miro hacia abajo y la veo, pintada, decorada con lo que parecen ser representaciones simples de rostros. Dice algo y suavemente coloca su mano entre mis hombros y me empuja hacia delante, a donde se encuentran las carretas esperando.

En todos estos años que han pasado, nunca he entendido lo que el viejo dice en realidad...pero estoy casi seguro de que entiendo lo que me dice ahora.

Fuiste puesto a prueba. Ahora pondrás a prueba a otros.

El tictac de un reloj hace eco en el vestíbulo, treinta años después.

Tú no puedes elegir. Tú fuiste elegido.

Por mucho tiempo, la voz del cerdo guardó silencio. Estaba vagamente consciente de los sonidos que venían de la puerta abierta, el relinche de un caballo que pasaba por ahí. Se puso de pie, caminó por el recibidor hasta la puerta de la entrada y suavemente la emparejó. Se cerró con un golpe seco que lo dejó a oscuras, iluminado sólo por la luz de segunda mano que provenía de la entrada a la sala. En el desayunador se encontraba su tetera, su huevo cocido, y por un momento fugaz la voz, delgada y aguda, le recordó la voz del indio chamán. Pero, claro, las palabras eran ahora en inglés.

Se me ocurre una idea.

CAPÍTULO 48
1 DE OCTUBRE, 1888,
WHITECHAPEL, LONDRES. 3:00 P.M.

LE TOMÓ GRAN PARTE DE LA TARDE ATRAVESAR LONDRES para su regreso. Cada minuto agobiada y preocupada, preguntándose qué era lo mejor que podría hacer. ¿Detener al policía más cercano? ¿Entrar a una estación de policía y decirlo todo? ¿Y quién demonios iba a creerle a una criatura tan escuálida como ella, oliendo como huele, a su propia orina y a tabaco viejo?

Un pensamiento aleccionador apagó el parloteo de pánico en su cabeza.

El Príncipe Eddy. Necesitan que esto permanezca secreto.

"Ellos". Ellos. Caballeros de clubes secretos. Las autoridades.

Y ese pensamiento escalofriante surgió con otro, pisándole los talones. *Necesitarán que Cath y yo estemos muertas.*

Acababan de ser las cuatro de la tarde cuando sus tacones cansados entraron repiqueteando el piso empedrado de Millers Court. Estaba callado como siempre. A esta hora de la tarde los alimentos para la cena ya se estaban preparando, se habían encendido las estufas de leña, los quemadores de parafina, los niños eran llamados a regresar de la calle para ayudar con el pelado, rayado y picado, y los hombres, la mayoría a unas dos o tres horas de que terminara la jornada laboral.

Pasó al lado de un par de muchachos, agachados encima de los cuerpos de varias docenas de ratas que habían colocado como un pelotón de soldados en el pavimento, disputándose cuántos de ellos había atrapado cada uno. Ella reconocía esas caras mugrientas, ambos eran unos irritantes y malcriados con sus cabezas rapadas como balas y las orejas rosas que daban ganas de agarrar y darles un tirón.

Eran hermanos. Vivían en la casa enseguida de la pensión de Marge.

"¡Hey!" dijo el mayor, "querida, ¿cuánto?" Se puso de pie y comenzó a follar en el aire como perro en celo.

"¡Vete al carajo!", murmuró ella, mientras subía por los tres escalones y empujó la puerta de la entrada hacia dentro.

Pequeños bastardos mugrientos.

El vestíbulo jamás estaba iluminado. "No recibo renta del vestíbulo, ¿o sí?", diría Marge. "Puro echar a perder el gas". Eso era lo que esa perra avara, Marge, diría. Liz sólo había rentado un cuarto ahí por unos cuantos meses. Lo suficiente como para saber que era mejor albergarse en otra parte. Pero Cath aún mantenía ese cuarto porque era relativamente barato.

Cerró la puerta tras de sí y cruzó el piso de madera chirriante, para golpear ligeramente a la puerta de lo que solía ser el viejo cuarto de Mary.

"¿Mary? ¿Querida? ¿Estás ahí?"

Intentó abrir. La puerta estaba cerrada. Volvió a tocar. Crecía en ella una esperanza, mientras se pasaba de un tranvía a otro esta tarde, quizá la chica había venido por estos rumbos para ver si ella había descubierto algo sobre esa llave. ¿Acaso estaba en el cuarto de Cath, platicando con ella?"

Caminó hasta otra puerta a su lado izquierdo. Podía apenas escuchar unos cuerpos dando tumbos, y el resuello de un hombre que gruñía como animal de granja. Debió haberse mudado una nueva chica. Una nueva chica que logró comenzar temprano los negocios.

La siguiente puerta era la de Cath. Tocó a la puerta ligeramente. "¿Cath? ¿Estás ahí?"

Escuchó el sonido mudo de zapatos arrastrándose. Unos cuantos pasos y la puerta hizo clic y se entreabrió. Entre la leve capa de luz que venía de una pequeña ventana en la recámara, vio el esbozo de la cabeza y los hombros de su amiga.

"¿Liz?", musitó.

"Sí".

"Gracias a Dios... ¡me estaba comenzando a preocupar!"

Liz empujó la puerta hacia dentro. "¡Cath! ¡Él es el asesino! Ese loco bastardo casi..." Sus ojos registraron al hombre sentado en un banco enseguida de la ventana. Ella se detuvo. Los ojos bien abiertos.

"¡No te preocupes! Es una especie de policía", dijo Cath rápidamente "¡Todo está bien, estamos a salvo aquí!"

"¿Ésta es tu amiga?" preguntó el hombre. Sus ojos entornados, mirando en la oscuridad. "¿Ella es Mary Kelly?" A Liz no se le hacía que fuera policía en lo más mínimo. Ropa cara, los zapatos lustrados, el bigote y las patillas finamente cortados. No se parecía nada a los policías vestidos de civiles que ella había conocido.

"No... es mi amiga, Liz. Es Liz".

Él se puso de pie, sonrió, con un ademán la invitó a entrar. "Relájate, querida, estás a salvo. Mi nombre es George. Catherine me ha estado contando una historia muy interesante. De que tú podrías tener... digamos, que *te tropezaste*, con el hombre responsable de los asesinatos en Hanbury Street y en Bucks Row, ¿es así? ¿De que conociste a ese tipo que los periódicos llaman Jack, el Destripador?"

Cath asintió emocionada. "¡Le dije de las partes de cuerpo que tenía en su frasco!" *Partes*. Era típico de Cath, que por la emoción tendía a exagerar la historia. "¡Y esa carta que escribió! ¡La carta donde confiesa que hizo todo eso!"

Liz hubiera preferido que ella soltara toda la sopa. Ella no conocía ni la mitad de lo que venía en esa carta. Y era mejor que no lo supiera.

"Entonces, ¿también estuviste en el cuarto de este hombre en el Grantham Hotel?", preguntó el sujeto bien vestido. George. Si es que acaso ése era su verdadero nombre.

Ella asintió. "Sí... sí, lo estuve".

"¿Y tú también crees, como Catherine, que el cuarto estaba ocupado por el asesino? ¿Este tipo que llaman el Destripador?"

Liz se dio cuenta de que Cath ya les había dicho demasiado como para que ella ofreciera una respuesta más precavida: "Sí lo es, sin duda alguna".

"¿Y tú sabes dónde está en estos momentos?"

Asintió apresuradamente. "Yo... yo acabo de llegar de donde él se está quedando. Él casi..." titubeó un poco, pero se dio cuenta de que le había dado demasiada información a este hombre como para comenzar a ser evasiva con la verdad. "¡Casi me mata!"

"¡Por Dios!", dijo el hombre en un suspiro. "¡Dime lo que pasó! ¡Por favor!"

"Toqué a la puerta... quería hablar con Mary. Él abrió la puerta y ..." Liz se dio cuenta de que su voz se estaba llenando de emoción, un *shock* retrasado. Estaba a punto de llorar si no tomaba un respiro y se detuvo. "Él... el hombre, me llevó adentro, sí... y... pero logré escapar".

"Y tu amiga, ¿estaba ella?"

Liz sacudió la cabeza. "Le grité para llamarla... pero... nunca me respondió".

"Oh, por Dios!" gritó Cath. "¡La pobre ya ha de estar muerta!"

Warrington asintió, pensativo. "Me temo que ésa es una posibilidad que debemos considerar".

"¡Usted tiene que enviar a alguien allá! ¡Ahora mismo!", dijo Liz. "Puede que no esté mu..."

"Tranquilícese", dijo Warrington. "Mis hombres y yo estuvimos observando el hotel. Y a ustedes", dijo mientras asentía en dirección a Liz, "ustedes fueron seguidas por unos de mis colegas. Él tiene esa dirección y espero que en breve nos llame. Algunos de nuestros chicos estarán en camino en estos momentos".

Liz frunció el ceño. Estaba recordando algo. "Yo... tengo la sensación de que ella había salido", dijo. "Cuando toqué, creo que él la estaba esperando o algo".

"Entonces quizá nuestros hombres llegarán ahí primero", dijo Warrington. "Antes que ella regrese. Quizá, como dices", y asintió a Cath, "¿será que está en camino a buscarlas a ustedes?"

Liz lo miró, sintiéndose menos preocupada por la idea de confiarle a este hombre lo que ella sabía. No tenía la pinta de un conspirador de capuchón oscuro. Parecía genuinamente igual de preocupado que ellas. De cualquier modo, esa carta estaba ahí, en el cuarto 206, ellos la iban a encontrar y leerla más tarde que temprano.

"Hay algo que dice esa carta, la que está en el cuarto de hotel".

"¿Ah, sí?"

"Él... él decía...", frunció un poco el ceño, buscaba la mejor manera de contar aquello que leyó tan apresuradamente. "Decía algo sobre el príncipe. Que había estado...", sonaba muy poco probable ahora, como los pronunciamientos de un borracho o un idiota. "Que el príncipe embarazó a una tipeja. Que hubo un bebé y..."

Cath volteó a verla, sus ojos redondos, casi como círculos perfectos. "¡¿Qué?!"

El caballero alzó la mano. "Creo que sólo tenemos que lidiar con aprehender a este hombre primero, luego podremos investigar el contenido de ese cuarto de hotel en su debido momento". Apretó sus labios. "Tu amiga —¿dijiste que se llamaba Mary?—, puede que ella esté perfectamente a salvo. Y si lo está, nos gustaría mucho hablar con ella". Nuevamente, una sonrisa reconfortante del caballero, que le aseguraba a Liz que lo peor de todo este asunto había terminado; que ella y Cath habían hecho lo correcto diciéndole todo lo que sabían. Que ahora estaba todo en manos de la muy capaz policía. Liz sintió el peso liberarse de sus hombros y un sentido de agotamiento la golpeó de repente.

"Sí", dijo Liz. "Eso espero".

"Pronto conoceremos los motivos de este sujeto". Suspiró. "Pero ustedes saben, alcohol, opiáceos, esas clases de vicios pueden hacer que una mente que ya tiene problemas pueda creer cosas realmente locas".

Liz asintió. Sí, al meditarlo un tiempo, sí, pensándolo bien... esa carta incoherente sí sonaba un poco ridícula.

"Sí... tiene mucha razón, me supongo".

"Tendremos a este hombre enfermo tras las rejas muy pronto", sonrió Warrington, "y daremos por terminado ese disparate sobre el Destripador".

Escuchó cómo la puerta de la entrada se abría. "¿John?" La voz quedita y un cierto tono de disculpa. La puerta se cerró con un ruido sordo. "Siento mucho haber demorado tanto... ¡el hombre de la lavandería perdió tu camisa!" Sonaba sin aliento, como si se hubiera apresurado para llegar a casa.

Dio unos pasos en el vestíbulo.

"¿John? ¿Estás ahí?", llamó hacia el saloncito del lado este.

Nuevamente dio unos pasos, reparó enseguida en el reloj en la mesa, y luego, de repente, sus pasos cedieron. Se escuchó a sí misma quedarse sin aliento. Vio que la puerta del sótano estaba abierta.

Nuevamente dio unos pasos en el vestíbulo, dirigiéndose a él.

"¿John?" Esta vez, su voz era mucho más quedita, menos segura. "¿John?"

Estiró el cuello para echarle un vistazo a la cocina. Vio todos los billetes que estaban esparcidos sobre la mesa redonda frente a él. Los había estado contando. Cuatro mil trescientas y setenta y cinco libras.

Era mucho dinero.

Debajo de la mesa, un puño apretaba delicadamente el mango de un cuchillo para cortar el pan. Lo había estado agarrando, acariciando descuidadamente el mango gastado de madera, al parecer, durante horas. No podía recordar cuándo efectivamente lo tomó, no podía recordar haber decidido que debía estar fuera de la alacena y en sus manos. De alguna manera, había terminado en su regazo. No estaba muy seguro de por qué.

"Oh, Dios", susurró ella, en el momento que vio el bolso de cuero en la mesa y el dinero esparcido enseguida.

"*¿Recuerdas lo que te dije?*", dijo la voz del cerdo. *Ella te mentirá sobre todo esto. Vas a ver que sí lo hará.*

Argyll no dijo nada. Sus labios se cerraron. Su rostro inmóvil, oculto en un furioso campo de batalla emocional. Un coro disonante de voces en su cabeza, todos gritando cosas distintas:

¡Corre, Mary... sálvate y corre!

¿Por qué, Mary, por qué las mentiras?

¡Eres una perra engañosa!

Te amo.

¡TE ODIO!

Y como un conductor que llama a su orquesta al orden, la voz rasposa de ese cerdo sin patas los calló a todos.

Ella te contará una mentirijilla y luego te darás cuenta de que es como los otros desgraciados. Ambiciosa, egoísta, maliciosa.

Mary titubeó un poco en la puerta de la cocina. Vio a sus espaldas, hacia el vestíbulo. Una mirada rápida que parecía como si ella estuviera midiendo sus posibilidades de escapar.

Sí... claro que sí... aún mejor, ella echará a correr. Anda, Mary... ¿por qué no correr? ¿Quieres ver qué tan lejos llegas? Su pierna está mucho mejor ahora. Anda y hazlo, mujer.

Los labios de Argyll temblaban. Quería desesperadamente advertirle que lo que pudiera decidir decir o hacer enseguida, bien podría ser su fin. No estaba seguro de si el cerdo en su mente era él mismo. Ni siquiera estaba seguro de que su cuerpo fuera suyo, si acaso él —"John Argyll"— no era más que un impostor, un intruso, no más que un inquilino de paso. El cerdo-voz, la persona que Argyll una vez fue, ahora volvía para tomar control de las cosas.

Mary se le quedó viendo a él, luego a todo ese dinero desparramado sobre la mesa.

La voz rasposa dio una risilla de emoción apenas contenida. *¡Ella quiere ese dinero! Ella te dirá que es suyo. En cualquier segundo, querida... anda, vamos, vamos, di esa mentira. Dila.*

Dio un paso en la cocina. Bajó el montoncito de camisas dobladas que traía en sus manos —la recién lavada y varias nuevas— y lo puso sobre la mesa. Su bolsa de mercado en el piso.

"Yo... compré... un poco de cerdo para nuestro té", murmuró, huecamente.

¡Mírala! ¡Pero vaya que es astuta! ¡Mírala! ¡No entiendes sus pensamientos! ¡Haciendo planes, confabulando! ¿Mmh?

Lentamente, sacó una silla de la mesa, las patas se arrastraron ruidosamente en el piso de piedra. La mano seguía aferrada al mango del cuchillo. Una parte de él no quería escucharla hablar; no quería que dijera nada. Una parte de él que rápido se desvanecía... y moría. John Argyll.

"Mary, por favor, no..."

¡Cállate! ¡Deja que esta zorra hable! ¡Quiero que escuches su maldita mentira!

Ella levantó su dedo para callarlo. Una lágrima cayó de su mejilla y sus labios se torcieron y temblaron. "Yo..."

¡Ahí está! ¡Ahí viene!

"Mary... por favor... no digas nad..."

¡Cállate! ¡Deja que lo haga! Déjala... déjala... ¡¡¡Déjala!!!

"John, yo...", su voz temblaba.

El cerdo se aferró al cuchillo más fuertemente, como si se asegurara de que lo estaba sosteniendo él y no ese *impostor*, Argyll. Bajo la mesa, la punta de la navaja temblaba, casi como si tuviera hambre propia.

"Yo... yo no he sido honesta contigo", le dijo. "Estas últimas semanas. ¿Esta casa? ¿Tú y yo? ¡Todo esto ha sido invención mía!" Los hombres de Mary tiritaban mientras comenzaba a llorar incontroladamente. "Es tuyo... este dinero. Es tu dinero. Yo... yo no sé por qué pensé q-que esto podría...", su voz se perdió al momento que su cara, sonrojada por la culpa, caía en sus manos. El resto de sus palabras fallidas fueron un balbuceo incomprensible que se derramaba en su regazo.

Silenciosamente, Argyll aligeró el puño con el que se aferraba al cuchillo. Luego, lo guardó en el bolsillo al interior de su saco. El cerdo estaba callado. No tenía nada qué decir. Resopló en señal de asco y farfulló y sintió cómo se retiraba a un rincón oscuro en su mente.

Ella no es como todos los otros.

"Mary", dijo Argyll, suavemente. "Lo sé. Lo recuerdo todo ahora. *Todo*. Recuerdo que tú y yo éramos", vio hacia la mesa, como si las palabras que necesitaba estuvieran entre los billetes de cinco libras. "No éramos nada. Extraños el uno para el otro. No nos conocíamos. Eso lo sé ahora".

Ella levantó su mirada, los ojos hinchados, su respiración afligida. "Había comenzado... tú sabes... Yo sólo quería tu dinero. Pero..."

Él asintió. Él se acercó, para tomar una de sus manos, que formaban un puño, los nudillos blancos y temblorosos y los tendones doblándose. "Lo entiendo. Lo que sucedió entre tú y yo no estaba en tus planes. Pero de todos modos sucedió". Una adorable sonrisa se dibujó en sus labios. "Nunca confíes en un plan... siempre terminan saliendo mal".

Ella asintió en silencio.

"Es... *amor*... ¿no es así?" Él se atrevió a decir esa palabra.

Ella lo miró y asintió nuevamente, con la cara larga. "¡Sí, sí lo es!"

"Pues entonces... todo el resto", lo dijo alzándose de hombros, "es otra vida. La de alguien más. Y yo ya no quiero esa vida". Vio alrededor de la cocina. "Quiero *esto*. Esta casa que tú has inventado. Aunque todo haya comenzado como un engaño...", suspiró, "aun cuando esto sólo ha sido una simulación, aun así lo quiero. Quiero *esto*. A nosotros".

Su cerdo guardaba silencio, furioso, escarmentado. Argyll pensó que podía escucharlo moverse por el polvoriento ático de su mente. Arrastrándose, resoplando con coraje. Ya no era el Maestro de Ceremonias, por el momento, tan sólo era un diablillo contrariado, una urgencia oscura. Una picazón, desterrada al travesaño.

Mary levantó la mirada, los ojos rojos, las mejillas manchadas y rosas. Era bella incluso en la vergüenza. "Lo siento, lo siento tanto".

Argyll se puso del otro lado de la mesa y se arrodilló frente a ella. Tomó su barbilla ovalada con una mano con hoyuelos y mientras temblaba, recuperaba su respiración.

"Mary, te necesito".

La cocina se llenó con el tallado de la pata de una silla sobre el piso de piedra. Más que eso, un sollozo, un semi-llanto, un gemido de alivio por parte de ella. Envolvió sus brazos en él. "Oh, John, lo siento. Lo siento. Lo siento". Sus palabras murmuradas humedeciendo su hombro.

"Escucha, Mary", dijo Argyll. "Tenemos que salir de este lugar".

Ella no estaba escuchando. Sus lágrimas mojaban su cuello, sus manos jalaban sus hombros como si quisiera treparse en él, esconderse dentro de la calidez y resguardo del Sr. Argyll. Él la alejó con firmeza. Su expresión dura. "¡Escúchame! ¡Tenemos que irnos, ahora mismo!"

Ella lo escuchaba, pero no lo entendía. "¿Irnos?"

"Sí, toma tus cosas. Lo que sea de importancia para ti. Una bolsa... y llénala, ¡rápido!"

Sorbió su nariz, se talló los ojos. "¿Por qué?", lo miró a él. Por primera vez, notó que él traía puesto su saco. "¿A dónde... a dónde vamos?"

Él tomó la débil quijada de Mary y la puso en su mano; la misma mano que hacía sólo unos momentos había estado lista para encajar la punta de un cuchillo en su cuello. "¿Confías en mí?"

Ella asintió, temblorosa.

"Bien". Él se quitó sus brazos de encima y comenzó a reunir el dinero. "Tenemos que irnos de este lugar lo más pronto posible. ¡Estamos en peligro!"

Capítulo 50
1 de octubre, 1888, Holland Park,
Londres. 3:15 p.m.

El carruaje de Sir Henry Rawlinson dio vuelta por Clarendon Road hacia Holland Park Avenue. Sintió una ardiente indigestión en el hueco de su estómago. Odiaba la prisa. Odiaba andar apresurado. Le molestaba. Sobre todo cuando era directamente después de comer tan pesado.

Si había una lección en la vida que había aprendido bastante bien, era que las grandes prisas eran precedidas por muchos errores. Un plan apresurado no era más que un caos diferido. Nada que valiera la pena en este mundo era concebido o construido apresuradamente. Y si lo era, entonces no faltaba mucho antes que comenzara a desenredarse.

"Casi estamos ahí, señor".

Henry asintió a Robson, que estaba sentado frente a él y meciéndose de un lado a otro mientras el carruaje salía disparado por la calle, más rápido de lo que permitían las ordenanzas de la ciudad. Un cabriolé común y corriente que anduviera a esta velocidad probablemente sería detenido por un policía, pero el carruaje de Henry, pintado de negro e imprácticamente largo, era una advertencia para cualquier joven uniformado de no hacer perder el tiempo de la Persona Muy Importante en el interior.

Las manos de boxeador de Robson jugaban distraídamente con el cilindro de su revólver. Hacía clic, mientras cada cámara giraba pasando por la punta del martillo. Buen hombre, Robson, según dice George Warrington. Glacialmente tranquilo durante una crisis, aparentemente había visto bastante acción antes de dejar el Servicio de Su Majestad. Aparentemente, era sólo un portero en el club. Más que eso, claro, era el sargento en armas de la Logia. Reconocía incluso a los miembros de los grados más altos con una actitud refunfuñante, que a todos les parecía divertida y vagamente encantadora.

Henry estaba satisfecho con que este hombre corpulento, con el pecho y estómago como un barril de sidra, pero que aún lograba mantener una condición física a nivel del ejército, a pesar de su edad, con su revólver podría lidiar con el Hombre de la Vela. Este asesino contratado no era más que un simple matón.

Se movió en su asiento para ver a través de la ventanita del carruaje, revisando los números en las puertas de toda la avenida.

"67, ¿no es así, señor?"

Henry asintió.

Acabamos de pasar el 59. Nos estamos acercando, quizá sería mejor si nos detuviéramos un poco a tomar el aire, ¿cierto?"

"Sí, muy bien, Robson... no queremos espantar a la presa". Se inclinó hacia delante, corrió una puertecilla y le dio unas palmadas a la espalda del conductor. "Aquí está muy bien, Colin, si me haces el favor", le dijo en un grito.

"Muy bien, señor", respondió con un grito de vuelta, antes de detener a los caballos y cloqueándolos para que descansaran. El carruaje se detuvo y Robson tomó el mango de la puerta.

"¿Robson?"

"¿Señor?"

"Si está dentro... si lo atrapamos adentro, no pierdas ni un solo segundo, ¿entendido? Dispara tu pistola en el instante mismo que lo veas".

Robson mostró un poco de incertidumbre. "Hay bastante ajetreo por aquí, señor. Muchas personas van a escuchar un disparo..."

"Eso no te debe importar". Le ofreció al hombre una mirada tranquilizadora. "No es nada que no podamos arreglar después".

"Tiene usted razón", Robson asintió. "Le disparo primero entonces, señor".

"Y asegúrate de tirar a *matar*. No tenemos absolutamente ninguna necesidad de hablar con este caballero. ¿Entendido?"

Robson abrió la puerta del carruaje y pisó cuidadosamente el camino primero, el revólver guardado discretamente en su saco. Henry lo siguió y juntos subieron a la acera; sus ojos detectaron la oscura puerta frontal del 67 a unas treinta yardas de distancia.

Henry y Robson se abrieron paso hacia la propiedad, haciéndose a un lado para dejar pasar a un par de nanas que empujaban unas carriolas, perdidas en su conversación, pasando alrededor de un repartidor de carbón mientras éste cargaba un saco y lo llevaba hacia una escalera metálica en la entrada de un sótano. Un juguete de niño cayó de una de las carriolas y Robson instintivamente se agachó para recogerlo y entregárselo a una de las jóvenes damas, saludando con el sombrero.

Henry Rawlinson le chasqueó la lengua a su hombre. Ahora no era el momento de hacer alarde de buenos modales. Le dio un empujón por la espalda con su bastón.

"Vamos, Robson", musitó mientras se hacían al lado para que pasara una joven pareja; un alto y delgado hombre de mediana edad, riendo felizmente ante algo que la joven dama de cabellos rizados en sus brazos le acababa de decir. Se fueron de paso, sin darse cuenta de nada, llenos de dicha, su hermosa cara ovalada era la imagen misma de una juventud exuberante.

Amantes. Henry les guiñó el ojo mientras se hacía a un lado. Hacía mucho tiempo desde que *él* tuvo a una criatura tan encantadora en sus viejos brazos. El hombre le devolvió la sonrisa.

Finalmente, estaban frente a los seis escalones que daban a la puerta del número 67. Henry asintió con la cabeza a Robson y rápidamente subieron los escalones.

Ya arriba, Robson se dispuso a tomar la aldaba. "Quien quiera que nos abra... entramos empujando, Robson". Henry le echó un vistazo a la calle a sus espaldas. Había más gente de la que le hubiera gustado. "Es mejor que hagamos lo que necesita hacerse ahí dentro, detrás de la puerta cerrada".

"Correcto, señor".

Al momento de tomar la aldaba se dio cuenta de que la puerta estaba levemente abierta. "Ya está abierta, señor".

Henry le hizo la señal para entrar. "Ten cuidado".

Robson sacó la pistola de su bolsillo, ocultándola de los transeúntes con su espalda. Empujó la puerta.

Argyll le pidió parada a un cabriolé al otro lado de la calle. El conductor hizo un ademán con su mano en el pico de su gorro y se detuvo en el otro extremo, mientras los esperaba a que cruzaran el tráfico y llegaran a él. Al subirse al coche con el frente abierto, él le dio instrucciones al conductor de llevarlos a la estación de Euston Square.

El coche comenzó a repiquetear por Holland Park Avenue y Argyll se volteó en su asiento para ver a aquellos dos hombres que acababan de pasar y subían los escalones para subir a la puerta de entrada.

Un masón y su soldado raso. Notó el botón en la corbata del hombre mayor. Un cuadrado y un compás.

Logró contener un suspiro de alivio. Por Dios, un momento o dos de demora y los hubieran sorprendido en la casa.

"¿John?... ¿John?"

Se dio cuenta de que Mary le había dicho algo. "¿Perdón?"

"¿Por qué nos estamos apresurando? ¿Dijiste algo de que estamos en peligro? Por favor, dime... ¿a dónde vamos? ¿Qué sucede?

Vio al conductor sentado en el banco frente a ellos, los costados del caballo, cómo la cabeza subía y bajaba rítmicamente.

"Aquí no, ahora no, Mary", musitó calladamente.

"John... todo esto es... ¿estamos en peligro? Tengo miedo".

"Estamos a salvo por lo pronto". La tomó de la mano. "Ahora *yo* te cuido a ti".

Ella sacudió su cabeza, un zumbido intenso de preguntas. "¿Dijiste que tus recuerdos habían vuelto? Lo dijiste cuando estábamos en la casa".

Él asintió. "Ya sé quién soy. Y te voy a contar acerca de mí. Pronto. Vamos a encontrar un lugar dónde quedarnos. Y hasta entonces, te prometo que te contaré todo".

¿Todo?

No. Sólo lo suficiente que ella necesitara saber, pero no todo. Ella huiría de él si supiera todas las cosas que han hecho sus manos. Saldría corriendo por su vida. Había mucha de esa vida que a él le encantaría dejar atrás, olvidarse de ella. Él estaba corriendo por *su* vida.

El día de hoy iba a ser un comienzo. Eso era todo. Un adiós a todo lo que vino antes... "Te contaré todo", dijo nuevamente. "Lo prometo".

Ella asintió, preparada para aceptar eso por el momento, viendo cómo se ampliaba la calle conforme entraban a Notting Hill. Los comerciantes comenzaban a cerrar sus puestos mientras el tráfico a la caída de la tarde se reducía.

"¡Es horrible!", dijo ella de repente. "Sólo te conozco como John. Es el primer nombre que pude pensar", dijo, con un sentimiento de culpabilidad. Se sacudió la cabeza. "Es tan extraño... tú *eres* John para mí, pero ¿cuál es tu nombre verdadero? ¿Lo puedes recordar?"

Él asintió con la cabeza.

"¡Dime! ¿Cuál es?"

Él tenía un nombre, pero no era un nombre que alguien hubiera usado desde hacía años. Ah, y sí, tenía seudónimos a granel, *Babbit* era uno de tantos. Nombres que había inventado, nombres e identidades que había robado de las carteras de hombres muertos. Todo era parte del oficio, el *arte* de ser lo que había sido; un verdugo a sueldo, un eliminador de basura humana. Pero su nombre, su nombre *real*, era todo lo que quedaba del Antes. Y la última persona que había dicho ese nombre en voz alta había sido Olivia. Ni siquiera fue dicho, había sido gritado.

Otro tiempo. Otra vida. Cerró sus ojos y le cerró la puerta a todo eso.

"Mary", se mordió su labio mientras pensaba. "En realidad no quiero ser lo que una vez fui. ¿Podríamos estar de acuerdo tú y yo en que me llamo John Argyll?

Ella frunció el ceño, medio en broma, medio en serio. "Oh...

vamos. Quiero saber todo de ti". Ella le apretó la mano. "Te amo. Eso es todo lo que y..."

"¿Por favor?" Su sonrisa fue como un ruego. "Sabes, en verdad me *gusta* este nombre. Me he acostumbrado a él".

Ella estudió su cara por unos momentos, sus ojos entrecerrándose con una débil sonrisa que torcía la comisura de sus labios. "John, eres más un rompecabezas ahora de lo que fuiste antes".

Él hizo un gesto, en señal de pedir perdón.

"¿Podrías decirme por lo menos a dónde vamos y por qué la prisa? Me asustaste con eso".

"Yo estaba... en Londres, realizando unos asuntos importantes".

"¿Qué asuntos?"

"Negocios", dijo con firmeza. "Es mejor que lo dejemos hasta ahí. Pero hay hombres que, por así decirlo, no quieren que concluya con mi negocio".

"¿John? Por favor... ¡me estás asustando!"

"Ahora no. No te lo puedo explicar ahora". Él sonrió, tomó su mano. "Tú y yo vamos a viajar. Ver algunos lugares. Y luego, cuando encontremos un lugar que nos guste, comenzaremos de nuevo. Una nueva vida".

Ella asintió.

"Entonces... ¿a dónde te gustaría ir?"

Los ojos de Mary se abrieron. "¿A cualquier parte?"

"A cualquier parte".

"Oh... yo..." se sacudió la cabeza. "Supongo que podríamos tomar el tren rumbo a Southend-on-Sea?"

Él suspiró y meneó su mano, como si la idea le resultara aburrida. "Estaba pensando en un lugar aún más afuera".

Ella dio un suspiro y su quijada se abrió. "¡¿No te refieres a *Brighton*?!"

Argyll se frotó la barbilla. "Estaba pensando más en un lugar como... ¿América?"

Ella chisporroteó y se rio. "¡Oh, anda, pues contigo...!"

"Lo digo muy en serio".

Sus labios se cerraron y no dijo ni una sola palabra en todo el trayecto a la estación.

Robson descendió las escaleras. "Todo vacío, señor. Parece que éste huyó".

Henry dijo una maldición. Esta cuestión se pudo haber arreglado aquí y ahora. Pudo haberse reído de sus viejas y sabias cavilaciones de hacía diez minutos antes.

No fue lo suficientemente rápido esta vez, hijo.

"No vivía solo, señor. Hay artículos de una dama, en uno de los cuartos del piso de arriba. Debió haberlos dejado por la prisa, no se llevó mucho y hay un desastre".

Henry dio la espalda a Robson y caminó por el vestíbulo, absortos en sus pensamientos. De modo que en esta mañana descubrieron que su hombre estaba vivito y coleando. Y ahora, huía. Eso lo hacía más peligroso. Si sentía que no tenía a dónde moverse podría hacer algo muy descuidado. Algo muy público.

Entró a la cocina en el fondo de la casa, aún considerando sus opciones. Quizás un arreglo mucho más sustancioso. Cinco o diez veces el pago original. Un gran gesto de remordimiento por parte de ellos, por suponer erróneamente que él no era muy distinto a un matón cualquiera. ¿Le habían dicho, no es así, los de la Logia de Nueva York? Dijeron que era un verdadero profesional. Completamente confiable. Completamente confidencial.

"¡Maldita sea!", escupió. Su pequeño comité había sido demasiado precipitado en tratar de mantener este asunto tan protegido.

Robson entró al cuarto detrás de él, echándole un segundo vistazo a la cocina. Abrió una puerta que daba a una pequeña alacena; los estantes vacíos.

"Se siente como si hubieran cerrado la casa durante el verano", dijo Robson. "¿No lo cree, señor?"

Henry asintió. Sí, tenía esa sensación. El vago aroma de las bolas de naftalina y el polvo.

"Espere". Robson cruzó la cocina y alcanzó algo que estaba en un estante. Un sobre. "Es una carta, señor... dice en el sobre, 'Para George'".

"¿Me permites ver, por favor?"

Robson se lo pasó al otro lado de la mesa. El sobre no estaba engomado. Lo abrió e impacientemente sacó la carta en su interior.

George:

Parece ser que tus colegas actuaron precipitadamente con este asunto. El acto de traición era francamente poco educado, extremadamente amateur y completamente innecesario. No hice ningún intento por incrementar mi pago al descubrir exactamente a la persona que cometió los pecadillos cometidos que ustedes intentaban encubrir, ¿O sí? Y no obstante, sólo pudieron suponer que yo intentaría chantajearlos posteriormente.

Bueno, pues, ahora, las cosas se salieron de control.

Quizá sea el momento de concluir con esta cuestión. A pesar de su comportamiento, que es imperdonable, no tengo planes de estar a mano con ustedes, sin embargo, sí deseo regresar a mis propios asuntos en una sola pieza, si es posible, sin tener que mantener un ojo vigilante en torno a esos tipos corpulentos que ustedes emplean.

Lo que sí haré, en su debido momento, es ponerme en contacto del mismo modo antes establecido y quizá podremos llegar a un acuerdo cara a cara.

Hasta entonces, George, tú y tus colegas pueden esperar.

El Hombre de la Vela.

WARRINGTON ESTABA NERVIOSO E IMPACIENTE. LA TARDE había pasado a inicios de la noche atorado en este pequeño cuarto escuálido con estas dos mujeres. Tenía la sensación de que había extraído cada pedacito de información útil de este par, y ni siquiera había tenido que levantar un dedo. Ambas parecían bastante aliviadas de sacarse el peso de encima y contar la historia. Estaban muy convencidas de que hablaban con algún representante mayor de Scotland Yard. La más alta, Liz, había sido un poco más desconfiada que la otra, quien se mantenía mencionando cosas que Liz sólo podía reconocer, aunque un poco a regañadientes.

Así fue como se enteró de su amiga en común... la llamada Mary Kelly.

Se maravilló por el ingenio de esta joven. Se encontró con este hombre, el pobre se hallaba en mal estado, descubrió que tenía dinero. Y además, descubrió que había perdido la memoria por completo, y no recordaba cómo había llegado a donde ella lo encontró. *Amnesia*, Warrington decía que era el término médico. Y esta muchacha, Mary, lo había convencido de que ellos dos eran pareja.

Absolutamente ingenioso.

No había sido la primera vez esa tarde que él descubría qué tan lista y confabuladora puede ser la clase de los arrabales. Era tan fácil descartarlos como personas que no pasaban de ser simples primates rasurados y vestidos, como anteriormente lo había creído. Podrían sonar subnormales, con sus palabras enunciadas a medias y sus frases dichas como gargajos, pero esta chica, Kelly, sonaba tan divisiva y astuta como cualquiera de los abogados engañosos con los que se cruzaba de vez en cuando.

Una chica lista. Es una lástima, sin embargo... una lástima.

Todos escucharon cómo una puerta se abrió, el arrastre de pasos afuera en el vestíbulo. Escucharon a esa criatura espantosa de Marge emerger de sus aposentos como una araña bajando por un hilo de su telaraña, preguntando quién andaba ahí. Warrington escuchó cómo la voz de Robson la ahuyentaba.

Un ligero golpe a la puerta y en el cuarto débilmente iluminado, le sorprendió ver a Sir Henry Rawlinson parado afuera, en el oscuro vestíbulo.

"¡Por Dios, Henry! ¡No esperaba que vinieras hasta aquí!"

El viejo se quitó su sombrero de copa. "George. Vaya tarde tan intensa, ¿eh?"

Robson se paró detrás de él, su bombín respetuosamente tomado con sus dos manos.

"Lo perdimos, George. El tipo salió huyendo antes que pudiéramos llegar. Y no anda solo. Pensamos que lo acompaña una joven".

"Sí, estas dos... ", gesticuló en torno a Liz y Cath, "*damas...* saben de ella. Es su colega. Una mujer llamada Mary Kelly".

Henry arqueó una de sus cejas, blancas como la nieve. "¿Es una rehén acaso?"

"Quizá". Warrington explicó rápidamente lo que las mujeres le dijeron.

Henry sacó la carta. "El muy condenado dejó esto. Debió haber adivinado que iríamos tras él".

Warrington leyó la carta rápidamente. "Creo que sé exactamente a dónde irán".

"¿A dónde?"

"A la estación de Euston Square. Él dejará el país. ¡Eso es lo que está haciendo! Intentará subir a un tren hacia Liverpool esta noche. Estoy seguro de ello. Si actuamos de prisa podemos alcanzarlo en la estación".

Henry lo consideró en silencio.

"¿Henry?"

"¿Y no será mejor quizá que *no* vayamos tras él?"

Warrington vio alrededor del cuarto, demasiados oídos escuchándolos hablar abiertamente. Se dirigió a la puerta, la abrió y entró al vestíbulo. "¿Henry, podemos hablar?"

Henry Rawlinson lo siguió y ambos caminaron por el pasillo, abrieron la puerta de la entrada y salieron del edificio. El sol estaba justo arriba de la azotea de enfrente y la calle estrecha un poco más movida, con los hombres que regresaban a casa del trabajo. Ellos dos se veían muy sospechosos, un par de caballeros adinerados parados en la entrada de una pensión dilapidada, mientras hablaban en susurros... pero así debían hacerlo.

"Henry, deberíamos por lo menos *intentar* seguirlo. ¡No podemos dejar que desaparezca por completo como lo hizo la última vez!"

El viejo apretó sus labios por unos momentos. "Muy bien, George. Muy bien. ¿Pero crees que eres capaz de identificarlo entre la multitud?"

Warrington lo había encontrado dos veces, y en ambas ocasiones había sido incapaz de ver su rostro; muy deliberadamente, claro está. Tenía una idea de la constitución física del hombre; alto y delgado... así como una impresión de su agilidad. Pero eso era todo.

"Yo podría llevarme a una de estas dos mujeres", hizo una señal hacia la puerta detrás de ellos. "Ellas conocen a Kelly. La mujer más alta. Podría llevármela a la estación. Si puede señalarme dónde está Kelly, entonces lo encontraríamos".

"Mmh. Eso es verdad".

"Y si me llevo a Robson y a Hain conmigo, si ellos se suben al tren, nosotros también. Una vez que hayan pisado tierra y sepamos dónde se están quedando, les hago una llamada".

Henry asintió. "Muy bien, pero escucha, George... en realidad no podemos costearnos una escena muy vistosa en la estación, ¿entiendes?" Bajó su voz. "No tenemos recursos infinitos para estar jugando. Hay sólo una cantidad limitada de favores que les puedo pedir a mis colegas en la fuerza. Sólo síguele la pista… eso es todo".

"Por supuesto".

"Puedes llevarte mi cabriolé. Está esperándome al final de Dorset Street".

Warrington volvió a entrar al cuarto, luego se detuvo. "La otra mujer, Cath, ¿qué hacemos con ella?"

El largo suspiro de Henry cargaba un tono de arrepentimiento. "Este asesino de Whitechapel del que todos los periódico se han enamorado… tengo la sensación de que volverá a atacar esta noche".

"¿Ambas?"

Irguió su nariz, como si la decisión tuviera su propio aroma. "Una vez que ella logre señalarte dónde está su amiga regrésala acá en el cabriolé. Es probablemente mejor que le ofrezcas una recompensa. Uno de mis camaradas se encargará de todo".

"¿Y qué con el cuarto en el Hotel Grantham?"

"Ya nos detuvimos por ahí. Hain se encargó de esas cosas. De la confesión y del pedazo de… eeeh… *órgano*, ahora son cenizas".

"En ese caso, ¡pudiéramos intentar matarlo! Podríamos producir evidencia que lo identifique como el asesino. Fácilmente podríam… "

"George, no. Hemos reaccionado a los eventos demasiado rápido. Habremos cometido un lamentable error en alguna parte, ¡y eso nos pondría la soga al cuello!" Rascó la punta de su larga nariz. "Dos zorras más desaparecidas en Whitechapel es una cosa… pero un hombre muerto a balazos en medio de Euston Square es otra cosa muy distinta".

Warrington dio un respiro. El viejo tenía razón.

"Síguelo hasta que llegue a tierra, luego discutiremos lo que necesitamos que ocurra después".

"Bien".

Henry hizo un gesto con su mano. "Vamos, pues, George, tienes que irte ya a la estación de Euston".

Euston Square estaba más ajetreado de lo que hubiera imaginado; la sala principal antes de las plataformas de salidas y llegadas estaba llena de porteros y pasajeros, nudos de personas esperando las llegadas o diciendo adiós.

Argyll condujo a Mary de la mano por la multitud, la sala haciendo eco con los sonidos de los trenes que se preparaban para salir, o moviéndose para afianzarse cuidadosamente a los topes y debajo de géisers de vapor que anunciaban su llegada.

Ella sólo había estado en un tren una vez en su vida, y eso había sido hacía varios años, en su viaje a Londres, partiendo de los sofocantes valles de Carmathenshire. Se había sentido así antes, temblando incontrolablemente de la emoción, por el prospecto de cruzar el umbral y pasarse al nuevo mundo, a una vida completamente nueva. Pero esta vez, para este viaje mucho más largo, tenía a John Argyll tomándola de la mano.

¡Liverpool! ¡Liverpool! Y después de eso, en cuanto él pudiera organizar las cosas, un barco rumbo a América.

Ella deseaba poder contener el tonto semblante boquiabierto en su cara. Se imaginaba que se veía como una especie de aldeana tonta conducida de la mano por la explanada.

Argyll encontró un espacio en la banca de madera. "Toma asiento, Mary. Yo iré a comprar nuestros boletos".

Ella asintió obedientemente, se sentó y vio cómo él se iba, una cabeza más alto que la mayoría de las personas en la multitud. Eventualmente lo perdió de vista, sólo para ubicarlo de nuevo, escabulléndose atléticamente por la escalera al final de la sala, subiendo de tres escalones a la vez y ocasionando que un par de mujeres ancianas sacudieran la cabeza en señal de molestia, así como un portero que le gritó algo en su camino. Caminó por la galería hasta la oficina de pasajes.

Estaba emocionada, sí, pero también muy nerviosa. John estaba de repente tan distinto. Casi como otra persona, distinta a la que ella torpemente le había derramado el té durante el desayuno esa mañana. Aún parecía ser el mismo, aún hablaba igual; ese suave acento exótico que daba aires de fronteras emocionantes de naturaleza indómita. Él aún la trataba con una suave formalidad, la trataba como a una dama. No obstante, algo se perdió en él —esa vulnerabilidad infantil, el hombre de la mirada perdida en la vastedad del océano, aferrándose a ella como si fuera su salvavidas.

Él ya no la *necesitaba*. *Él* era el que cuidaba ahora de ellos... el adulto, y ella la niña. Lo cual le hizo preguntarse cuánto tiempo pasaría antes de que él se cansara de ella. Qué tanto duraría esta parte del cuento de hadas. El día de ayer, él hubiera estado completamente perdido sin ella. Hoy... ella era sólo una joven mujer de clase trabajadora —*vamos, sé honesta, una mujerzuela cualquiera*— que de alguna manera había logrado atrapar la mirada de este hombre tan misterioso. Qué tanto tiempo pasaría antes de que él abandonara esa devoción que le mostraba, ahora que se sentía tan distinto, tan en control. Tan despierto.

Se regañó a sí misma. *¡No pienses así! Él te ama... ¡verdad que sí!*

Aparte, no olvidaba la cuestión de esa palabra, "peligro". John había usado esa palabra justo en ese momento y no ofreció otra palabra para explicar por qué. Mary no era tonta, debía haber personas detrás de él, cualesquiera que fuera la razón. Había un motivo por el cual se fueron tan lamentablemente de prisa. Así como había un motivo por el cual él tenía todo ese dinero consigo. Así como había un motivo por el cual lo encontró dos meses antes, su cráneo aplastado y cubierto de sangre.

No era ninguna estúpida, todo eso podía adivinarlo; quien fuera la persona de quien anduviera huyendo, ésa era la responsable de lo que le había pasado... trataron de matarlo hacía dos meses. Y cuando ella lo *reclamó* como si fuera un artículo extraviado en el hospital Saint Bartholomew, se lo llevó de sus perseguidores. Pero ahora, quienquiera que fueran, de alguna manera habían logrado dar con él otra vez.

Eso sólo podía significar que ella también estaba en peligro.

Vio a su alrededor el vals turbulento de personas; caballeros con sus bombines y gorros apurándose para tomar los trenes rumbo a casa; mujeres abrumadas, moviéndose afanosamente con sus plumas y sus hijos apabullados, agarrándose las manos tan fuertemente por temor a perderse y separarse en medio de la multitud. Tantas personas, tanto bullicio, seguramente nada les pasaría a ella o a John, aquí no... no enfrente de todas estas personas, ¿o sí?

Pasaron diez minutos antes que ella viera que él estaba de regreso, empujándose entre la gente y ofreciendo sus educados discúlpeme mientras se abría paso en la explanada.

"El próximo tren disponible a Liverpool es a las nueve en punto". Volteó a ver el reloj enorme en la parte superior de la explanada. "Tenemos un par de horas".

Había un espacio enseguida de ella en la banca, ella lo invitó a sentarse con ella. Echándole antes un vistazo a los rostros a su alrededor, se sentó.

"John", dijo ella, silenciosamente, "¿qué está pasando?, ¿de qué se trata todo esto? ¿Dejar la casa así, tan de repente?"

La quijada de Argyll se puso rígida, sus ojos se entrecerraron. "Por favor. No puedo explicarte ahora".

"Dijiste que había *peligro*...", y de pronto, a ella se le ocurrió algo. "¿Es la policía?", preguntó. "¿De ellos estamos huyendo, de la policía?"

Él miró los ojos oscuros de Mary, ojos que, por un momento, parecían indagar en su interior, intentaban leer su cara. "No, no es la policía".

"Los que te atacaron, John... ¿lo recuerdas? ¿Son ellos?"

Él asintió.

"¿Andan tras tu dinero, fue por eso?"

"No, no fue por el dinero".

"¿Entonces qué? ¡Por favor... por favor, dime de qué se trata todo esto!"

"Eso es algo que ya quedó atrás. Asunto terminado. Está terminado y es algo a lo que no deseo regresar". Alcanzó su mano y la apretó, con afecto, puso su brazo alrededor de sus hombros y la acercó delicadamente a él, hasta que los labios de John sintieron cosquillas por los rizos de cabello en su oído.

Un susurro. "Mientras menos sepas... mejor".

Estaba a punto de decir "mientras menos sepas... *sobre mi pasado*" pero eso hubiera incitado a que ella se hiciera más preguntas. Preguntas que él no quisiera responder, aunque ellos estuvieran completamente solos en la estación. Su mente era un lugar tranquilo por el momento, no se encontraba angustiado por el desagradable gruñido de esa voz que tanto odiaba. Su mente se estableció un propósito; silenciado por una simple meta. Sólo para escapar de estos hombres, escapar de su pasado... escapar de un deber que ya no quería tener.

Si este mundo en realidad era tan malo, tan irreversible, poblado sólo por las almas que el Mismísimo Dios no tenía las agallas de dejar pasar... entonces, ¿cómo figuraba esta joven dama sentada al lado de él en todo eso?

Deja que otro apague esas malditas velas si eso es lo que se necesita hacer.

Besó el rosado lóbulo de su oreja y susurró. "Soy John Argyll ahora".

Ella cerró sus ojos y puso su mejilla en su mano, disfrutando de su caricia.

Tú, Mary Kelly, tú me salvaste de convertirme en lo que era.

Capítulo 53
1 de octubre, 1888,
Estación de Euston Square, Londres. 8:30 p.m.

El cabriolé los dejó afuera de la arcada enfrente de la Estación de Euston en la calle Drummond, saturada con otros carruajes y cabriolés recogiendo y dejando personas. Warrington miró su reloj; apenas daba la media hora después de las ocho. Hain les dijo algo en el camino, de que la línea de trenes London North Western normalmente tenía una última salida a las nueve de la noche rumbo a Liverpool.

Este Hombre de la Vela —el Sr. Babbit, aparentemente un pseudónimo— bien habría logrado tomar el tren que pasaba temprano por la tarde, si es que había tenido suerte, pero era poco probable. Y del mismo modo, era posible que ni siquiera se dirigiera a Liverpool. Había suposiciones encima de otras suposiciones para pensar que en realidad podrían encontrarlos ahí. Había otros puertos de salida.

Tomó el brazo de la mujer y corrió por la acera, esparcido en todo el camino un archipiélago de maletas y baúles de viajero. "Ven conmigo, veremos si podemos encontrar a tu amiga Mary".

Al pasar por la enorme arcada dórica de la entrada y el vestíbulo congestionado más allá, llegaron hasta la Gran Sala, tres pisos de interiores cavernosos alineados por columnas romanas clásicas que ascendían unos sesenta pies hasta el techo arcado. En un extremo había una gran escalera, muy teatral, que llevaba a la galería, un piso arriba, y se fueron corriendo por todo alrededor de la sala. Hain y Robson venían atrás de ellos.

Los cuatro se dispusieron a revisar la sala, llena de gente.

"No veremos mucho desde aquí abajo, señor", dijo Robson. Asintió con la cabeza en dirección a la galería. Warrington siguió su mirada.

"Buena idea. La llevaré por allá conmigo, y ustedes dos se quedan aquí en el primer piso. Si ella los ubica, puede apuntarles a ustedes en dirección a ellos".

"¿Y qué si ya están en el tren, señor?" Dirigió su mirada hacia la plataforma de salidas que se extendía por debajo del largo tragaluz, enlazado con arcos de hierro forjado. Candelabros con grandes focos eléctricos descendían para bañar la plataforma con un brillo cálido, junto con los rayos oblicuos a través del techo de cristal. Una máquina comenzó a resoplar impacientemente, expulsando una columna de vapor. Aún faltaban veinticinco minutos para que ese tren hacia Liverpool marcara su hora de partida.

"Ellos no abren la plataforma hasta quince minutos antes", dijo Hain. Warrington tenía la sensación de que el hombre tenía razón. Sólo había una plataforma de salida y los cargaequipajes necesitaban el espacio de la plataforma para cargar y descargar. Si Babbit y la chica planeaban subirse a ese tren seguramente estaban aquí, en la Gran Sala, en alguna parte.

"Vigílame muy bien", dijo Warrington. "Si lo vemos no quiero estar batiendo los brazos como un lunático para llamar tu atención". Luego dio un giro y dirigió el camino rumbo a las escaleras de la galería, con Liz siguiéndolo enseguida, sus ojos ansiosamente pasando de rostro en rostro entre la multitud.

Después de subir hasta el segundo piso de escalones de mármol blanco se pusieron a descansar en el barandal de caoba de la galería, para ver hacia el piso de la Gran Sala. Warrington enroscó apresuradamente sus brazos en los de ella y dio un paso más adelante, de modo que sus caderas chocaran suavemente.

"¡Oiga! ¡¿Qué se cree que está haciendo?!", dijo Liz.

"Deberíamos intentar no vernos muy sospechosos, ¿no lo crees? Como dos novios que van de paseo juntos, es lo que pretenderemos ser". No estaba seguro de que alguien que pasara enseguida de ellos en la galería quedara convencido de que eran

amantes o prometidos, pero de lejos, desde el piso abajo, apiña-
dos juntos como una pareja que mira hacia abajo, era mejor que
si ellos parecieran como dos oficiales de la policía vigilando y
sospechosamente escaneando los alrededores.

"Sólo búscala a ella, ¿quieres?"

Liz se volteó para estudiar los nudos acordonados de personas contra los diseños geométricos en el piso de mármol. Un
caleidoscopio de patrones y movimiento, mil óvalos pálidos de
carne debajo de sombreritos y gorros, sonriendo, hablando,
riendo, enojándose... y sólo uno de ellos, entre toda esa gente,
debía ser Mary. Ni siquiera tenía una idea de lo que Mary traía
puesto el día de hoy, sus ropas todas eran nuevas, no los conocidos harapos que solía vestir.

Vamos, corazón... ¿dónde estás?

Argyll revisó el reloj que estaba en la pared al final de la sala
principal. "No falta mucho. El cargador dijo que podremos abordar en unos cinco minutos".

Ella asintió distraídamente, agarrada a su brazo y observando lo que ocurría a su alrededor.

Estaban parados en medio del piso. Instintivamente, él se
sentía más cómodo aquí, donde la presión de la gente era mayor
que sentados en una de las bancas en cada extremo de la sala.

Por primera vez desde que abandonaron ese santuario acogedor en la casa de Holland Park Avenue, tuvo unos momentos para
evaluar su situación. Creyó haber sido muy apresurado y asustadi-
zo, llevándose a esta pobre mujer de ese modo, con nada que ella
pudiera llamar suyo salvo lo que pudo guardar en esa bolsa pequeña que traía. Pero al ver a esos dos hombres subiendo las escaleras
de su casa, mientras ellos cruzaban la avenida, se dio cuenta, en
ese momento, de que su instinto de huir había sido correcto.

¿Lo ves? Me necesitas. Ese resoplido, que no era bienvenido,
la voz rasposa del Sr. Babbit, esas patas de cerdo arrastrándose
incansablemente.

Argyll apretó sus dientes, pidiéndole silenciosamente a la criatura que regresase a su rincón y se callase. La verdad es que, aunque necesitaba la intuición, necesitaba el instinto, finamente perfeccionado, de su viejo yo, el Sr. Babbit y otros cien pseudónimos. John Argyll los necesitaba, por el momento. Los necesitaba hasta estar seguro a bordo de un barco en dirección a Nueva York. Quizás hasta entonces, cuando la costa de Gran Bretaña no fuera más que una línea de lápiz en el gris horizonte del Atlántico, quizás hasta *entonces* esa voz de gruñido podría ser obligadamente retirada, desterrada para siempre y él podría renacer como el Sr. John Argyll.

Un sueño placentero. Apretó el brazo contra el suyo y ella lo apretó a su vez, en una suerte de complicidad silenciosa. *El Sr. Argyll y la Srita. Kelly... se van al Nuevo Mundo.*

No sólo sería un renacimiento, sino quizás el comienzo de una maravillosa aventura para ese par. Con una bolsa llena de dinero y la astucia callejera que Mary claramente poseía, había un mundo de oportunidades esperándolos. El lado extremo del continente, el nuevo estado de California, líneas de tren que ligaban al este con el oeste, emigrados del mundo inundando esta tierra prometida... una pareja como el Sr. Argyll y la Srita. Kelly, con una bolsa de dinero, podían hacer una fortuna.

Él sonrió.

Liz sacudía la cabeza. "Es demasiado difícil. La gente no para de moverse".

"Tú sólo mantén los ojos bien atentos", dijo Warrington. "Su vida depende de ti". La vio a ella. "No quieres que ella termine como esas otras dos pobres mujeres, ¿o sí?"

La mente de Liz se llenó con el recuerdo de ese descubrimiento tan horrendo esta mañana, ese órgano pudriéndose, en un frasco que derramaba su fétido contenido en la superficie del escritorio. Ella sacudió la cabeza. No le sucedería a la pobre de Mary.

"No sé lo que ella trae puesto..."

"Pero es una buena amiga, ¿no es así? ¿Conoces su cara? Si la ves allá abajo la reconocerás, sin importar lo que traiga puesto. Sólo sigue buscando".

Warrington logró ver desde donde estaba a sus dos hombres, parados al lado de la sala, mirando atentamente hacia él... viéndolo con demasiada obviedad.

Malditos idiotas. ¿No podrían ser más sutiles?

Estaba a punto de musitar algo bajo su aliento, sobre las enormes y prácticas botas que los hombres que solían estar en el ejército tenían el hábito de usar; cómo algunos hombres que estuvieron en el ejército tenían una forma demasiado obvia de pararse, los brazos a sus espaldas, las piernas plantadas y rígidamente separadas. Resaltaban como un par de ampollas. De repente, sintió el brazo de Liz tensarse.

"¡Ahí!", susurró, apuntando a la multitud.

"*¡No apuntes, con un demonio, estúpida perra!*", musitó él.

Bajó su mano y la puso otra vez en el barandal. "Perdón".

Warrington vio hacia donde ella había apuntado. Y a pesar de no tener una idea de cómo luciría Mary, estaba seguro de que la chica de constitución pequeña con el cabello rizado color rubio fresa amarrado en un moño era ella. Rodeándola con su brazo estaba un hombre de rasgos oscuros y unos ojos profundos que parecían perdidos debajo de unas cejas gruesas.

Su estómago gruñó, haciéndolo sentir momentáneamente mareado.

Dios mío, es él.

El vello en la nuca de Argyll se erizó. Él sabía... simplemente *sabía*... que la mujer arriba en la galería acaba de apuntar en dirección a ellos. Y claro —al mirar otra vez— la reconoció como la mujer que había venido a hablar con Mary más temprano ese día. Y el hombre parado al lado de ella era...

¡George!

Un resoplido y una risotada seca desde su interior. *Sí, el pobre tonto que intentó traicionarnos.*

Vio cómo George trató de asentir, al apuntar hacia ellos sutilmente. Lo cual quería decir que estaba tratando de señalarlos para alguien más; alguien ahí abajo en el piso de la gran sala, donde estaban ellos.

Argyll volteó casualmente, como si quisiera echarle un vistazo al reloj grande. Detectó a dos hombres por el camino, parados enseguida de una de las columnas, sus cabezas dirigidas hacia la galería; igual de conspicuos que un par de manchas de tinta en una sábana recién lavada.

Aún me necesitas, carraspeó el cerdo, *aún me necesitas, John.*

Los dos hombres que estaban cerca de la columna; sus ropas de civiles y sus posturas rígidas le gritaban a él que eran "policías". Veían en dirección a él, las cabezas rebotando de un lado a otro, para tener una mejor vista en medio de toda esa gente arremolinada.

Relájate. El cerdo tenía razón, la única carta que podía jugar en estos momentos era la de hacer parecer que estaba completamente inconsciente de su presencia. Para darles un sentido falso de seguridad. Dejó que pensaran que ya lo habían atrapado. Casualmente envolvió su brazo alrededor de Mary y la acercó a él. Metió sus narices en el cabello de Mary, afectivamente.

Bien hecho, John. Pero tienes que moverte. ¡Tienes que moverte, ahora!

"Necesito dejarte por unos momentos", le dijo. "Quédate aquí".

Ella lo miró, la preocupación dibujada en su cara. "¿Qué pasa?"

"El baño de los caballeros", sonrió. "No me tardaré".

"Oh", ella sonrió. "Muy bien".

Argyll se abrió paso entre la multitud. Comenzaba a ponerse más densa antes de llegar a la cadena de la entrada que llevaba a la plataforma de salidas. Pasajeros ansiosos por abordar. Adelante de él, entre dos columnas, había unas puertas dobles de madera oscura y con placas de bronce que indicaban el baño.

Encima colgaban canastos de flores que se derramaban con pensamientos púrpuras y blancos.

Hain lo vio irse. "Lo seguiré. Tú mantén vigilada a la tipa".

"Entendido", dijo Robson.

Hain se internó en la multitud, apretujado, maldiciendo mientras se tropezaba con una maleta que algún idiota había decidido depositar en medio de su paso. Se frotó su espinilla golpeada mientras intentaba desesperadamente volver a adquirir contacto visual con el hombre. No era muy difícil. Este tipo Babbit era lo suficientemente alto como para no pasar desapercibido fácilmente. Ahí estaba ahora, acercándose a los *lavatorios*.

Lo único que necesita es echar una orinada, ¿eso es todo? Sonrió. *Humano, después de todo.*

Hain vio hacia la galería y vio que Warrington también lo veía, vigilando la acción. ¿Qué fue eso? ¿El hombre asintió con la cabeza? No estaba seguro. Sí, ahí estaba, otra vez asintió, muy afirmativamente. No estaba seguro de lo que eso significaba. ¿Seguirlo? ¿Esperarlo afuera?... ¿Detenerlo?

Asintió de vuelta, no estaba completamente seguro de qué instrucción era la que confirmaba. Una mano discretamente se puso a buscar en el bolso de su saco para sentir la seguridad de su pistola.

Argyll pasó por debajo de los canastos con flores que colgaban encima de la entrada a los baños públicos y asintió educadamente a la encargada del guardarropa justo afuera de las puertas dobles. La encargada le abrió las puertas y Argyll entró. Vidrios esmerilados y varios focos en lámparas ornamentadas con marco de alambre le otorgaban al ambiente una iluminación apagada pero estable. El piso de mármol de la Gran Sala daba paso a azulejos en blanco y negro. En el muro izquierdo había una hilera de mingitorios de porcelana, rodeados por un marco decorativo de granito pulido. En el otro muro había una hilera de lavabos impecables, cada uno con su espejo ovalado de borde metálico.

Al fondo del baño, una hilera con una docena de gabinetes privados con escusados, cada uno con una gruesa puerta de roble para apagar los sonidos y ahorrarle las vergüenzas al ocupante. El baño estaba ocupado por otros cuatro caballeros. Escuchó un silbido apagado que venía de la Gran Sala y los otros de repente se apuraron para terminar con sus asuntos. La plataforma de salidas debía haberse abierto. Podía escuchar una oleada de voces elevándose al unísono, *"Ahhh"* y *"ya era hora, maldita sea"* y el sonido como de guijarros rodando en medio de las olas de una playa, mientras varios cientos de pares de pies comenzaron a moverse impacientemente hacia enfrente por la barrera desencadenada y en la plataforma.

Argyll se encontró solo, pero sabía que no sería por mucho tiempo. Caminó hacia un lado, escogió uno de los gabinetes privados y giró la perilla. La puerta pesada se abrió con un clic y entró, después la cerró *casi* por completo.

Ah, sí... uno de ellos viene para acá. Paciencia.

Tenía razón. Ahí, por la ranura en la puerta, podía ver a uno de estos dos hombres; lo más probable, un policía vestido de civil. Los había detectado cuando vio que estiraban sus cuellos para verlo a él en la sala.

Debes tener mucho cuidado, John... él traerá una pistola.

El sujeto rápidamente supo que Argyll estaba en uno de los privados y dio un paso hacia adelante, lentamente, las suelas de sus zapatos ligeramente pisando la loseta. El hombre titubeó a unas cuantas yardas de la puerta donde estaba Argyll, y esto era claro, por la manera tan ansiosa como se enjugaba los labios, indeciso sobre qué era lo que tenía que hacer: ¿revisar los privados? ¿O no?

Una pequeña inclinación de su cabeza —como si hubiera tomado una decisión— y dio un paso adelante e intentó abrir la puerta del gabinete a la derecha. Argyll escuchó cómo se movía la perilla y, a través de la pared, una queja de molestia.

"Aaaahhh… ¡en verdad lo siento, señor!"

Argyll vio salir a un viejo con sombrero de copa, la cara roja por la invasión a su privacidad. Demasiado avergonzado o demasiado molesto, ni siquiera se detuvo para lavarse las manos.

Nuevamente solo. El hombre golpeó otra puerta con sus nudillos. "¿Hay alguien ahí?" Luego, un momento después, un poco más adelante, otro golpeteo con sus nudillos. "¿Hay alguien ahí?"

La mano de Argyll buscaba apresuradamente en una bolsa al interior de su chaqueta y escuchó el golpeteo y los pies arrastrándose y el golpe con sus nudillos, otra vez, pero más cerca. *Sí. Eso está bien*, dijo la voz en señal de aprobación. *Prepárate*. Argyll vio su mano y se dio cuenta de que estaba agarrando el mismo cuchillo que traía en sus manos y debajo de la mesa de la cocina poco antes. Un cuchillo para cortar el pan.

De repente, por la ranurilla se dio cuenta de que el exterior del clóset se había bloqueado por el oscuro contorno de una forma moviéndose. Argyll se hizo para atrás, rápidamente, para evitar ser golpeado por la puerta mientras la perilla se abría. Aferrándose fuertemente a la perilla, Argyll giró la puerta hacia dentro.

El hombre, tomado por sorpresa, su mano tirando del mango, perdió el equilibrio y dio un paso correctivo hacia adelante en el cubículo. Suficiente. La mano libre de Argyll agarró el cuello de su chaqueta y lo jaló dentro del cubículo, la cabeza primero.

La cabeza del hombre golpeó fuertemente en la orilla de la taza del escusado y una mancha de sangre se escurrió salpicada en la porcelana blanca, mientras él se colapsaba en el espacio estrecho entre la taza y la pared con azulejos del privado. La sangre chorreaba de una cortada en las entradas de su cabello, caía por su frente y en sus ojos cerrados mientras buscaba su pistola torpemente, ciegamente, amartillándola, lista para disparar.

¡No dejes que la use!

Argyll le quitó a la fuerza la pistola de sus manos antes que pudiera apretar el gatillo, y rápidamente la puso en el bolsillo de su saco. Luego sostuvo la punta de su cuchillo frente a la cara del policía.

El hombre se limpió la sangre de sus ojos, dejando una mancha en sus mejillas. Finalmente, se atrevió a abrir sus ojos al momento de ver el cuchillo, la punta casi le hacía cosquillas a su nariz.

"¡Jesús!"

"¿Por qué?"

El hombre parecía desconcertado. Su mirada cómicamente bizca ante la navaja.

"¿Por qué ustedes son tan persistentemente estúpidos?", susurró Argyll, sorprendido por el repentino torrente de coraje. "¡Les había asegurado a ustedes, claramente, creo yo, que no tengo el más mínimo maldito interés en divulgar sus asuntos!"

El hombre sacudió su cabeza, su quijada temblando. "Yo… yo sólo… ¡Po-por favor! ¡No me ma-mate!"

Preguntas. Preguntas… ¡anda! Deberías preguntarle. ¡Aprovéchalo!

Argyll asintió. Se acuclilló enfrente del tipo. "¿Cuántos más son? ¿Cuántos hay en la estación?"

La sangre caía de su cabeza, mojando sus cejas y goteando en sus ojos nuevamente. Los cerró. "¡Nomás… nomás nosotros tres… y esa ti-ti-tipa!"

Eso es todo lo que Argyll había logrado detectar, pero es probable que hubiera más de ellos.

"¡Dime la verdad o te saco el ojo izquierdo!"

¡Síííí! ¡Ésa es la idea, 'John'!

"¡Es la verdad! ¡Nosotros nada más! ¡Sólo somos nosotros!"

"No son muchos".

El policía, sus ojos aún cerrados, hizo una mueca. "Pues… tú y-ya te-te encargaste de re-rebanar a dos de nosotros. ¿Qué demonios esperabas?"

Me cae bien. Es chistoso. Qué lástima.

"Y aun así, ustedes no aprenden", Argyll picó su mejilla con la punta de su cuchillo. "¿O sí?"

"Yo… yo nomás trabajo… yo nomás trabajo para ellos, ¿de acuerdo? Ha… hago lo que la Lo-logia me pide hacer".

A lo lejos, escuchó el sonido apagado de un silbato soplando de nuevo. Había un tren qué tomar. Y Mary estaba allá, sola. Tenía que apurarse con esto.

"Quiero que vayas y le digas a los otros..."

¡No, John, no! Nada de 've y diles'. ¡Acaba con él!

Argyll sacudió la cabeza. "Es que... yo... no necesito..."

¡Acábalo!

El policía abrió uno de sus ojos, quitándose la sangre con parpadeos. "¿Q-q-qué?"

¡ACÁBALO!

Argyll empuñó fuertemente el cuchillo, quería arrojarlo lejos, pero no podía. Ese pequeño bastardo en su interior estaba dando tumbos como un jabalí enojado en una cristalería.

¡¡MÁTALO!!

Argyll hizo una mueca de dolor ante el grito de esa voz chillante. "Lo... lo siento", finalmente musitó.

"¿Qué?" Los ojos del sujeto se abrieron. "¡No, por favor!" Forcejeó y pataleó en el piso, al darse cuenta de lo que ese *lo siento* significaba.

Argyll encajó la navaja de su cuchillo en el pecho del hombre, hasta el mango. Una muerte relativamente rápida, mientras él atravesaba el ventrículo de su corazón, haciendo que su órgano sufriera un paroxismo escalofriante. Menos sucio... no había chorros de sangre dejando manchitas en su camisa, el trauma estaba todo en el interior de ese hombre. Un brote oscuro de color carmesí se expandió en su camisa a rayas, y sus ojos, rojos de sangre, lentamente giraron hacia un lado mientras sus pies pataleaban y se arrastraban en el piso. Y luego, dejó de moverse.

"Lo siento", susurró Argyll otra vez.

Warrington maldijo para sus adentros, no... no hubiera querido que ese idiota Hain siguiera al hombre a los baños, sólo quería que lo vigilara discretamente en la puerta. Lo último que él podía costearse era que ese bastardo escurridizo se diera cuenta de que estaba siendo observado. Todo lo que tenía eran dos hombres, sólo dos. Si Babbit se escapaba seguro lo perderían.

Si él no tuviera que cuidar de esta zorra, serían tres. Vio a su lado, hacia ella. La mujer estaba básicamente ahí porque quería ayudar; en lo que a ella respectaba, ellos eran la policía. Él decidió arriesgarse y la dejó ir.

Sacó una cartera de piel de su saco. "Toma", le dijo, mientras escarbaba en busca de unas monedas. "Gracias por asistirnos y señalarnos dónde estaban. Esto se puede poner feo. Quizá sea mejor que regreses segura a casa. Puedes tomar un cabriolé".

Ella le quitó el dinero en un santiamén.

"Un cabriolé... ¿entendido? No una botella de ginebra barata."

Ella asintió. "¿Y qué pasará con Mary?"

"Ella estará bien. No vamos a dejar que este hombre desaparezca con ella. Yo me aseguraré muy bien de ello".

Liz se volteó, luego se detuvo. "¿Y qué con la recompensa?"

Warrington le echó una sonrisilla impaciente. "Sí... sí, claro. Tenemos tu dirección. Yo me aseguraré de que uno de nuestros chicos pase por tus habitaciones después. Es mejor que te quedes ahí esta noche. Ahora, vamos, anda y vete de aquí".

Capítulo 54

1 DE OCTUBRE, 1888,
Estación de Euston Square, Londres. 8:55 p.m.

MARY COMENZABA A PREOCUPARSE UN POCO. LA PLATA-forma de salida se había abierto y la congregación de pasajeros, maleteros, tupidos con islas de equipaje, en medio de la Gran Sala, habían comenzado a dirigirse a la puerta abierta. Un dependiente entrometido de la línea de ferrocarriles, con un rostro como de morsa y lleno de barba grisácea, examinaba cuidadosamente cada boleto y dejaba entrar a los pasajeros.

¿Dónde está?

Miró el gran reloj, mostraba ocho minutos para las nueve. Aún no había necesidad de entrar en pánico, había bastante tiempo antes que fuera la hora de partida, pero se preguntó si habría suficientes asientos para todos a bordo del tren. Y si ellos eran los últimos en subir, ¿podría ser que se quedaran sin asiento?

Se mantuvo de pie, ansiosa, y maldijo para sus adentros cuando tres caballeros con sombreros de copa bloquearon su vista hacia las puertas del baño.

Robson sacudió su cabeza. *La pobre joven se ve un tanto agitada.*

Daba saltos, pasando de un pie a otro. Parecía como un conejo en medio de un campo de trigo, apoyada de sus patas traseras y lista para pelarse en cuanto viera al perro del granjero. Se veía tan joven, apenas una niña.

¿Qué demonios está haciendo, escapándose con un hombre?

Robson tenía una sobrina de su edad, Rebecca. Entre él y su hermano, que aún estaba en el ejército, lograban pagar para que ella se quedara en una pequeña escuela para señoritas.

Vagamente recordó una canción de cuna, ¿o se trataba de un cuento? Sobre una mariposa atraída por la llama de una vela. Una mariposa que voló demasiado cerca y se quemó hasta morir. En realidad, era una historia horrenda. Comenzaba a reflexionar sobre la triste y despiadada moralidad que se encontraba bajo la superficie de muchos cuentos para la hora de dormir, cuando sintió un ligero cosquilleo en su nuca. Estiró su mano para rascarse.

"Le sugiero que se mantenga muy quieto", susurró una voz a su oído.

Robson se volteó y el cosquilleo se convirtió, muy rápidamente, en un dolor agudo y punzante.

"¡Quédese quieto! Sí… ésa es la punta de un cuchillo la que siente". Una voz profunda murmuraba a su oído. "Creo que es uno de los chicos que ya ha sido testigo de lo que puedo hacer con un cuchillo, ¿mmh?"

Él asintió. "Sí, yo estaba… yo estaba ahí en el almacén". Echó un vistazo rápidamente a la galería, con la esperanza de que Warrington los estuviera viendo y se diera cuenta de que él estaba en peligro. "Vaya que te nos adelantaste", añadió.

Warrington no estaba viendo, le decía algo a la mujer que había traído.

Una mano ligeramente lo tomó del recodo y lo guió unos pasos hacia atrás, en el pasillo detrás de las columnas. El brillo de la luz de los candelabros de ornato arriba se perdía aquí, en las sombras debajo del piso de la galería.

"Ahora bien, si puede usted acompañarme unos momentos…"

Robson se mantuvo rígido. El cuchillo se enterró levemente en su piel. Su boca se puso de pronto tan seca como un el papel. "T-tranquilo, amigo… yo… yo…"

"Ahhh. Aquí estará perfecto". Escuchó el clic de una puerta abrirse detrás de él, sintió un leve e insistente jaloneo en su recodo y la punzada cosquilleante del cuchillo sobre la base de su cráneo. Él obedientemente caminó de espaldas, entró en un cuarto oscuro, la puerta se cerró frente a él y se quedó en completa oscuridad. Robson estaba vagamente consciente de que había comenzado a orinarse en sus pantalones.

Se encendió un solo foco colgado de un cable. Vio unos estantes llenos de jabones y toallas para los baños, unas grandes cubetas de metal para el trapeador en el piso, trapeadores y cepillos arrinconados en una pared. El cuarto apestaba a cera y aguarrás.

"Permítame disculparme... tendré que ser un poco rápido con usted. Tengo que subir a un tren".

"Por favor... amigo... n-n-no hay... n-necesidad..."

Robson sintió una mano esculcar las bolsas de su saco, para localizar el bulto donde estaba su pistola, para sacarla. El cosquilleo de la navaja en la base de su nuca dejó de sentirse.

"Bien... ya puede voltear, si así lo desea".

Se volteó para ver a este hombre. La primera vez que lo veía bien, y de cerca. Bajo el brillo del foco sus ojos estaban perdidos en la oscuridad, debajo de una ceja poblada. La geometría angular de su rostro dejaba caer sombras que corrían verticalmente desde la órbita recóndita de sus ojos, debajo de unas delgadas mejillas y una boca de labios finísimos.

"M-mira... e-en realidad no... no ha-hay necesidad de..."

"Oh, es que yo no intento *matarlo*. Sólo quiero *discapacitarlo*. Ahora, ¿por qué no se sienta?"

El hombre sacó una silla de madera de un rincón del cuarto y la colocó en el piso, enseguida de Robson. "Siéntese".

Robson hizo lo que le decían, sus ojos seguían atentos al cuchillo, pero sintiendo un poco de alivio. Hasta que creyó ver una mancha de sangre en la punta.

"¿De quién es esa sangre?"

"De su colega", el hombre hizo una mueca de compasión burlona. "Oh, pero él está bastante muerto".

"¡Por D-dios!"

El hombre hurgó en uno de los estantes con su mano libre.

"¿Ve alguna cuerda por aquí?, ¿algún mecate quizá?"

Robson se precipitó en su asiento, al escuchar que mencionaba la cuerda, un poco más esperanzado de que saldría vivo de ese cuarto. "¡Ahí!", señaló. "¡Ahí! ¿Lo ves? ¡En el s-segundo estante abajo!"

"Ajá, gracias".

Argyll desenrolló un par de yardas de la bola de cuerda color verde y la cortó con su cuchillo. Se volteó y miró al hombre, más o menos pesado, sentado en la silla, que crujía y temblaba por su peso mientras éste temblaba incontrolable.

"¿No ha notado cómo las personas se han vuelto más groseras las unas con las otras? ¿Mmh?"

El hombre se le quedó viendo, confundido. "Yo... yo... no... yo..."

Oh, sí, claro... sí, esa vocecilla carraspeó, *él es el educado, si bien lo recuerdo.*

"Son los pequeños gestos, creo", dijo Argyll, distraídamente. *Las cosas pequeñas... sí. ¿Lo recuerdas? ¿En aquella calle bulliciosa? Éste se agachó... tomó el juguete y se lo dio a la mujer con la carriola. Una cosa tan pequeña. Algo de bondad. Mmh. Puedes dejarlo vivir si así lo deseas.*

Un silbato sopló allá afuera, apagado por la gruesa puerta del pequeño almacén. La atención de Argyll se dirigió nuevamente a Robson. "No... no lo voy a matar. Pero sí necesito que usted no me vaya a seguir", le enseñó la cuerda que colgaba de su mano.

Robson puso ansiosamente sus manos para ser atado.

"No es necesario". Argyll dio un paso adelante rápidamente, y encajó el cuchillo hasta dentro del muslo de este hombre, dejando que el mango quedara como mástil.

Robson gritó. "¡¡Mierda!!", vio con los ojos saltones el mango de madera. Trató de sacarlo.

"No. Debes dejarlo ahí", dijo Argyll. Se agachó y rápidamente amarró la cuerda alrededor de la parte superior del muslo del hombre. Buscó una pinza en el estante enseguida de él y lo insertó en uno de los giros de la cuerda. Le dio vueltas varias veces, cinchándolo bien. Robson rechinaba sus dientes del dolor.

Argyll tomó una de las manos temblorosas del hombre y la colocó en la pinza. "Así como está, ¿de acuerdo? Necesita sostenerlo lo más fuerte posible, durante la mayor cantidad de tiempo si es que desea vivir".

"¡¡MIERDA!!" Robson gritó otra vez. "¡¡MIERDA!!" De su frente caían perlas de sudor.

"Y en realidad yo no sugeriría que tratara de ponerse de pie... se abrirá la herida y se desangrará. Si se queda aquí estará bien".

Argyll se dirigió a la puerta y apagó la luz. "Enviaré a alguien en su debido momento". Se salió del cuarto y cerró la puerta tras de sí.

Capítulo 55
1 de octubre, 1888,
Estación de Euston Square, Londres. 8:56 p.m.

AHORA ROBSON TAMPOCO ESTABA. WARRINGTON NO TENÍA
ni una señal de él. Se había distraído hablando con la zorra menos
de un minuto, y en ese tiempo Robson parecía haberse desaparecido en el aire. Aún podía ver a la chica, seguía parada en medio
de la Gran Sala junto a su bolsa en el piso, mirando ansiosamente a su alrededor, al último de los pasajeros que pasaba frente al
encargado de los boletos.

El piso estaba casi vacío ahora. La mayoría de los que intentaron tomar el tren de las nueve para Liverpool estaba ya en el
tren o en la plataforma de salidas diciendo adiós.

Warrington se preguntó si Robson había seguido a Hain en
el baño. Quizás, mientras él había estado ocupado con la mujer,
Robson había entrado para ayudarlo. Quizás Hain en realidad
había tomado la iniciativa e hizo una movida y tomó al hombre
por sorpresa, con sus pantalones literalmente en el suelo.

Si ése era el caso, ¡excelente! Al demonio con las instrucciones de Henry de no acercarse al Hombre de la Vela. Si Hain
realmente lograba deshacerse del bastardo ahí en los baños públicos, entonces Warrington tendría que asegurarse de que el
imprudente y desobediente hijo de puta de Hain obtuviera un
buen bono por usar su iniciativa.

Soltó el barandal y comenzó a bajar precipitadamente por
las escaleras de la galería, y ahí fue cuando sus ojos lograron ver
un movimiento como de agachados en el piso de abajo. Mary

Kelly estaba siendo empujada por una figura alta y oscura hacia la plataforma de salidas.

Warrington se detuvo en seco.

Es Babbit. ¿Dónde demonios están...? No había ninguna maldita seña de esos dos idiotas. A Hain lo había visto desaparecer en los baños públicos y Robson... simplemente desapareció.

Observó cómo Babbit y la chica Kelly se acercaron al encargado de los boletos, el hombre sacudía con las manos su boleto de manera frenética. Warrington miró el reloj; faltaban cinco minutos para las nueve.

¡Maldita sea!

Algo debió ocurrir en esos baños. Algo le debió haber salido mal a Hain y ahora el escurridizo bastardo americano sabía que lo habían estado siguiendo hasta la estación. De repente, no estaba tan seguro de que Hain obtendría su bono. No estaba muy seguro de que el pobre bastardo fuera a hacer algo, ya nunca jamás. Maldijo para sus adentros. Quizá Robson tuvo el mismo destino.

¿Cómo es que logró...?

Warrington siguió bajando las escaleras hasta que sus zapatos pisaron el piso de granito pulido. Sus ojos firmemente concentrados en las espaldas de la chica y de Babbit, y prosiguió más calmadamente cuando llegó a la plataforma de salidas.

Ya sólo quedo yo, ahora.

Un guardia sopló su silbato y la máquina al final de la plataforma resopló impacientemente una columna de vapor que se elevó hasta la cima del techo de hierro forjado y luego comenzó a revolotear, espantando a los pichones que reposaban en las estructuras.

"¿Dónde estabas?", preguntó Mary. "¡Me estaba preocupando por ti!"

"Había una larguísima fila en el baño", respondió. "Tuve que esperar bastante".

Ella tomó su mano, húmeda y cálida. Preocupada, puso el dorso de su mano contra su mejilla. "Estás caliente, John... y estás temblando. ¿Qué pasa?"

"Estoy bien. Vamos", sonrió, "no querremos perder el tren".

Más adelante, en la plataforma, pudo ver a varios guardias que caminaban entre los espectros de vapor que se movían por debajo de los vagones, por el lado del tren que cerraba las puertas que quedaron abiertas, y amablemente persuadían a los novios a terminar de despedirse.

Vio a través de las ventanas de los compartimientos que pasaban mientras se abrían paso por la plataforma, buscando uno vacío, o por lo menos, que no estuviera lleno. "Aquí... éste parece estar bien para nosotros". Jaló la puerta y le ofreció a Mary una mano mientras ella entraba en el vagón.

"Hay algo que tengo que hacer primero", dijo él.

"¿John?"

"Regreso en un momento". Le pasó su bolso y, dejando abierta la puerta, corrió rápidamente por la plataforma. Fue en ese momento que vio a un caballero discutiendo con el boletero.

George.

"¡Lo siento, señor, si no tiene boleto, no puede pasar!"

Warrington chasqueó los dientes en señal de frustración. "¡Maldita sea, señor, esto es... esto es asunto de la policía! ¡Necesito subir a ese tren en este mismo instante!"

El dependiente se encogió de hombros. "Bueno, pues, si es *asunto de la policía*, le voy a pedir amablemente que se identifique como debe ser".

Warrington maldijo y luego intentó empujar al hombre para entrar.

"¡Señor!" Lo tomó fuertemente del brazo. Un apretón sorpresivamente fuerte para un tipo tan viejo. "¡Lo siento, señor, no puede pasar!"

"¿Lo está molestando este señor?"

Warrington se alejó del dependiente con cara de morsa para ver a Babbit, parado a unos pies de distancia. Dejó de forcejear con el dependiente.

"¡George!", dijo Babbit como si saludara a un primo que no veía desde hace mucho. "¿Cómo has estado, *camarada*?"

Warrington lo miró, perplejo; un momento perfectamente estático entre los dos hombres que pareció durar una eternidad.

"Señor", respondió el dependiente a Argyll, "puedo lidiar sin problemas con este cliente, se lo agradezco de todos modos. Usted necesita abordar el tren. Está a punto de partir".

Argyll atendió a esta réplica con cierto desdén, ya que sus ojos permanecían fijos en dirección a Warrington. "George... me tendré que ir, pronto. Me iré a casa. Sugiero que les digas a tus *amigos* que nuestros asuntos han concluido". Sonrió. "Están perfectamente a salvo conmigo".

"La chica..." Warrington lanzó brevemente su mirada al dependiente. "¡Suélteme, maldita sea!" El dependiente aligeró un poco el brazo. Realmente preferiría que esta conversación no estuviera sosteniéndose así, sospechosa y escuchada por otros. Había otros cuantos guardias que caminaban por la plataforma para ver qué ocurría. "¿La chica?", le dijo a Argyll. "¿Qué tanto sabe ella?"

Argyll no dijo nada.

"Ella lo sabe... ¿no es así? ¿Ella sabe lo que tú eres? ¿Lo que has hecho?"

"Ella no es de tu incumbencia", respondió Argyll, fríamente.

"¡Caballeros, *por favor*!"

"Ella es un maldito peligro ahora que la has involucrado", siseó Warrington. "¡Tú sabes que no podemos dejarlo así!"

El dependiente ya tuvo suficiente. Volteó a ver a Argyll. "¡Señor!... si usted quiere tomar este tren debe abordarlo *ahora mismo*! Y usted, señor", volteó a ver a Warrington, "¿Le molesto si le pido que se largue, señor? Este caballero necesita retirarse. ¡Ahora!"

"¡Nosotros *podríamos* dejarte ir! Pero no..." Warrington sacudió la cabeza. Quería decir *"pero no con una joven borrachi-*

na que bien podría beber un poco de más una noche y contarlo todo". Aunque no necesitaba hacerlo. El Hombre de la Vela entrecerró los ojos, con una tácita comprensión y con un ligero asentimiento de la cabeza. Dio un paso hacia atrás, alejándose del dependiente y de Warrington.

"Estaré en contacto, George. Asegúrate de leer los periódicos". Volteó rápidamente y se dirigió al tren, abriendo la última puerta del último vagón, para el evidente alivio del boletero.

"¡Te encontraremos, tú lo sabes!", gritó Warrington. "¡Tendremos a nuestros hombres vigilando los barcos!"

Argyll se detuvo. Volteó a verlo. "¿Quién dijo algo de barcos?", respondió. "Ah, George, por cierto", apuntó en dirección a la Gran Sala. "El almacén del conserje… un colega tuyo podría agradecer un poco de ayuda". Subió al vagón y jaló la puerta para cerrarla con un azote que hizo eco a lo largo de la plataforma.

Los silbatos de varios guardias sonaron, y finalmente se elevó una bandera verde. Con el grito distante de vapor de la locomotora en la parte de enfrente del tren, las ruedas de cada vagón parlotearon una después de la otra conforme avanzaban, y el último vagón comenzó a moverse lentamente.

Warrington vio a Babbit una vez más, su cabeza saliendo de una de las ventanas; ojos que él hubiera jurado que tenían un destello de rojo sulfúreo dentro de las oscuras órbitas de sus cejas. El condenado bastardo incluso levantó animadamente el brazo para despedirse.

TERCERA PARTE

Capítulo 56
7 de noviembre, 1888, Liverpool

MARY VIO A LOS ESTIBADORES TRABAJANDO LABORIO-samente en el muelle de Waterloo. Del lado izquierdo del muelle, una hilera de barcos veleros y de vapor, de todos los tamaños, estaban alineados, volutas de humo que resoplaban columnas sucias en el denso cielo gris. Una multitud de carretillas y carretas llenaban el muelle, repleto de contenedores de madera humedecidos por la lluvia y de sacos de lona con verduras que provenían de todos los rincones del mundo. Del lado derecho del muelle, mientras ella veía toda la extensión, un muro continuo de almacenes de depósito, sus frentes como bocas abiertas, tragando y desembuchando un convoy permanente de carretas pesadas y estibadores con semblante de cansancio. Un desfile de constante actividad hasta donde el ojo podía ver, que dejaba la insignificante escala de los muelles de Londres en vergüenza.

A través de la ventana ella podía escuchar los silbatos de vapor, el ruido metálico de cadenas con las que se mecían los brazos de las grúas y el lenguaje colorido de los estibadores maestros escupiendo obscenidades que harían que los dedos de un cura se enroscaran, mientras empujaban a sus trabajadores a que redoblaran esfuerzos.

Viendo todo esto, ella sintió un golpe de excitación correr por su columna. Se sentía como eso que John hizo en la cama, un dedo que delicadamente se deslizaba por cada bulto de su vértebra, una tras otra, como un arpista que acaricia las cuerdas de tripa de gato de su instrumento.

Le hubiera encantado haberse hospedado más cerca del sitio donde desembarcaba el Princess. Lo suficientemente cerca como para ver a los barcos de pasajeros de Cunard, el Pacific Line y el White Star ir y venir, el amplio pasaje lleno de personas de todas las clases, de todos los rincones del mundo, embarcándose o desembarcándose juntos. Ver todas esas maravillosas ropas de los pasajeros de primera clase; las plumas de avestruz, las capas finas de encaje, el corte maravillosamente preciso de los trajes de fieltro de los hombres.

Pero John la había convencido de que sería mejor escoger un hotel menos obvio. En realidad, fue algo bastante sensato.

"¿Otra rebanada del pastel de siempre, señora?" preguntó la mesera.

Mary sacudió la cabeza. "Estoy bien, muchas gracias".

"Sí, señora".

La chica, de rostro rosado, de nombre Elizabeth, parecía inclinarse en reverencia, mientras daba un paso atrás y volvía a ponerse obedientemente detrás del mostrador de la salita de té. Mary había estado en este lugar tantas veces en estas últimas semanas que ya habían platicado un poco. La mesera era sólo un año más joven que Mary, aun así la trataba con una deferencia completamente derivada de la clase.

Ésa fui yo hace unos meses, musitó Mary.

No, quizá se estaba adulando de más. No era así. En las bandas estratificadas de la clase social que existía en el lado este, una "costurera", que era la manera codificada para admitir que tomaba hombres *ocasionalmente* a cambio de dinero, hubiera inclinado su cabeza en deferencia hasta a la chica que vendía los postres, o a *cualquiera* que atendiera una tienda, a decir verdad.

Ahora, sin embargo… ella era referida como *"señora"*. Y no era dicho con un tono sarcástico ni con el escéptico guiño del ojo. Aquí en Liverpool parecía que ella realmente podía pasar como una dama. Una vocal o consonante que ocasionalmente se le deslizaba —y siendo francos, se estaba volviendo mejor para *no hacer* esas cosas— eran sutilezas que fácilmente se perdían y eran menos notables si se comparaban con las diferencias regionales del sonido de las vocales. Efectivamente, el simple hecho de no tener un acento del norte muy marcado parecía identificarla como alguien a quien se le debería ofrecer un gesto adicional de cortesía.

John a veces la regañaba, amablemente, por preocuparse tanto de sus aires y gracias. Su actitud era tan típicamente americana, donde una persona es juzgada por lo que tiene que decir, no por la manera como dice sus palabras. Del otro lado de ese océano, ella encontraría un mundo muy distinto, él le insistía, no como este mundo tan sofocante, en el que todos los hijos estaban destinados a seguir la profesión de sus padres; donde meseras, sirvientes, cargadores en mercados, mineros de carbón... simplemente nacían con tallas demasiado pequeñas como para llenar sus uniformes de servidumbre.

De cualquier modo, él le había dicho muchas veces que era su *alma* la que lo tenía a él embrujado. Su alma, su espíritu... su *garra*. No era si ella podía decir *how* en vez de *'ow*, o *butter* en vez de *bu'err*. Mary sonrió mientras tomaba de su té y veía a los trabajadores del muelle a través de la ventana.

Tan americano. Tan refescantemente nada inglés.

Al pensar al respecto, Mary estaba contenta de que no hubieran hecho reservaciones en uno de esos barcos lujosos del White Star o el Cunard. En parte porque esas mismas damas pasajeras elegantemente vestidas que ella deseaba ver más de cerca, seguramente serían el tipo de viejas de labios apretados que detectarían quién era ella en un instante, y que intentarían hacer todo lo posible por divertirse mientras buscaban cómo ponerla en evidencia. Pero también, no había que olvidar el dinero que se ahorrarían al comprar un pasaje para un barco de carga.

John dijo que el barco estaría pronto listo para embarcar. Habría unos cuantos días antes de su regreso, mientras el barco era vaciado de sus sacos de té, de café y azúcar, y lo llenaban con una consignación de herramientas de ingeniería que debían ser enviadas y descargadas en Nueva York. Y, claro, suficiente espacio a bordo para un número pequeño de pasajeros que pagaban una fracción del costo que pagarían si abordaran un trasatlántico como el SS Celtic, siempre y cuando no les molestara comer junto con los miembros de la tripulación.

Tan sólo faltaban un par de días, según él. Esperaba el barco en cualquier momento. Si ella no confiara en él —confiar *completamente* en él, como ella lo hizo, después de... ¿cuánto había pasado, cuatro semanas desde que salieron de Londres?— ella bien hubiera comenzado a preguntarse si en realidad *había* un barco que fuera a América. Pero la pregunta nunca pasó por su mente. Ella sabía que su Sr. Argyll no sería mentiroso con ella. Sabía que él no podía engañarla aunque lo intentara. Incluso las mentiras blancas lo delataban. El otro día, por ejemplo, él le había comprado un precioso camafeo tallado exquisitamente con conchas rosadas e intentó dárselo durante la cena, pero se había preocupado tanto y estaba tan impaciente por la sorpresa que se dio por vencido por la tarde y se lo dio a la hora del té. John era el hombre más honesto que ella pudiera desear. Mucho más honesto de lo que ella se merecía, dada la génesis engañosa de su amor. Si él decía que sería "pronto" entonces *sería pronto* y ella no tenía razón en el mundo para dudarlo.

Pronto estaba bien, de todos modos. Aunque tomar el té mientras pretendía ser una dama era una ficción suficientemente placentera, ella no podía esperar más esa nueva vida juntos que comenzarían en serio.

El otro día, John la había engatusado con las posibilidades que esa bolsa de dinero les ofrecía. Él ya había construido un sueño en su mente, un comercio de herramientas en un lugar llamado Fort Casey, Colorado. Le dijo que las vías de ferrocarril que recientemente habían construido estaban llevando a hordas de personas del este, que viajaban no *hasta* el oeste, sino deteniéndose en el camino para aprovechar las planicies de tierras baratas que estaban en oferta para convertirlas en ranchos. Gente que había vendido todo buscaba comenzar de nuevo. Una ferretería justo enseguida de la estación de ferrocarriles. Sería uno de los primeros lugares que un granjero querría visitar.

Pero también estarían cansados por el viaje. Fue así como a Mary se le ocurrió de repente una idea maravillosa que se podía añadir a la de John.

¿Qué tal un alojamiento? ¿Un hotel pequeño, lo suficientemente pequeño como para que ellos dos lo administraran? Sólo unas cuantas habitaciones y quizás una sala de té como ésta. John podía encargarse de la tienda y ella del hotel. Mary presionó sus labios, intentando lo más que pudo dejar de sonreír.

Todo esto sonaba maravilloso.

Él volvería pronto. John dijo que tenía algunos asuntos que atender con el mercader de envíos esta mañana. No podía esperar que él volviera para que ella le pudiera contar su idea.

"Son cincuenta y cinco palabras en su mensaje, señor", dijo el dependiente. Calculó la suma total que se le debía en su cabeza. "Serían dos libras y un cuarto de penique, por favor, señor".

"¿Y esto saldrá en el número de mañana?"

"Si envío el cable a Londres ahora, señor... sí, saldrá el día de mañana. No corren las prensas de impresión hasta las tres de la tarde por lo regular".

"Bien", Argyll esculcó su bolsillo para encontrar unas monedas, le pagó al dependiente y salió de la oficina de telégrafos y entró a la calle. El aire estaba húmedo, una fina lluvia como de rociador, *llovizna* le dicen por aquí, ¿no es así? Subió el cuello de su impermeable debajo del amplia ala de su sombrero para lluvia y comenzó a abrirse paso rumbo a la parte sur del muelle.

Sabes que no hay otra manera.

Distraídamente, levantó con el pulgar la tapa de la pequeña botellita de cristal con clorhidrato en su bolsa. El farmacéutico trató de venderle media docena de otras curas milagrosas para el insomnio, pero Argyll había usado este líquido antes, como sedante; si se suministra la dosis adecuada, funcionaba rápidamente sin ningún efecto secundario incómodo.

Estás haciendo lo correcto, susurró el cerdo, en señal de aprobación.

"Guarda silencio", musitó en un suspiro.

Argyll trató de evitar escuchar esa voz rasposa e insistente. Tenía razón, sí, podía entenderlo ahora, ésta era la manera como tenía que hacer las cosas, pero no necesitaba escuchar a este fenómeno desdichado y deforme decírselo todo el tiempo.

¿"Fenómeno"? Deberías mostrar más gratitud hacia mí, ¿mmh? Yo los vi primero. No tú.

George y sus secuaces debieron haber decidido llevar sus asuntos a la policía, porque él estaba seguro de que los había visto varias veces aquí en Liverpool, en el puerto de desembarque del *Princess*. Venían en pares, los vigilaban discretamente, haciéndose pasar, según ellos, como los pasajeros que suben y bajan de los trasatlánticos. Siempre en pares. Inconfundiblemente policías. Argyll también estaba seguro de que todo agente de pasajes de los trasatlánticos estaba siendo cuidadosamente observado. Al momento en que él y Mary intentaran comprar boletos, al momento en que intentaran subir los escalones de un barco rumbo a América, sabía que estaban asumiendo un gran riesgo.

Tú sabes que tiene sentido...

Argyll empuñó su mano y hubiera golpeado su sien sin problemas, para gritarle a esa cosa que se callara; felizmente hubiera enterrado la larga punta de una navaja stilleto en su sien si estuviera seguro de que eso pincharía al bastardo ahí dentro.

...darles lo que piden.

Y el hecho que la voz del cerdito tuviera razón empeoraba las cosas. Era la única manera, ¿no es así? Si George y sus colegas involucraron a la policía como al parecer hicieron, entonces él se hallaba verdaderamente acorralado.

Ella es tan sólo una sucia mujerzuela... sucia. ¿Con cuántos viejos malolientes crees que se haya acostado? ¿Cuántas uñas cubiertas de mierda la manosearon o se metieron dentro de ella, todo por el precio de un pan o una comida? ¿Cuántos de ellos hubo... antes que te encontrara a ti? ¿Cuántos...?

"¡Cállate!", le gritó.

Giró su paso hacia una calle más bulliciosa, evitando un charco que se extendía en la acera. Mary estaba en su salita de té favorita, a unos cuantos pasos. Sin duda justo en la ventana, donde estaba su mesa favorita, mientras veía a los trabajadores del muelle cargar y descargar los barcos. Odiaba que la voz estuviera cercana a ella. Odiaba incluso la idea de que estuviera en el mismo cuarto con ella.

"¡Haré lo que tú me dijiste!", dijo abruptamente, su voz debajo del ala mojada de su sombrero. "¡Ahora vete! Por favor... sólo dame una noche *a solas* con ella. ¡Por favor!"

Su cabeza adolorida se calló durante unos cuantos pasos. La pezuña golpeando el piso y el chasquido burlón de Babbit el cerdo fue la única respuesta que Argyll tuvo por un tiempo. Luego, cuando pasó por la ventana con cortinas y vio su pequeño rostro ovalado iluminarse al verlo a través del cristal cubierto de gotas de lluvia, carraspeó una vez más.

Por ahora, me iré.

"¡POR DIOS, VAYA QUE ESTO ES UN ALIVIO!", DIJO HENRY.
"¡Creí que se nos había ido de las manos!"

Warrington asintió. "Efectivamente".

Estaba cansado. Agotado hasta los huesos, con el constante y tormentoso estrés de esta situación tan maldita. El número de noches descansadas en el último mes, que habían comenzado y terminado con un beso de su esposa, podía contarlo con los dedos de una mano. El resto, habían sido noches de estarse moviendo para un lado y para el otro en la cama, imaginando que este bastardo escurridizo y la chica que lo acompañaba estaban muy, muy lejos. Lo suficientemente lejos como para sentirse bastante contento al compartir ese relato fascinante titulado: "Un príncipe, su puta, su bastardo y el Destripador de Londres", que apareciera en algún periódico de Nueva York.

Qué fácil sería que una historia como ésa llegara a los encabezados de los periódicos.

Sus noches en vela estaban mezclados con eso y con unas no muy agradables imágenes destellantes de zoótropo, del oscuro carmesí salpicando en una tela blanca de algodón. De ojos abiertos y redondos, llenos de *shock*, de sorpresa... una completa falta de comprensión en ellos.

Dios santo, incluso intentó explicarle tranquilamente a la más alta, Liz, por qué esos dos deberían morir. Warrington se preguntaba, ¿qué esperaba ganar al racionalizar esto con la puta, como si ella fuera a escucharlo con toda tranquilidad, asintiendo de acuerdo con él y que quizás era lo más sensible de hacer, por el bien de la Reina y del país, y presentarle su cuello desnudo para que uno de sus hombres lo cortara?

Orman había hecho lo mejor posible con las dos, para que pareciera ser el trabajo del Hombre de la Vela. La primera, Liz Stride, logró hacer poco más que casi cortarle la cabeza. Hubiera hecho más con su cuerpo, pero había sido interrumpido, casi descubierto por un hombre que iba en camino al trabajo a las primeras horas del día. Para la otra, una hora después, estuvo mejor preparado. Orman, bendito sea su estómago fuerte, no necesitó nada de ayuda. Lo que dejó como restos de Catherine Eddowes era mucho más parecido a las víctimas anteriores. Un negocio lamentable. Y ahora, los de la prensa de Londres estaban emocionadísimos, gritando que "El Mandil de Cuero", o su mote más amigable para los encabezados, "Jack, el Destripador", tenía otras dos víctimas... ¡y en una noche!

"Mañana será, entonces", dijo Henry a los otros reunidos en la sala de lectura.

Volteó en dirección de Warrington. "¿George, lo verás nuevamente, si es que te sientes dispuesto a hacerlo?"

Él asintió. En realidad no era una pregunta, ¿o sí? Ésa era su responsabilidad. Su tarea. Su desastre.

El periódico crujía mientras Henry inspeccionaba cuidadosamente los mensajes personales una vez más. "Por la manera como usó las palabras aquí, ciertamente parece ser que está preparado para terminar con este asunto de la manera que nosotros preferiríamos hacerlo".

"Y es muy cierto". "Parece que lo tenemos atrapado".

"Me sorprende", dijo Óscar. "Hay muchos barcos que un hombre podría tomar allá en Liverpool. Seguramente podría encontrar por lo menos *uno* en el que escaparse, ¿o no?"

"Sí, por supuesto", dijo Warrington, "pero tenemos una buena cantidad de policías allá".

Tuvieron que pedir muchos favores por esto. Deudas que su pequeño "Comité Steering" terminaría pagando durante muchos años. Pares de botas de la Policía de Lancashire en todo el muelle; botas de agentes vestidos de civiles, pero probablemente tan obvios que hubiera sido lo mismo si anduvieran uniformados. Pero ése era el punto. Querían que el Hombre de la Vela supiera que las cercanías del muelle estaban siendo vigiladas.

"Probablemente pensará que *todos* los barcos y agentes están siendo vigilados". Henry tomó con desgano un panecillo de jengibre para el que tenía poco apetito. "Es precavido. Abordar un barco representa demasiado peligro. Eso es lo que yo creo. Es por eso que decidió reunirse con nosotros".

"¿Y si intentamos matarlo otra vez?" preguntó Geoffrey. "¿Aunque esté preparado para entregarnos a la chica?"

Warrington volteó hacia Henry. Ésa sería su decisión.

Henry se pasó la lengua por sus labios secos, recogiendo unas morusas del panecillo. "Me temo que este horrible desastre es demasiado importante para nosotros, como para permitir que este hombre esté caminando libremente, sabiendo todo lo que él sabe. Acepto que él es... ¡un *profesional*!", dijo, con un cierto disgusto por la palabra. "Acepto que nuestros colegas en Nueva York estarían más que contentos por responder a su infinita discreción, pero...", suspiró, "estos periódicos desdichados están haciendo demasiado ruido con la historia, convirtiendo algo que pudo haber sido... *debió haber sido una serie de asesinatos desafortunados, sin vínculos entre ellos...*", miró enfáticamente a Warrington. "Eso fue realmente estúpido, George, hacer que todo esto pareciera como obra de *la misma persona*".

Warrington asintió, bajando la mirada. Este par ya había tenido esta conversación en privado.

"El punto es", continuó Henry Rawlinson, "que ahora tenemos a la prensa creyendo que su villano de nombre teatral ha matado a *cuatro* mujeres. Eso es exactamente lo que estos horribles y malditos parásitos quieren. Es lo que les ayuda a vender sus periódicos". Henry se sentó de vuelta en su sillón. "Todo el asunto se ha vuelto muy ridículo. Necesitamos una conclusión satisfactoria para esto, ahora, antes de que este ridículo 'Destripador' se agarre firmemente a la imaginación del público".

"Hacer que estos últimos dos parecieran lo mismo, Henry", dijo Geoffrey, "yo creí que había sido una movida muy astuta de George. Le podemos atribuir *todo* esto al Hombre de la Vela. Vivo o muerto, si ponemos un cuchillo de carnicero en su mano y resulta que se le encuentra un mandil de cuero a esta persona, las personas no tendrán dudas de que su Destripador ha sido atrapado y todo este asunto se olvidará de una vez por todas".

Óscar sacudió su cabeza. "George debió haberle dado instrucciones distintas a este hombre. Estas muertes pudieron haberse visto más variadas. Los periódicos reportan una docena o más de muertes todos los días. Los asesinatos sin conexiones hubieran pasado desapercibidos".

"La retrospección puede ser algo muy útil, Oscar", dijo Geoffrey.

"Estamos donde estamos", dijo Henry en un suspiro. "Ganamos poco con discutir este asunto, caballeros".

"El Hombre de la Vela", dijo Warrington, "él *será* este Jack el Destripador. La policía lo encontrará con la evidencia suficiente como para delatarlo". Vio a todos. "Más allá de la indiscreción del Príncipe, no hay posibilidad de que se vincule a las cuatro mujeres. Todas eran unas zorras baratas que resultaban estar trabajando en el lugar y a la hora equivocada. La policía metropolitana y el Scotland Yard tendrán a un culpable creíble. Ellos serán los héroes del momento y la ley y el orden prevalecerá".

"Cinco", dijo Geoffrey.

Warrington giró abruptamente su cabeza. "¿Qué?"

"Son *cinco* las zorras, ¿no es así?... ¿Esta chica Kelly?"

Él asintió. "Sí, por supuesto".

"¿Y esta Kelly vivía en el mismo edificio que una de las otras?", preguntó Oscar.

"Sí, sí, una de ellas. Pero estas mujeres se cambiaban de cuartos todo el tiempo. Se les pasa un pago de la renta, pierden su cama, encuentran otra. No es poco posible pensar que dos de estas putas pudieron haber compartido el mismo albergue en algún momento. Podemos usar o descartar estas asociaciones casuales para cualquier fin que nosotros queramos".

La sala estaba silenciosa. A través de las paredes con paneles de madera, se escuchaba el débil sonido de varias voces joviales que se alzaban y que venían de la Sala Chelmsford. En la sala principal del club, estaba en proceso un energético partido de póquer. Warrington estaba seguro de que el sargento de la logia les pediría a estos caballeros con un susurro que guardaran silencio.

"Este amigo tendrá que morir. Y esta vez, George, por favor, asegúrate de que no se te vaya de las manos. Y lamentablemente, tendrá que ser lo mismo para la chica, Kelly. Asegúrate *muy bien* de su paradero antes que te deshagas del cuerpo del sujeto".

Warrington asintió. "Por supuesto".

"Pero... y escúchame claramente, George, su cuerpo *no será* presentado como este personaje Destripador".

La cabeza de Warrington saltó. "¿Y por qué no?"

"Si la policía tiene un cuerpo, si alguien reconoce su cara... ese conserje, por ejemplo, en el hotel Grantham, entonces estaríamos dejando muchas líneas de cuestionamiento abiertas. Quiero que lo mates, George, y que te deshagas del cuerpo. Esto es todo. Él desaparecerá y eso será todo".

"Pero sin el cadáver, Henry... la historia de este Destripador simplemente continuará. Ya sabes cómo son esos malditos periódicos. La próxima puta que fallezca de manera sangrienta será la *siguiente* víctima del Destripador, y así, una y otra y otra vez. Si les damos el cuerpo esta historia ridícula morirá".

"Si le damos al público un cuerpo, le damos a este Jack el Destripador una *cara*. ¿Y cuánto crees que pasará antes de que un periodista emprendedor decida que hay dinero que pueda ganarse al investigar y escribir sobre la vida del Destripador?"

Los otros asintieron.

"Me gustaría que este asunto se concluya de la forma más simple, limpia e *invisible* que se pueda. Para cuando haya concluido su reunión de mañana, quiero el cuerpo de una última víctima del Destripador, y a este Hombre de la Vela en un costal en el fondo del Támesis".

EL PEQUEÑO BALCÓN FUERA DE LA VENTANA DEL HOTEL daba hacia el río Mersey. Hasta en las noches los muelles seguían activos, a lo largo de toda la ajetreada vía nagevable. Lámparas de gas color naranja y hogueras dentro de contendedores de metal marcaban distintas partes del embarcadero, la luz ambarina reflejándose en el ladrillo y concreto lustrados por la lluvia.

El cielo había clareado un espacio en las nubes por el momento, permitiendo a la luna que decorara los techos de los almacenes con su centelleante reflejo mercurial. Muy hermoso en realidad.

"¿Nunca paran, verdad?", dijo Mary. Aun desde arriba, en el tercer piso del hotel, ella podía escuchar el parloteo ocasional y el rechinar de las grúas y los ecos de voces de hombres gritándose órdenes los unos a los otros.

"Nunca", susurró Argyll en su cabello.

Ella se volteó para recibir el reconfortable abrazo de sus brazos firmes, inclinó su cabeza hacia atrás para verlo. La luna recogía la línea firme y delgada de su nariz, la línea de su quijada, la contracción de un músculo en su mejilla delgada y los ojos de poeta que destellaban profundidad detrás de esos huecos de sombras. Tan, pero tan bien parecido.

Amo a este hombre. Estaba consciente que lo había dicho en voz alta con mucha frecuencia. Abarataba las palabras y le preocupaba mostrarse tan necesitada. Qué pareja tan extraña eran ellos dos. Hacía menos de un mes que ella era la que lo cuidaba a él. Ella era la adulta, la maestra, la que tenía que ser completamente responsable del otro. Y ahora había cambiado por completo; ahora ella era la que estaba siendo cuidada. Casi como una niña nuevamente, campante, sin el peso de las preocupaciones, capaz de simplemente sentarse y jugar con fantasías mientras alguien más se preocupaba de las cuestiones mundanas de boletos y pagos y de precisar en qué muelle debían presentarse, y cuándo, y ante quién, y así sucesivamente.

El "pronto" de John, ya se había convertido en un "mañana".

Esta noche, miraban por última vez desde el balcón de su hotel los techos y las grúas, las chimeneas y los mástiles. Esta noche era una celebración. Una botella de vino tinto *del bueno*, de ésos que tienen nombres elegantes. Mary había probado vinos antes, pero siempre eran los más baratos y el sabor le resultaba asqueroso. Pero este vino era muy bueno. Sorbió otra vez desde su tacita de porcelana, un conjunto de dos piezas que había comprado la semana anterior, después que se enamoró de ellos al verlos en un aparador. A pesar de haber comido no hacía mucho, rápido se le subió a la cabeza. Quería reírse del gusto, reírse de la emoción.

"Mañana comienza nuestra aventura", ella susurró.

"Mmh". Ella sintió su pecho vibrar profundamente.

"Ni siquiera había soñado en América cuando era joven. El mejor sueño que haya tenido era el de escaparme a Londres, ¿puedes creerlo?" Se sacudió la cabeza, al pensar en lo limitada que era su imaginación, qué tan provincianos eran sus sueños. Todo parecía tan lejano ahora, el negro del hollín y los laberintos sin esperanza de Whitechapel. El olor siempre presente de basura echándose a perder, el sabor acre del carbón quemándose, el olor carnoso del sudor de los trabajadores y el cocimiento rancio del alcohol en sus alientos. Un oscuro infierno de almas podridas y sin esperanzas, hombres y mujeres topo, de piel grisácea que vivían, al parecer, en un umbral eterno de noches iluminadas con lámparas de gas y días sofocados por la neblina. Y mucho más lejos, los siempre mojados y taciturnos valles de Gales, acogiendo a unas aldeas sofocantemente pequeñas, llenas de callejuelas estrechas pavimentadas con laja.

"Cuéntame algo más", dijo ella. Él sabía el tipo de cosas que a ella le gustaba escuchar. Le había contado cuentos para la cama, sobre todas las cosas maravillosas que podrían ver y hacer juntos en ese enorme y desenfrenado país.

"Verás aquella nueva estatua que construyeron en medio de la bahía", retumbaba suavemente su voz profunda. Una vibración relajante. "Eso es lo primero que veremos. La dama de Laboulaye, *Libertad*, de bronce dorado y sosteniendo su vela, imponiéndose por encima de nuestro barco. Navegaremos hacia el puerto de Nueva York y verás el puente de Brooklyn más adelante. Y tantos barcos entrando y saliendo como los que has visto aquí".

"Háblame sobre los espacios naturales...el *salvaje oeste*". Le encantaba cómo lo describía él. Sobre todo, la magnitud del lugar.

"Hay tanto cielo, Mary. Horizontes que parecen extenderse de aquí a la eternidad. Afuera en las praderas, te puedes parar en medio de un espacio de cien millas cuadradas y no ver ni un solo árbol. Tan sólo las expansiones de montecillos con brotes y colinas cubiertas de hierba, y nada más que el suave murmullo de todo, simplemente envolviéndote..."

Ella cerró los ojos para tratar de imaginarlo. Un mundo con un cielo profundamente azul y una rica alfombra de verde olivo. Y el aire tan limpio. Nada de sonidos de fábricas, ni el fuerte gruñido de hombres malhumorados que regresan a casa del trabajo, ni el quejido opacado de lágrimas que se escucha al otro lado de las paredes, el ruido sordo de las botas desabrochadas y cayendo en el piso de madera en el piso de arriba. Ni los murmullos apagados que de repente, sin avisar, se convierten en el ladrido de un hombre y el sonido de un puño golpeando. Un millón de ruidos miserables viviendo cabizbajos en un infierno hecho por el hombre.

Mientras él hablaba sobre las cimas cristalinas y blancas de las montañas de la Sierra Nevada, la interminable energía del Río Platte, las planicies salinas de Utah... sintió que el peso de Mary en sus brazos, contra su pecho, se sentía más fuerte. Y finalmente, cuando él dejó de hablar, podía escucharla respirar profundamente.

Ya se durmió.

Se inclinó y recogió sus piernas con su brazo derecho y dio un paso hacia atrás, para salir del balcón y entrar de nuevo a la pieza. Cuidadosamente, procurando no despertarla, la recostó en la cama.

Sabes exactamente lo que tienes que hacer.

Argyll asintió.

Entonces, hazlo.

Él la vio, profundamente dormida, con una media sonrisa en su rostro. "No sentirá nada".

Eso es cierto.

"No sentirá nada", se dijo a sí mismo otra vez.

Es mejor hacerlo de una vez por todas. ¿Mmh?

Argyll no estaba seguro de cuánto duraba el polvo de clor-hidrato. Había revuelto dos cucharadas en su primera taza de té y otras dos con la segunda, que estaba a medio terminar. El boticario le aseguró que sólo una cucharadita del polvo revuelto en una taza de té era suficiente para garantizar una noche entera de sueño. Por la manera como se veía, parecía estar completa-mente sedada.

Saca el cuchillo y comienza. Recuerda, "John"... tienes que to-mar un tren a Londres.

Vio el reloj del cuarto. Pasaban siete minutos después de las siete. Su tren en Euston Square saldría a las ocho. Tiempo su-ficiente para hacer lo que necesitaba hacer y dirigirse a la esta-ción. Tiempo suficiente si, como el cerdo decía, comenzaba de una vez.

Argyll dio un paso atrás, alejándose de la cama, y tomó lo que necesitaba de la pequeña mesa redonda enseguida de la puerta que daba al balcón.

Se dio cuenta de que su cara estaba húmeda de las lágrimas que le salían mientras estaba parado frente a ella. Se arrodilló enseguida de ella y acarició su pálida mejilla. "Lo siento... lo siento tanto", le susurró al oído.

Y luego comenzó a trabajar.

WARRINGTON ESTABA COMPLETAMENTE DESCONCERTADO por el sitio de reunión que eligió el hombre. El *mismo* lugar, la vieja bodega de imprenta en desuso. Si el muy ingenuo tenía la intención de evadirlos una segunda ocasión, entonces seguramente se sentía particularmente optimista. Esta vez, todas las salidas eran conocidas y estaban cubiertas de hombres.

Esta vez, traía a los dos hombres de la logia restantes, Robson y Orman, el segundo aún rengueaba de su último encuentro con el Hombre de la Vela, pero también a dos docenas de policías y a un Jefe Inspector, miembro de la logia, al mando de todos. Estaban colocados afuera del edificio. No iban a ver nada de lo que sucediera al interior, y bajo las órdenes de no permitir que nadie saliera de ahí sin previo aviso.

Lo que era quizá más extraño sobre este encuentro fue la hora que escogió: el mediodía. Aunque uno podría describir el lugar como sombrío, ahí, debajo del techo de vigas metálicas, había suficientes hoyos y huecos en los cristales del tragaluz arriba que ciertamente no se trataba de una oscuridad que este bastardo escurridizo pudiera aprovechar. Lanzas de luz pálida de un cielo nublado de octubre se encajaban en la grava y el piso de concreto. Seguía siendo un lugar tranquilo y silencioso, salvo el delicado borboteo de los pichones en los travesaños.

Esta vez nosotros lo veremos y escucharemos llegar.

Él revisó su reloj, habían pasado un par de minutos del mediodía, de acuerdo con las pequeñas manecillas de su carátula esmaltada. Warrington acarició el mango de su revólver en el bolso de su saco. *Él* sería la persona. Él sería el que jalara el gatillo.

Fue su elección... necesitaba hacer esto. Necesitaba ver que el hombre estaba muerto.

Las noches se estaban convirtiendo en un problema. El insomnio. Se dio cuenta de que todo había sido un gran error. No el asesinato de esas dos mujerzuelas. No, obviamente ambas necesitaban ser silenciadas. Era más bien el modo como sucedió. Era poco profesional, fue estúpido, fue descuidado... y él estaba enojado, furioso por la manera como Babbit se le fue de las manos. Henry tenía razón, las dos mujeres fácilmente pudieron haber sido estranguladas y arrojadas en algún cobertizo de carbón, o envueltas en una cobija y arrojadas al Támesis. Pero él... bueno, Warrington no tenía idea de lo que estaba pensando. "Hay que cortarlas como si hubiera sido el trabajo del Destripador", le dijo a Robson. Y por Dios que este hombre hizo justo eso. Warrington casi vomitaba cuando él y Robson emergieron de ese callejón hacia Mitre Square cubiertos con la sangre de la segunda mujer.

Había sido todo tan oscuro, que la mayor parte de lo que se le hizo a ella no fue más que un húmedo destello aquí y allá. Pero eran los sonidos de los que no podía deshacerse. Los ruidos de su muerte. Era un sentimiento de calidez a raíz de los lunares de sangre en sus mejillas. El atisbo de una herida catastrófica, los giros y rollos de sus vísceras, aún tibias, envueltas en su pecho y hombros. Justo como el Hombre de la Vela lo había hecho con la última mujer. Warrington quiso imitar eso, para asegurarse de que Babbit fuera visto como el culpable de las muertes de estas dos. Ésa había sido su idea. Y al hacer lo que estaban haciendo sintió como si se hubiera *convertido* en él. Esto porque, y Warrington estaba absolutamente seguro de ello, él no hubiera ordenado hacer una carnicería tan horrenda. No como George Warrington, un buen hombre cristiano de familia, con muchos proyectos de caridad y buenas obras públicas hechas en su nombre.

No. Por un minuto o dos... hace cinco semanas, él sospechaba que una fuerza oscura debía haber entrado en él; cualesquiera que hubiera sido el tipo de maldad en el interior de este sujeto, ésta encontró la manera de entrar en él.

Es por eso que necesitaba esto. Es por eso que quería jalar el gatillo. Se iba a arrodillar frente al cuerpo moribundo de Babbit y lo vería a los ojos, para estar completamente seguro de que aquello que quizás entró en él, y que fugazmente lo convirtió en un monstruo, estaba de vuelta dentro de Babbit y muriendo junto con él.

¿Es cierto lo que dicen? Que la última imagen que se queda atrapada en la retina de un hombre que se está muriendo es la ventana abierta a su alma. Quizá, sólo quizás, en los ojos de Babbit se encontraría con el débil destello de unas brasas rojas, moribundas... y ese olor a sulfuro y maldad en su interior.

Y hasta entonces, quizás, sus pesadillas se acabarían.

Una voz llamó. Era Robson. "¡Alguien está entrando por el ala de entregas!"

No había caso en tratar de engañar al Hombre de la Vela, haciéndole creer que estaba solo. Intentaron eso la última vez, con la noche a su lado, y eso no lo engañó. No había resultado muy bueno para Warren o Smith.

"¡Muy bien!", gritó de vuelta, su voz creando un eco interminable a través del edificio vacío. Finalmente se desvaneció, lo suficiente como para volver a escuchar a los pichones, el goteo de una llave... y, sí, apenas audible, el lento y deliberado *crujido* de botas caminando por la grava suelta, luego un pausado *clack* en el piso de concreto.

Enmarcado en una puerta, vio la silueta de la alta figura de sujeto.

"¡Estás justo a tiempo, según mi reloj!", gritó Warrington.

El Hombre de la Vela cruzó lentamente el piso vacío del almacén hasta que, finalmente, a unas cuantas yardas de distancia de George, se detuvo. "Sólo un *amateur* llegaría tarde, George".

"De... de... debo advertirte, no estoy solo".

Él se rio. "¿En serio?"

Warrington necesitaba terminar con esto. Que se acabara de una vez por todas. Lo primero en la orden del día era esa chica con la que había huido a Liverpool.

"¿Dónde está Mary Kelly? Tienes que entender que no hay manera que podamos concluir con este asunto entre nosotros hasta que sepamos dónde está".

Él asintió. "Por supuesto".

"No sé qué tanto sepa ella, qué tanto le has contado sobre todo esto... en realidad no importa, ella representa un riesgo demasiado alto como para..."

"No te mentiré, George... ella sabe *todo* acerca de mí. Quién soy. Qué es lo que hago". Inclinó un poco su cabeza. "*Qué* soy". Alzó los hombros. "No puedo entender realmente por qué la quieres muerta. Es un alma tan *cariñosa*".

¿Qué soy? Esas palabras le llegaron fuertemente. Warrington se dio cuenta de que, por unos momentos, no había pensado realmente en este hombre como un *él*. El Hombre de la Vela se había convertido en *algo*. Un fenómeno, un principio. Casi una maldita fuerza de la naturaleza.

Recordó las palabras reconfortantes de Henry. *No lo mitifiques.*

Era más fácil decirlo que hacerlo cuando no veías al interior de esos ojos sumergidos y centelleantes.

"Entonces, pues..." Warrington calmó su voz mientras un dedo acariciaba el suave y cálido metal en el bolsillo de su saco. "Entonces, pues, ¿dónde podemos encontrarla?"

Warrington vio cómo el Hombre de la Vela buscaba algo debajo de los pliegues de su saco, y por unos momentos desesperados pensó que hurgaba torpemente para sacar su propia pistola. En vez de ello, vio un atisbo de movimiento y escuchó el golpe de algo pesado que cayó en el piso en medio de ellos.

Por favor, otra cabeza no. No creía poder tolerar eso nuevamente; especialmente la cabeza de una joven. Se estremeció involuntariamente antes de darse cuenta que en realidad estaba viendo un bolso de piel gastada.

"¿Por qué no miras adentro?"

Warrington lo vio. El bulto en el interior de la bolsa era demasiado pequeño. Sintió un breve cosquilleo de alivio.

El Hombre de la Vela sonrió; sus delgados labios poco más que las orillas arrugadas de una herida. "Anda, George, ¿por qué no le echas un vistazo?"

Warrington se encontró agachándose con obediencia, y cuidadosamente, con un dedo, levantando la solapa del bolso. La piel gastada del interior de la solapa estaba mojada y oscura. Evitando la parte mojada, que estaba casi seguro de que era sangre, abrió el bolso y se asomó dentro.

Dios mío.

Capítulo 60
9 de noviembre, 1888,
Whitechapel, Londres. 8:00 a.m.

Era una mañana tranquila. Argyll había pagado al chofer del cabriolé en la punta de Whitechapel Road, a diez minutos caminando, para buscar la dirección que traía. El chofer estaba desconcertado, preguntándose por qué un caballero como él querría ser dejado en un sitio tan sórdido como Whitechapel a las seis de la mañana. Esa mañana apenas se estaba despertando, el cielo seguía medio oscuro, pesado y gris, y prometiendo otro día más de una llovizna abrumadora del espíritu.

Pasó al lado de docenas de hombres aglomerados contra los escupitajos del aire, mientras se desplazaban a la media luz a sus trabajos. Argyll parecía como si hiciera lo mismo, tan sólo otro trabajador con su saco grueso, caminando hacia un lugar en el que hubiera preferido no estar.

Al dar la vuelta por Dorset Street y entrar a Miller's Court, comenzó a revisar los números de las casas, y finalmente localizó el que estaba buscando. Subió los dos escalones y vio que había una puerta con un candado oxidado. Trató de abrirlo y, como Mary le había dicho, casi nunca estaba cerrado. La puerta se abrió ligeramente hacia dentro, crujiendo y tambaleándose débilmente. Una puerta frontal de gruesa madera podrida y sostenida por capas de pintura y soportes de metal oxidado clavados por dentro.

El recibidor estaba opresivamente oscuro, pero por la luz tenue de la mañana gris, podía ubicar las puertas a su izquierda. La segunda...

La vieja recámara de Mary.

Por unos momentos, sintió que su corazón se detenía, dolorosamente.

Ella vivió aquí... alguna vez. Sacudió la cabeza y borró esa idea. Ahora necesitaba la mente clara y una conciencia despejada.

La segunda puerta a la *derecha* era la que buscaba. Pasó silenciosamente a ese lado del pasillo, evitando la parte de en medio, donde normalmente había maderos flojos y crujientes. Parado frente a la puerta, vio el nombre desvanecido, garabateado descuidadamente en un trozo de papel y pegado a la puerta con una tachuela.

Sacó un cuchillo e introdujo la punta de la navaja en la ranura entre la puerta y el marco. Encontró la lengua de la cerradura y con un bien entrenado giro de su muñeca, la abrió, con un suave *clac.*

Adentro del cuarto pequeño se encontró a Marge, profundamente dormida en su cama, roncando acostada boca arriba.

Se arrodilló enseguida de ella, inspeccionándola a través de la luz que se asomaba por la ranura de las cortinas corridas. Supuso que tenía unos treinta y tantos años, quizás un poco vieja, pero era bajita y delgada, su cabello de un rubio similarmente descolorido.

"Contigo tendré", dijo él, suavemente.

Ella se movía, sus ojos parpadeando. Llenos de sueño en un momento, muy despiertos en el siguiente.

"Shhhh". Su mano le tapó la boca. Presionó la punta del cuchillo en la bolsa debajo de uno de sus ojos. Ella emitió un quejido.

"Tú y yo tendremos que dar un paseo... y sin un sonido de tu parte, por favor, ¿entendido?"

No asintió, por temor a que la navaja le cortara el ojo, pero el gruñido debajo de su mano era claramente afirmativo.

"Si eres buena chica y respondes a unas preguntas, tengo un buen paquete de opio en mi bolso para ti".

Él la condujo afuera, al pasillo, rumbo al viejo cuarto de Mary. Abrió la puerta cerrada como lo hizo con la de Marge, sólo que esta vez la lengua se rehusaba a abrirse. Argyll maldijo suavemente.

"Tengo una llave maestra", dijo Marge. Sacó un llavero de los pliegues de su camisón. Varias llaves tintineaban mientras ella escogía la indicada, la insertó en el cerrojo, jalando la puerta hacia ella mientras giraba la llave. "Maldito cerrojo, está duro", explicó.

Hizo clic.

Ella lo miró. "¿Esto tiene que ver con Kelly?"

Argyll le puso un dedo en la boca para callarla. Tenía la voz demasiado alta. Él asintió.

Entraron al cuarto y delicadamente cerró la puerta.

"¿Y qué ha hecho la vaca tonta esta vez?"

Argyll le pidió con un ademán que se sentara en la cama. El cuarto se veía vacío. Parecía como un lugar que simplemente dejaron olvidado. "Lo siento por lo del cuchillo", dijo, guardándolo. "Sólo necesitaba que te mantuvieras en silencio". Vio alrededor del cuarto. "Este cuarto, ¿lo has rentado desde que ella se fue?"

Ella sacudió su cabeza. "No puedo encontrar inquilinos que quieran quedarse por aquí estos días... con eso de los asesinatos". Marge lo miró sospechosamente. "¿Quién eres? No eres policía".

Argyll respondió encogido de hombros. "No, efectivamente, no lo soy".

Jaló la única silla del cuarto... la colocó enseguida de la cama y se sentó frente a ella. "Un caballero es mi cliente".

"¿Un caballero, eh?" Marge frunció el ceño. "Escuché a las chicas decir algo de que ella se rejuntó con un tipo ricachón y todo eso. ¿En *verdad* hizo eso?"

Argyll levantó su dedo. La voz de Marge subía de volumen. Él asintió.

Marge maldijo y sacudió su cabeza. "Perra suertuda", susurró.

"¿No te agradaba?"

"En realidad, no. Ella siempre pensaba que era mejor que nosotras; mejor que yo y que las otras chicas. Una vez me dijo que quería algo mejor". Marge se alzó de hombros. "Y yo le dije, '¿pues quién demonios te crees que eres? Eres una mujerzuela como nosotras. Una vez que lo hayas hecho, eso te convierte en mujerzuela para siempre'. Lo ha hecho con algunos caballeros por dinero... pero ella insistía en decir que no era una puta".

Argyll asintió comprensivamente. "¿No reconocía su lugar, eh?"

Marge asintió. "Yo no tengo tiempo para perras creídas como ella". Se detuvo. "¡Hey! ¡Espera!" Sonrió, como si hubiera descubierto algo. "¿Acaso tú no eres...?", sus ojos se entrecerraron. "¿No eres el caballero con el que se rejuntó ella?"

Argyll apretó sus labios y le ofreció un pequeño gesto afirmativo de confesión. "Sí... yo... sí, lo soy".

Los ojos de Marge se abrieron. Rio emocionada. "¡Pues si serás un tonto, entonces! ¿Qué? ¿Salió huyendo? ¿Eh? ¿Te robó la cartera y salió huyendo?"

Su voz volvía a subir de volumen. Él podía escuchar a alguien moviéndose en el cuarto de arriba. Las botas pesadas de un trabajador arrastrándose en el suelo. Necesitaba terminar su asunto aquí.

"Yo te hubiera advertido que ella no es de fiar. Si me hubieras preguntado, te hubiera dicho todo lo que quisieras sobre esa perra egoísta. Siempre pensó que era mejor que nosotras".

Argyll le ofreció un gesto de afirmación. "Sí, puede parecerte algo así".

"Sí. Yo le quité a cachetadas esa mirada un par de ocasiones. La perra se lo estaba buscando".

Argyll se hizo hacia adelante hasta que su rostro estuvo cerca del de ella. Vio atentamente esos ojos que se movieron nerviosamente por un buen rato. Finalmente, Marge, incómoda, alzó los hombros. "¿Y entonces? Dijiste que tenías algo bueno para mí en tu bolsillo".

"Una pregunta más, Marge. Luego, será todo tuyo".

"Muy bien".

"Si tú pudieras escapar de *esto*...", dijo, señalando sus alrededores. "¿Lo harías?"

"¿A qué te refieres?" Frunció el ceño, por la extrañeza de la pregunta.

Él alzó los hombros. *"Esto...* Londres... esta vida que escogiste".

Hizo una mueca con su labio. "Me va bien aquí, supongo". Alzó una ceja, se inclinó un poco más hacia delante, ofreciéndole un vistazo por debajo de su camisón, ligeramente abotonado. "¿Por qué? ¿Me vas a rescatar mejor *a mí,* querido?"

Él sonrió genuinamente, no sin cordialidad. "Lo siento... no".

"Aaah, está bien". Estiró uno de sus dedos y coquetamente acarició su rodilla. "Ahora, ¿qué me dices de mi regalito?"

"Cierra los ojos".

Ella se rio un poco nerviosamente. "No voy a hacer eso. ¿Qué te traes?"

"Confía en mí".

"Mira, no voy a dejar que por nada cojas conmigo... ¿eso es lo que buscas?"

Él sacudió su cabeza. "Sólo quiero que esto sea fácil para ti".

Agarró el bolso de cuero que traía colgando de su hombro y debajo de su saco oscuro, y extrajo una pequeña vela blanca. Luego una cajita con cerillos. Encendió uno y cuidadosamente prendió la vela.

"Muy romántico". Ella sonrió, intrigada. "¿Qué traes entre manos, querido?"

Argyll titubeó un poco, con su mano en el bolsillo, reposando en el mango del cuchillo.

Tiene que hacerse, dijo Babbit. *¿Quieres que Mary viva, no es así?*

Argyll asintió.

Entonces, déjame hacer lo que tiene que hacerse. Mira hacia otro lado, si quieres.

Sonrió tristemente a Marge mientras sacaba el cuchillo. Un largo cuchillo de pescador, para filetear, casi como el que solía tener y que había perdido. Perfecto para el trabajo. "Creo que es momento de que tú descanses, Marge".

Ella se arrastró hasta el otro lado de la cama, alejándose de él.

"Estás cansada. Puedo verlo en ti. Cansada de la lucha diaria".

"P-por favor, señor... yo no sé..."

Él inclinó su cabeza, curioso. "¿Por qué será? ¿Por qué será que ustedes chicas parecen esforzarse tanto?"

Al escuchar la palabra *chicas* Marge emitió un quejido. "Oh, Dios... oh, D-Dios me... me libre..."

"Esto", dijo, señalando el cuarto en el que se encontraban. "Esto no es una *vida*, Marge. Es una sentencia de cárcel eterna. Es el purgatorio".

"¡Por Dios! Tú... t-tú eres ése... D-dest... destrip..." su boca temblaba tanto que no podía decir la palabra.

"¿El Destripador?" Él volteó a ver sus manos. "¿El señor del mandil de cuero?" Encorvó sus hombros. "Yo soy un *camino de salida*, Marge, eso es todo. Un camino de salida para ti". Los ojos de Marge veían fijamente el metal en la mano de Argyll.

Él descansó una mano ligeramente en la rodilla de Marge. "¿Sabes?... es mejor que no lo veas. Sólo cierra los ojos".

Se replegó hasta el extremo de la cama, un pie a tientas queriendo bajar al piso.

"Es una manera fácil de irse, te lo prometo". Él se estiró y tomó su mano antes que ella pudiera zafarse. Delicadamente, le acarició el dorso de la mano con su pulgar. "Un momento, tan sólo por un momento, duele un poco. No más que una astilla en el pie, mmh. Y luego es como quedarse dormida. Te lo prometo".

Ella estaba llorando. "Yo... n-no m-me quiero mo-morir..."

"Marge", él sacudió su cabeza, compasivamente. "Tú *ya estás* muerta, querida. Todo mundo lo está... todas ustedes... ustedes son almas perdidas, fantasmas. ¿No sientes eso? ¿No te despiertas a veces y te preguntas por qué todos los días parecen ser el último?" Se pasó al otro lado de la cama para sentarse al lado de ella. Los resortes rechinaban debajo de ellos. De algún cuarto en alguna parte de la casa, una débil voz masculina, opacada, gritaba con crueldad.

La mano que sostenía su cuchillo se deslizó por la parte de atrás de los hombros pequeños de Marge, e instintivamente ella trató de alejarse. La sostuvo con fuerza, sintiendo el cabello encrespado cosquilleando su mejilla.

387

"¿Recuerdas la última vez que despertaste y pensaste en dejar todo esto detrás? ¿Dejar Londres?"

Él podía sentir cómo ella temblaba, estremeciéndose incontrolablemente. Pero su cabeza logró asentir ligeramente.

"Quizás eras mucho más joven la última vez que soñaste con algo mejor, ¿no?" El frotó su mejilla contra su cabello, ignorando el olor rancio de la laca, el olor del tabaco rancio. "Había algo de energía en esa idea, ¿no es así? ¿Una chispa? ¿Como si la idea se sintiera que estaba viva?" Su cabeza estaba agachada, él podía sentir el ritmo pausado de unas lágrimas cálidas que caían en el dorso de su mano mientras descansaba en su regazo, acariciándola delicadamente. "Y luego la idea *murió*. Simplemente desapareció, ¿verdad? Se fue y nunca volvió, ¿no es así?"

Ella asintió mientras gemía.

"Ése fue el día en que moriste de verdad, Marge, no esta mañana. Todos los días desde entonces... todos los días que has despertado, queriendo no más que ahogar tu cabeza con alcohol y opio, todas las noches que dejaste a un bastardo tras otro entrar en ti y dejar sus porquerías corriendo por tus muslos; cada día gris que has visto deslizarse por el techo de tu cuarto —todos esos días, querida, eran el mismo".

Empujó la punta de la navaja en la piel debajo de su oreja, rápida pero no bruscamente, deslizándola tan fácilmente como una perilla bien aceitada. Con un firme giro de su muñeca la jaló hacia delante y la navaja abrió su garganta. Ella dio de tumbos en sus brazos, sus piernas tijereteando en la cama.

"Shhhh. Ése fue el piquete, ahora el resto es fácil. Relájate".

Le soltó la mano y la tomó de los hombros mientras se flexionaban y retorcían. Empujó su espalda hasta que estuviera recostada en la cama. "Ahí... eso es. Es como quedarse dormida, como quedarse dormida".

Sus ojos daban vueltas y lo veían a él, su boca trataba de balbucear algo.

"Shhh... es mejor quedarse quietecita. No te resistas, querida".

Una mano aleteaba en torno a él y finalmente se encontró con su mano, la que la había estado acariciando. La apretó fuertemente, como viejos amigos que finalmente se vuelven a ver. Él la apretó a su vez.

"Cuando despiertes, Marge, te prometo, todo será tan distinto".

Sus ojos enrojecidos parecían encontrar algo en qué enfocarse, algo más allá del techo bajo, quebrado y con manchas de humedad. Algo más allá de la casa, más allá del esmog por encima de la oscura necrópolis.

"Eso es", susurró él. "Ya te puedes ir".

Sintió cómo ella se iba. Y cuando su último aliento terminó de burbujear por la cortada debajo de su barbilla, se acercó al otro lado y apagó la mecha de la vela con sus dedos hasta que el humo revoloteó encima, bailando momentáneamente y luego desvaneciéndose.

Escuchó unos pasos pesados que se movían en el vestíbulo allá afuera, el repiqueteo de la puerta de enfrente cerrándose de un golpe unos momentos después. Alguien rumbo a su trabajo.

La cama rechinó nuevamente, mientras él se ponía de pie para inspeccionar el cuerpo extendido en el delgado colchón. Estaba pendiente un trabajo de carnicería. Iba a dejarla como a las otras, para asegurarse de que se entendiera que había sido hecho por él, pero más que eso, para asegurarse de poder convencerlos de que él había hecho lo que le habían pedido, había una cara por arruinar... y un tótem por extraer.

ARGYLL OBSERVABA A WARRINGTON MIENTRAS ÉSTE VEÍA el órgano empapado que reposaba en el fondo del bolso; podía ver la repulsión dibujarse en su boca retorcida antes de que pudiera controlar su rostro una vez más.

"Esto es... ¿esto es de Mary Kelly?"

"Sí".

Lo vio nuevamente. "Parece... *fresco*... ¿la mataste esta mañana?"

"La traje conmigo. La podrás encontrar en su viejo cuarto en Miller's Court".

"¡Orman!", llamó Warrington de un grito.

"¿Señor?", respondió una voz alojada en un rincón del almacén.

"El cuerpo de Kelly podrá encontrarse en su antigua pensión. Ve y revisa eso".

"Muy bien".

Vio nuevamente el órgano. "¿Está muerta?" Una pregunta estúpida, y aparentemente Warrington se percató de ello en cuanto la hizo. "Nosotros no dijimos que *la mataras*. Eso no era necesario. Sólo queríamos hablar con ella. Averiguar qué tanto sabía".

"¿Sólo hablar con ella? ¿Como con esas otras dos mujerzuelas?"

Warrington se estremeció al ser mencionadas.

"Yo supongo que ellas debieron escuchar que ustedes mencionaron al príncipe Alberto, ¿cierto? Qué descuidado de su parte".

"Eso lo sabían de todos modos... por la confesión que decidiste dejar en tu cuarto de hotel. Ellas estaban muertas en el momento en que fijaron sus ojos en eso". Warrington intentó una sonrisa que terminó viéndose como una mueca. "De manera que su sangre está en *tus* manos, a decir verdad".

"No tengo problemas con tener sangre en mis manos, George. Es lo que hago". Suspiró suavemente. "Pero sospecho que tú has tenido unas noches intranquilas, mmh. He leído algunos detalles en los periódicos. Cómo la segunda fue destripada como pescado. Es algo difícil de hacer la primera vez. Deja algunas imágenes preocupantes en tu mente, ¿cierto?"

Warrington no podía dejar de asentir. "No fue placentero, no".

Le dirigió a Warrington una sonrisa de apoyo. "Bueno, si te sirve de consuelo, George, esto puede convertirse en algo más fácil, este tipo de negocios. Especialmente cuando descubres que en la mayoría de los casos les estás haciendo un favor, haciéndole un favor al resto del mundo. Una vez que entiendes eso, se vuelve fácil, en realidad... casi una *satisfacción*".

Los ojos de Warrington se entrecerraron. "Lo que nosotros hicimos *tenía* que hacerse. Ese estúpido..." se detuvo a sí mismo, y escogió palabras con mayor tacto. "El príncipe cometió un error que pudo haberle costado todo a esta nación. *Todo*. Anarquía, motines. Un colapso completo del orden. Muchas más muertes. Yo... *nosotros*... hicimos lo que necesitaba hacerse y nada más. Ciertamente no fue por *deporte*".

"¿Yo... *nosotros*?" Se abrieron sus labios. "Suenas tan inseguro, George. ¿O quizás es así como lidias con la sangre en tus dedos, compartiéndola con tus colegas? ¿Nosotros las matamos... *nosotros*... no 'Yo'?"

"En realidad no es asunto suyo, Sr. Babbit".

Notó que Warrington flexionaba una mano guardada en el fondo de bolsillo en su saco. Podía adivinar lo que traía dentro. "*Babbit*... yo supongo, por cierto, es un seudónimo. ¿No es tu nombre verdadero?"

Él alzó los hombros. "Uno de una larga lista de pseudónimos si quisieras saberlo. Pero, a decir verdad, a este nombre le he cobrado algo de afecto". Sonrió. "Creo que me gusta bastante".

"¿Quizá no querrás decirme tu nombre *verdadero*? ¿O sólo tu nombre? Ya conoces el mío, después de todo".

Él apretó sus labios, con cierta deliberación. "Mmh, sabes, George, honestamente ya no puedo recordarlo. He usado tantos nombres con el paso de los años. He sido tantas personas distintas".

Warrington resopló malhumoradamente. "Una de las mujeres dijo que habías perdido la memoria... ¿después de la última vez que nos vimos?"

"¿Después que intentaste traicionarme, quieres decir?

Warrington ignoró eso. "¿Es cierto? ¿Olvidaste quién eras?"

"Sí, es verdad. Yo estuve... supongo que puede decirse... *perdido* por un tiempo. Pero todo regresó a mí, eventualmente".

Se quedaron viendo el uno al otro en silencio, el tiempo suficiente como para que ambos se dieran cuenta de que ya no había mucho más que decir.

Warrington sacó la pistola de su bolsillo. "¿Sabes?, en realidad no te podemos dejar ir, Babbit. Con este trabajo en particular hubo demasiadas cosas en juego, como para que en realidad dejáramos ir al hombre que contratamos".

"Sospechaba eso".

Warrington sacudió su cabeza, confundido. "Entonces, ¿por qué demonios acordaste esta reunión?"

"Para concluir con nuestro asunto, George, por supuesto. Para darte a la chica Kelly. Soy un *completista* empedernido". Se rio suavemente. "No sabes cómo odio dejar las cosas sin terminar".

"Pudiste haber intentado escaparte. ¿Por qué no? ¿Por qué no lo intentaste?"

Dio un largo suspiro, pero no respondió.

"Pudiste haber intentado *otro* puerto. Sólo podíamos conseguir a unas cuantas docenas de hombres para vigilar los barcos". Warrington estaba ansioso de obtener una respuesta. "Incluso pensamos que ya te habías ido, ¿sabes? ¡Fácilmente te hubieras escapado! Eres todo un rompecabezas, Babbit. ¿Por qué demonios estás aquí? *¿En serio*... por qué?"

Warrington lo estudiaba atentamente, como si tratara de leer la respuesta en la expresión de su cara.

"Quizá, George, no era *de ti* de quien quería escapar".

La cabeza de Argyll se llenó de pronto con el sonido de algo que se agitaba; el arrastre y rasguño de unas pezuñas filosas. El siseo de una voz enfurecida, tan chillante e incómoda como la uña de un dedo rasgando un pizarrón. Quería cobrar el control de él nuevamente. Quería escapar. En el bolsillo de su propio saco, sus dedos se aferraban al mango de su cuchillo. Un cuchillo que podía ser sacado y podía cortarle la garganta a este caballero nervioso en menos tiempo de lo que al otro le tomaría alzar el brazo y apretar el gatillo.

¡Hazlo!

Argyll hizo una mueca ante el volumen penetrante de su mente. Deseó tener la fuerza de voluntad para enterrar el cuchillo en su propia cabeza para sacarse a ese bastardo de su interior. Para verlo retorcerse en el suelo, verlo en verdad *fuera* de su cabeza, como una suerte de feto abortado, torciéndose, gorjeando. Ser capaz de aplastar su cabeza malformada debajo de la suela de su bota y ver su veneno desparramarse en el suelo, marcas de vísceras por todos lados.

Aquello —*Babbit, el cerdo*— se enfurecía en su cabeza, pataleando y resoplando como un toro encabritado en una cristalería, ahora completamente despierto ante la traición que Argyll silenciosamente planeaba. Gruñía órdenes, órdenes que sus dedos parecían obedecer instintivamente, apretando su mano en el mango del cuchillo.

George, el tonto, seguía observándolo atentamente, su pistola aún apuntando descuidadamente hacia el piso. No estaba consciente de que Argyll estaba luchando con el cerdo; una lucha libre de pecho desnudo, en el cuadrilátero de su mente. Argyll escuchó a Warrington decir algo, pero lo que dijo fue ahogado por el chillante rugido que venía de su interior. La voz del sujeto estaba lejos, y seguía balando esa pregunta irrelevante...

"*Vamos, Babbit, tengo curiosidad. ¿Por qué? ¿Qué esperabas realmente lograr con venir aquí?*"

Argyll sintió que perdía el control, su guerra territorial con Babbit, con el Hombre de la Vela. Su cuerpo pugnaba por encontrar rápidamente una alianza con una voz más fuerte, más lista, más sabia, y con un imperativo mucho más convincente para sobrevivir. Argyll peleaba con lo último que quedaba de él; una parte de sí mismo que no se había gastado —casi una persona separada. Una persona que había vivido una vida de tan sólo una docena de semanas. *John Argyll*. Una persona que nació el día que Mary entró al cuarto del hospital y le dio un nombre. Una vida tan corta había sido la de John Argyll.

Pero una vida maravillosa.

Babbit el Cerdo le rugió para que dejara esos quejidos infantiles, que agarrara el cuchillo y acabara con ese idiota parado frente a él. La lucha de Argyll se estaba debilitando. Lo mejor que pudo hacer fue gemir una apagada advertencia a Warrington.

"Mátame... ¡ahora!"

Mátame.

Ésas fueron las dos palabras que Warrington creyó escuchar decir al Hombre de la Vela. En retrospectiva, como lo hizo casi todas las noches que cerraba los ojos para tratar de dormir, se encontró a sí mismo preguntándose si había visto lágrimas en las mejillas de este hombre, o si había sido una creación de su memoria. Por Dios, en *verdad* pareció ser una plegaria. ¿No era así?

Mátame. ¿Lo harías?

Nunca lo sabría con seguridad.

Inmediatamente después de esa voz rasposa, el Hombre de la Vela se lanzó hacia delante con un cuchillo que parecía ser extraído de la nada. La pistola de Warrington estalló en su mano mientras su dedo se tensó por la sorpresa. El disparo *rebotó* en el suelo con una chispa y un escupitajo de mugre y polvo que salió del concreto.

Una mano fuerte se envolvió de repente alrededor de la muñeca de la mano que sostenía la pistola. El momento se trasladó en el tiempo, sintiéndose no como la mitad o un cuarto de segundo, sino como un minuto contado pacientemente. Sus ojos siguieron el destello borroso de una larga navaja serruchada que se elevaba desde la cintura, formando un arco asesino con cierta intención de caer en su garganta.

Ese minuto eterno terminó muy repentinamente, con el disparo de otra pistola que provenía de alguna parte dentro del almacén. Warrington perdió el equilibrio y se encontró cayendo de espaldas en el suelo, mirando hacia los travesaños de hierro corroído y lanzas de luz pálida que bajaban desde el techo... y una cascada, como caída de nieve, de plumas de los pichones asustados que volaban alrededor del almacén abandonado.

Al recobrar sus sentidos, se sentó rápidamente para ver a Babbit, el Hombre de la Vela, arrodillado en el suelo. Estaba eructando gotas de sangre de su boca que caían en su camisa de algodón.

La mano del Hombre de la Vela azotaba el suelo, buscando torpemente el cuchillo que había soltado. Warrington había tirado su pistola en un momento de pánico. Ambos estaban desarmados, de rodillas y viéndose el uno al otro en completo silencio.

La mano del Hombre de la Vela encontró el cuchillo y lo levantó con poca fuerza. Se movió tan sólo por un segundo en el espacio entre ellos, luego un segundo disparo, mucho más fuerte, mucho más cerca, que derribó al hombre como si lo hubieran pateado en la quijada. El Hombre de la Vela cayó en el suelo seguido de un mechón de ortigas que salían desafiantes de una ranura en el suelo del almacén.

Warrington escuchó los pasos desiguales que se acercaban, un caminado de cojo, y vio la mano que lo trataba de reincorporar, así como el rostro de Orman debajo del ala de su sombrero. "¿Está bien, señor?"

"Estoy bien. Bastante bien".

La sangre borboteó del agujero en su garganta. Argyll podía sentir cómo todo se desvanecía: la vida, los pensamientos, las sensaciones todas volviéndose indistintas. El amargo grito irritante de Babbit apagándose, muriendo con él. Maldiciendo su traición, su estupidez y finalmente dejándolo solo en los últimos segundos mientras su cerebro se alimentaba de lo último que quedaba de su sangre. Dándole un poco de tiempo para que tuviera un último pensamiento, un momento de satisfacción, incluso de alegría.

Mary Kelly. Eres libre. Vuela. Vuela, mi amada.

MARY VIO HACIA LA PLANCHA, DE SÓLO CUATRO PIES DE ancho y repleta de estibadores con sus botas pesadas cargando cajas de roble con cosas frágiles, en dirección a su amo, que ladraba sus órdenes al final. Traía el pasaje de abordar en su mano con instrucciones sobre la persona a la que se iba a dirigir, sus pocas posesiones empacadas en un nuevo veliz. Todo lo que le restaba hacer ahora, para que el resto de su vida comenzara como debía ser... era tomar dos docenas de pasos subiendo por la plancha y abordar el barco de vapor.

Ella se dio cuenta de que temblaba, como lo haría un perro sarnoso atado afuera de un *pub* en un duro día de invierno. Una mezcla embriagada de ansiedad y emoción. Sobre todo lo primero. No estaba segura de tener las agallas para hacer todo esto sola. En otro país, en otro continente... y Mary Argyll —el nombre que John registró para su pase de abordar— enfrentándose a todo lo desconocido que el mundo pudiera ofrecerle.

Todo lo que tenía era su promesa de que se encontraría pronto con ella. La había guardado en el bolso de su saco, aún estaba en el sobre abierto que encontró debajo de su almohada. Eran palabras que había leído una docena de veces antes de comprender que tomaría sola este barco.

Querida Mary:

Tengo la sospecha de que estás consciente de que hay mucho acerca de mí que ha vuelto a mi mente, y aun así no te lo he contado. Confía en mí cuando te digo que es mejor así. Es una sensación muy extraña ser dos personas a la vez, la persona que fui y la persona que soy. Con la persona que fui deseo ya no tener nada que ver, y es por esta razón que tengo que regresar a Londres y concluir unos asuntos.

Pero esto es muy importante, Mary. Debes seguir adelante y subir a ese barco que he reservado para nosotros. Las personas con las que me encontraré son peligrosas. Están en busca de ti, al igual que de mí, porque sospechan que tú sabes todas las cosas que te he mantenido en secreto. Debes abordar por tu seguridad. NO TE QUEDES esperándome aquí en Liverpool. Espero que eso haya quedado claro.

Te he dejado el dinero. Es tuyo para usarlo como desees. Yo sé que lo gastarás con inteligencia. Sospecho que tienes una cabeza mucho más sabia sobre tus hombros que la mayoría de los hombres dos veces más grandes que tú. Yo sólo quiero felicidad para ti, y oportunidades que alguien con tu pasado no podría encontrar en Inglaterra. No dudo que lograrás muchas cosas allá.

Tengo que tomar un tren, de manera que esta carta sólo dice la mitad de las cosas que te quiero decir. Tenlo muy presente, nuestras semanas juntos en Londres, y aquí en Liverpool, han sido un tiempo de felicidad para mí. Nunca he sido tan feliz como lo he sido con el nombre de John Argyll. Es un buen nombre.

Yo te buscaré del otro lado, "señora Argyll". Es una promesa. Si dejas detalles de dónde te encontrarás con el agente del otro lado, te encontraré fácilmente.

Con el más profundo afecto,

John

"¡Hey! ¡Tú! ¡Allá abajo!"

La cabeza de Mary se aclaró y vio a su alrededor, con un poco de miedo de que el hombre misterioso al que John se había referido finalmente la hubiera identificado.

"¡Sí! ¡Tú, querida!" Ella miró más allá de los grandes hombros de un hombre calvo que descendía ruidosamente de la plancha para recoger otro saco de papas para la cocina del barco. En la parte de arriba de la plancha, vio a un hombre vestido con una oscura gorra, recargado en el barandal del barco. "¿Tú eres nuestra pasajera?"

Mary asintió.

"Muy bien, pues, ¿vas a subir a bordo o no?"

¿Y bien? ¿Mary?

Vio hacia toda la extensión del muelle con incertidumbre, esperando ver a John corriendo hacia ella para abordar el barco juntos. Pero no... qué tonta. Estaba sola.

Vio al hombre con el gorro. "Muy bien... ¡voy para arriba!"

Una ráfaga de brisa fresca salió del río Mersey, que hizo que su falda y su sombrerito revolotearan. Tomó su faldón por modestia y luego, finalmente, tomó un enorme respiro y después de esperar a que el hombre corpulento con el saco de papas se hiciera a un lado, lo siguió subiendo por la plancha.

Epílogo
1912. En El Titanic

La chica, la señorita Hammond, se le quedó viendo en silencio.

"Por Dios", susurró después de unos momentos.

El bullicio afuera de la Sala de Lectura había cambiado en el transcurso de la última hora. Ya no se trataba de la suave curiosidad ante la escala inesperada que no estaba en el itinerario, los caballeros parados afuera, en sus trajes de noche, ahora traían puestos salvavidas, sus voces se elevaban cada vez con más preocupación mientras la tripulación del barco se ocupaba de quitarles los cobertores a las lanchas y movían las manivelas.

"Ésta es...", las palabras de la chica se arrastraban un poco, por el brandy, "ésta... es una historia *de verdad*? ¿El príncipe Alberto...?"

El viejo asintió con la cabeza. "Fue quizás un golpe de suerte que haya fallecido tan joven. Me estremece pensar qué otras indiscreciones tuvieron la necesidad de limpiar después, si es que el muy tonto hubiera llegado a ser Rey. Dios nos libre".

Los ojos brillantes de la chica siguieron atónitos con incredulidad, un poquito vidriosos por el brandy. "¡Pero usted... es un *Masón*... y aquí me ha contado esta historia!"

Él se alzó de hombros. "Un secreto necesita pasarse a otras personas, querida, o simplemente muere. Necesita...", apretó sus labios, pensativo, mientras buscaba la palabra indicada. "Necesita un *anfitrión*. Alguien que pueda llevarlo por un tiempo y escoja a otra persona para que a su vez lo pase".

"Pero... pero ¿*por qué*?" Ella puso la mano en sus labios para suprimir un eructo. "Usted y sus amigos, ustedes dicen que *mataron* a esas pobres mujeres para mantener un secreto? ¿Es eso lo que me está diciendo?"

Estaba embriagadamente anonadada por esto.

El viejo se alzó de hombros otra vez. "Ya no es muy importante, mi historia contada en mi lecho de muerte. Y de cualquier modo, soy el único que queda vivo de nuestro pequeño grupo de privilegiados. Soy el único que queda y que sabe esta historia". Volteó hacia donde estaba Reginald, el jefe de camareros que había traído a la chica, caminando ligeramente entre ellos, un joven camarero enseguida de ellos.

"Y ahora usted lo sabe, señorita Hammond". Él sonrió y habló en voz baja, mientras los camareros se acercaban. "Ahora es *su* secreto. *Usted* decidirá qué hacer con ello".

"Muy bien... ¿Señorita Hammond?", dijo Reginald. "Tenemos un espacio para usted en un bote salvavidas del lado del puerto. Es mejor que nos movamos, porque los botes se están llenando muy rápido". Se dirigió al joven camarero al lado de ella. "Liam, haz una última inspección en las cabinas de nuestro piso. Asegúrate de que no se nos olvidó nadie".

"Sí, señor".

Reginald agarró los mangos de su silla de ruedas y comenzó a llevársela.

"¡Espere!" Giró en su silla hacia donde estaba el viejo. "¿No hay espacio para el Sr. Larkin también?"

"Lo siento, querida, me temo que son mujeres y niños nada más".

"Estoy bien", dijo él, levantando su copa de brandy. "Usted váyase, señorita Hammond. Yo tengo la esperanza, no, la *sensación* de que usted disfrutará de unos cuantos veranos más, ¿mmh?"

Ella le devolvió la cálida sonrisa. "Yo... lo cuidaré, ¿sabe?" Sus ojos se enfocaron en los del viejo, su voz como un susurro. "El secreto".

"Estoy seguro de que lo hará. Ahora, es mejor que se vaya, querida, tiene un bote que alcanzar".

Reginald la sacó de la sala, el viejo alcanzó a darle un último vistazo a su cara, los ojos seguían tan grandes como dos lunas.

Nuevamente solo, Warrington se sirvió su copa de brandy hasta el tope por última vez, y se acomodó de nuevo en su sillón para escuchar la creciente cacofonía del fin que se acercaba. No sólo las voces que subían de tono por el pánico, sino el choque esporádico de las vajillas en las mesas del comedor en el cuarto de enseguida, las copas de vino y de champaña, cayéndose y estrellándose, y el disparo lejano de una bengala que se elevaba en el cielo nocturno.

Sacó una esquina doblada de periódico y lo vio nuevamente. La impresión de la fotografía estaba manchada de tanto ser hojeada este último par de años, el periódico comenzaba a ponerse amarillento. Pero el rostro todavía se podía identificar, y sí... podía justo ser la misma cara. Esos rasgos, como vagamente los recordaba cuando los vio en aquella estación, bien podían ser los de ella. Obviamente, se trataba de una mujer adulta, aunque seguía siendo una mujer verdaderamente hermosa.

Él había mentido, el Hombre de la Vela. El cuerpo que encontraron en el albergue en Millers Court no fue el de Kelly. Eso lo descubrieron después, ya que las noticias habían llegado a los periódicos, demasiado tarde como para atraer la atención cambiando el nombre de la víctima. Y demasiado tarde como para encontrar a la chica. Ella estaría muy lejos como para que ellos se preocuparan por revisar los barcos y averiguaran con los agentes de pasajes por el nombre de Kelly, o el nombre que después descubrieron que este par había usado en Liverpool: el Sr. y la Sra. Argyll.

Vio nuevamente la fotografía recortada de un periódico, una mujer fuerte, erguida y orgullosa detrás de un atril, con el flanco de un lado ocupado por dos hombres que aplaudían. Era difícil tener la certeza, tan sólo por esta borrosa fotografía de periódico. Pero George era muy bueno con las caras. Nunca olvidaba una sola. Y estaba *seguro* de que se trataba de la misma mujer. Lo suficientemente seguro como para haber hecho este viaje para tratar de encontrarse con ella.

No estaba seguro de lo que quería hacer. Claro, no iba a matarla. Esta mujer, o nunca supo nada, o había elegido no hablar al respecto. Y al final, como le dijo a esa chica tan encantadora, realmente ya no importaba. Un mundo diferente con cosas diferentes de qué preocuparse. Warrington sólo quería hablar con ella sobre el Hombre de la Vela. Quizás ella sabía un poco más acerca de él, quizás ella podía ayudarle a espantar esos demonios que lo acechaban. Quizás ella pudiera extraer algo de la mitología que rodeaba al hombre. Para reasegurarle a Warrington que al final... ese tipo sólo era un muy competente matón. Nada más que eso.

Sólo quería platicar, era todo. Un poco de paz mental para el poco o mucho tiempo que le quedaba.

Warrington vio su recorte de periódico y leyó el pie de foto una vez más. Sí, la mujer se había cambiado sensatamente el nombre... pero, por Dios, definitivamente era ella.

"En el centro, Mary Argyll, quien fue elegida el día de ayer, por el estado de Montana, primera mujer en el Congreso de Estados Unidos".

FIN

CONTENIDO

Esta obra se imprimió y encuadernó
en el mes de septiembre de 2013,
en los talleres de Bigsa,
que se localizan en la
Avenida Sant Julià, nº 104-112,
08400, Granollers (España).